Laoteng Zuopin Diancang
Tonghang Li

老藤作品典藏
铜 行 里
时代出版传媒股份有限公司
安徽文艺出版社

老藤——著

老藤，本名滕贞甫，山东即墨人，中国人民政治协商会议第十四届全国委员会委员，中国作家协会第十届全国委员会主席团委员，文化名家暨"四个一批"人才，现任辽宁省作家协会党组书记、主席。出版长篇小说《战国红》《刀兵过》《北地》《北障》《北爱》《铜行里》《腊头驿》《鼓掌》《樱花之旅》《苍穹之眼》等10部，小说集《黑画眉》《熬鹰》《没有乌鸦的城市》等8部，文化随笔集《儒学笔记》《孔子另说》等3部。作品多次被《小说选刊》《中篇小说选刊》《长篇小说选刊》《新华文摘》《小说月报》等选刊转载，多次进入各种年选和排行榜。曾获东北文学奖、辽宁文学奖、《小说选刊》年度大奖、《北京文学》奖、《湘江文艺》双年奖、丁玲文学奖、百花文学奖、中国作家出版集团奖·优秀作家贡献奖等。长篇小说《战国红》《铜行里》分别荣获第十五届、第十六届中宣部精神文明建设"五个一工程"奖，长篇小说《北地》获2021年度"中国好书"。作品以英、德、法、俄等10种文字被译介到国外。

Laoteng Zuopin Diancang
Tonghang Li

老藤作品典藏

铜行里

老藤 —— 著

时代出版传媒股份有限公司
安徽文艺出版社

图书在版编目（ＣＩＰ）数据

铜行里/老藤著.—合肥：安徽文艺出版社,2023.6
（老藤作品典藏）
ISBN 978-7-5396-7625-8

Ⅰ．①铜… Ⅱ．①老… Ⅲ．①长篇小说－中国－当代 Ⅳ．①I247.5

中国版本图书馆CIP数据核字(2022)第239492号

出 版 人：姚　巍
策　　划：朱寒冬　姚　巍　　　统　筹：张妍妍　姚爱云
责任编辑：宋晓津　成　怡　　　装帧设计：张诚鑫

出版发行：安徽文艺出版社　　www.awpub.com
地　　址：合肥市翡翠路1118号　　邮政编码：230071
营 销 部：(0551)63533889
印　　制：安徽新华印刷股份有限公司　　(0551)65859551

开本：880×1230　1/32　印张：10.5　字数：260千字
版次：2023年6月第1版
印次：2023年6月第1次印刷
定价：40.00元

（如发现印装质量问题，影响阅读，请与出版社联系调换）

版权所有，侵权必究

自序:"无用"抑或"有用"

人间事物若从实用角度看,可分"有用""无用"两类。文学应属于后者,正因如此,清代诗人黄景仁才有了"十有九人堪白眼,百无一用是书生"的慨叹。爱上文学伊始,我对这一诗句颇有同感,但在经历了诸多世事之后回头看,又觉得这种两分法过于简单粗暴,事实上很多时候看似"有用"的东西恰恰无处可用,而那些"无用"的东西却能支起脑颅里的帐篷,让你的灵魂有了自由活动的空间。比如说,诗和远方有什么用?好像无用。但这个"无用"会像潮汐一样一波波激荡你的心扉,让你血脉暗涌,不时蹦出打起行囊奔赴远方的冲动。

不得不承认,我喜欢"无用"的东西,这当然与受庄子"无用之用"思想的影响有关,但归根结底还是对文学的痴迷使然。有"无用"的文学相伴,我热衷于钩沉稽古、发微抉隐,也喜欢静处发呆、冥思遐想。在这个"无用"的世界里我可以随心所欲、直情径行,活成真实的自我。此时的"无用"转化成了实实在在的"有用",它给我原本安分的心灵搭建起一座不安分的房子。

我是20世纪70年代末期开始喜欢上文学的。那时我读初中,写作成了我生活中的一个秘密,让我的中学时代充实而富有期待。拥有秘密的人如怀揣美玉,会产生一种富裕感。秘密是身价的砝码,也是自信的底气,那时,哪怕身上穿着空心袄,走过冰雪覆盖的操场时我也会高昂着头。不明真相的同学肯定猜想:老藤有什么可神气的?对了,我在中学时就被人称为"老藤",我后来之所以确定用"老藤"这个笔名,多少有些水到渠成。当时只是写,没想过投稿发表,写满一本就锁进抽屉,偶尔拿出来自我欣赏一番,仅此而已。知道马克思年轻时也有类似的习惯后,我心里暗自发笑,连伟人都不能免俗,看来许多文学爱好者的写作最初都是一种自娱。马克思是雪莱的粉丝,热衷于写诗,给恋人燕妮写了好几本情诗,给父亲也写了一本,但当时也只是锁进抽屉没有出版。马克思一生发表的诗作只有寥寥几首,但这位哲人最初的梦想确确实实是"无用"的文学。

对于我来说,"无用"变得"有用"是在1985年,那时大学毕业生由国家负责分配,个人可以填报分配志愿。我当时面临三种选择,举棋不定时一位忘年交文友建议我去新成立的五大连池市。他当时在该市担任文教局局长,给出的理由是新组建的城市百业待举,是一片尚未开垦的处女地。这让我想起了肖洛霍夫的作品《被开垦的处女地》。我欣然听从了他的意见，在分配志愿里填写了五大连池市并被顺利分到了那里。五大连池是个县级市，规模不大，文化、教育在一个局，我被分到文教局后不久就当了一个中国最小的官——股长。教育股长虽小，却管理全市的中小学。股里有中教视导员马老师、小教视导员赵老师，还有招生干事吴老师、培训干事刘老师，四人都在五十岁以上。开始，我担心无法领导这些工作经验丰富的资深干部，让我感动的是，他们给了我这个毛头小股长以极大的支持，因为他们知道我是一个经常在报刊上发表作品的年轻人。我心里清楚，与其说他们尊重我，毋宁说他们高看文学，因为那是一个属于文学的年代，这是文学给我的加持。接收我的文教局局长大我二十余岁，是位多才多艺的业余作家，文学素养极高，不仅发表文学作品，而且精通中医，擅长地方戏曲吟唱。局长退休后离开了黑龙江，在北京一个部队医院开中医专家门诊，找他看病需预约。老局长虽然已经过世，但他的名字深深镌刻在我的心里，他叫刘锡顺，黑龙江嫩江人。

20世纪90年代初期，我产生了离开机关的想法。这一想法没有变成现实还是因为"无用"的文学。当时，我特别想从事影视编剧工作，便在朋友的介绍下从五大连池市调到了大连，但在广电系统仅仅工作了三个月又调到了机关。我曾经有过写机关文学的想法,我对自己说:你不是想写机关吗?要想写好机关,就应该把机关坐遍、坐透、坐穿。这样一想,内心便有些释然,于是收起当编剧的小心思,专心从事组织、宣传、纪检和其他机关工作。我在山东、黑龙江、辽宁三省学习、工作过,这些经历为我积累了丰富的创作素材,怎么写都不会有枯竭感,这也是我能顺利完成《北地》《刀兵过》《北障》等长篇小说的原因所在。

从1985年到2016年,我一直在大连的区、市党政机关工作,无论岗位如何变化、工作多么繁忙,文学的灯火一直摇曳在心底,没有什么风能把它吹灭。这个时期,我的创作基本与工作体验密切相关,比如在负责宣传工作期间,写了文旅题材的长篇小说《樱花之旅》;在负责纪检工作期间,写了反腐题材的长篇小说《鼓掌》;在负责扶贫工作期间,写了农村题材的长篇小说《战国红》。记得我离开区委到市委工作时,一位市级老领导对我说:"别写了,好好当你的官儿。"我知道老领导是好意,但我无法照办,因为我觉得当干部与写作并非是对立的关系,领导干部有点文学爱好不是坏事,文学作为塑造灵魂的事业,从某种意义上说它会让冷漠的行政管理多一些人性化的温情,让管理者的内心变得柔软而富有弹性,历史和现实的经验都能证明这一点。在机关工作时我虽然没有放弃文学,但不敢本末倒置,毕竟做好本职工作是第一位的,所以作品量不是很大。对此,我没有烦躁、焦虑,文学创作不可能是全过程的井喷潮涌、大河浩荡,有时它也会是泉水叮咚、浅池深潭,只要心中留一线清水流淌的缝隙,就不愁遇不到柳暗花明的桃源。

"无用"的文学在2016年秋天再次改变了我的人生轨迹——因为辽宁省作协面临换届,我被省委安排到了省作协任职,我不得不从海滨城市大连来到了省会沈阳。省作协工作虽然运行程序与党政机关没有较大差别,但毕竟文学成为主业,我因此有更多的时间来写作,这便有了《苍穹之眼》《北爱》《铜行里》等六部长篇小说和许多中短篇小说。这个时期也被许多批评家称为我创作的"井喷期"。

如果需要阐释一下文学观的话,那么在文学的世界里我是一个彻头彻尾的理想主义者,我希望通过笔下的故事和人物更多地透出现实生活中的曙光和彩虹。对于大多数有追求的普通人来说,生活不易,人生路上充满艰辛与坎坷,带着伤疤的跋涉者比比皆是。我不想在作品中放大这种悲催,而是选择温情的剖面来描述和解析,更多地诠释人性中闪光的元素,目的不是掩饰,而是给人以生的热望。文学自身是具有神性的,但这种神性带有何种光环则取决于作家。文学缺少神圣性,就像古玉少了沁色,品读的味道会变得寡淡。我在写作时感情很投入,作品中的人物甚至会活跃在我的梦境里。我的作品中恶人很少,尽管生活中从来不乏恶人,但我内心里有一种屏蔽恶人的本能。尼采那句话对我影响很大:"当你凝视深渊时,深渊也在凝视你。"我笔下的恶人,往往也有良心未泯的一面。我的大部分写作时间是在夜晚,夜深人静,打开电脑在键盘上敲打,仿佛在与作品中的人物对话,这个时候,多写一些向善、向美的东西,自己的心情才不会差,梦境也会少些骚扰。

我在写作中比较注意对人物内心纹理的刻画,努力让人物的心理活动符合生活逻辑,因此我很少去写怪异、离奇的故事。对那些违反生活逻辑却又有艺术价值的素材我会进行加工,把它们纳入逻辑的轨道,就像厨师烹调河豚一样,去除毒素,留下美味。我不反对文学要书写"生活中的不可能",但我也坚持一个"笨"原则,那就是你写的东西读者是否认为可信,如果写出来的东西不令人信服,读者就不会读,读者不读,就谈不上产生影响力。其实,万物都循道而行,文学作品的道就是逻辑,是真理的逻辑、社会的逻辑、情感的逻辑和自然的逻辑。作家应该替读者去发现那些不知晓的东西,而不是去杜撰一些不符合逻辑的故事。当然,这是属于我自己的一个创作原则,并不适用于其他写作者。

我在创作中很少用"上帝的视角",不是说这种视角不好,主要是考虑到作品的可信度问题。我喜欢用作品中人物的视角来叙事,让作品中的某个人物担当探秘的导游,带着读者走进一个属于文学的迷宫。比如《北地》是用主人公儿子和自传作者的视角,走进主人公曾经工作过的三十个地方,在回望中寻找答案;《北障》用的是当事猎人的视角,表现一个昔日的猎杀者对猎物、对禁猎者、对朋友、对大森林的那种纠结、不甘和人性复苏的复杂心理;而《北爱》则是从女大学生苗青的视角,也就是从一个逆行者的站位,来发现东北的质感,感受东北人文,最终靠静默和永不言弃,实现了父女两代人设计飞机的计划。

文学创作永远在路上,没有终点可言;既然在路上,就会面临许多道路的选择和各种要通过的"榆关""柳边"。我英语不好,无法阅读英文原著,这就导致学习和借鉴上存在障碍。我读翻译作品时总有些怀疑,担心原作者是不是这样表达的——这不是一个好习惯,是我在读了鲁迅先生翻译的《死魂灵》和满涛等人翻译的《死魂灵》之后形成的印象。当然,现在去学习外语已经没有必要,对于重要的外国名著,我会尽量多选择几个译本对比着阅读。我写作没有压力,也没有负担,是心里有东西想写才去写。当然,写作中也存在一些难题,比如对历史题材的处理、对民俗信仰层面的深度挖掘、对人类精神结构的多层次剖析等等,还需要不断提高脑力、笔力。

这套典藏收集了我 2022 年以前所创作作品的大约八成,理论和诗歌部分没有收入。长篇小说《北爱》因为于 2023 年 2 月出版,也没有收入。在此,我要感谢安徽文艺出版社,感谢安徽出版集团总编辑朱寒冬先生和为文集辛勤付出的编辑们,他们为文集的出版付出了许多心血,因为三十年前的作品没有电子版,扫描、校对是一件很辛苦的事。我还要感谢我的夫人赵蓉,她是我的大学同学,更是我所有作品的第一读者和首席批评者,没有她的支持和保障,我的文学之路不会顺畅。虽然不知读者评价如何,但我敝帚自珍,特别珍视这套典藏,因为它是我创作中的一个阶段性总结,它的问世也让我有了新的起点,我会更加努力地在"无用"的文学里徜徉。

目录

自序:"无用"抑或"有用" / 1

楔子 / 1

第一章　软铜册 / 4

第二章　蔚菲 / 12

第三章　软绣 / 31

第四章　九佬 / 57

第五章　门外徒 / 88

第六章　十八匠 / 111

第七章　街坊(上) / 125

第八章　街坊(下) / 139

第九章　三十一个号嘴 / 155

第十章　老雪 / 172

第十一章　令狐平 / 193

第十二章　韩干部 / 207

第十三章　下西南／221

第十四章　一九七七级／237

第十五章　泥稿／263

第十六章　陶金／277

第十七章　父亲／290

第十八章　活墙／300

尾声／316

《铜行里》,是一幅描绘沈阳城市一百年文化积淀的风俗画;

《铜行里》,是一部为沈阳大国工匠精神溯源追踪的铜匠史;

《铜行里》,是一面弘扬中华民族优秀核心价值观的浮雕墙。

楔　　子

　　如今许多人不知沈阳城曾经有一处"铜心",金银铜铁锡的铜,若在街上问行人,十人有十人会摇头。这让富发诚铜雕艺术有限公司的创办人石国卿十分不悦,才多少年哪,一座城市就如此健忘。据说当年四贝勒皇太极登基后,下令把城内外制作铜器的店铺均集中于内城中心,形成了一条铜行胡同,又将分散于市井的铁匠铺置于城垣四周,由此赋予了盛京城所谓的"铜心""铁胆"。这么大的事能轻易忘记吗?铜行胡同地处故宫北侧,南北向,长约两百步,宽六步,北端接四平街,南端连着供奉关帝的中心庙,犹如一条带着金属律响的动脉,让周围的青砖黑瓦建筑有了生命的节奏。市民大概觉得叫铜行胡同有些拗口,便习惯称之为铜行里。

　　时光到了清末民初,胡同里规模大一点的铜器店尚有十几家,以石家的富发诚最有名气。富发诚主要制作销售响器,生产的奉锣远销关内各地。铜行里老街坊都说,富发诚的奉锣一响,整个盛京城都跟着晃。这个"晃"是指扭秧歌。

　　不得不承认,历史有时如同攀爬的藤萝生长在坊间墙角,这也是说最早的历史是方志的缘故。民间记忆往往更贴近真相,尽管墙上的藤萝不免会添枝加叶,但根茎大都在原位,倒是那些被写进正史的东西容易有勾兑,如同一个脸上花费大把银子的女人,改了本来的姿色。

　　富发诚响器因精工细作而闻名,出品的奉锣是奉天城最早的工业名牌之一。除了制作奉锣,富发诚也制作钹、镲等打击乐器,还制作唢呐、小号、铜钦等。因为店龄长,传承未断,富发诚无疑是铜行里规矩和标准的制定者。

铜行里与石家交往密切的是令狐家永昌号和唐家永和兴。永昌号专营各种铜器,有铜行里出品的,也有从关内进的货,自家少有加工,实际是个铜器批发和销售商号。张作霖统治东北时,永昌号生意做得火炭一般,天天门前都有进货出货的挑夫。令狐掌柜一年四季总是一副青衣青裤道士打扮,中堂上挂着"端木遗风"的牌匾,让人一看便知店主是个儒商。令狐掌柜与富发诚掌柜石嘉文被人称为铜行里文武两君子:石掌柜本身是铜匠,当属武君子;而令狐掌柜不动锤錾,是个文化人,故而成了文君子。

唐家永和兴也是很有口碑的商号,掌柜老唐是湖南益阳人,为人精明却不失豪爽。永和兴原本只加工和经营铜器,后来发现奉天城茶行少,而当地官绅富贾逐渐喜欢上了喝茶,便开始兼营茶叶。唐家做生意阔气,新老主顾皆可记账赊茶,有的茶钱欠了一年半载也不催讨,遇有赖账的也不计较,由此赚了个好人缘。唐家与石家交好,富发诚制作的黄铜六君子皆由永和兴销售。因为有永和兴的营销,奉天城谁家八仙桌上能摆一套富发诚的黄铜六君子,比中堂摆一对儿同治粉彩官帽筒还展耀。

时光推进到一九四五年东北光复,铜行里尚余铜器店十二家:东侧除了石家富发诚、令狐家永昌号和唐家永和兴外,还有陶家富顺昌、苏家德义诚、周家双义长和孟家永聚兴;西侧则有葛家双兴和、胡家利盛永、阮家恒发永、赵氏永泰诚和徐家德成顺。十二家铜器店在经历了伪满至暗时期后能活下来实属不易,但也都为此付出了无法补偿的代价。其中,唐家永和兴的命运最令人唏嘘。用石嘉文的话说,唐家像一棵人人掰枝擗叶的香椿,活得伤痕累累,最后干折枝残。永和兴发生的一切都在铜匠们的眼里,先是唐掌柜的妻子因违反所谓经济法出售铜器被伪满恶警抓走不知所终,后来唐掌柜又因赊销茶叶负债而破产身故,唐家成了光复后铜行里唯一关门易主的铜器店。据说妻子出事后,一筹莫展的唐掌柜找高人打卦,高人告诫说往者不可谏,来者犹可追,要紧的是别再遭遇凶险,铜行胡同属金,位列五行之首,茶行归根结底属木,木若逢金,必为砍折。唐掌柜不信,他觉得只要本分做生意,远离是非,也许就能躲过灾祸。但唐掌柜低估了运势,永和兴还是栽在了茶叶上。

  铜行里人有个共同去处,就是胡同最南端的那个小中心庙。这是一座建于明洪武年间的微型关帝庙,此庙是盛京城的中心,它像一颗心脏,把大街小巷放射出去。如果说铜行里匠人有主心骨的话,那么这个主心骨非小庙中拈须端坐的关公莫属。对于铜行里的人来说,这座小庙颇有传奇色彩,据说夜深人静之时,小庙里的关公会笑、会哭、会说话,不少人说自己听过关公说话,唐掌柜的女儿唐婉秋就说她亲耳听到过关公哭泣。

  尽管中心庙里这尊泥塑的关帝实际上没有庇佑铜行里什么,该发生的不幸依然发生,但丝毫不影响铜匠对他的崇拜。虔诚本身是一种态度,而态度就是活着的样子。

第一章　软铜册

每个人心中都会有一个或几个压箱底的人,不会多,却能让你踏实,防止你行事脚踩棉花。

给这样重要的人准备生日礼物可不是一件容易事。尤其这个人已经进入不以物喜、不以己悲的超然境界,选择生日礼物便成了大考,谁都知道,礼不合心不如不送。

富发诚传人石洪祥心里最重要的人是父亲。

在石洪祥眼里,九十九岁高龄的父亲是一个难以描述的奇迹,是铜行里那座中心庙一般的存在。很难相信,一个年近期颐的老人还能保持清晰的记忆,说话有板有眼。有人问起养生秘诀,父亲总会这样说:有铜心,人不老。听者大都以为是童心,其实铜匠出身的父亲说的是金属铜。

父亲一年四季五点一刻起床,六点到小区遛金毛——金毛是一条狗,父亲最好的伙伴——七点用过早餐,然后便坐在沙发里举着放大镜看报。父亲每天上午国家、省、市三份日报要看上两个钟头,连报缝里的广告也不落,直至把侧栏最后一个"豆腐块"看完,然后起身到阳台上侍弄盆栽。父亲的盆栽有虎皮兰、文殊兰、文竹和月季,大大小小十多盆,错落有致地摆放在铁架子上,让阳台变成了一个小花园。父亲最喜爱虎皮兰,说它有老铜的颜色,老铜是铜匠对青铜的俗称。父亲每周会用软布将一片片虎皮兰的叶子擦亮。软布蘸的不是水,而是沈阳产的老雪花啤酒,啤酒不贵,但劲儿大,一般人两瓶下去就会五马长枪不服天朝管。侍弄过盆栽,父亲有时会端坐在写字台前,打开抽屉,从中拿出一个旧的黄缎封皮日记本仔细翻看,偶尔还写上点什么。父亲不仅是铜雕工艺师,还喜欢写点文字,他都写什么家人不晓得,自己也不说。父亲的那个黄本子封面上烫有"献给最可爱的人"七个金字,家人猜测这应是老人参加抗美援朝的慰问品。父亲十分珍爱这个本子,给它起了个奇怪的名字——软铜册。石洪祥问一个日记本为啥叫软铜册,父亲说:有典有册,乃成历史,我这是历史,不是豆腐账,铜册是一种尊称。石洪祥感觉父亲在软铜册上写字如同酿字,每一个字都要斟酌半天,落笔慎之又慎,好像一个字会决定一个人的命运一样。父亲说过:我虽非判官,这支英雄牌钢笔却是判官笔。石洪祥觉得父亲这是开玩笑,判官笔是批生死的,父亲的笔不过写写札记而已。放软铜册的抽屉总是锁着,钥匙被父亲用一根黄色尼龙绳系在腰带上。父亲的写字台只有一个抽屉上锁,石洪祥小时候就觉着这里面一定藏着神秘的东西,常常站在写字台边抚摸那把小小的铜锁。父亲腰带上那把亮闪闪的黄铜小钥匙地位很不一般,甚至超越了家门的防盗锁钥匙和小区的电子门禁,因为父亲出门从不带这些,细心的保姆会做好这些琐事。午饭后父亲一般会午睡一个钟头,然后牵着金毛下楼去附近的大东公园遛弯儿。在大东公园,他会长时间坐在长椅上静静地看光景,跳广场舞的妇女、卖烤地瓜的小贩和露天理发的剃头师傅,视野中的每个人对他来说都是一道风景。乖巧的金毛安静地趴在地上,下巴垫在两只爪子上似睡非睡。父亲下午五点前回家,晚饭后一定要看电视里的《新闻联播》,八点钟关掉电视,早早上床入睡。这便是老人一天的生活。

父亲叫石国卿,沈阳铜行里富发诚正宗传人,从石家算起应该是第二代。

正如父亲自己所说，与铜铁打交道多了，便会沾些铜筋铁骨的硬朗，自己身体好，是借了铜的光。

父亲是大上个甲子辛酉年农历五月二十二出生的，已经九十九岁。清明那天，石洪祥依惯例开车拉他来位于西瓦窑的富发诚铜雕艺术公司厂区。父亲每年清明都会来厂区，在占地四十亩的厂区转了一圈后，父亲便来到厂区西南角，这里一树一冢一古井构成了景观组合。树是一棵大梓树，冢是一盏并不高的青冢，古井则是北方乡下常见的辘轳井。父亲站在梓树下，静默一会儿，然后将一瓶开启的即墨黄酒酹于青冢前。青冢没有碑，这棵大梓树就相当于一通活碑。父亲在祭奠时没谁敢去打扰，这是父亲追念先祖的不变方式。

富发诚铜雕艺术公司厂区建于二十世纪八十年代初。当时，已经从国营铜器厂退休的父亲不声不响地创办了这家公司，并正式注册已经尘封三十年的富发诚堂号，自己做起了老板。经过多年打拼，富发诚铜雕艺术公司如同群鸭中的火烈鸟，脱颖而出，成了国内知名的铜雕企业。父亲在七十三岁时将企业管理权交给了儿子石洪祥，石洪祥便成了富发诚的第三代掌门人。

父亲虽不再管经营之事，却时常对石洪祥讲富发诚的过去。石洪祥知道父亲这样做自有目的。家教第一课当然是家史教育，不知来处，去向就会迷茫。通过父亲的讲述，石洪祥知道了爷爷石嘉文的许多传奇经历。

石嘉文是石家富发诚第一代掌门，铜行里手艺最精湛的铜匠。之所以叫石家富发诚，是因为富发诚创始人本姓富，经历几代已经无从查考，只知道发源地在西瓦窑，那里的菜地有一口古井尚可为证。富家最后一任掌柜因为没有子嗣，看好了在店里学徒的石嘉文，便将店铺传给他。石嘉文一夜间从学徒变成了掌柜，从此翻开了富发诚新的一页。

爷爷石嘉文最得意的成就是改进了富发诚奉锣工艺,让富发诚响器远销京津沪。在公私合营之前,石嘉文一直是富发诚掌柜,属于铜行里有头有脸的人物。石嘉文生于一八八八年,一九六七年过世,享年七十九岁。在父亲印象里爷爷有点迷信,父亲说爷爷常常遵守一些很微妙的行规,比如说冶炼杂铜须仔细查验,不得有损坏的铜佛在里面,从民间收来的杂铜五花八门,什么物件都有,而一旦其中有铜佛、铜观音等,这锅铜水就难以浇铸成器物。

父亲说爷爷的一生就像一块精铜,找不出丝毫砂眼。

父亲清晰地记得一九六六年那个春天某日的清晨,爷爷让他去弄棵树苗,最好是梓树,说要在清明节去栽棵树。栽树并不难,爷爷想去哪里栽树呢?父亲没有问,因为石家家教里有一条:父母命,行勿懒。既然爷爷说了,照办就是。父亲到北陵附近一个苗圃购了一棵碗口粗的梓树,骑着人力车将树拉回了位于八王寺的家。爷爷看到小树面呈微笑,说:明天是清明,咱们去趟西瓦窑。父亲问为啥要去西瓦窑。爷爷说:还能做什么?栽树。第二天,父亲骑了一个多钟头人力车,拉着爷爷和树来到西瓦窑,经爷爷一路指点,人力车在一片菜地地头停下,走进菜地深处,爷爷说就这儿。来路虽平,却不近,远路无轻载,扛着树的父亲像刚从澡堂子里出来一样,一个劲儿擦汗。爷爷拄着手杖走到地头一处长满荒草的古井旁,摇摇手杖轰走几只觅食的乌鸦:就这儿,没错。爷爷又指着井旁一处土堆说:这是青冢。父亲看了看,就是一个不足一米高的小坟包,上面长满了刚要返青的杂草。知道这里埋着谁吗?爷爷问。父亲摇摇头,爷爷说:我师父富掌柜。父亲愣了一下,富掌柜是富家富发诚最后一任掌柜,是石家大恩人,他记得小时候富掌柜对他很是喜爱,得空便用一只粗糙的大手抚摸他的头。富掌柜下葬时他在学校上学,葬在何处只有爷爷和两个徒弟知情。爷爷说富掌柜有些名气,他的墓知道的人多了不好。父亲问:富掌柜的坟为什么要起个和昭君墓相同的名字？爷爷说:这是天意,富掌柜去世第二年清明我来扫墓,别的地方都是一片荒凉,唯有这盔坟上的草已经返青,从那天开始我就叫它青冢。我听师父说过,坟头过早返青是墓主人有心事没撂下,我想师父如果有没撂下的心事,一定是担心富发诚能不能传下去。父亲看了看周边,菜地里种了菠菜,但打理不善,有几株叫杨铁叶子的植物脖子抻得老高,地里间或可见几株薤白、荠菜,无法掩盖菜地的荒凉。再看青冢,说是冢,却连块碑也没立,边上有几棵高低不等的杨树,还没挂上杨胡子,倒是离青冢几步远的老井有些生气,木制辘轳、粗麻井绳、铁皮水桶和锈迹斑斑的铁支架都能用,看来浇菜还离不开这口井。爷爷说民国二十七年(一九三八年)七月十五,富掌柜病逝,根据富掌柜的遗愿,爷爷带着两个徒弟将富掌柜悄悄葬于此处,距今已经快三十年了,三十年是一世,再不栽棵树就隔世了。父亲问为什么要葬在这里,这儿又不是公墓。爷爷说这里过去是窑地,西瓦窑嘛,土地不值钱,富发诚从关内来盛京时,将铜匠铺安在这里。当年朝廷有规定,铁匠、铜匠不能在内城,都在城边子做活,后来四贝勒登基后出台新政,把铜匠铺一股脑迁到了现在的铜行里,这里的店铺也就废弃了。

父亲走到古井边抚摸着辘轳,探头看看井下,井水依然清澈。爷爷说这口井是富家先人打的,当时还有配套建筑,现在看地基、炉灶、院墙,都变成了黄土,唯有这口井因为能用来浇菜才保留至今。爷爷让父亲在老井旁挖坑栽下那棵梓树,摇上一桶水浇过,面朝青冢默默站了一会儿,忽然就屈膝跪下,伏身拜了三拜,声音有些颤抖地说:昨夜梦到您了,师父,您老别急,徒弟不久就来陪您,咱师徒俩在阴曹地府开响器店,给阎王殿闹出点动静来。爷爷的话把父亲吓着了,他赶紧将爷爷扶起来,发现爷爷脸颊上垂着两行老泪,如同蜗牛爬过的痕迹。爷爷说这些日子夜夜梦到师父,师父说等着他到那边开响器店。

　　转过年来,西瓦窑菜地里婆婆丁开满黄花的时候,爷爷去世了。依照爷爷生前的嘱托,父亲悄悄将老人的骨灰盒也葬于青冢。知道此事的人仅限于唐婉秋,连唐婉秋的丈夫令狐平对此都毫不知情。

　　就像爷爷当初下葬富掌柜没有让父亲参与一样,父亲下葬爷爷也没有让石洪祥参加,父亲这样做实属无奈,在那个动乱的年月做事不得不小心。一九七九年清明,父亲才领石洪祥来西瓦窑认了青冢和老井,告诉他富发诚的根在这儿。石洪祥对这里的印象集中在那口古井上,对青冢的印象却比较模糊,因为没有墓碑,封土又低,他觉得再过些年就会平成菜地。父亲说清明时无论多忙都不要忘了祭祖,更不要找借口推托,对于先人来说这一天是与生者气息相通的日子,酹一杯黄酒,烧几张纸钱,等于向先人报个平安。

　　父亲退休后决定重新挂起富发诚的招牌,便贷款创办了富发诚铜雕艺术有限公司。那时银行鼓励贷款,不用什么抵押,但很多人不敢贷,贷款就意味着负债生活,父亲一咬牙就去贷了。据说贷款前父亲到中心庙前闭上眼念叨了一会儿,睁眼一看,发现关公在朝他微笑,这才下定了贷款的决心。朋友都劝父亲在城中心买地建厂,父亲却将厂址选在了北陵附近的西瓦窑。和当地村干部签协议那天,满脸疑惑的村支书问他:石厂长,你怎么选了块菜地办厂?连条像样的路都没有。父亲说:我看好了那盔坟和那口井,还有那棵梓树。村支书爽快地说:你看好的三样东西我们都白送。

父亲租下这片菜地后,建起了厂房、厂区围墙,将青冢、古井和梓树一并圈了进来,成为厂区南端的一组景观。因为在厂区内,父亲没有给青冢立碑,只是将青冢做了绿化,铺上了天堂草,人们走过这里不会以为这是一盏坟,而会误认为是园艺师故意营造的起伏效果。厂里的老工匠知道一点青冢和梓树的故事,但没人能把故事说囫囵。

石洪祥从父亲手里接过公司后,将那口老井做了修整,井台砌了花岗岩,井口加上大理石口圈,加固了辘轳和支架。同时,还将南面那道长约六十米的院墙取直,用青砖改建为城墙状,加了垛口,垛口上安装了亮化灯,墙面用白漆写了八个隶书大字:"继往开来,锻造辉煌。"这一切当然都是为了让父亲高兴,因为父亲每年清明都会来青冢扫墓。

清明这天,天空像揭掉了保鲜膜,澄碧如洗。石洪祥开车将父亲拉到公司厂区。九十九岁高龄的父亲站在那棵已经五十四岁的梓树下,嘴唇紧抿,神色如铜,久久地看着对面的砖墙。

石洪祥问:看啥呢,爹?

父亲回了句:城墙。

石洪祥想,父亲由这道院墙联想到了城墙。

我确实是照奉天老城墙的样子砌的,石洪祥说,奉天城老城墙都拆了,这里算是留一点回忆吧。

建和拆是历史的两只手,父亲的话充满哲理,有时候右手硬,有时候又是左撇子。

石洪祥点点头,父亲说得在理。

这些天石洪祥一直在用心琢磨,明年农历五月二十二是父亲百岁华诞,这是富发诚的一件大事,该给父亲一份什么样的生日礼物他一时拿不定主意。父亲不喜欢奢侈品,对烟酒也不感兴趣,唯一喜爱的就是打了一辈子交道的铜,每每见到好的铜制品,父亲都会摩挲一会儿,神态里透出几分欣喜。可是,百年诞辰礼物总要有些新意才好,而且应该是能拿得出手的礼物。石洪祥想听听父亲的意见,便利用这次父亲来公司的机会试探着问:明年是您老百岁大寿,儿子该给您备一份什么礼物呢?

不要啥礼物,按老规矩,在家里吃火锅,涮酸菜五花肉,父亲说。

父亲说的老规矩是他过生日多年不变的菜谱。家里有一口百年铜火锅,是当年富掌柜亲手打制的,上面还錾着"富发诚"三个篆书小字。父亲吃火锅喜欢涮五花肉,对牛羊肉不太在意。

火锅要吃的,石洪祥说,礼物也要准备。

父亲说:你唐阿姨在世就好了,她会软绣。

您想要一件软绣?石洪祥问。

唐阿姨不在了,我还要软绣做什么?说起软绣,你唐阿姨是一顶一的软绣大家,绣什么像什么,绣出来的鸟会叫,绣出来的花有香味,都是活的。父亲凝视着对面的墙说。

软绣是女红绝技,绣娘不用绷子,在布上直接刺绣。父亲说的唐阿姨叫唐婉秋,永和兴唐掌柜的女儿,和父亲从小一起长大,两人比亲姐弟还要亲。

临走时,父亲指着那面墙说:那八个字像白开水,咂不出啥味道。

石洪祥感觉脸有点热,似有虫子在爬,心想,这八个字确实有点俗气。

我会换个标语,石洪祥说。

要让死墙活起来,像你唐阿姨的软绣,父亲说。

第二章　莳菲

有难事,找可可,这成了石洪祥的习惯,如同吃饭睡觉,不用问原因。

生活中受困扰的事很多,有些他会自己解决,有些问题只能求助于令狐可,令狐可像一台超级计算机,没有什么方程能难住她。父亲提出让那面死墙活起来的要求后,石洪祥想了许多办法,比如安上LED(发光二极管)大屏幕,比如把那八个字换掉再镶上霓虹灯,还比如找画家画上传统的《二十四孝图》,但都觉得不对头,这些设想都做不到让死墙活起来。

他给令狐可打电话,请她一起坐坐。

令狐可是唐婉秋和令狐平的独生女,现任浑河歌舞团团长,形象、声音和舞姿都无可挑剔,有"盛京乌兰诺娃"的美誉。令狐可和石洪祥同一年考到上海读大学,一个在美院,一个在戏剧学院。在铜行里,石、令狐、唐三家乃世交,用令狐可的话说,当时三家关系就是一个三套环,像铜行里的LOGO(商标、徽标)。

石洪祥天生带着一种忧郁气质,这种气质非常适合艺术家,具有这种气质的人如同带有一种弱电,容易打动人心。令狐可说她从小就被这种弱电击倒过,中学时有次到石家做客,悄悄塞给石洪祥一张字条,上面写着一句话:"爱像发高烧,它的来去均不受意志制约。"石洪祥当然明白她写这句话的用意,他回了一张字条:"如果我让您感冒了,那便是我欠下的一笔债。"很多人看好石洪祥和令狐可的情感未来,认为这是天造地设的一对儿,但后来两人关系走向出现了问题,石洪祥的父亲坚决反对两人谈恋爱。父亲的态度斩钉截铁:你们可以是好兄妹,但绝对不能做夫妻。不仅石国卿反对,令狐可的母亲唐婉秋也不支持女儿的选择。唐婉秋劝可可:洪祥是个好青年,如果不走向婚姻,你们会享有一生的友谊,一旦组成家庭,你们的友谊就会随之终结。石国卿是铜雕名家,唐婉秋是话剧导演,都是有见识的人,按理说不应该干涉子女恋爱,但既然干涉,肯定有干涉的道理。石洪祥和令狐可都非偏执之人,不会出走,更不会郁悒成疾,两人知道长辈这样做肯定是为了他们好,真心爱着儿女的父母没有理由断送他们的幸福。两人没有被青春热血冲昏头脑,理智地止步于婚姻的边界。毕业前夕,一个周日傍晚,令狐可约石洪祥到外滩公园散步。两人在江边一直漫步到深夜,最后执手达成共识:听双方父母的忠告,此生只当兄妹,不做夫妻。二十世纪八十年代,人们思想还不开放,两人走了半夜甚至没有相拥一下。夜已深,江风凉,晚班车也快停止行驶,两人不得不返校。石洪祥将令狐可送回学校,在一个路灯照不到的地方,一辆轿车快速驶过,带起一阵风,令狐可忽然说:哎呀,我眼睛眯着了。石洪祥说:不要紧,我给你吹吹,流点眼泪就好了。石洪祥小心翼翼地捧着令狐可的脸颊,他忽然闻到了一股奇妙的暗香,这是一种他从未体验过的香味,像无形的游蛇,一下子就钻进肺腑里,让他浑身的血液变得不安分起来。他迟迟没有吹气,夜光下令狐可的脸庞透出一种凝脂般的光泽,微微上翘的鼻子,蓓蕾一般的嘴唇,他感到自己呼吸出现了障碍,大脑像陀螺一样在转,不知不觉就闭上双眼,将脸颊贴了过去。突然,令狐可一把推开了他。他傻了,触电一般抖动不停,两只手不知放到何处。事情发生在瞬间,结束也在瞬间,令狐可后退一步,揉了揉眼睛说:记住,你一辈子都欠我的。他没有回答,刚才这个动作太突然了,完全是下意识的。令狐可转身走进校园,当时校园还没有保安,收发室的老大爷问也没问,就开门让她进去了。

人生有些举动只能做一次,在后来几十年的交往中两人再没有重复这一动作,尽管有无数次单独相处的机会。

这次约令狐可,石洪祥还想搞清楚一件事,唐婉秋当年为什么要教会父亲号谱,其中有没有令狐平的因素。父亲当年用不到一个月的时间就学会了各种军号号谱,后来成为志愿军司号兵教官,这一点令人惊异。父亲能这么快学会号谱,这对于一个没有受过专门训练的人来说并非易事,已经是艺术学院学生的唐婉秋从中发挥了独特作用。唐婉秋当时在东北鲁艺上学,专业是器乐。石洪祥本想直接问父亲,但事关父亲隐私,不敢贸然开口。父亲对不该分享的往事从来都是守口如瓶。人越老,秘密守得越严,这是个普遍现象,秘密对于老人来说,就像贴身口袋里的钱,想偷走都难。他想到了令狐可,母女之间无秘密,他相信唐婉秋生前会将一些秘密告诉独生女儿令狐可。

虽然同住一城,约令狐可出来见面的机会却很少,两人多是电话联系。近些年,两人各自有一大摊工作要忙,一年也就见一两次面。石洪祥将约会地点选在广州街歌德书店里的咖啡屋,那里二十四小时营业,可以不限时长谈。电话打过去,令狐可说:我俩见面还用去那种地方吗?就去你工作室吧,泡一壶陈年普洱,让食堂准备点消夜,想谈多久就谈多久。

本来高规格的浪漫约会被令狐可一下子降低了标准。

石洪祥想了想,两个中年人确实没必要搞那种小情调,在自己公司里谈事情心里多踏实,也不用顾忌什么人。

令狐可下班后自己开车赶到富发诚铜雕艺术公司,石洪祥早早站在门口等候。令狐可很长时间没来公司了,她是浑河歌舞团团长、文艺界名人,石洪祥知道她的应酬不会少,也就很少约她出来。石洪祥上前一步打开车门,令狐可从车上款款下来,笑容像晚霞一样灿烂:久违了,大艺术家。令狐可今天的装束通体米色,米色套装、米色皮质手袋和米色纱巾,给人的感觉像皮肤一般柔软,尤其鼻梁上的品牌钛金眼镜亮可鉴人,将匀称的五官衬托得像绽放的芍药。令狐可继承了母亲唐婉秋的美貌,也继承了父亲令狐平的领导才干,在歌舞团工作颇有业绩,深得上级赏识。舞蹈演员出身的令狐可口才极佳,带有金属质感的声音和侃侃而谈的优雅,让她成为成熟女性中的翘楚。石洪祥的特长是设计和制作,他曾经幻想,如果当年两人果真结合,应该是难得的优势互补,一定会有个形象好、会讲能干的好孩子。

很久没来你这儿了,挺想到大墙根看看。令狐可说。

我们去看看就是。石洪祥也想陪令狐可在公司院里走走。

两人来到厂区西南角,这便是令狐可说的大墙根,这里有梓树、青冢、古井和那面城墙般的院墙。令狐可走上井台转了转,探头往井下看,石洪祥上前牵住她的手。井大约三丈深,井水清澈,不见涟漪,映出两人的身影,影子有点晃动,刚靠近又倏然分开。

石洪祥在看井的刹那间,忽然想起上海夜晚的那一幕,耳边仿佛又传出令狐可清脆的声音:记住,你一辈子都欠我的。这句话如同咒语,深深地录制在他大脑神经上,不经意间就会启动回放模式。

令狐可站在井台望着梓树下的青冢道:妈妈在世的时候常常提起石爷爷,说她的命是石爷爷和石伯伯救的,让我任何时候都不能辜负石家。我常常想,石爷爷当年背负巨债救了妈妈,为什么就不能成全妈妈和石伯伯的好事?石爷爷反对石伯伯和妈妈结合,到了我们这一代,石伯伯和妈妈又反对你我相恋,这件事成了一个解不开的结。尽管妈妈对此做过一些解释,但我总感觉有点云山雾罩的意味。

石洪祥说:有些问题不需要答案,再说世上很多事本身也没有答案,这恰恰是生活的魅力所在。

令狐可做了个双臂伸展动作,环顾了一下四周道:真的很喜欢这个地方,公园般的一隅,历史与现实交汇,古人和今人对话,体现了时空的相融性。她停顿了一下,摇摇头说:但不得不说你在设计上还是有败笔。

石洪祥惊讶地问:哪里是败笔?

南面那面灰墙添堵,为什么要设计为城墙呢?还有那句空洞的口号,换成铁艺栅栏,再栽满红色的蔷薇花,那将是一道绝妙的景观。令狐可叹了口气说:没办法,国人观念就是痴迷筑墙,好像墙筑得越高越有安全感。其实墙只能挡住自己的目光和脚步,挡不住强力的外侵,如果真有盗贼想进来,墙就是摆设。

石洪祥心想,这是怎么了?父亲说这面墙不好,令狐可也说这面墙是败笔,自己花费很大精力改造的这面墙,成了批判的靶子。他点点头说:过几天我把墙拆了,你说得对,套上院墙产生的所谓安全感其实是自欺欺人。

既然建了,就不要再拆了,毕竟有成本的,令狐可说,关键是怎么整改。

石洪祥觉得令狐可像女巫,一下子就戳中了今天约会的要点。他指着那面墙说:今天约你来,很重要的一个问题就是商量如何整改这面墙。你知道,明年是父亲百岁大寿,我要备一份生日礼物,父亲说他不要礼物,但提出要这面死墙活起来,我就想怎样才能让这面墙活起来呢?

石伯伯有没有提示?

提示了,父亲说你妈妈在世就好了,可以软绣,父亲对唐阿姨感情太深了。石洪祥说。

软绣一面墙?令狐可很惊讶。

那倒不是,父亲说唐阿姨绣什么都是活的,我一时也想不明白,墙不是布,也没法绣,只好请你这个智多星来想办法。石洪祥有点黔驴技穷的无奈。

令狐可凝望着那面墙出神,蓬松的齐耳短发被傍晚的阳光照出了几丝酒红。这面墙很结实,青砖白缝,垛口敦实,墙上八个大字也十分规范。如果这是一幅巨大的幔布,母亲将如何软绣呢?绣花草虫鱼不合适,绣山川江河也不行,这些东西与墙的生命不相融,那么还能绣什么呢?令狐可一时也没有想好。

想不出来的时候不要硬想,还是去参观一下你的铜雕展厅吧,看看有没有新作。令狐可说。

展厅里大都是老作品,还是到工作室里喝茶吧。石洪祥显然想阻止参观一楼展厅。

为啥怕我参观?是不是有见不得人的东西?令狐可歪着头问。

哦,展厅事先没做保洁,浮尘大,我记得你好像有洁癖。石洪祥一时不知怎样说,理由有些勉强。

我对你的管理能力特有信心,你怎么会让公司展厅蒙尘存垢呢?那可是公司的脸面。你从小就是个爱整洁的人,记得在上海有次你看到我辫子上有头皮屑,对我好一顿批评,说整洁是强身之本。我当时还挺生气,心想,你有什么资格挑剔女孩子?后来我不得不承认,你是个讲究内外整洁的人,这一点应该给你加分。

别翻小肠,你想看就看吧。石洪祥最怕令狐可提往事。

你的作品是我最好的精神大餐,来一回岂能放过?令狐可抬手拢了一下头发。

石洪祥心里却有些忐忑,因为半年前刚刚完成一尊女性人体雕像,雕像完成后大家纷纷称赞,都说这是人体铜雕的一个高峰,有大奖品相。有个见过令狐可的助手突然说:石老师,这铜雕太像令狐团长了,眼睛、鼻子、嘴、身体比例,肯定是以令狐团长为模特儿创作的。石洪祥被说了个大红脸,辩解说:这怎能是令狐团长呢?你没看见雕塑的名字叫《葑菲》吗?助手问:葑菲是谁呀?石洪祥迟疑了一下说:是一个大学同学,你不认识的。

石洪祥引令狐可来到位于办公楼一层的展厅。展厅里陈列着上百件大大小小不同时期的铜雕作品,有长宽逾丈的浮雕,有小巧的奉锣、铜号、紫铜火锅、白铜水烟袋和大门上的辅首,创作者分别是石洪祥的祖父石嘉文、父亲石国卿和石洪祥自己。馆中还陈列着富掌柜的作品,都是清一色的响器,其中一对黏豆包大小的铜钹很精致,令狐可驻足看了好一会儿。石洪祥道:你真有眼力,这对小钹用铜最好,是少见的精品。展厅中最醒目的是摆放在大厅中央的铜制大政殿,是按一比十比例纯铜锻制,六个工程师断断续续耗时近十年,获得了国家金奖,是富发诚的镇店之宝。

令狐可伸出一根手指在大政殿的玻璃罩上摸了一下,然后将食指伸给石洪祥看:灰尘在哪里?

石洪祥笑了笑,说:卫生保洁没有止境,让展柜展品纤尘不染是公司要求,你能满意我就放心了。

走到展厅正南方,那尊叫《葑菲》的女性人体铜雕吸引了令狐可的目光。这可是一件新作品,她一边说一边走过去。石洪祥犹豫了一下,只好也跟过去,屏住呼吸站在令狐可身后。

你的作品?令狐可问。

是的,不是很成熟。石洪祥额头渗出汗珠来。

这尊人体铜雕十分逼真,体态优雅,姿势奔放,定格在一个旋转舞蹈动作上,也许是观众格外喜爱的原因,人体的某个部位被人抚摸得很亮,已经出现包浆,这让石洪祥感到很难为情。他相信令狐可一定会发现铜雕的秘密,因为铜雕的确是以令狐可为模特儿创作的。

令狐可站在铜雕前端详了许久,只是轻轻说了一句:蛮像的。她的声音很小,石洪祥勉强听得清。令狐可接着说:《葑菲》这名字取自《诗经》吧?看来这是你的一道菜了。

随便起的,没多考虑,石洪祥紧张地说。他知道令狐可上大学时选修过古典文学,诗词歌赋储备不会少。在这尊作品的取名上,他动了不少脑筋,《葑菲》这个名字尽管晦涩,但表达了寓意。

雕塑女性人体是个很愉悦的过程吧?令狐可漫不经心地问。

哪里有愉悦呀,格外费力倒不假,尤其是后期修正,丝毫马虎不得。在回答提问的同时,他担心令狐可转过头来看自己,那样的话他会无地自容。如果令狐可较起真来,这尊雕塑就不是欠一辈子的事了,而是几辈子也说不清的大问题。他后悔当初雕成裸体,自己并没有欣赏过令狐可的胴体,创作中纯粹是想象,大学期间他无数次臆想过令狐可的身体,那种青春期神秘的向往和冲动让他的想象力发挥到了极致。到了中年这种冲动变得沉寂下来,但在创作这尊雕塑时青春的冲动竟然死灰复燃,不知不觉就把铜雕做成了令狐可。

令狐可没有回头看他,围着雕塑转了两圈,便移步去参观别的展品。

石洪祥长舒一口气,咚咚直跳的心顿时有种风浪中舢板靠岸的感觉。参观完展厅,石洪祥引令狐可来到二楼工作室。这间工作室,令狐可来过多次,熟知里面的摆设。进到工作室令狐可没有左顾右盼,径直走到靠窗的藤椅上坐下来,藤椅前是个藤编茶几,上面铺了白色镂花台布,摆着精致的骨瓷茶具。石洪祥提前做了布置,普洱茶已经泡好,香薰里燃了沉香。两人相对而坐,品茶闻香,气氛果然比去歌德书店轻松,歌德书店毕竟是营业场所,缺乏私密性。

自从妈妈去世,你我联系就少了,为什么?令狐可开口便问。

公司合同多,大都是急活,你当领导应酬肯定不少,也怕你没时间。石洪祥不善表达,在令狐可面前有些局促。

这不是理由吧,令狐可装作嗔怒的样子说,是不是因为有了楼下的雕塑,对真人就不感兴趣了?铜雕不会老,真人会人老珠黄。

你还是饶了我吧。石洪祥面对伶牙俐齿的令狐可只能告饶。那尊雕像不是你。石洪祥撒了一个不该撒的谎。

我倒希望是我,那样的话我的青春就被黄铜永远留住了。令狐可毫不回避。

如果你这样想,那就是你吧。石洪祥也说了实话。

令狐可笑了,调侃说:你应该在铜雕下写个"禁止触摸"的提示牌,君子动口不动手,人体艺术品只许远观,不可亵玩。

有些参观者可能是太喜爱了吧。世界上许多著名雕塑都难逃这种待遇,没办法,参观者并非恶意,也许是表达一种期冀。

我的人体会给人带来期冀?令狐可嘴上不饶人。

石洪祥脸红了,一时不知说什么好。

我注意到这尊雕塑成功的部位了,不是乳房,而是嘴唇,嘴唇饱满而俏皮,好像欲言又止的样子,令人产生联想,想必你创作时也会有这样的体会。

石洪祥又不知说什么了,令狐可的话每一句都埋着雷。他忙说:我们不谈这尊作品了,还是说正事。

令狐可点点头,端起茶杯喝了一口,笑眯眯地看着石洪祥。刚才一番对话把石洪祥弄得满头冒汗,她从纸抽里抽出几张纸递过去:擦擦汗,都多大年龄了,还这样腼腆。

我约你来除了商量如何让那面死墙活起来,还有件事想问。唐阿姨为什么要教我父亲学号谱?这里面是不是有令狐伯伯的安排?石洪祥提出了令他困惑很久的问题,他觉得这件事很重要,直接关系到父亲和令狐平是否存在深层次的冲突。

令狐可略作思考后说:学号谱是石伯伯主动找的我妈妈,与爸爸无关。妈妈说过,一九五〇年冬天石伯伯请妈妈利用假期教他学会各种号谱,当时富发诚正为入朝部队加工军号,每一把军号出品前都需要校准,石伯伯不学号谱无法校准。

父亲可以派其他徒弟学呀,为什么要亲自学?石洪祥还是想不通。

无法证实的一个原因是,石伯伯想利用学号谱的机会和妈妈多接触,他们毕竟是娃娃亲,相互感情深不可探。但这一说法被妈妈否定了,妈妈说石伯伯是个只会把想法深藏起来的男人。

石洪祥点点头,这也许是个理由。

令狐可说,虽然爸爸是妈妈去东北鲁迅文艺学院上学的引路人,但入学后学什么专业是妈妈自己选择的,爸爸并没有干涉。我也想不明白妈妈为什么要学管乐器,步号、马号、军号和青年号,这些都不是一个女孩子的长项,何况妈妈当时已经接近而立之年。后来我想出了原因,富发诚不是响器店吗,根在这儿呢。

石洪祥问:唐阿姨在世时是不是和你说过她和我父亲的事?父亲对此一直守口如瓶。

当然说过,令狐可道,但这事说来话长,恐怕一个夜晚也说不完。

石洪祥拿出速写本,很认真地说:父亲已经九十九岁了,为他的百年寿辰准备礼物,我必须做足功课。

我理解,铜行里唐、石、令狐三家,唯一健在的老一辈就是石伯伯,而且已是百岁老人。这一页很快就要翻过去了,该留下的一定要留下,这话是妈妈对我说的。妈妈说是否有感恩之心是检验人品的试金石,石家对唐家有再造之恩,她一生最对不起的人就是石伯伯。

唐阿姨的话说重了,父亲从来都没有埋怨过唐阿姨,石洪祥说,造化弄人,有些事没办法。

妈妈总觉得自己辜负了石伯伯,令狐可说,作为女儿,我了解妈妈,妈妈说欠石家的债下辈子也还不完,我心里不服,就总记着你欠我的债,让债权人在下辈子发生逆转。

当年石家在救唐阿姨一事上是一份责任,无论从铜行里的互助传统,还是从石、唐两家关系上而言,石家都必须这么做。石洪祥知道当年富发诚从火坑里拯救唐阿姨一事,具体情况爷爷和父亲从来不提。他曾问过父亲,父亲说:你问这个干什么?施恩莫图报,以后甭提此事。他就不再敢多问。

令狐可说:这些事母亲到了晚年才对我说的,母亲说了之后我还纳闷儿,既然石家对唐家有恩,妈妈为什么要反对你我相恋?这不合逻辑呀。再后来我明白了,这是妈妈、爸爸、石伯伯和伯母四个大人间的事,长辈有长辈的逻辑,我们搞不懂。妈妈说了往事后,石伯伯在我心目中顿时像院子里那棵梓树一般高大起来,我觉得石伯伯的人格就是黄铜六君子综合体,神秘而包容,他对妈妈只有付出没有索取,是一种真正的大爱。妈妈说在朝鲜前线两人单独谈过一夜,那一夜,石伯伯连手都没有碰妈妈一下。妈妈说石伯伯称得上是精铜男人,精铜你懂的,没有任何杂质,是特殊材料。

令狐可用右手支着下颏,一侧短发垂下来遮挡住半张脸,整个人沉浸在回忆里。她说:多可惜呀,英雄迟暮,美人老去,自然规律不可逆转,无法重温往昔岁月的甜蜜。石伯伯和妈妈不能例外,你我更无法摆脱时光的拖曳。记得当年在上海外滩你还穿着喇叭裤呢,像葱一样青嫩,我也是个未谙世事的小丫头,现在再看看,你长发花白,我花容不再,世界在无奈中老去。令狐可话里透出一种感慨,听起来像一首伤感的小夜曲。

石洪祥不想联系自己,他听出来令狐可在夸父亲的同时,似乎对他有隐隐的指责。自己确实不如父亲有精铜般的自制,仅仅半个夜晚就有些不能自持,而爸爸和唐阿姨在一起过了整个夜晚也没有发生什么。

他问:父亲和唐阿姨怎么会在朝鲜见面呢?唐阿姨也不是军人。

令狐可道:石伯伯担任司号教官去了朝鲜后,第二年妈妈随慰问团出国赴前线慰问,就这样他们见了面。

石洪祥明白了,父亲有个带盖的搪瓷茶缸,茶缸和那个被称为软铜册的黄缎封皮日记本应该是唐阿姨带去的慰问品,两样东西上都印有"献给最可爱的人"字样。难怪父亲特别珍爱这两样东西,原来意义非同寻常!七十年了,茶缸完好无损,黄皮本子也还在用,如果不是精心保护,两样东西早就不在了。

石洪祥向令狐可说了这两样东西,他估计令狐可家里也应该有类似的纪念品。

令狐可摇摇头,说:妈妈没有这两样东西,石伯伯的这两样东西是不是妈妈所赠我不知情,但妈妈和石伯伯在朝鲜见面是准确的。妈妈说当时她已经和爸爸结婚了,将这个消息告诉石伯伯后,石伯伯忘记了祝贺,说只要姐高兴就好。石伯伯一直管妈妈叫姐,这个叫法是从少年时开始的。这句话把妈妈说哭了,妈妈自然是高兴,但石伯伯怎么办?石伯伯一脸胡子还没有成家,妈妈知道石伯伯不娶的原因,也许妈妈匆匆嫁给爸爸,就是想让石伯伯早日从旧情中走出来,当然这是我的猜测。

他们相恋是因为爷爷反对才没有结果,石洪祥说,爷爷反对有反对的道理。

妈妈说,在司号员培训基地,战友们以为妈妈是石伯伯的亲姐,就劝妈妈做做石伯伯的工作,因为石伯伯整天面对着一堆号嘴掉泪。政治部的领导悄悄对妈妈说:石教官带的学员都牺牲了,三十只号嘴就是三十个司号员,他无法走出来,你是他姐,你劝劝他,打仗嘛,牺牲总是难免的。就这样,妈妈在石伯伯宿舍坐了一夜,劝说和安慰石伯伯。

据妈妈说,那次他们谈了一个通宵,就像我俩今天这样,没有任何顾忌。两人具体谈了些什么妈妈没有细说,估计是谈生死、谈战争,也可能谈到了恋爱和婚姻。但妈妈说石伯伯反复问她一个问题,是不是真的喜欢令狐平,他甚至说哪一天令狐平不要她了,他会收留姐,像当年从银红书馆把姐赎回来一样,在弟的心里姐永远是一朵永不凋谢的荷花。

妈妈告诉石伯伯,令狐平人不错,是个事业型领导,三十岁了还没有考虑个人问题,可见心思都用在了工作上。妈妈还说当年在胡同里两人以令狐平为偶像这一点没错,令狐平在政治上非常成熟,未来一定会有很好的发展。石伯伯问:姐说的发展是做大官吗?妈妈说是干大事,当然也包括职务上的晋升。石伯伯说铜匠只会实打实,大干部是天上飞的鹰、水里游的龙。妈妈说:这一点我心里清楚,如果再有落难那一天,弟一定不会让姐流落街头,有弟在,姐心里踏实。

妈妈劝石伯伯尽快从战友牺牲的悲伤中走出来,把损坏的军号修好才是对战友最好的怀念,只要军号能吹响,就证明战友的精神在。

这次谈话把一层窗纸捅破了,两人应该达成了某种观点上的一致。石伯伯从部队回来后本来被分配到大学任教,和妈妈一个单位,但他选择了到铜器厂干老本行,不久被提拔为厂长并结婚成家,后来成为著名的铜雕工艺师和省级劳模。现在看来,石伯伯的选择非常明智,他在铜雕事业上取得了成功,退休后又创办了富发诚铜雕艺术有限公司,不仅恢复了老字号,还留下了这么大的家业。

石洪祥明白了,父亲当初能从悲伤中走出来,唐阿姨起了至关重要的作用。

妈妈在世的时候说,石伯伯不同意我俩谈恋爱是对的,说你的天赋和勤奋决定了你会成为一代铜雕大师,但不会是一个好丈夫。好丈夫永远把女人放在心坎上,而大师充其量只能和女人相伴过日子。女人如果选择大师,就要一辈子甘心居从属地位,大师心中至高无上的只能是他迷恋的专业。

唐阿姨这个说法我不敢苟同,难道我是个不会生活的人?

妈妈不是否定你,我认为这是夸你。令狐可说。

石洪祥松了口气,唐阿姨这样说确实毫无贬义,事实上那些有成就的大师真与常人不同,几乎全部心思都用在了专业上。

妈妈对石家三代人都持赞赏态度,说你爷爷、你父亲都是有追求、有梦想的人。石爷爷的梦想是打制一口奉天城最大的火锅,起名"奉天第一锅",准备用不加锡的黄铜精心锻造。按设计初衷,锻造出来的奉天第一锅够铜行里所有铜匠一起涮羊肉。当时铜行里铜匠师徒有近百人,这口锅有多大你就能猜出来。石爷爷为此花费了很大精力,可奉天第一锅不但没打成,还差点招来大祸,这个梦想最终成为遗憾。石伯伯的梦想是打制一座纯铜大政殿,他和妈妈说过,奉天第一锅已经没有打制的意义,现在吃饱饭不是问题,问题是如何巩固吃饱饭的日子,所以要打制一座铜质大政殿,代表着我们的江山是铁打铜铸的。为此,石伯伯也花费了很多精力,多次到沈阳故宫实地考察,很可惜也没能实现,后来可以搞了,年岁又大了,不能不说这是石伯伯的一大遗憾。你知道,是原铜器厂的六个年轻工程师帮石伯伯圆了这个梦。至于你,妈妈也说过,蔫孩子成大事,你不会比父辈差。你看妈妈对你多有信心。令狐可注视着石洪祥,能看出石洪祥心里在翻江倒海,不敢与她对视。

其实我也有梦想,只是不同阶段梦想不同而已。比如在多年前,我的梦想是为国家级纪念馆锻造大型铜雕,这个梦想已经实现。比如前一阶的段梦想是把你的青春锻造成永恒,这个也做到了,展厅里那尊雕塑是你我不能与人分享的梦想,算是我俩共同拥有的一个秘密吧。比如当下,我的梦想是创作一件不朽之作作为父亲的百岁生日贺礼,这件事对于我来说不仅是尽孝,更是一次艺术创作的提升。

令狐可道:问题是你的生日礼物必须得到石伯伯的认可。

所以我要多听父亲讲述,多了解一些他的思想和情感。石洪祥有些歉疚地说。以前总是忙,和父亲交流不多,对父亲的过往也兴趣不大,这是应该检讨的。

对头,是应该多和石伯伯聊聊天,免得将来后悔不迭。我认为每个老者都是一本耐读的人生巨著。

石洪祥说:父亲抽屉里有本软铜册,就是那个黄皮日记本,我特别想知道父亲都在上面记了些什么。

为何叫软铜册?令狐可第一次听说这个奇怪的名字。

铜金相通,大概是借金册古义吧,因为是黄缎子皮,所以加了个"软"字,父亲说有典有册,乃成历史。

问题迎刃而解了,软铜册里一定有你进行艺术创作的灵感和内容!令狐可有些激动地说。

令狐可的判断让石洪祥心里变得亮堂起来,是啊,打开父亲神秘的软铜册,就等于打开了阿里巴巴大门,艺术构思也许就会水到渠成。他深情地看着令狐可道:不得不承认,你确实厉害,总能找出解决问题的办法。有难题找可可,此言不虚。

这是你的评价,我先生可不这么看,他说我是外精神。

令狐可的丈夫是驻外文化参赞。石洪祥对这位外交官的了解并不多,从令狐可口中得知,这位大参赞对铸铜锻铜工艺十分看重,他说中国的工匠精神来源于铜匠,从商周青铜技术来看,有的工艺现在都很难做到。因为这些话,石洪祥对令狐可的这位外交官丈夫印象不错。

思路通了,我们可以吃饭了。石洪祥打电话让食堂送饭上来,特意嘱咐要拿他收藏的好酒。

一个戴近视镜的小伙子端来晚餐、酒和两只特大号的红酒杯。石洪祥说:权当一次野餐,慢待了大团长。

这句话让令狐可找到了批评的话题:对了,我想起来你还欠我一顿野餐,你记得你说过的话吗?

石洪祥歉意地笑笑道:当然记得,那年春天你当上团长,我说到棋盘山踏青,搞个野餐庆贺一下,这话说来有十年了。

光说不练,这不是铜匠的做派。令狐可嗔怪道。

所以我说今天权当一次野餐了。石洪祥斟上酒,酒色纯正,酒香馥郁,工作室里顿时弥漫起一种酒意中的缠绵,这缠绵是千万条看不见的情丝,会把想依靠的人一点点裹在一起。这是红酒的美妙所在,如果你想改变气氛,就打开一瓶红酒;如果你想营造情调,就打开一瓶红酒;如果你想捕获对方迷离的眼神,就打开一瓶红酒。石洪祥忘记了这是谁说过的话,但酒足以改变环境,对此他深信不疑。

令狐可笑了,端起酒杯优雅地摇着,曼妙的酒体像液化的红玛瑙,在水晶杯里舞蹈。她擎杯对石洪祥说:你约我不是为我,而是想从我这里探听消息。这样吧,你今夜若能开怀畅饮,我就把妈妈对我说的话和盘托给你,怎么样?令狐可明知石洪祥不饮酒,上红酒完全是为了她,便主动将了对方一军。

一个好铜匠连铜水都不怕,还会害怕一瓶红酒?石洪祥端起杯,心里有些小激动。

别逞强了,我还不了解你?令狐可不再难为他。

石洪祥没听劝告,很男人气概地来了个干杯,放下酒杯道:请打开话匣子吧。

关于妈妈和石伯伯之间的事,现在可以解密了。令狐可轻轻摇动着酒杯说,我先说妈妈对你的看法。妈妈对你一直很看重,认为你绝非等闲之辈,妈妈说石家的男人都非同一般,遗传基因像经过了十二炼,杂质已经被淬炼干净,只保留了最优秀的成分。其实,妈妈不了解你的缺点,我觉得你虽是块铜,但少了点钢性,比如明明可以快意恩仇做件事,却通过自戕式克制来捆绑自己,够累的。

石洪祥没有在意令狐可后面的话,他还在回味唐阿姨对石家男人的评价,唐阿姨太好了,是真正懂石家男人的女人。他忽然想到了自己的母亲,母亲是个宽厚之人,从不亏欠任何人。像唐阿姨喜欢自己一样,母亲也特别喜欢令狐可,母亲去世前还在病床上念叨可可的名字。石洪祥认为这是母亲在为当年阻止自己和令狐可恋爱而自责,因为母亲一直将令狐可视为己出。令狐可话锋一转:妈妈知道石爷爷心里有奉天第一锅,石伯伯心里有大政殿,你心里有什么妈妈不了解。妈妈说过,洪祥已经不年轻了,该有立身扛鼎之作了。当然,妈妈说这话的时候,你还没有为国家级大型纪念馆创作巨型铜雕。

石洪祥觉得那杯红酒在体内变成了一条鲇鱼,从肠胃直往脑门钻。唐阿姨的话是一种爱和期待,一个铜雕艺术家唯有打造出扛鼎之作才能在业内立身,艺术家永远靠作品说话,其他都是花拳绣腿。刚毕业的时候,自己想过锻制大政殿一事,按照父亲设想的比例,依榫卯建筑法式打制一座纯铜大政殿并无技术难题,但特别费时费力,而且完成后也不会有任何经济效益,社会效益怎样也很难说,投入产出比实在不划算,所以他一直没有做。他问过父亲为什么有锻制大政殿的念头,父亲说是一种很朴素的情感而已,铁打江山、铜铸天下,打造铜质大政殿是他从部队转业时的想法,这个想法一形成就种在了心坎上。这件事后来被铜器厂的六个工程师利用业余时间完成了,这让他每次站在展厅中央那座铜质大政殿前总有种讪讪的感觉。令狐可的话让他再次思考关于梦想的问题,爷爷时代吃饭尚是问题还有梦想,父亲历经艰苦创业依然梦想不变,而自己的梦想在哪里呢?纪念馆的大型浮雕虽然大,却是一个概念。令狐可的人体铜雕虽然逼真,不过是自己的小爱,难怪令狐可对这尊人体铜雕没有更多评价,她一定觉得把一个女性人体雕塑作为阶段性人生梦想是多么浅薄,与她妈妈期待的立身扛鼎之作相去甚远。

我会给唐阿姨一个交代,我向你保证。说完,石洪祥抿紧了嘴唇,目光从令狐可耳边穿过去,停留在墙上悬挂的一面奉锣上。这是富发诚最早出品的奉锣,是一次他到天津出差在古董市场上淘来的。把这面奉锣挂在墙上,就是为了时时激励自己,无论何时何地,都要有一鸣惊人的志气。

那我就替天堂里的妈妈祝福你!

令狐可品了一口红酒,今夜要向石洪祥讲妈妈的故事,她相信这也是妈妈的想法,妈妈一直拿石洪祥当儿子待,这一点她心里清楚。

工作室里灯光柔和,几个冷碟、两杯红酒,香薰里的沉香已经不知点燃几次,弱弱的烟丝呈线形上升。一幅没完工的紫铜浮雕铺在工作台上,橘色的灯光打上去,发出金子般的光芒,构成了这次约会的金属色调。屋内氛围如同一幅工业题材的油画,是刚与柔的完美结合,尤其室内配置的藤椅太对了,藤椅与铜雕在色彩上是最佳搭配。穿咖啡色夹克的石洪祥与穿米色套装的令狐可坐在藤椅上,有种铜雕复活的运动感,让人联想到街头搞行为艺术的小铜人。

令狐可说:大艺术家,不能有点音乐吗?

当然有,还是你送我的光盘呢,石洪祥道,我还记着你在光盘包装盒上写的那句话:"音乐是夜的灵魂。"

石洪祥起身过去打开音响,这套音响极具金属特色,音箱外形是个硕大的铜质齿轮,控制器如同车床,播放出的音乐似乎能划开人的皮肤。播放的是一首名叫《难以忘怀》的英文歌曲,这是电影《罗马假日》主题曲,一个充满磁性的男中音深情地唱着,缠绵低回。令狐可合上双眼,捧着酒杯,身体在微微摇动,她已经随着音乐进入一种飘逸的神态,沉浸在美妙的歌声里。

歌曲能助酒兴,令狐可举起摇过的酒杯兀自徐饮细品。歌声结束,她放下酒杯说:开始讲述吧,这些故事在我心里储存了好多年,刚才我说了,今天正式解密。

令狐可开始用她动听的声音讲述属于妈妈唐婉秋的原创故事。

第三章 软绣

令狐可的讲述如同神奇的老照片修复,在石洪祥脑海里将积攒的记忆碎片粘贴回放,再现了很久以前发生在铜行里的往事。

农历十月初一凌晨三时,身穿藏青色长袍的石国卿背着褡裢走过空旷的街道,直奔八卦街而去。他步子很快,几乎是一路小跑,千层底布鞋因天冷变得很硬,踩在石板路上像牛皮底一般笃笃笃作响。

这一年是鼠年,沈阳城脱了一层皮的年份。

他看见一只老鼠从面前马路旁的水箅子里钻出,大概受不了天寒之苦,旋即又钻了回去。他愣了一下,抬头看到墙根有一个人,兜头裹着一条绿毯子,弓着背在撒尿,然后忙不迭提着裤子跑进一个麻袋垛成的环形掩体里。鼠年之人,活得怎么都像耗子?石国卿嘟哝了一句。他知道出来撒尿的是国民党军士兵,这么冷的天,工事里又不能烤火,怕是枪栓都会冻住,这仗还能打吗?他不敢左顾右盼,加快了脚步赶路。沈阳城是一座饿脱了相的古城,全城一半以上的人在吃糠咽菜,守城的国民党军士兵也吃不饱,墙角旮旯随处都有冻僵的"死倒"。

城外有零星的枪炮声传来,以往人头攒动的四平街墓道一般死寂。因为少有灯光,街巷阴森森的,好在地上的雪有些亮色,让他不至于栽跟头。半个钟头后,他来到了八卦街。八卦街的标志性建筑是个回形楼,石国卿对这一带十分陌生。天色深沉,回形楼如同一个硕大的表盘,而他是一根细小的秒针,转了一圈又一圈,始终没有找到银红书馆的牌子。出发前父亲说银红书馆门口应该挂着红灯笼,灯笼上有字。他便四处找灯笼,回形楼的每个门窗都黑黢黢,一丝烛光不见。他虽然没到过这里,但听说过不少八卦街的奇闻逸事,比如这里有个叫姻红的女孩儿曲儿唱得好,唱一支曲子值五块大洋,五块大洋能买两面奉锣,可见姻红的曲子有多贵。还比如有个叫月仙的女孩儿一顿能喝两斤高粱烧,酒后推牌九还总能赢。这些街谈巷议让他明白了八卦街是沈阳城出名的销金窟。

围着回形楼转到第三圈时,他又发现了一只老鼠,一只褐色的大个头老鼠。今早真是奇怪,怎么总能见到老鼠? 因为婉秋害怕老鼠,石国卿对老鼠也十分讨厌。记得有年夏天他和婉秋到护城河玩耍,正玩耍得开心,突然蒲草丛里钻出一只灰老鼠,老鼠在离婉秋两步远的地方跑过,婉秋吓得惊呼一声,猛地扑到他怀里,脸上血色顿失,一句话也不说。回到铜行里婉秋的手还在发凉。当时他攥着拳头对婉秋说:姐别怕,有我呢! 老鼠再出来我就灭了它。眼前这只老鼠从一堆劈柴中钻出来,在雪地里嗅来嗅去,丝毫没有怕人的迹象。他停下脚步,好奇地看着这只旁若无人的小家伙。回形楼的一扇窗户恰好有灯光亮起,似乎在给这只雪地里的老鼠照明,他心里奇怪,连人都不放在眼里的老鼠,凭啥呢? 入冬后的沈阳城大多数人过得不如老鼠,这个原本东北最大的城市人口变稀了,商铺大都关闭,乞丐和营养不良的国民党军士兵成了街面上的风景。很难想象,连银红书馆这样的销金窟都会没有生意可做。令狐掌柜说过,世道越乱,肮脏的地方越脏。看来令狐掌柜的话今年不灵了,八卦街十几家有名的书馆一入冬都变得门庭冷落,给人一种变干净的错觉。

人总不该输给老鼠。他按住肩上的褡裢,碎步向前,飞起一脚将积雪踢过去,飞溅的积雪将老鼠吓跑了,跑得不紧不慢,动作上充满了对攻击者的轻视。他胸口憋着一股气,索性快步追上去,他要让这只老鼠知道,在人面前老鼠就是老鼠,成不了大牲口。老鼠跑跑停停,在一扇大门的门槛下不见了身影。他舒了口气,抬头便发现这处门楼飞檐上悬着两只灯笼,因为没有点灯,灯笼暗淡,隐隐约约可以看到灯笼上有"银红书馆"四个黑字。他心想,这老鼠怕不是来领路的吧,果真如此,该谢谢这只老鼠。

石国卿不知道黎明之后这座城市将改天换地,他只记得半年前自己在北市一家春饼店和银红书馆老鸨顾大珍的那次谈判。那是他平生第一次谈判,他知道父亲派自己来的目的:一则,是已经不年轻的自己应该独立处理复杂问题;二则,自己和婉秋关系特殊,别人出面不合适。

那次与顾大珍谈判,石国卿知道了什么叫脸上横肉。横肉若是长在男人脸上,多的是匪气和彪悍,长在女人脸上,就是蛮横和无理。顾大珍一脸横肉似乎要绷破脸皮,像条条肋骨从鼻翼两旁鼓出来,与两只金鱼眼形成绝配。他感觉顾大珍的目光像两条暗红的蜈蚣,在自己的对襟袄子上寻找漏洞,谈话中他下意识地一次次整理衣领,生怕这蜈蚣从衣领处钻进来。顾大珍看出了眼前这小伙子的窘迫,越发变得蛮横,用沙哑的烟酒嗓说:半天都不能拖,日子到了银子不到,立马就送给主顾破瓜。他上牙咬紧下唇,一声不出。还有,顾大珍停顿了一下说,要交三十块袁大头做定金。当然,定金也可以免,你到书馆来端三个月的茶水。他发现顾大珍眼里的两条蜈蚣变成了两条麻绳,似乎要探出来绑人。他压住心跳道:富发诚卖锣不卖人,三十块袁大头给你就是。

和顾大珍签过协议后,石国卿每天都在掐算日子,床头那副月份牌每撕下一张,他的心就会抽动半天。他知道父亲正在想法儿筹钱,为了筹钱,父亲把铜行里都发动起来了。兵荒马乱之年最难办的就是筹钱筹粮,铜行里做生意的都是匠人,攒下的都是手艺,三百块袁大头不是个小数目,想筹齐简直如登天梯。顾大珍这只母狐狸特聪明,协议上写只收袁大头,其他一概不要。也难怪,金圆券正当柴烧,除了金条外,只有袁大头是硬通货。

农历十月初一是最后期限,还有五十块袁大头没有着落,石国卿感到仿佛一座黑压压的大山要倒过来。下午,他来到中心庙,独自向关老爷祈祷,希望筹款能有转机。云后的太阳如同冷月,没有丝毫暖意,太阳如果不像太阳那真的没辙了,老百姓不就是靠天活着吗?他跪下去给关老爷磕了三个响头,地面铁板一般,他是真用力了,咚咚咚,震得两耳轰鸣,希望自己的真诚能感动小庙里端坐的关老爷。母亲在胡同里喊他回家。母亲为筹钱原本想回一趟黑山县的娘家,娘家有一点地产和一个果园,不算富裕,但日子过得去。都是因为打仗,黑山那个地方还打了一场恶战,母亲有家难回。他从中心庙回来,朝母亲点点头,母亲道:着急也没用,车到山前必有路。他再次点点头,今天可是最后期限啊,路在哪里呢?

母亲的话显然有根据,半夜时分,最后一笔钱筹到了,父亲石嘉文和永昌号令狐掌柜一起回来,带回了五十块袁大头。看到炕上摊开的大洋,石国卿眼圈红了,他知道每一块大洋的珍贵。

令狐掌柜掏出怀表看了看说:瞅着点时间,别过了子夜。

父亲用毛笔写了一张字据,双手递给令狐掌柜,一再感谢他鼎力相助。令狐掌柜用文明棍戳了戳砖地说:铜行里是一家人,一家人不说两家话。

送走了令狐掌柜,父亲回来拍了拍石国卿的肩膀说:婉秋有救了,快去赎人吧。

出门前他问父亲:后半夜了,顾大珍会不会睡觉?父亲说:银红书馆是个黑白颠倒的地方,老鸨子现在不是在牌桌就是在酒桌,你去吧。

他敲开银红书馆的大门,一个老头儿出来开门。老头儿极瘦,像只皮包骨的细狗,两只眼睛却像灯泡一样亮。老头儿把他引进顾大珍的房间,顾大珍正一个人斜躺在炕上哼哼什么,枕边是台大喇叭留声机。见了凌晨造访的石国卿,顾大珍起身把唱针从唱片上拿开,抬头瞄一眼墙上的挂钟,脸上的横肉像焯过一般有些缩水。没等石国卿站稳,顾大珍便下炕来帮着卸褡裢,边动手边问:够数了?

他点点头问:婉秋呢?

顾大珍并不正面回答,说:先数钱。

他伸手捂住褡裢道:不见人,半个子儿也不给。

顾大珍这才朝瘦老头儿使了个眼色,瘦老头儿扭头去了后屋。过了好一会儿,穿着蓝花袄、黑棉裤的婉秋出现在门口。婉秋抄着袖,头发有些乱,见到石国卿先是愣了一下,紧接着叫了声弟,然后两手捂脸抽泣起来。他过去掰开婉秋的手,盯着婉秋的一双泪眼问:没受欺负吧姐?婉秋点点头,一副梨花带雨的可怜状,婉秋在这个乌烟瘴气的地方已经待了六个月!

他提着的心这才放下,回身将褡裢里一卷卷用牛皮纸包好的袁大头摆到炕上,让顾大珍数。顾大珍拧开牛皮纸,先是拿出一块袁大头咬了咬,又吹了一口放在耳边听,确认无误后很麻利地开始数钱,三百块,一块不少。顾大珍收好钱,斜着眼道:迟了一天,押金不能退。

他问:怎么就迟了一天?不是十月初一吗?

顾大珍指指挂钟:看看现在是几时?

他看看挂钟,时辰已进寅时,按此计算已经是十月初二。他顾不得三十块大洋的押金,心里只想抓紧带婉秋离开这个鬼地方,就没好气地说:不退就不退,快拿文书来吧!顾大珍慢腾腾地从柜子里拿出一张折好的纸递给他,先是扫了一眼婉秋,然后斜视着石国卿道:看不出你小子是个怜香惜玉的情种,这事儿能唱出好戏。石国卿没有搭腔,他心里讨厌这个一脸横肉的女人。

他带着婉秋转身离开的时候,顾大珍又补了一句:你俩没夫妻相,有情分没缘分。

这是一句恶毒的诅咒,石国卿被气火了,回头狠狠瞪了顾大珍一眼道:你胡咧咧啥?这是我姐!

两人从八卦街出来,天已经有些微亮,空气中弥漫着硝石味,铁西方向仍然有零星的枪响。走进四平街时,一队全副武装的解放军战士从天后宫方向跑步过来,天很冷,战士的棉帽子却没有放下帽耳,大概是怕放下后听不清口令。在跑过去的队伍后面,他看到一个战士后腰上别着一把亮闪闪的铜号,铜号上系着红布条,他一眼就认出这是富发诚打制的军号。队伍很快就过去了,他对婉秋说:看见了吗?当兵的带着富发诚的铜号呢。婉秋说:带一面富发诚的奉锣岂不更好?他笑了笑,这是见到婉秋后第一次笑,婉秋话少,却幽默,常常能给人带来笑声。他说:这你就不懂了姐,打仗吹号是进攻,敲锣是后撤,是打了败仗。

街上当兵的越来越多,还有押着俘虏的队伍,俘虏举着双手,眼睛却贼溜溜转。两人不敢多看光景,赶紧往家赶,家里人一定整夜未眠,在等着他们回去。石国卿领着唐婉秋避开大路,走街穿巷回到铜行里。说来也怪,外面乱糟糟,铜行里却出奇地安静。家人见到婉秋,一个个泪眼婆娑,自有说不完的话。一切安顿下,四平街上传来敲锣打鼓庆祝沈阳解放的游行声。

这一年,石国卿和唐婉秋都二十七岁。

战火过后沈阳这座东北最大城市人口锐减一半,市民不死即逃,留下的多是无处投靠者。令人意外的是铜行里却没有一家出城逃难,用石嘉文的话说,逃到哪里也不如铜行里,铜行里有关老爷护着。当然,沈阳解放没有经历四平、长春那样的恶战,这是不幸中的万幸。

历史同石国卿开了个不大不小的玩笑。为了赎回婉秋,富发诚几乎倾其所有,欠下了外债,而这些钱原本是可以省下的,如果当时春饼店里的协议签在农历十月初二,三百块大洋就不用出了,可惜石嘉文不会有先见之明,不会想到解放区的天是明朗的天。娼妓作为一种职业从管仲时代就开始出现,绵延两千多年,谁能料想被解放军的民主政权给连根拔起。顾大珍不敢再嚣张,八卦街数十家书馆的女人也都去了该去的地方。当然,石家并不后悔,拿钱赎人,天经地义,婉秋能囫囵归来,起作用的是钱,这一点谁都无法否认。石国卿很清楚地记着父亲说的话:人不能把钱看得比命重,钱是靠手艺赚的,攒钱不如攒手艺。

有一个问题很早就引起了石国卿的注意,八卦街青楼虽多,却没一个起艳俗的名字,高档妓院都叫某某书馆,比如金红书馆、桃园书馆、目华书馆、长乐书馆、花铃书馆、潇湘书馆、名胜书馆等,有模有样的书馆多达二十八家。这个能气死孔夫子的叫法最初出自何人已无从查考,但这种叫法着实大有"好处",极大地遮掩了那些有身份的嫖客的嘴脸,到书馆总比去窑子体面。当然,这些以书馆命名的青楼绝非低收入者能进的,光顾者都是富贾显胄,至于那些苦力只能去小南岗周围的大炕消遣。

其实,身居银红书馆达半年的唐婉秋能守住清白,不是她的性格有多刚烈,也不是顾大珍发了什么善心,真正起作用的是书馆生意惨淡。唐婉秋被债主卖到银红书馆后,石国卿奉父亲之命去见顾大珍,明确告诉她若能保住唐婉秋的清白,半年后富发诚会用三倍大洋来赎人。兵荒马乱之年,书馆生意难做,只要是腰里有枪的便可来吃白食、敲竹杠,顾大珍担心出水芙蓉般的唐婉秋一旦被推到前台会招来兵燹匪祸,也就顺水推舟卖了个人情。正式签协议时,石嘉文不让儿子去银红书馆,而是把顾大珍约到北市一家春饼店。石国卿从来没有经历过这种场面,面对一脸横肉的顾大珍,脸涨得通红,只是重复父亲交代的几句话。老油条一样的顾大珍十分狡猾,知道在这个小伙子身后是大名鼎鼎的富发诚以及铜行里十几家铜器店,便故意装出很为难的样子,说泰丰洋行胡老板已经过话来看上了婉秋,还说国民党军一个师长有意纳婉秋为妾,等等,一串名字说出来,让石国卿差点昏厥过去。石国卿说:只要能保住婉秋,三百大洋就三百,不还价。顾大珍装出一副诚实的样子道:富发诚名声不赖,我就折本做一回好事,不过要先拿三十块大洋做定金。石国卿没有谈判的筹码,只能接受。在收了三十块大洋后,两人签字画押。顾大珍不白来,吃了十张春饼卷肉丝豆芽,账自然由石国卿来付。石国卿没有吃,望着窗外沉默不语,顾大珍吃春饼卷肉丝豆芽的声音像老鼠啃苞米,令他心生厌恶。饭后,顾大珍用手帕擦擦嘴起身离开,同时撂下话:日子到了钱不到,别怪我无情。

半年里,石家动用所有的关系筹钱,一直到协议规定的最后一天夜里才凑齐了三百大洋赎金,这便有了石国卿凌晨去八卦街赎人的举动。

唐婉秋是个名副其实的才女,擅长作画和软绣。一般女孩子作画多喜工笔花鸟,但婉秋不是,她喜欢画各种小昆虫,什么知了、蝈蝈、蚱蜢、螳螂、瓢虫等,画也不大,多扇面、斗方,在四平街一带有些声誉。离铜行里不远处泰丰洋行老板的公子胡德林常来买婉秋画的扇面,而且出手阔绰。永昌号令狐掌柜的公子令狐平则十分赞赏婉秋的软绣,夸她有江南绣娘的灵秀。令狐平是铜行里最有文化的青年,石国卿和婉秋都视他为偶像。如果说画画是必要的女红,那么软绣则是唐婉秋的拿手绝活。软绣是极难掌握的绣法,不用绷子,就在软布上走针,绣娘只有成竹于胸才能信手拈来。唐婉秋掌握这一绣技更多在于天分。

唐婉秋是铜行里永和兴唐掌柜的独生女,唐掌柜夫妇都是湖南益阳人,很早就来到奉天做生意。永和兴商号经营多年,经营之路屡遭磨难。一九四二年,唐掌柜去南方进茶,妻子在店里打理生意,警察上门检查,发现店铺里摆着一套黄铜茶具,便以触犯伪满《金属献纳强调要领》和《金属类回收法》的罪名将其抓走,一去便不知所终。其实,永和兴出售的不过是铜制六君子,是小玩意儿,恶警抓人明显是讹诈。唐老板回来怎么也打听不到妻子消息,一个道上的人告诉他别找了,那批经济犯都被送去通化了,再找,他也会被抓去。

伪满垮台当年,唐掌柜派人去通化打听妻子的下落,可因为通化发生了一起关东军俘虏暴动事件,档案全毁,妻子成了失踪人员。也该唐家走背运,伪满垮台前夕,伪奉天省政府从永和兴订了大批茶叶,货已交讫,结算之时伪政权土崩瓦解,货款便无人兑付,永和兴顿遭灭顶之灾。这笔茶叶生意唐家不仅血本无归,而且欠下大笔货款无力偿还。时隔几年,债主带人上门讨债,唐掌柜急火攻心,一病不起。石嘉文去看他,他拉着石嘉文的手似乎有话要说,一直指着站在床前的婉秋,却一句也说不出来。石嘉文明白唐掌柜的心思,说婉秋就是石家的人,出再大的事他也会管。

唐掌柜死后,永和兴被债主变卖还债,婉秋被顶债卖到八卦街银红书馆。石嘉文和债主有过谈判,债主说自己也是欠别人的债,唐掌柜这笔茶叶生意毁了三家,他也没办法。债主说想解决这件事唯一的办法就是钱,有了钱,这闺女就会脱离火坑。石嘉文有心无力,在屋内急得团团转。唐婉秋临走时央求债主说想到富发诚道别,债主同意了。婉秋见到石嘉文,从怀里掏出一幅叠起来的软绣双手递上,然后跪下磕了三个头,才起身跟债主走了。当时石国卿正在永昌号求令狐掌柜帮忙想办法,令狐掌柜翻遍了箱底也不过十几块大洋和几张尚未到兑付期的欠据。伪满垮台,刚刚恢复元气的永昌号主要销售小铜件,有玲珑剔透的香炉,造型别致的烛台,精巧古朴的铜锁、门把手、幔帐钩、小铜环、铜盆、铜勺等,欠据数目不大,这点钱对于唐家利滚利的债务来说是杯水车薪。婉秋走到街口中心庙时,石国卿大步撵了上来,拉着婉秋的手哽咽着说:姐,弟不会不管你。债主是两个面无表情的黑衣大汉,其中一个戴圆墨镜的汉子对石国卿说:认命吧兄弟,自古红颜多薄命,谁叫这闺女长得俊呢?婉秋说:弟你别哭,眼泪救不了姐,反正我一无所有,逼急了大不了一死。石国卿说:我爹说了,石家不会不管你,正在想办法,咱还没到山穷水尽那一步。那个戴圆墨镜的汉子点点头说:你小子行,有点骨气,你是干啥的?石国卿道:铜匠。

唐婉秋被卖到银红书馆当夜,石嘉文召集全家商议,说唐家之事无论如何不能袖手旁观,婉秋这闺女我们一定要管。家人都表示赞同,说只要富发诚尚能维持,头拱地也要把婉秋从火坑里赎出来。石嘉文把婉秋给他的软绣给了石国卿,说:这应该是婉秋给你的。石国卿接过软绣,上面是一只青蛙,看到青蛙石国卿就哭了,只有他知道这只青蛙的含意,坠河的情景仿佛就在眼前,当时因为一只青蛙,两人双双落水。在这次家庭会议上,石嘉文做出一个及时而正确的决定,马上与银红书馆顾大珍谈判,不惜代价先保住婉秋。他决定,只要能谈得通,哪怕出三倍的钱赎人也认。石国卿的母亲一边擦着眼泪一边说:婉秋这孩子命苦,本来和国卿就要谈婚论嫁了,妈妈遭了大祸,缓了几年再张罗婚事,结果唐掌柜又摊上大事,把个闺女耽误了不说,还掉进了火坑,老天爷为啥赶着一家人祸祸?

谈判的事落在石国卿头上,石嘉文说:出场子的事你来办吧,我一个老头子不合适。石国卿愤愤地说:我去,实在谈不成我就给老鸨子脑瓜开瓢!

石国卿抱定了不成功不回来的狠心,去谈判时除了带钱,腰里还带了一把锤子,那是他做铜活的家什。后来他对婉秋说,那天顾大珍要是不答应,他就用锤子敲碎顾大珍的天灵盖,锣成音哑,须用偏锤,抱定一死,事有转机。奉锣打制成了如果音响不好,这个时候不能按常规返工,必须在要紧处偏打几锤打通音道;遇到性命攸关的难事,如果抱定一死之心去做,事情或许就会出现转机。谈判时石国卿给顾大珍撂出的一句狠话起了不小作用。他见顾大珍眼珠滴溜溜乱转,就故意压低了声音道:九佬十八匠的事听说过吧,兵荒马乱之年,铜匠从来不惜命,咱们好说好商量。见过世面的顾大珍听出了此话的潜台词。铜行里九佬十八匠的事沈阳城无人不晓,当时沈阳城里流行一句话:铜匠多壮士,义薄冲云天。顾大珍很清楚谈不拢的后果,银红书馆在明处,铜行里的铜匠在暗处,从银红书馆出来被抡一闷锤那可是要命的,当年警署里一个姓曹的副署长就不明不白地曝尸街头。

协议达成,筹钱却不易,三百块袁大头到哪里去弄?石嘉文甚至拿出了自己珍藏的一只乾隆年间的香炉变卖,但因为战乱,古董行情不好,珍贵的香炉也卖不上好价钱。石嘉文的母亲当了银手镯。胡同里十一家铜器店你家出一点,他家凑一些,而且家家都不写字据,都说为救婉秋尽一点心意。石嘉文通过一个老主顾联系到一个烟具行,对方同意先预付一百只白铜水烟袋的定金。石嘉文用先支后偿的方法解决了九成赎金。加工白铜水烟袋是一个很难接的活儿,全沈阳城能加工白铜水烟袋的只有两家。白铜俗称德银,需要用铜、镍和锌按比例合成,工艺复杂,难度极大,石嘉文咬牙接下了这一单,使筹集赎金一事乍现曙光。

石家在唐家隔壁,两家走动自然就多。石嘉文喜欢黑茶,唐掌柜每次去江南进货,都会带几坨黑茶送来,石嘉文要付钱,唐掌柜说:您喝我的茶是给我面子,付钱就见外了。唐家永和兴以销售为主业,是十二家店铺中生产铜器最少的店。在经营铜器的同时永和兴还经营茶行,伪满实行禁铜禁铁政策时,铜行里别的店都关掉了,只有永和兴因为经营茶叶尚有收入,唐掌柜便经常接济关门歇业的街坊。

从火坑里出来的唐婉秋就住在富发诚,石国卿的母亲特意给她收拾了一间屋子,当儿媳一样对待。石母早就看好了婉秋,婉秋娘没出事时她就托媒人提过亲,婉秋父母已经口头应允,只差换盅写帖,因唐家连续遭难,这一婚事才被耽搁。住在石家的婉秋每天除了绣花就是望着窗外发呆。石国卿理解她,一个姑娘经过如此变故,若是脆弱一点的恐怕早就出了大事,婉秋能这样已经够坚强了。婉秋说过,书馆的日子不是人过的,那么多恶心之事像只踩不死的百足虫,时不时就会爬出来咬你。有时,晚饭后婉秋会悄悄出门到胡同北端自家店门前张望。永和兴易主后变成了一个小酒馆,生意也不是很好,铺面格局没有大的变化,只是屋檐下挂了两个红色的酒幌,酒幌上的流苏已经由红变黑,看上去很脏。石国卿不放心婉秋,每次婉秋出来他都远远地看着。婉秋这种状态让石国卿心里也不是滋味,他问母亲该怎么办,母亲说心里的伤只能靠时间来养。酒馆内昏黄的灯光照出来,不时有猜拳声传出,却并不吵闹。解放后城内街面上安静了许多,那些往日嚣张的五马六混如秋后的虫子都蛰伏了起来。

雪地很滑,胡同里风也冷硬,每次石国卿都会走过去轻轻地道:回吧姐。

婉秋也不说话,转过身来一步一滑地跟着石国卿往回走。

小雪那天,铜行里歇业多年的恒发永重新开业,阮掌柜噼里啪啦放了一挂鞭,鞭炮声崩走了铜行里淤积多日的沉闷,变得有了些生气。军管会下发了通知,要求市面上的店铺能开业的一律开业,解放军保护合法生意。铜行里变得活跃起来,叮叮当当的捶打声开始响起,富发诚响器店不时会响起几声校音的锣声。石嘉文对家人道,自己头天晚上去中心庙,见关公脖子上被人系了红布条,香案上还摆了三碟点心,这可是多年没有的事,看来关公显灵了。石国卿说沈阳城的仗没打起来,国民党兵排着队投降,枪堆得像柴垛,街面上都说这是关公显灵,看来中心庙的关老爷不是摆设。令狐掌柜说国民党军要打也打不赢,时和运都在解放军一方,人心向着解放军,解放军看市民是笑脸,国民党兵个个哭丧着脸,像死了爹娘似的。

一天,永昌号令狐掌柜踱着方步走过来。令狐掌柜头顶瓜皮毡帽,手拄文明棍,面颊飞着两撇酒红,走路时脖子和后背始终保持在一条直线上。铜行里的铜匠大都喜欢喝几口,令狐掌柜也不例外,他不喝小烧,只喝自己泡的药酒。石家筹集赎金时令狐掌柜出了大力,这让石嘉文心存感激。令狐掌柜比石嘉文大十三岁,是铜行里年纪最大的店主。两人坐定,石嘉文特意泡了黑茶,他知道令狐掌柜平时也喝唐老板送的黑茶。

老弟呀,听老哥一句实话,赶紧把两个孩子的事给办了吧,二十七八了,再等黄花菜都凉了!令狐掌柜端坐在椅子上,双手拄着文明棍压低了声音道:夜长梦多,好茶怕凉呢。

石嘉文当然知道这是指国卿和婉秋,便摇摇头道:此事有变,现在办了好说不好听。

胡同里谁都知道石、唐两家已有婚约,唐掌柜夫妇若不出事,恐怕你都当上爷爷了。

石嘉文摇摇头道:此一时彼一时,这事还要从长计议。

石国卿过来续茶,他隐约听到了父亲和令狐掌柜的谈话,觉得令狐掌柜这人挺善解人意,替自己说出了想说又没法开口的话。他续完茶转身欲走,令狐掌柜叫住他道:大侄子留步。他转身停下来,等令狐掌柜问话。令狐掌柜道:你该去八卦街把赎金要回来,新政府开始禁娼,顾大珍收你那么多赎金违法。

石国卿将信将疑地看着令狐掌柜,这种说法他也听说了,但没见到告示。四平街有块伪满时的告示墙,官府有什么文告都会贴在那里,现在那里贴的都是庆祝沈阳解放的花花绿绿的标语。

石嘉文却摇摇头道:虽说三百大洋不是小数目,能要回来的话富发诚一年的原料不用愁了,但事儿不能这么做,毕竟双方签字画押有文书在,怎么能反悔呢?富发诚自立号以来,还从没毁约秃噜扣,咱不能为三百大洋就把声誉毁了。

令狐掌柜解释说:新政府新政策,这不算毁约。

石嘉文还是摇摇头道:顾大珍虽不是个好饼,但在婉秋这事儿上还是守信的,也没难为婉秋,再说当初她也付了债主钱。

石国卿插话道:是的,顾大珍没伤害婉秋,只扣了三十块大洋押金。

令狐掌柜道:你们爷儿俩太迂,现在天都变了,没看见城墙上刷的标语吗?人民当家做主了,顾大珍小命能不能保住都难说。

石嘉文说:人家落难,咱更要讲究一点儿。

令狐掌柜见劝不动,就摆摆手说:钱不去要就算了,两个孩子的事还是早些操办,需要永昌号出力的尽管吱声。

令狐掌柜告辞,石国卿将他送到门外,令狐掌柜小声道:婚姻之事皆是机缘,过了这个村就没有这个店,要上心点儿。

令狐大爷您老这话是啥意思?石国卿没听懂对方的意思,便愣愣地问了一句。

有人惦记婉秋哇!令掌柜说。

石国卿一下子傻在那里。他想到了能惦记婉秋的人,一个是令狐掌柜家的令狐平,一个是正阳街的胡德林。

令狐平是令狐掌柜的次子,在北平一所大学读书,要毕业了又转入东北大学继续读,据说还换了专业。令狐平长得像棵白杨树,时尚的大分头,一年四季喜欢穿黑色学生装,冬天围一条长长的灰围脖,走路时围脖会随风扬起来,像银狐的尾巴。东北大学从北陵迁往北平后令狐平没有去,但长年累月不在家里住。为婉秋筹赎金时石国卿去找过他却没能找到,有人说他在城外部队里,还有人说他和沈阳"抗日九君子"在一起。"抗日九君子"当年冒着生命危险将关东军的侵略野心公之于世,被人视为英雄,令狐平和英雄在一起,肯定在做大事。令狐掌柜对儿子的行踪毫不知情,因为令狐平对家里交代,若有人问起他就说他早和家里断绝了来往。沈阳解放后人们才恍然大悟,令狐平原来是个地下党,他这样做是怕连累家人。令狐平比石国卿大一岁,也没有成家,他曾很有风度地对铜行里的年轻人讲,匈奴未灭,何以家为!大家知道这里说的匈奴是指小日本,对他这种爱国大志很是钦佩,认为他是个有大抱负的人。现在,小日本被打走了,国民党也败了,令狐平的真实身份浮出水面,原来他早就是组织的人,沈阳解放前他一直在部队做统战工作,沈阳解放后他一身军装荣归铜行里,让众街坊很羡慕。令狐平壮志得酬,是不是该解决终身大事了呢？石国卿知道令狐平喜欢婉秋,更何况婉秋也是令狐平的崇拜者。

胡德林是正阳街泰丰洋行胡老板的公子,此人男人女相,嗓子细如柳笛,会唱不少折子戏。胡德林喜欢婉秋是公开的秘密,他早就在坊间撂下话:沈阳城只有他才能配得上婉秋。婉秋出事后他却不见了,没看出他哪里着急。胡德林来找婉秋,婉秋不见,他就在铜行里胡同口哼哼呀呀地唱歌。石嘉文劝婉秋好歹见他一面,给他个囫囵话,婉秋这才出去见了他一面。石国卿当时就站在不远处看着他俩。石国卿没听到胡德林说什么,却很清楚地听到了婉秋的话:我求救无门时你在哪里？我身无分文时你在哪里？我身陷火坑受难时你又在哪里？几句话把胡德林撵走了。

令狐掌柜拄着文明棍往回走,从富发诚到永昌号不到四十步,石板路上的雪被踩得白铜板一样光滑,石国卿一直搀扶着令狐掌柜回到永昌号。令狐掌柜的话让石国卿心里不安,他心里清楚,胡德林不足为患,婉秋对胡德林没有好感,虽说好女也怕赖汉缠,一个腻歪歪的男人整天围着你打转转,够烦人的。倒是令狐平值得警惕,令狐平是自己和婉秋的偶像,偶像若是出手局面将无法控制,这一点他心里十分清楚。

石国卿送客回来,石嘉文叫他到作坊干活。富发诚是前店后厂格局,父亲这几天接了军管会布置的一件大活——锻造一块不大不小的人物浮雕,准备镶嵌在一座烈士墓基座上。派活的是一个穿黄色棉军装的中年干部,姓韩,石嘉文叫他韩干部。韩干部拿着一张卷起来的图纸来到富发诚,进门四处打量了一番,问迎上来的石嘉文:这里就是大名鼎鼎的富发诚啊？石嘉文没有盲目附和,小心翼翼地问他有何贵干。韩干部先做了自我介绍,然后说要锻造一块浮雕,钱一文不少,但质量要绝对保证,不能过几年就锈蚀。

韩干部特意说:糊弄谁也不能糊弄烈士,浮雕上这些人都是为解放事业献出宝贵生命的英雄。石嘉文从没有锻造过这种浮雕,听了韩干部的话觉得应该接下这个活。他问韩干部:铜行里有十多家铜器店,为何选择了富发诚?韩干部微笑着说:我们首长说了,做铜活最讲究的要数富发诚,首长所带部队各连配发的冲锋号就出自富发诚。韩干部这样说,石家上下都愣了,两年前富发诚确实加工过一批军号,却不知这是解放军定制的,石嘉文依惯例在每把军号上都錾上了"富发诚"三字。解放军按图索骥,很容易就找了过来。

正是锻制这面浮雕让富发诚与军管会的韩干部有了交集。

父子俩一边在胶床上有节奏地敲打錾子一边唠嗑。

爹知道你早就过了该成家的年龄,找人说媒,你连看都不看。石嘉文说。

我的心思爹不会不知道。石国卿的声音很小。

可是,此一时彼一时,咱石家不能做乘人之危的事。

我懂。

若真像令狐掌柜说的那么办,好说不好听。

石国卿咬紧了下唇。

爹知道你喜欢她。

石国卿没有说话,在胶床上一锤一锤地錾着铜板。

石嘉文放下锤和錾,卷了一根烟点燃,蹲在地上用力吸了几口道:人哪,要懂得要什么不要什么,什么时候要什么时候不要。

石国卿敲錾子的声音小了些,放慢了锤子频率,他知道父亲有话要说。

果然,石嘉文讲了他继承富发诚的来历。这是石国卿第一次完整地听父亲述说家史,此前,他知道的只是一些片段。

父亲的话平静舒缓,像一条流淌的小河。

我本来是个一文不名的穷小子,是富掌柜收留了我,当时我十二岁,那是九佬遇害的庚子年,我成了富掌柜唯一的徒弟。富掌柜说他看好了我身上两个长处:一个是铜活上手快,一个是不贪财不贪色。富掌柜说他把富发诚交给我,死后放心。富掌柜没有儿子,这么大的生意能传给徒弟,这是将我视如己出。富掌柜告诉我,当初富家祖上从河北易县来奉天城讨生活,在城北西瓦窑开了个铜匠铺,承揽一些铜器杂活。一天,一个老居士来铜匠铺,说有座寺庙开光急需几只香炉,他来得匆忙,没带够银子,想先赊欠一下。富掌柜见他眉目和善,举止端庄,又是制作寺庙所用香炉,就相信他并给他铸了三只香炉。老居士一走便杳无音信,伙计都说被骗了,富掌柜说:骗了就骗了吧,反正香炉是上香所用,权当我们供养佛祖了。一年后,老居士带着三辆牛车来到西瓦窑,不仅付了香炉钱,还拉来许多旧铜板,说寺中一座铜殿毁弃不用,拆卸下的铜板被他拉来送给铜匠铺做材料,这些废旧铜板如同铜匠铺的口粮一样解决了大问题。后来郊外铜匠铺奉朝廷之命搬至铜行里时,富家就是靠这些铜板做起了响器店,打造了有名的奉锣。富掌柜虽无子嗣,却有一女儿在外地,出兑了响器店到闺女家养老也是一种选择,可富掌柜没这么做,为了富发诚这块牌子能传下去,他把店传给了我。

石国卿明白,对于铜匠来说手艺是安身立命的本钱,招牌是手艺的体现,没有哪个铜匠愿意把辛辛苦苦打造的招牌和手艺带到坟墓里,铜匠秉持传儿不传女的古训,就是担心断了传承。铜行里十几家店主都特别看重这一点,有的店主如果儿子不成器,宁可把店传给靠谱的徒弟。

蹲着说话更容易让听者弯腰,石嘉文选择蹲着说话就是为了让儿子能听进去。

　　说实话,当年富掌柜对我有过考验。富掌柜的闺女长相俊俏,和我年纪相仿,富掌柜表露出想把闺女许给我的意思。对于别人来说这是天上掉馅饼的好事,我却谢绝了。富掌柜问我为啥,我说我来店里跟师父学徒,为的是学一门手艺,不敢想再赚个老婆,人一贪,两下空。何况我若是娶了您的闺女,街坊们会怎么看？会说我拜您为师是另有所图。再说小姐天资聪颖,又有文化,我一个学徒也配不上。其实,富掌柜是以招婿试探我,我婉拒了这门亲事后他对我更亲了,这才有了后来的接班一事。我就想,当时若真的答应下来,富掌柜也许会找个理由把话收回去,接班的事自然也就黄了。

　　石嘉文接着说：人不能贪心太盛,得了响器店再得人家闺女,天底下的好事都让你占了这肯定不成。上天给了老虎四条腿,就让它不长翅膀,给了老鹰一双翅膀,就让它少生两条腿,啥事都有个平衡。尽管富掌柜的闺女长得特好看,像泰丰洋行雪花膏广告上那个摩登女郎,可我不能动心,我知道什么叫适可而止。

　　石国卿听出了父亲的弦外之音,小声说：我没有继承唐家的店铺,和您当时的情况不一样。

　　可是你知不知道有这样一句话：施恩不图报,与人不追悔。你若娶了婉秋,为赎婉秋集资的街坊会怎么看富发诚？

　　我还是想不通。石国卿眼圈有些变红。

　　石嘉文叹了口气,把锤子、錾子规矩地摆放在胶床边的案子上,用抹布将锻过的铜雕仔细擦拭了一遍,然后缓慢地离开了作坊。

　　石国卿觉得身体有些绵软,背靠着胶床坐下,呆呆地望着后窗上的窗帘出神。窗帘上绣着一枝荷花。这是婉秋几天前刚绣的。

婉秋回来后绣了很多花,都是一水儿的荷花。她说在银红书馆给那些不幸的姑娘绣了许多荷花。说来奇怪,那里的姑娘只喜欢荷花,虽然她们抽烟打牌,相互说着脏话,却偏偏喜欢荷花。看着窗帘上的荷花,石国卿眼前浮现一个难忘的情景。

　　从老故宫再往南走,是有些淤堵的河,河水断断续续,河道里长着一片片芦苇丛。铜行里的孩子们小时候在令狐平的带领下常到河边玩耍,捉青蛙,捕蜻蜓,用竹竿钓小鱼。令狐平是孩子王,主意也多,孩子们都愿意跟他玩。有一天石国卿问婉秋想不想到河里捉青蛙,婉秋说好哇,捉到青蛙用铜盆养起来,好照着软绣。两人结伴来到河边,沿着河边走了一会儿,婉秋忽然发现浅水处有一只绿色的青蛙,就拉住石国卿的手说:弟呀,你看那儿有只绿青蛙。石国卿也看到了那只青蛙,说:我现在就下去给你捉。说完就从陡峭的河堤跳下去,伸手去捉时,青蛙倏地蹦走了,他却因为失去重心一头栽进河里。因为是大头朝下栽到水里,人一下子就被呛蒙了,他在水中四肢并用扑腾个不停。婉秋喊了一声弟,想都没想跟着就跳进河里,把他扶正站起。好在河水刚齐腰,两人站在河水里紧紧抱在一起大哭。小孩子常听大人说这条河里有淹死鬼,淹死鬼只有抓到垫背的才会托生,他们不知道淹死鬼为何物,只觉得两人坠河一定是被淹死鬼缠上了,心里充满恐惧。两人哭了一会儿才稍稍平静下来,好在淹死鬼没有把他们往深水中拉,他俩便手牵手爬上岸。因为衣裳已经湿透,怕大人呵斥,两人决定等衣服晒干了再回家,并约定保守这个秘密。他们找到一块大石头,把上衣脱下铺到石头上晒,脱去上衣的婉秋穿着一件红布背心,而他却光着脊梁。婉秋看着他的肩膀说:弟呀,你咋这么瘦?他忘了当时怎么回答的,只记得傻傻地说:大难临头该是郎救女,今儿个却成了女救郎,弟好没面子。婉秋说:谁让你是我弟了。

遇险之后,两人有过一次关于未来的交谈。

富掌柜过生日,在家里摆了桌席,把铜行里各家掌柜都请来了,其中也有婉秋的父亲唐掌柜。唐掌柜是个仗义疏财之人,来赴宴前让婉秋去买两只沟帮子烧鸡。婉秋出门时在胡同口遇到了石国卿,就让他陪自己去北市。路上婉秋说:富掌柜真了不起,人见人敬,过生日大伙争着祝寿。石国卿说:富掌柜的铜匠活地道,出神入化,无人能敌。婉秋就问:弟呀,你将来想当个有绝活的铜匠吗?他想都没想就说:当然,我不敢做富掌柜那样的大人物,至少要做爹那样的铜匠,有一手绝活,带一群徒弟。婉秋说:你爹算是功成名就的铜匠了,还教出了那么多徒弟。石国卿摇摇头道:我爹名就没问题,功成却算不上。我爹说富掌柜想打制一口奉天第一锅,把这火锅打出来才算得上功成。

石国卿问婉秋将来打算做啥,婉秋仰望着天上的云彩说,她想有一处带玻璃窗的大房子,像八角殿那么大,然后安静地坐在窗前绣花,把见过的花都绣出来。石国卿问:绣那么多花做什么?婉秋道:把花绣出来,花就不会谢了。

石国卿觉得婉秋太喜欢绣花了,婉秋十岁时跟一个南方来的绣娘学了半个月刺绣,便迷上了这门被称作女红的技艺。那位绣娘擅长软绣,教婉秋时不用绷子,很快,婉秋就入门上道,表现出少有的软绣天赋。铜行里很多人家的窗帘和门帘都是婉秋的软绣。

石国卿从回忆中站起来,他觉得该去听听婉秋的想法。

从作坊来到前院,韩干部和令狐平两人不知何时来到家里,正和父亲石嘉文说话。令狐平穿一套崭新的黄军装,显得精神威武。见到他,令狐平起身与他握手并把他介绍给韩干部。韩干部正和石嘉文谈事,两人唠得很热乎,令狐平向韩干部介绍了石国卿,韩干部招招手问:小伙子,想不想参加革命啊?他一时不知如何回答,这话应该由父亲给出答案才对,父母在,不远游,自己怎能想走就走?果然石嘉文接上了话:韩干部,我就国卿这么一个儿子,要是再有一个,二话不说就送到您那里报到,可是一根独苗不成,国卿若参军走了,我这铜匠手艺就没人往下传了。

韩干部摆摆手:我是随便说说,解放军参军自愿,不搞国民党抓壮丁那一套。像你家这个情况,想参军我们也不一定收。再说了,婉秋姑娘也算你家人,有她参加革命就够了。

韩干部的话如同耳边一声锣响,石国卿的头顿时就大了,怎么回事?婉秋要去当兵?一个女孩子怎么能当兵呢?他顾不得礼貌,马上问韩干部:你把婉秋弄到部队去,是打仗还是绣花?

韩干部先是愣了一下,扭头看看石嘉文,扑哧一声笑了。令狐平拍了拍他的肩膀说:婉秋是去上学,不是打仗。石嘉文也说:婉秋去的大学就在沈阳,叫东北鲁迅文艺学院,是你令狐大哥推荐的,能进去不容易,还要经过考试呢。

二十七岁的大闺女去上学,天下有这么大的学生?石国卿问。

令狐平道:二十七岁算什么?三十大几的还有呢。

石国卿明白了,婉秋将离开铜行里,走向一个陌生的世界。他对那个陌生的世界一无所知,从几个人的话里他明白,婉秋远离自己已成定局。他脑子里像塞进一团铁蒺藜,僵直地站着不动,嘴上却下意识嘟哝了一句:二十七去上学,稀罕。

学习不分老幼,孔夫子的学生有的已经过了不惑之年。韩干部解释说:二十七岁不是学员中最大的,令狐平告诉我,有的都结婚成家了还去上学。

石国卿没再说什么,忍着头疼转身走出家门,他不想在韩干部和令狐平面前失态,铜的长处是遇冷愈坚,遇热则弯,今天这场面是冷热混杂,容易爆雷。他从家中出来,独自向胡同南端的中心庙走去。他已经预感到一切将发生改变,只是没想到会改变得如此之快。路过令狐家门口时,他看到令狐掌柜正在撒谷喂一群麻雀,令狐掌柜真神,好像早已预料到婉秋的今天。他放慢了脚步,故宫的红墙有几处剥落,露出大块的青砖和白灰勾的砖缝,这图景让他忽然产生了一个念头,这城墙若是铜铸铁打的就不会剥落了。青砖小庙静静地卧在宫墙下,像只蜷成一团的狸猫,庙门前的石案上有残留的香火,还摆着几只黑黢黢的冻梨。一般来说馒头、肉类的祭品都要回收,但有些小点心、冻梨之类的便会留下来,倒不是留给关老爷用,中心庙前经常会有些乞丐来捡吃的,权当一种施舍。他想自己也该点三支香才对,可是周边无处买香,一摸,兜里也没揣钱,只好呆呆地站在庙门前望着里面的关公出神。

关公的脸涂着红彩,看上去一副怒容,关公为何生气?难道他心仪的女人也走了?关公如果遇到这种事情会怎么办?他忽然想起了那个晚上顾大珍说的话:你俩没夫妻相,有情分没缘分。顾大珍为什么会这样说?她看出了什么?他想,这件事还是请关老爷做个公断好。他从地上捡起一粒石子,对自己说把石子抛向空中,如果能接住石子,就无论如何也要阻止婉秋去上学;如果接不住,就任由婉秋自己选择。他站在小庙前闭上眼默念几句,然后把石子高高抛起来,石子被抛向空中有两丈高,落下来掉到了中心庙的庙顶上。他想,石子没有落地,这次不算,便找了块石子又抛了一次,这一次,因为抛歪了,石子竟然落入了宫墙内。他不死心,再试一次,石子落下来已经被他接在掌心,谁知脚下一滑,石子又脱手掉到了地上。他傻傻地站在中心庙前喃喃地说:这难道是天意吗?

婉秋去读书了,石国卿将她送到大学门口。

婉秋在走进校门时回头说:弟呀,别恨姐。说完,眼圈就红了。

两年后,富发诚响器店接到部队加工一批军号的任务,石国卿领着几个徒弟开始紧张生产。生产响器需要调音,与奉锣调音只需敲打不同,军号调音必须吹,各种号谱都要吹一遍。因为调试军号需要,石国卿开始学习各种号谱,婉秋在东北鲁艺学的恰好是管乐器专业,他便去找婉秋,希望她找时间回来教他号谱。婉秋当然乐意教,很快,石国卿学会了各种号谱,成了号谱专家。

石国卿觉得自己重要的人生问题总是与韩干部和令狐平有关。

上次韩干部和令狐平登门造访改变了婉秋的生活,这一次,两人再次登门,又改变了他的生活轨迹。

当时,抗美援朝战争已经爆发,铜行里各家店铺都在加紧生产军品,主要生产军号、皮带扣、马具、徽章等,少数几家店为兵工厂加工尖端的大炮撞针。军号生产全部集中在富发诚,石国卿带人加班加点地生产,忙得不亦乐乎。

一天清晨,韩干部和令狐平急匆匆赶来,先和石嘉文说了来意,然后把石国卿叫来。韩干部很严肃地说:国卿,现在国家需要你。

石国卿愣了一下,以为有了新的生产任务,便说:我虽是一个铜匠,但国家大事我没二话。

石嘉文说:铜心铁胆,报效国家,当年九佬十八匠就是这么做的。

令狐平道:我们考虑再三,准备招你到志愿军,去朝鲜前线。

参军?石国卿不相信自己的耳朵,一个快三十岁的铜匠上前线能干什么?

话被韩干部接过去:不是让你参军打仗,是让你到部队帮助培训司号兵。打仗离不开司号兵,一个连至少要配一个,现在缺口很大,急需培训,令狐科长了解你的情况,就推荐了你。令狐平补充道:部队按教官确定你的职级,虽是军工,但享受连级待遇,就是说你和我一样也是军官了。

石国卿还能说什么?父亲刚才的话已经很到位。他从脖子上扯下毛巾擦了擦头上的汗问:啥时动身?

三天后我派人来接你,直接入朝。韩干部用力握了握他的手说:两年前你锻制的铜雕我还记着呢,那上面有个挺胸吹号的战士,那模样很像你。

韩干部和令狐平走后,石国卿有些担心地看着父亲石嘉文,父亲要受累了,店里生产任务重,几个徒弟手艺又不是很精,父亲至少要亲自给军号校音。他说:我去部队不怕,怕的是您生产太累了。父亲点点头说:没事,再多的铜活也压不倒富发诚。

入朝参战,心情多少有些悲壮。前几天有个叫雪飞豹的年轻人穿着崭新的军装匆匆来店里给母亲买顶针,他来自苏家屯,马上要出国参战,说母亲眼花,缝补衣裳总会扎到手,他想给母亲买个好用的顶针。石国卿领他到永昌号买了一个,这是永昌号在富发诚定制的精铜顶针,用料经过了十二炼,放多久也不会锈蚀。这枚顶针很厚,像一只黄玉扳指。雪飞豹买了顶针后对他说,一上战场生死就不归自己了,要是牺牲了,这顶针就算给老母亲留个念想了。由此石国卿也想,几天后自己也要入朝,该给父母留个什么念想呢?他思来想去,觉得应该请婉秋绣一幅软绣,上面就绣一把军号。

当天,他去找婉秋,婉秋好像才知道他要去前线,眼睛有些红肿。他说了自己的想法,婉秋说:我抓紧绣,绣好直接送到家里,你就不用管了。

石国卿说:听说美国人的飞机轰炸不分前后方,如果我挨了炸弹,你想着让韩干部把我的骨灰要回来。你知道弟是闻着铜气长大的,闻不到那种熟悉的味道我无法长眠。

婉秋双手捂着脸跑开了。

就这样,石国卿投身部队担任了司号教官,由此开始了他的军旅生涯。

战争结束,当石国卿从朝鲜回来时,富发诚响器店已经不再属于私有,合并成立了市铜器厂,婉秋也已经结婚,成了令狐平的妻子,这是他在朝鲜已经知道的事情。

婉秋来看石国卿,说:组织上要分配你到我们学校教书,我俩这回成了同事,真好。他说要想想再说,一个肚子里只有半桶水的铜匠去教书,怕是会误人子弟。在和父亲商量之后石国卿向组织提出请求,去铜器厂工作,仍然干老本行。已经是工业局局长的韩干部没有忘记他,在确认了他的想法后,分配他去铜器厂担任技术副厂长,后来又提拔他当了厂长。

第四章　九佬

　　上午,父亲给石洪祥打电话,叫他晚上回家吃火锅。石洪祥平时大都住在西瓦窑的公司,利用晚上进行创作。电话一来,他心中特高兴,知道这一定是父亲有话对他说。前几天,他央求父亲讲讲软铜册的事,父亲说等理出个头绪再说,看来这个头绪已经理出来了。他将速写本和碳笔放进皮包,下楼驱车赶往位于八王寺的家。

　　父亲饮食一向清淡,但吃火锅是个例外。石洪祥明白,父亲主张吃火锅不是为了吃,更多是一种纪念或象征。母亲在世时,每到重要的日子都要在家里安排一顿火锅,家里这口黄铜火锅是富掌柜亲手锻制的,是石家的传家宝。晚上,一家人围坐在餐桌旁,黄铜炭火锅中菌汤翻滚,火锅周围摆着猪五花、红白相间的羊肉、切成粒状的牛肉、冻豆腐、水晶粉和各种蔬菜、调料。如此隆重的晚餐极少出现在家里,看来父亲对这顿饭足够重视。

　　父亲问:知道最早的火锅叫啥吗?

　　家人都被问住了,一时不知如何回答。石洪祥知道火锅出现在宋朝,清代开始盛行,但最早的火锅叫什么还真没考证过。

　　就是鼎,天子九鼎的鼎。父亲平时话不多,说事言简意赅。石洪祥认识的老铜匠大都如此,没一个说话拖泥带水,这应该是铜匠的共性,铸铜锻铜之人不磨叽。

　　石洪祥很惊讶,原来火锅这种大众化的炊具与高贵的鼎有关,鼎虽然最初也用于蒸煮食物,但后来逐渐演变为礼器,成为庙堂之物。

父亲用筷子蘸了酒往地上酹了酹,说:先祭奠一下富掌柜和你爷爷,我昨晚梦见了两位老人家。

睹物思人,石洪祥想,看到富掌柜锻制的火锅,想到长眠在青冢的富掌柜和爷爷,这很自然。他也学着父亲的样子做了。

你爷爷见到我就问:奉天第一锅怎样了?是不是给忘了?我说现在吃饭不成问题,没必要再造奉天第一锅了。你爷爷就批评说:那不是锅,是鼎,天子铸九鼎,铜匠制火锅,这是大事。

石洪祥道:您没和爷爷说您锻造了大政殿吗?

见你爷爷是梦中事,由不得我多说话。父亲拿起筷子朝火锅示意了一下,说:吃吧,多吃五花肉。

开吃后父亲不再说话,专心在火锅里煮冻豆腐。冻豆腐能浸透汤汁,吃起来不费牙口,自然成为老年人的最爱。父亲吃完后并不离桌,而是看着家人吃,一直到全家人吃完,才在石洪祥的搀扶下来到客厅。父亲并不急着落座,解下腰带上的钥匙在手中掂了掂,缓步走到写字台前,慢慢打开抽屉,拿出那个黄皮日记本,用手拂拭了一下封面,回到沙发上坐定,将本子放在膝盖上,双手按住,生怕本子飞走一样。

软铜册上的这些人和事迟早会告诉你,我记下他们不是为了带到青冢里。父亲轻轻翻开扉页道:还是从九佬说起吧。

九佬十八匠是爷爷石嘉文对百工各行业的说法,具体都指哪些行当石洪祥没有研究,但有一点他心里清楚,父亲说的九佬是借称,特指清朝末年富发诚的九个铜匠。

九佬的故事我并没有亲历,都是听你爷爷讲的,按辈分论,九佬应该是你爷爷的九个师兄,父亲说。

石洪祥有些激动,急忙从皮包里拿出速写本和碳素笔,像学生一样听父亲讲述。

看到火锅,就不能不想到九佬,人越老这种想法越古怪,恋旧,就像出土青铜器上的土沁,擦也擦不掉,土沁和青铜已经长到一块了。九佬都参与了奉天第一锅的打制,那个时候做铜匠紧籀多,弄不好就会惹来大麻烦。作为富掌柜的九个徒弟,九佬都比你爷爷大,个个胡子拉碴,胡同里的大人小孩儿叫他们九佬也有这个原因。九佬不仅各怀铜活绝技,而且都是顶天立地的好汉。他们在富发诚学徒时,有次赶上中心庙办庙会,有两个地痞欺负一个卖梨膏的小姑娘,小姑娘梨膏被抢不算,还被两个地痞当众凌辱。这情景恰好被九佬遇见了,九佬围过去把两个地痞训斥走了。九佬以为没事了,还在庙会上看光景,谁知两个地痞纠集了一群小混混拿着棍子回来找事,双方话不投机动起了拳脚,结果九佬把一群混混都打趴下了。九佬中的大佬吉宽撂下话:以后不许你们踏足铜行里,敢来的话见一次打一回,直到打服了为止。这些地痞混混哪里是咬钢嚼铁的铜匠的对手?从此不敢再来铜行里。九佬也一战成名,奉天城街面上开始有了九佬的传说。

父亲的讲述带有描述性,深沉的语音颇具穿透力,容易与听者产生共振。石洪祥记得过去父亲的声音不是这样的,那时父亲的声音激越而富有高度,不像现在这般舒缓。看来,岁月不仅能改变容貌,还会改变一个人的声音。在父亲的讲述中,速写本上九佬的面孔一个个清晰起来。

九佬中大佬叫吉宽,三十出头,海城人,原本是个铁匠,后来觉得铁匠不如铜匠吃香,就投奔富掌柜门下学徒,成了富掌柜的大徒弟。吉宽身体壮实,为人像武二郎一样豪爽仗义,深得师父赏识。富发诚是响器店,响器比其他铜件加工要精细,技术含量高,是学徒热门。制作响器虽有色有声,制作者心里展耀,但真要找到制作响器的窍门却不易。拿铸钟来说,同样尺码、形状的钟,师父所铸敲起来声震十里开外,而徒弟所铸却声传不到三里。比如锻制奉锣,徒弟锻成的锣怎么敲都有点哑,把哑锣给师父,师父哐哐哐捶打一遍,哑锣立马就变成响锣,其中是有门道的,徒弟们需要细心观察、揣摩才能学到本事。

吉宽脑子不笨,懂得贪多嚼不烂的道理,把主要精力用在学习铸钟上,从选料、配料、制模、炼化、浇铸,到錾刻、打磨、校准,每一步他都用心钻研,颇有心得。两年下来,富掌柜说吉宽已悟得铸钟之法,若得天时地利人和,必出惊世洪钟。富掌柜夸吉宽主攻铸钟是聪明之举,一招鲜吃遍天,钟鸣鼎食历来是富贵标志,朝钟、佛钟、神钟、乐钟,学成后自会有做不完的铜活。富掌柜还对吉宽讲了铸钟娘娘的故事,铸钟娘娘以血肉之躯化入铜水,所铸大钟才有了灵性,说铜匠手上有点伤流点血不见得就是坏事。富掌柜特别嘱咐道,一旦铜钟铸成定要善待爱惜,切莫让黄钟毁弃,任由瓦釜雷鸣。

吉宽记住了师父的话,在师父的指点下铸了不少大大小小的铜钟。终于有一天师父对他说:你可以出徒,独立铸钟了。吉宽心里很美,告假回海城向家人报喜。富发诚响器店出徒的铜匠那可是有身价的金字招牌。吉宽刚回到家,媳妇饭还没做好,附近山里小慈悲寺的老住持便登门来访,想请吉宽为小慈悲寺铸一口梵钟。老住持用带补丁的袋子装着一些碎银,这是几年来寺中节衣缩食攒下的香火钱。老住持说这些银两肯定不够,账先赊着,来日一点点偿还。老住持双手合十一拜再拜,把吉宽吓得不知怎么回礼,只好连声应允。

吉宽没想到自己出徒之作竟然是给家乡的小慈悲寺铸造梵钟,这让他既激动又为难:激动的是,这次铸钟是展现自己所学的好机会;为难的是,银子不够,铸钟花费不菲,自己无力垫付。吉宽父母都是吃斋念佛之人,劝吉宽想想办法先把钟铸成,权当给寺里做功德。吉宽问为啥急着铸钟,等钱攒够了再铸多好。老住持说小慈悲寺香火一直不旺,佛祖供养维艰,虽然是地偏所致,但寺中缺少一口远播梵音的大钟也是一个原因,名寺当配洪钟,小慈悲寺有了大钟就有了魂魄,远近的善男信女自然会闻钟而来,香火不愁不旺。吉宽想了想,对老住持说:师父已经允我出徒,我出徒后第一口钟就替父母积些功德吧,铸钟工钱免收,不足料钱我去求师父帮忙,我师父有善心,讲铜缘,定会帮助我。老住持千恩万谢,一再承诺寺里会尽快还账,什么都可以欠,唯独建寺铸钟之钱不能欠,否则听到钟声会心惊不安。

吉宽说他回奉天后就操办此事,完工后马上来信。

吉宽结束探亲回奉天与师父说了此事,富掌柜捻着胡须沉吟良久道:梵钟能开心眼、破烦恼,铜匠这行计利当计天下利,这样吧,铜料不足店里添,就由你来义务铸钟吧。

吉宽用尽所学,很快铸成一口精美大气的铜钟,铜钟狴犴钟纽、祥云回纹,古意深重。富掌柜看过后连说了三句没想到,让吉宽心里流蜜一样甜。

大钟铸成,人们在中心庙小广场上支起钟架,用铁链将钟吊起,然后悠起钟杵试撞。试钟效果出人意料:一声钟响,故宫里一群乌鸦飞起来,在空中盘旋不落;二声钟响,脚下地面微微颤动,似有暗河冰开;三声钟响,仿佛云雷滚过,四平街的行人纷纷驻足倾听。奉天城寺庙不少,有如此钟鸣者少见,连老故宫里的差人都循声赶来看究竟。富掌柜评价说,只有佛祖加持,佐之铜匠血汗,才能铸出这惊世洪钟。

吉宽深知这铜钟来之不易。在制作砂模时他暗自祷告过,希望祖师爷成全他,许诺若能一次功成,他不惜奉献身体的一块皮肉。在浇铸铜水时,不小心一滴铜水落在脚背上,留下一个紫葡萄大小的血痂。血痂退掉后,受伤处变成了一朵盛开的桃花,他觉得这不是一处伤疤,而是铜钟留给他的纪念。如此看来,脚上这朵桃花兑现了他的诺言,让铜钟与自己的灵和肉互通了。

小慈悲寺来人将铜钟运回海城,消息传开,轰动一时。于是有富商巨贾赞助,在寺中大雄宝殿前方建了个四角钟亭来安置这口大钟。钟亭建成后,寺里举办了隆重的铜钟开光仪式。四里八乡的善男信女云集小慈悲寺,成了寺院建成以来参加人数最多的一次法事。小慈悲寺有了这口不同凡响的大钟,八方信众循声而至,寺中香火逐渐兴旺。老住持派人去富发诚还钱,吉宽坚持不收。老住持过意不去,便在钟亭旁立了一座石碑,亲手撰写碑文,将富发诚、吉宽及其家人的善举皆铭记于碑上,乡邻口口相传,吉宽没想到自己被传成了远近闻名的铸钟名师。

吉宽有了名气,家乡当年的伙伴自然兴高采烈。与他相识的四个同乡结伴奔铜行里来找他,要跟他学徒当铜匠。吉宽尚没独立门户,谈不上收徒传艺,老乡扑奔自己而来又不能不管,只好央求富掌柜收下他们。四个老乡都比吉宽小,头一次出远门,一个个蹲在富发诚门口左顾右盼。铜行里金光闪闪的店面和胡同南端神秘的故宫让他们大气都不敢出,他们知道那道红色宫墙里曾经住过老汗王。

富掌柜捋着胡须说:我逐个看看再定,若是有眼缘的话可以留下来。富掌柜所说的看看就是面试,而有眼缘就是面试合格。富掌柜有个交人原则,面相不合的人他不会做朋友。他认为一个人的好坏善恶都在面相上,倒不是以长得俊丑分好人歹人,事情不那么简单,他考察面相有自己的九宫格,是只能意会不可言传的识人经验。吉宽问过师父,怎么就悟透了看相这门学问。师父说做铜匠不懂面相不行,倒不是为了看相赚卦礼,主要是为了塑像时不犯忌讳,塑的佛若面相犯忌,让人如何供奉?天底下所有的名刹大寺,哪一尊塑像不是相好庄严?这便是塑像者悟出了佛有三十二相八十种好的体现。富掌柜说,投师动机不可不察,心不正者不可为徒,学艺先学做人。

　　第一个进来的是朱文田,也就是后来的二佬。朱文田个子不高,人却结实,脑后辫子又黑又长,马尾一般粗壮。朱文田和吉宽一起打过铁,对吉宽言听计从,四人来奉天学徒是他出的主意。开始有人担心,说吉宽现在名气大了,不一定会搭理他们。朱文田说不会的,吉宽这个人就是当了大掌柜也不会不理兄弟。

　　富掌柜问他为啥来富发诚学徒。朱文田说:为了能像吉宽哥那样铸钟。富掌柜就问,除了铸钟,就不学别的?朱文田说自己笨,别的恐怕学不会,但对学铸钟有信心,他当过铁匠,有点老底。富掌柜说:铸钟能吃饱饭吗?平常人家谁也不会买口钟,倒是学做家常用器才会有钱赚。朱文田说:海城周边大大小小的寺庙不少,都没有小慈悲寺那样的大钟,学成后应该不愁没活干,哪怕一年铸一口钟,吃饱肚子不成难题。富掌柜又问:要是学艺不精,没法像吉宽那样铸出好钟来怎么办?朱文田道:我爹说过,功夫就是时间,一年学不成两年,两年学不成三年,就是把辫子学白了我也要学会。富掌柜点点头,说那留下来吧。朱文田学徒后并没有局限在铸钟上,还学会了制锣制镲。平时,他像吉宽的影子与吉宽寸步不离,是吉宽的头等帮手。吉宽对富掌柜说,将来他若回海城,朱文田可以留在铜行里,朱文田家无挂碍,学艺上心,为人又厚道,是个难得的帮手。

　　第二个见的是姜七。姜七长相怪异,两道法令纹像猎豹的泪腺一样显眼,与年龄极不相符,二十多岁,看上去却像三十大几。

富掌柜打量了一下姜七问:你在家中排行老七? 姜七说:不是,我是家里的独苗,姜七这个名字是出门前一个老秀才给起的。我爹说出去做事不像在家里种田,该有个正经八百的名字。老秀才问过我的八字,然后掐指一算,说就叫姜七吧。我爹觉得奇怪,怎么就起了个简简单单的"七"字呢? 老秀才说孔圣人对弟子教授六艺,唯独没有百工,说我去学铜匠属于百工之艺,排行算是第七艺,所以叫姜七。老秀才还说我不识字,起名若是烦琐,怕是自己都不会写,"七"字就两画,写着方便。富掌柜问:你学铜匠想学哪几样? 姜七说:我大伯是木匠,专门给大户人家做箱子做柜,木匠活需要铜角、铜锁、折页、银错铜很多铜件,到外面去买太贵不说,活儿还糙。大伯说你去学吧,学成了回来咱爷儿俩搭伙干,我出钱给你开个铜匠铺,你给我做活。大伯做的柜子都是大价钱,有酸枝木、菠萝格、水曲柳的,最不济也是榆木的,有钱人都喜欢。在海城,哪个富户家若是没有姜木匠打的立柜是很没面子的事。富掌柜道:铜活忌粗,小小铜角看似简单,实则学问不小,铜与木要相合,熨帖一体,有缝儿翘角都不算合格。姜七说:我大伯就是嫌买的铜件与他的柜子不合才要我来学,他想让我按照他的心思来打制铜件。富掌柜问:你学铜匠,却给木工配套,将来是供鲁班爷爷,还是供太上老君? 姜七道:我学了铜匠就该守铜匠行规,为木匠做活也不能不敬鲁班爷爷,我会把太上老君和鲁班爷爷都供着,不分高下,一样香火。富掌柜笑了:你能实话实说这挺好,铜匠就该实打实,须知木匠、铜匠之间并无芥蒂,铜活有时以木工彰显,木匠经常因铜工增彩,两工乃相得益彰,何况多供一个祖师爷又不是坏事。姜七被富掌柜收下,成了三佬。姜七主张慢工出细活,做什么都一丝不苟。师弟们都知道他喜欢给木料包铜或嵌铜,很普通一把刀,让他给刀柄包上雕花铜皮后顿添王侯之气,枣木拐杖经他套上一个铜箍,立马身价不菲。富掌柜说姜七是木心铜手,来日在街面上准能吃得开。

李万岭被叫进去问话前两腿一直在哆嗦,他不知道富掌柜会问什么,脑袋里空荡荡的,像被小偷洗劫过的衣柜。李万岭家里穷,兄弟三人都没娶上媳妇,他是老二,按照家里规矩要自己出来谋生路。李万岭有个冰镩子,冬天常到河套镩鱼换零花钱,冰镩子镩几回就秃了,要到铁匠铺去打尖淬火。当时还是铁匠的吉宽每次都免费帮忙,李万岭很感激,把吉宽当成亲大哥待。李万岭性格孤僻,不愿意和生人说话,见到富掌柜如同见到了县官,头都不敢抬。富掌柜看出了他的局促,便和他唠了几句家常,事先听吉宽介绍过李万岭的情况,便问他海城临海,他为啥要到河套去凿冰捉鱼。李万岭说出海要有船有网,可他只有一根冰镩子。富掌柜又问他都能捉到什么鱼。李万岭变得平静下来,脸慢慢往起抬,说有很多种,鲫鱼、鲇鱼、泥鳅,还有白漂子。李万岭觉得富掌柜挺和蔼,就完全把头抬了起来,当看到富掌柜一双凌厉的眼神后,大脑顿时一片空白,急忙又把头低下去。富掌柜这眼神太毒了,像烘炉中冒出的蓝火焰,能炼铜化铁。富掌柜又问了两句,他一时有点走神,脑子里还在琢磨富掌柜的眼神。富掌柜让吉宽给他倒了碗水,他接过来咕咚咚一口喝尽,这才恢复了常态。其实李万岭紧张是一方面,另一方面是已经三顿没吃饱饭了,饿得有点虚脱。富掌柜问他为啥要到富发诚学徒。李万岭眼泪立马就下来了,嗫嚅着说:为了能吃饱饭。富掌柜问:在家种田就吃不饱饭?李万岭说家里地少人多,兄弟三个都是大肚汉,粮食年年不够吃,自己是为了吃饱饭才出来学门手艺。富掌柜问:手艺人分九佬十八匠,为啥投到我的门下?李万岭是个实在人,不会说假话,转向站在一边的吉宽说:吉宽大哥给我做出了样子,我踩着吉宽大哥的脚印走,省得走弯路、栽跟头。富掌柜点点头,摆摆手让他出去了。李万岭变成了四佬。李万岭学徒后专心学做铜壶,算是有了一技之长。

五佬孙占山差一点就秃噜扣,因为他一进门就给富掌柜磕头,连磕三个响头,砸得砖地咚咚响。富掌柜没有扶他,待他起身后才问他:为啥进来就磕头?孙占山说:拜师学艺一定要磕头,这是老辈传下来的规矩。富掌柜说:我还没决定收你为徒呀。孙占山说:收不收我都要磕头,您是吉宽哥的师父,吉宽哥说过,一日为师,终身为父,我见到您就如同见到吉宽哥的老父亲,磕头大礼不能省。孙占山相貌粗鄙,举止莽撞,富掌柜对他印象不是很好,简单说了几句就让他出去了。富掌柜对吉宽道,这个人脑子不是很灵泛,典型的一根筋,学手艺活恐怕不行,铜匠这行七分天赋、三分汗水,没有天赋的人难以成才。吉宽见师父不想留占山,就解释说这个孙占山命苦,年幼丧父,母亲守寡将他抚养成人,因为家中几亩薄田被叔父侵占,只能靠打短工谋生。占山是个孝子,老娘活着时他从不出门,去年老娘病死,这才出来闯荡,师父若是能收留他,这里就是他的家了。富掌柜问此人有何长处,吉宽说占山最大的长处是讲义气,自己穷得叮当响,还能为别人出头。有次在村口看到一个邻村卖糖葫芦的老头子摔倒起不来,便把老头子背起送回了家。那个卖糖葫芦的老头给他几个铜板答谢他,他说:看你衣裳上的补丁不比我身上的少,咱都是穷棒子,我不能要你的铜板。富掌柜听后点点头说,看来此人人品还行,那就留下做些杂活吧。谁料到笨花也有怒放时,学徒后孙占山自走一经,迷上了锻造铜铺首,而且越锻越好,成了胡同里公认的孙铺首。吉宽和富掌柜闲暇谈论起孙占山,吉宽觉得孙占山的长进有点神奇,铺首做出名堂来很不容易。富掌柜却摇摇头,说占山本身就是一个门神,他锻制铺首等于在给自己造像,通神通灵,下錾就会自如。

这四个徒弟与吉宽有关,后四个则是慕名而来。

六、七、八、九这四佬都来自牛庄,是牛庄码头上扛大包的苦力。胡同里的永昌号从牛庄进货,他们受雇装卸来到奉天城。活干完结了工钱,四人一同到中心庙看光景,遇到了正在中心庙扫地的孙占山。孙占山闲暇会来打扫中心庙,不仅扫地,还会给庙里的关公擦拭脸面。因此,市民无论何时到中心庙都会看到关公那张一尘不染的红脸。四个来自牛庄的年轻人是马飙、田铁牛、丁学义和田娃。铁牛话多,见中心庙不过是个微型小庙,绕着小庙转了两圈,对马飙说:奉天城太小气了,给关老爷盖庙就盖半间房子大小,周仓、关平都没个地方站。正在打扫小庙的孙占山说:我们富掌柜说了,庙不在大,有关老爷就灵。四人中的马飙一听孙占山的口音就问:这位兄弟是海城人?孙占山点点头。马飙说:我们是牛庄的,咱是老乡呢。就这样几个人攀谈起来,他们知道了在富发诚学徒的五个老乡,心中羡慕不已。四人很早就听说过富发诚,能在大名赫赫的富掌柜手下学徒那可是荣耀之事。四人中领头的马飙忽然动了心思,对大伙说:咱不能总在码头扛大包,学门手艺才是正道,我看干脆咱也去富发诚学徒算了。马飙的倡议得到大伙的赞同,在手艺人当中,铜匠和金银匠地位最高,比铁匠、皮匠、石匠那些出大力的行当要轻松,尤其在富发诚学徒,那就好比练武的进了少林寺,走到哪儿都是有身价的人物。马飙请孙占山帮助引见,孙占山想也没想就答应了,扛着扫帚挺着胸脯在前面引路,把四人领回富发诚。

富掌柜虽然心地善良,但不会贸然收留四个来历不明的年轻人。他对四个身强力壮的年轻人说:我理解你们学艺之心,但做事要按规矩办,你们一无铺保,二无熟人介绍,和占山也是刚刚认识,我不能收你们为徒。四个人相顾无言,富掌柜所言在理,拜师学徒是大事,哪能如此草率?便说回去找到保人再来。马飙一行走后,吉宽埋怨占山:你怎么把陌生人领回来了?万一他们里面有来路不明的人咋办?孙占山挠挠头,说自己没想那么多,一听是老乡就直接领回来了。吉宽说:下次遇事要过过脑子,你不是孙铺首吗?铺首就要挡住那些不该进门的人。富掌柜没有埋怨占山,说他仔细看了四人面相,皆非奸诈之辈,这一点占山感觉没错。

第二天马飙等四人又来了,随他们一起来的还有个穿公差衣服的军人。恰好,孙占山又在大门口扫街,见到这几个人,打了个招呼道:你们又来了,这回我可不领你们进去,大师兄该责怪我了。马飙说:这回我们请了铺保,是衙门里的公差,占山兄就再引我们见见富掌柜吧。孙占山打量了一眼那个铺保,问:你是衙门里的?对方点点头,朝他展示了一下腰里的牌子。孙占山不懂牌子,只认得这身衣服,就点点头说:好吧,我信你们一回,大不了让吉宽哥再剋一回。说完,便领着他们进了富发诚。

孙占山这次没有被剋,因为这四人找来的铺保乃盛京副都统晋昌的亲兵,叫丁学礼,牛庄人,是四人中丁学义的堂兄。衙门里的差人做铺保应该没有问题,丁学礼给人的感觉也不那么牛气,说话都是商量口吻,不愧姓名中的"礼"字。

富掌柜和丁学礼聊了几句,丁学礼提起一件往事,富掌柜尚有印象。原来晋昌大人在富发诚定制过三十副黄铜马镫,那批货是丁学礼来操办的。马镫大都铁制,用铜马镫则身份不同一般,应是晋昌将军赏赐有功人员所用。当时丁学礼来操办此事时态度温和,没有颐指气使。丁学礼说这四个兄弟是他的同乡,丁学义还是他的堂弟,均无劣迹,在牛庄码头扛大包靠力气吃饭,因为羡慕孙占山在富发诚学徒,便萌生了学手艺的念头。丁学礼说他可出具文书担保,将来若有差池可以找他。丁学礼虽不是军官,却是晋昌副都统的贴身马弁,有副都统衙门腰牌,他出面担保,富掌柜不能不考虑。富掌柜办事有原则,说面子可以给,但这四人他要一个个唠几句,若是不适合学铜匠,他也没辙。丁学礼说:就按富发诚的规矩办,您一个个过堂,实在通不过的也不必勉强。富掌柜让丁学礼回去,留下四人面谈。

马飙等四人毕竟在牛庄码头见了些世面,比四佬要透亮一些。富掌柜在一个个问了几句话后都同意留下,这样,算上吉宽和前面收下的四佬,富发诚有了九个徒弟,这就是街坊们戏称的九佬。富掌柜责成吉宽管理八个徒弟,从学艺到生活,吉宽把八个徒弟带得一家人一样,令其他铜器店很是羡慕。

明规矩,立铜心,是富发诚学徒的首课,这一课只能师父来上。

后来的四个徒弟进门第二天,富掌柜将九个徒弟召集到一块,算是集体上了一课。

富掌柜坐在椅子上,这是一把太师椅,没有錾花,也无图案,黄菠椤格木打制,冬天坐上去也是暖的。吉宽站在师父身边,八个徒弟在对面站立,个个表情严肃。他们不知道富掌柜要讲什么,师父训话,机会难得,每个人都想听个真切。八个徒弟已经知道师父授徒的方法了,他做你看,只一回,然后让你上手,能不能行看你的悟性。今天师父能召集徒弟开讲,是师父开恩。吉宽对师弟们说这等待遇自己都没得到过,是借了师弟们的光。

富掌柜说话有些深奥,与他懂黄老之学有关,因为铜匠大都尊太上老君为祖师爷,而太上老君的民间化身就是老子。富掌柜曾对吉宽说过,他的学问都是师父给的,师徒之间代代传承,后人站在前人的肩膀上,天下所有能工巧匠莫不如此,想平地里蹿出个巨人来那是不可能的。富掌柜的手指在太师椅扶手上轻轻敲着,似乎在为自己的演讲伴奏。

你们既然跨入富发诚的门槛,须知做铜匠是有规矩的,这些规矩不是金科玉律,但凡入门弟子不能不晓。规矩有三,第一便是具铜心。具者,备也。选择当铜匠,就要有一颗经过十二炼的铜心,哪怕深埋黄土之中也不锈不烂,不改不变。

九个徒弟屏住呼吸在听,这一条不难理解,学徒怎能朝秦暮楚?只有专心致志,铜心不变,才能做师父的忠实弟子,为师门增光。

第二是辨铜气。人活一口气,铜与人一样有一种看不见的铜气,铜匠若不辨铜气,则识不了铜性,做不到人铜合一,做出的器物就会缺少灵气。

众人默不作声,这段话很难懂,铜气之说他们是第一次听到。

富掌柜看出了徒弟们的疑惑,便对第二个要求又缀上几句:从山中采来的铜矿石是没有铜气的,那是死铜,入炉经过冶炼,先是变成铜水,人气注入其中,再冷凝成铜,便带了铜气。铜气是甜的,如同老井里的水,需要用心去品方能体会到。你们听说过京城有座金炉圣母铸钟娘娘庙吗?有一年皇帝老子给铸钟铜匠下旨,铸造一口万斤铜钟,期限三个月,到期铸不成便要杀头。铸钟铜匠带着徒弟们怎么铸也不成型,化了铸,铸了又化,反反复复,铜水在砂模中停滞不走,气孔白烟细若游丝。眼看期限将至,众人围着化铜炉一筹莫展。有人说:铜水不通人气,故不成型,看来这是老天不给哥爷们儿活路,咱们跟家人交代后事吧,等到菜市口砍头时就晚了。这时,铜匠的女儿来看父亲,听到了铜匠们的话,为了救父亲和铜匠们的性命,纵身投入炉中。这炉熔化了少女的铜水突然大放异彩,众人再行浇铸,只见铜水如火蛇穿游,气孔处蒸气成虹,一口万斤铜钟终于铸成。后人为了感念铜匠之女,便修了这座金炉圣母铸钟娘娘庙。

九个徒弟都听呆了,一个黄花闺女跳进铜炉,连骨灰都不会留下。

富掌柜接着说:第三是结铜缘。天下万物,聚散皆缘,无缘不会相遇,有缘方成知己。你们选择了做铜匠,就是与铜结下了一生之缘,要敬铜、惜铜、善待铜,把自己修炼成一个铜人。以上三条你们听明白了?

大家都点头称是。

富掌柜接着说:三条之外,还要记住一点,做铜匠切忌投机取巧,须知功夫是一錾錾锤出来的,不下苦功,学艺不精。

徒弟们对这条早有准备,学徒当然要准备吃苦。

富掌柜将带徒之事交给了吉宽,不久,吉宽对后来的四个师弟有了评价,说与师父,师父夸他不负大师兄之职,带徒需察人,不察而带难以成事。

六佬马飙做事讲规矩,做什么事都喜欢扳着手指说出个一二三来。马飙从进入富发诚那天起就迷上了做火锅,看着吉宽新打制成的火锅摩挲个没完没了。吉宽问他为啥这么喜欢火锅,他说火锅是吃饭的家什,民以食为天,做火锅是天大的事。吉宽将马飙的话告诉富掌柜。富掌柜对这番话很欣赏:马飙说得没错,你好好带他,将来有用处。富掌柜说的用处与他的一大宏愿有关,他需要马飙这样的徒弟来实施自己的计划。马飙学做火锅上手特快,一点即通,给师弟们做出了样子。

七佬铁牛祖籍胶东蓝村,祖父闯关东从烟台漂洋过海来到牛庄,几代人了,口音依然带有胶东腔。因说话带有胶东腔,人们便给铁牛起了"小山东"的外号。铁牛会唱柳腔,因为这个他喜欢响器,并且很快就上了道儿。铁牛对打制奉锣上瘾,观察些时日后对吉宽说:制锣功夫都在一把锤子上,同样的锤子,在师父手上是绣花针,在师兄手上是剪刀,在我手上就成了棒槌。吉宽说棒槌有棒槌的用处,再说了,只要功夫到了,棒槌也能磨成针。铁牛很受鼓舞,说要好好学艺,学成后回胶东蓝村开个响器店。吉宽问他为啥要回蓝村,牛庄不好吗。铁牛说,他爹总跟他唠叨,说将来有了本事一定要回蓝村,老田家祠堂在那儿。

八佬丁学义古板内敛,做事慢条斯理,入徒后专攻锻铜。锻铜是个细活儿,费工费力,但丁学义乐此不疲。师兄弟们经常看到丁学义噙着根短杆铜烟袋,在铜板上一锤一錾地敲打,一打就是一天,不言不语,不温不火,吃饭还要九佬田娃来叫。丁学义锻的都是师父描好的图案,以狮头和回形纹居多。有时他在锻铜时师父就背着手在身后看,间或会要过锤和錾示范几下。师父对吉宽说,锻铜如同女红,非静不能有成,学义能清心静气专注做活,实属孺子可教。学徒不久,丁学义锻制的一些铜件就通过永昌号卖了出去,是九佬中除吉宽外第一个为富发诚赢利的徒弟。

最小的田娃在到码头背包前当过剃头匠,是九佬中出名的巧手,能给女人打发簪、耳坠、顶针等小铜件。他打制的小蜜蜂耳坠小巧玲珑,镏金后身价倍增,是小家碧玉的最爱。田娃八字眉、翘眼梢,看上去就招笑,是九佬中人缘最好的小弟弟。田娃有自己的抱负和野心,但只对吉宽说过,他想将来当个集金、银、铜三匠于一身的手艺人,搞个大买卖。有次和吉宽出去遛四平街,吉宽问他出徒后干啥去,他说出徒后就回牛庄把老宅和地卖了,然后来奉天出颖胡同开个金店。吉宽很吃惊,说:你是学铜匠的呀,开金店都是大东家,你家里有几处老宅、几垧地?田娃说家里屋没几间,地没几亩,是自己分家得的,既然走上靠手艺吃饭的道儿,就不能再回去种地了,卖了屋和田来出颖胡同先干小的,一点点积攒,店名他都想好了,就叫田田金店。吉宽觉得这个师弟有志气,不管能不能干成金店,至少这个想法挺好,人就怕没想法,有了想法才可以往下走。问他为啥叫田田金店。田娃说:金子还不是从田土里刨出来的?叫田田金店,意思是金子来自田地,再回归田地。吉宽没有给田娃泼冷水,做梦不是坏事,但沉湎于虚幻的美梦则会害人。田娃身上连个金镏子都没有,却一门心思想着开金店,谈何容易啊!

富发诚先后招了九个学徒,让铜行里变得热闹起来,富发诚作坊里响器声不断,赛过练功的戏班子。有街坊来讨经,问为啥不雇成手的铜匠,却用一些年轻人。富掌柜没有多解释,却说出了一个道理,这道理由此在铜行里传开,成为打制响器的一个秘诀。富掌柜说:好的响器一定要由火力旺盛的年轻人来打制,而且打制中一定要有汗水,不浸汗水的响器声音不亮。吉宽听罢师父此言,才明白已经进入老年的富掌柜为什么打制奉锣时一般不再上手,只是为了校音偶尔锤上几下,原来师父是担心身上的老气影响到奉锣的清脆。师父曾对他说过一件事,北市有家戏园子捧红了一个唱京剧的角儿,红了多年,后来这个角儿老了,本不该再登台演戏,有一天四平街上贴出来告示,说这个角儿息戏十年后要复出。师父是这个角儿的戏迷,当然不能错过机会,就花了一块大洋买了戏票去看戏,回来后心里难过了好几天,不是因为那块大洋,而是觉得这个角儿不该再上台,若不上,戏迷心里还是她当年的英姿亮嗓,这一上,把以前的印象都糟蹋了。

除了吉宽早就到了出徒期外,马飙、铁牛和田娃也达到出徒要求,算是进步最快的三个,其他五人也不落后,都能独立做铜活。富掌柜准备在秋季办一个像模像样的出徒仪式,把九个徒弟放出去各立门户。为了准备这个仪式,富掌柜开始实施谋划许久的一件事:打制一口能供百人同食的奉天第一锅。

富掌柜对吉宽说:连马飙都明白做锅是天大的事,这更坚定了为师打制奉天第一锅的想法。奉天城乞丐成群,吃不饱饭的穷人满街都是,他们最大的愿望是什么?无非是吃饱饭。打制这口奉天第一锅,算是为天下饥民祈愿吧。

吉宽问:打制出来搁哪里吃呀?百人同食,需要很大的口径。

首选之地当然是中心庙前的广场了,选个良辰吉日,把制成的奉天第一锅支在中心庙前,召集铜行里的老少爷们儿都来吃上一回火锅,一则算是徒弟们的出徒礼,二来也犒劳弟子和街坊,和睦邻里,聚聚人心。此事我与其他几个店铺的掌柜说过,他们有的出一头猪,有的出一只羊,还有的出粉条、酸菜、调料,大伙一道把奉天第一锅诞生这天当年节来过,过得好,以后就年年搞。

吃完后该如何安置这火锅呢?吉宽问。吉宽的担心是有道理的,这么大的火锅,折不得,卸不了,用完后放到哪里去?作坊里显然放不下。

富掌柜早就想到这个问题,笑了笑道:我估计百人宴过后,富发诚的这口奉天第一锅会誉满全城,那时候自会有人来抢购此锅,毕竟是奉天第一锅。

师父怎么肯定有人抢购呢?吉宽有些怀疑。

富掌柜不再微笑,拍了拍吉宽的肩膀道:天下富人多有竞奢之心,想不让他们攀比都难。做铜匠这么久,为师已经看得明白,东西在名不在贵,那些购得奉天第一锅的显贵达官,放在自家屋子里是个有身价的摆设。

吉宽明白了,打制奉天第一锅不但不赔钱,还会为富发诚树起一块招牌来。吉宽不得不佩服师父的经营之道,师父为人低调,一般不露声色,但运作起大事往往能一鸣惊人。

富掌柜率一众弟子打制奉天第一锅是无法隐瞒的秘密,因为火锅口径所致,这个工程只能在室外加工,看光景的人不会少,奉天第一锅的消息也就不胫而走,在四平街一带传得沸沸扬扬。街坊们也来工地出谋划策,小孩子更是期待这场火锅大宴,富发诚响器店的名气被一口大锅火了一把。

谁也没料到事情会出现麻烦。本来一个铜匠铺打制什么样的火锅完全是自己的事,《大清律》也没规定工匠不能打制多大的锅,但奉天第一锅的事还是被阻止了。那是一个小雨过后的上午,一班穿官服的公差不请自来。公差分列两队,骑马挎刀,威风凛凛,进到铜行里径直来到富发诚店门前,然后呈扇面围住富发诚店门。富掌柜闻讯从屋里出来,身后九个壮实的徒弟站成横排,虽没有刀枪,但气势不比对方差。富掌柜不卑不亢,因为自己没作奸犯科,用不着担惊受怕。他向公差作了个揖后很客气地问带队的人:将军属于何营?来富发诚有何公干?当时盛京驻军分为五营,每营都有自己的旗帜,可这支队伍没打旗帜,看不出是哪营人马。

带队的人尖下颏、山羊胡,骑在马上说:我们是盛京将军府的,奉将军大人之命,特来查缴奉天第一锅,你令人即刻抬上火锅随队送往将军府。将军大人说了,不知不怪,收缴即止,若有违逆,严惩不贷。

富掌柜拱拱手问:敢问将军,打制火锅犯了哪条王法,为何收缴?

山羊胡哈哈大笑,说:富掌柜是老糊涂了,犯了僭越之罪还不知晓。你富发诚打过那么多响器,包括大大小小的火锅,官府来查缴过吗?你打制奉天第一锅就不一样了,已经超过了皇宫规制,你可知道当年乾隆爷在京城宁寿宫五千人一起涮肉盛宴摆了多少火锅吗?八百只。若摆你这奉天第一锅,五十个就够了,你比皇帝爷还讲排场!

山羊胡这么一说,富掌柜心里的一泓水瞬间结冰凝结,浑身打起了摆子。吉宽见师父浑身抖动,就上前扶了扶师父。富掌柜摆摆手道:一切按将军指令办就是,你们把这未完工的火锅抬到将军府去吧。山羊胡在马上按着佩刀说:富掌柜是明白人,大人有话,不知不怪,收缴即止,就是说没收了火锅便不再追罚你等工匠。

富掌柜再次拱拱手道:拿去吧,造锅是天大的事,惊动官府也在情理之中。

就这样,奉天第一锅大梦彻底破灭。

为此,富掌柜躺在床上两天两夜水米未进,一双无神的眼睛愣愣地看着天花板。吉宽劝他宽心,他目不转睛地说:我本不该犯此错的,我父亲在世时曾告诫我,做事做人要适可而止,梦一多,心就乱,心乱荆麻生。我当时不理解,怎么心乱荆麻生呢?一个穷铜匠连做梦都不行,还活个啥份儿?奉天第一锅这事让我明白了父亲的告诫,这个梦本来就不是我该做的。

吉宽说:都说树大招风,谁想到锅大招祸。

富掌柜眼望着天花板愤愤地说:我心不甘,打一口大火锅就是僭越?

富掌柜是个善于自我排解的人,他知道徒弟和街坊都在看着自己,自己必须站起来。第三天,富掌柜不再卧床,吃了一碗小米粥后,把九个徒弟召集到前厅,让马飙到自己跟前来。马飙为奉天第一锅花费精力最多,火锅被抬走那天,马飙都哭出了声。富掌柜牵着马飙的手,面朝大家郑重其事地说:一个铜匠,一生需有扛鼎之作这没错,但要记住这样一句老话——虽有智慧,不如乘势,时运不到,不能强行。奉天第一锅半途而废过不在你我,时运不济而已。这件事就此放下吧,一旦时来运转,再行计议。

很可惜此事再没有机会计议,一进庚子年世道便乱了,不幸的九佬一同罹难。富掌柜后来对街坊说起九佬之死,道:天都塌了,九个徒弟的天灵盖焉能自保?

导火索是吉宽的媳妇巧云。

吉宽在盛京做铜匠,媳妇巧云在海城乡下劳作,照顾老小,侍弄薄田,日子之苦可想而知。虽然吉宽的收入都补贴了家用,但人毕竟不在海城,很多事鞭长莫及。

巧云原本是个贤惠的妻子,姓孟,吉宽到盛京学徒时她对丈夫说:我这个孟可是孟姜女的孟,别说你去盛京,你若去修长城回不来,我就去把长城哭倒了。吉宽对媳妇很放心,媳妇和父母都是一心拜菩萨之人,笃信因果,吃得下劳作之苦。谁也没有料到,乡下原本锅盔一般的生活被一座高高的尖角教堂给撑破了。一个洋人传教士在离村不到十里的地方建了一座教堂,与小慈悲寺分庭抗礼。不到一年,教堂信众竟达数百人之多,这个高大黑色的建筑成了当地人气最旺的地方。巧云经邻村一个姓王的女人引领,很快便成了虔诚的教民。巧云入教后,父母捎信给吉宽,说巧云变了,整天魔魔怔怔,一天到晚在胸前画十字,把家里三代供奉的一尊瓷菩萨给藏起来了,怎么找也找不到。吉宽心里急,就问富掌柜:昨天巧云还通情达理,怎么一夜之间就像叫黄鼬子迷了般,变成了另一个人?富掌柜说:盛京城也在到处建教堂,坊间传说那里面藏污纳垢,不知真假,但有一点没错,黄鼬子专迷多病的女人。

可是巧云没病呀!

她应该是有心病,你回去看看吧。

不能眼看着巧云就这么被洋教士给拐了去,吉宽对自己说,就是拼上命也要把巧云拉回来。

师弟们听说嫂子入了教会,七嘴八舌地给吉宽出主意。

丁学义说他在牛庄码头往教堂运过货,教堂里的洋光景特新鲜,吃饭用刀叉,中国寺庙不能吃肉,洋人教堂里却能闻到肉味。

丁学义的话大家都信,九佬中除了吉宽,丁学义算是见过一些世面的,加上他有亲戚在副都统衙门当差,自然有些消息渠道。丁学义说嫂子到了那里面就像当丫鬟一样,是去伺候洋人的,那些蓝眼睛男子穿着黑袍子,戴着十字架,说话叽里呱啦,你不晓得他们说什么。

铁牛说,海城也有教堂,专门笼络妇女,很多妇女三天两头跑去教堂,家里活也不干,官府又偏心教堂,男人敢怒不敢言。

众人呛呛了一会儿,来找富掌柜拿主意,问能不能把吉宽媳妇接到铜行里来。富掌柜也觉得吉宽媳妇在家要出问题,就同意吉宽回海城把媳妇接来,在富发诚给大伙烧饭洗衣,算是有个营生。

吉宽回海城第二天,农历六月初六,盛京城义和团聚众攻打德盛门外的天主教堂,杀死了主教纪隆。一时间盛京城内人心惶惶,邮局、铁路都遭到了破坏,城内所有与洋人有关的物件都在剿灭之列。富掌柜吩咐胡同里各铺号做好防范,把给教堂做的紫铜烛台、锻造的耶稣浮雕,还有西洋式的咖啡壶等都藏匿起来,免得引出乱子,四平街有家店铺窗子上因为镶了洋玻璃,就被团民砸了个稀巴烂。果然,就有成群结队的团民来搜查,吵吵嚷嚷了好一会儿才罢休。义和团民皆练拳法,言语不合便会拳脚相向,但在铜行里他们没惹是生非,因为铜匠敬奉的祖师爷是太上老君,家家供奉老君像,团民看了自然会引为同宗同道。义和团虽然信奉千奇百怪,有的供吕洞宾,有的供宋江、燕青,但总的根子是道教,凡道教徒不可不敬太上老君,因为太上老君和老子在民间被视为同一人。

两天后吉宽只身返回,脸色黝黑,情绪低落,坐在一具铁砧上沉默不语。师弟们再三追问,吉宽才说媳妇已经着魔,不但拒来盛京,还要收拾包袱搬到教堂里居住,说要为天主献身。朱文田问:嫂子怎么就和教堂有了联系呢?吉宽的两道眉毛顿时倒立起来:

都怪那个王婆,教堂的线人,她撺弄了十几个妇女信了教。听吉宽这样一说,师弟们气不打一处来,纷纷咒骂王婆,说《水浒传》里就有个王婆专干龌龊之事,这种人应该绑了送官,让她骑木驴游街。丁学义说:三姑六婆固然可恨,但这事根子还在教堂上,洋人作恶已经惹怒了官府,德盛门外的天主教堂就是副都统晋昌大人和团民一同打下来的。马飙说:我们一同跟大师兄去趟海城,找洋教士评评理,为啥要夺人家明媒正娶的老婆!孙占山也说:对呀,凡事总该讲个道理吧,把人家媳妇夺了去,一家老小怎么办?

徒弟们都是海城和牛庄人,大伙很久没有回去了,便去找富掌柜,希望能宽几天假,大伙一起回去帮吉宽把老婆讨回来。富掌柜沉吟许久,点点头道:现在世道很乱,到处烧教堂、扒铁路、杀洋人,你们回去一趟也好,嘱咐家人照顾好自己,切莫卷入烧杀之事,要记住,所有不法之举当时痛快,秋后却会算总账。

吉宽说:我们去讲公道,不是去拼命,师父您就放心好了,洋人再牛也是在海城地面上,强龙也会忌惮地头蛇。

富掌柜说:好吧,富发诚歇业几日,你们速去快回,吉宽把家中父母安顿好,带媳妇直接来铜行里,免得再生意外。富掌柜说这番话的时候,外面传来一阵喧闹声,一个邻铺伙计过来说红灯照的人来了,快出来看热闹。徒弟们要出去,被富掌柜喝住:你们是铜匠,身上别沾那些阴气。

嘈杂声远去,富掌柜对吉宽说:你们可去中心庙向关老爷辞行,祈求关老爷保佑你们,洋枪火炮不长眼,求关老爷罩着你们吧。

吉宽和师弟们简单收拾一下便回乡下了。这是一个阴天,云层像滚滚黑烟兜着一场大雨,却迟迟没下来。

第二天清早,富掌柜独自走出门外,抬头看见有群乌鸦在中心庙上空盘旋,不时发出嘎嘎的叫声。四平街一带乌鸦之多不亚于北陵,都是供品招来的,中心庙以及老故宫内常有供品摆放,自然集聚了一些觅食的乌鸦,但近一个月来乌鸦少见,不知原因为何。富掌柜回到屋内,泡上一壶黑茶,刚刚在椅子上坐下,一个半大孩子走进来,怯怯地问:您是富掌柜吧?富掌柜点点头,问他来富发诚做什么。孩子说想拜师学徒。富掌柜觉得奇怪,一个孩子来学徒,连家长都不跟,其中必有缘故,便问他为啥想当学徒。孩子说他一听见奉锣响两只手就痒痒,他已经在铜行里转了好多天了,就是想听敲锣声,昨天看到店里的铜匠都走光了,店里没了敲锣声,就大胆进来见师父。富掌柜问了他姓名、家住哪里,问他当学徒家里是否同意。孩子在回答了这些提问后,说自己跟一个行走的手艺人学过掐丝铜活,手艺人和父母都夸他有天分,将来能当个好铜匠。富掌柜一听立马从椅子上起身,带他到作坊,给了他锤和錾,让他在铜板上比画几下。孩子不打怵,认认真真地敲打了十几下。富掌柜笑了,让他回家写份文书,明天由父亲陪着来,这个小徒弟他收了。这个半大孩子就是石嘉文,这年石嘉文十二岁。石嘉文后来回忆此事,说能当成富掌柜的徒弟,是因为他去对了时机,当时九佬去了海城,一向热闹的富发诚忽然寂静起来,富掌柜心里空得慌,便很痛快地答应了他的拜师请求。

九佬返回海城是农历六月十五,当夜月明星稀,吉宽带八个师弟径直来到天主教堂,让更夫叫媳妇出来。更夫进去禀报后,一个外国传教士走出来,此人一身黑袍,擎着一盏汽灯。教士会说生硬的中国话,看来是跟锦州人学的,说话尾音上翘。他说:崽儿啦?入会的不分男女都有保人,保人懂吗?就像西方的律师,想领人儿回去?去找保人带着文书来再说。

吉宽没有动怒,媳妇入会的保人是王婆,洋人说得有道理,想撤掉契约,的确需要保人出面。吉宽问保人王婆在哪里。教士并不隐瞒,说了王婆所在村子,便关上门回去了。朱文田要发火,大哥来找自家媳妇需什么保人?这不是倒反天罡吗?几个师弟要砸门硬闯,吉宽拦住了大家,说:我们与教会素不相识,洋鬼子不放人也对,你们到富发诚学徒不是还要个铺保吗?我们去找王婆好了,将王婆扭到这里,洋鬼子就不得不放人了。

大伙从教堂返回,按照教士给的地址去找王婆。王婆家在海城城南王家庄,他们到达王家庄时天已放亮,让人惊讶的是王家庄早就被沙俄兵占领,一队队沙俄士兵正列队从王家庄赶往海城,有步兵、骑兵,还有木轮车驮的大炮。他们躲进苞米地,不知道发生了什么大事。不一会儿,海城方向枪炮声大作,估计是沙俄兵开始攻城,枪炮声震得庄稼地都在颤抖。

吉宽知道遇到大麻烦了,便让大家各自回去照顾家人,沙俄兵一向生性,家人能躲就躲,最好别和沙俄兵照面。大伙从苞米地分头散去,不大一会儿又都猫着腰返回,说所有路口都有沙俄兵把守,走不脱。吉宽记得苞米地西面有条小河,河边是茂盛的芦苇,河边没路,不用设岗,躲进河边芦苇荡后蹚水过河,就可以藏到对面小山坡上。

这一选择果然正确,沙俄兵忙着攻打海城,没有顾及这条小小的无名河,吉宽带着大伙渡河藏进了小山坡的树丛里。众人有种死里逃生的感觉,远处枪炮声正急,可以看到浓烟和火光,一队队沙俄兵正跑步往前线赶。

这是打仗,海城怕是守不住了,吉宽说,沙俄兵是有备而来。

大家都抻直了脖子往远处看,海城在他们眼里是大地方,对于九佬来说,他们只到过三座城池——牛庄、海城和盛京,现在这三座城池有两处出了乱子,相信近在咫尺的牛庄也不会囫囵,焦虑和担忧让他们的脸色变得青铜一样冷峻。

远处攻城战打得正急,守城清兵和义和团表现神勇。吉宽扶着一棵小树站起来,远远发现城门突然打开,一队兵勇冲出和敌军展开肉搏,虽看不清近况,但城门口乱成一团的样子还是看得出来的。丁学义说:沙俄兵大炮打得远,近战对官兵有利。朱文田说:我真想拿把大刀上去剁这些洋鬼子,哪有这么欺负人的?

吉宽想,总在树丛里猫着也不是长久之计,便对大家说:这里不宜久留,还是悄悄从坡后撤离为好。这里离我家最近,先到我家躲一躲,等枪炮声消停了,大伙再分头回家。大伙都表示愿意跟大师兄走,遇到啥事好有个照应。吉宽带师弟们穿过一片片青纱帐来到自家所在村口,让人感到奇怪的是,这个叫吉家堡的小村子死一样沉寂。吉宽大吃一惊:坏了,村子遭难了!他们急匆匆跑进村里,眼前情景简直惨不忍睹,这个有几十户人家的堡子已经遭到屠村,村路上满是尸体,连鸡鸭鹅狗都不见一只。吉宽疯也似的跑回自家,看到父母和两个孩子都遭到刺杀,父母遗体横卧窗前,每人怀里抱着一个死去的孩子。沙俄士兵为了不惊动县城,没有纵火,也没有开枪,这场屠杀完全是用冷兵器进行的。吉宽瘫软在院子里,师弟们也都哭成一片。好一会儿,丁学义说:这些罗刹兵应该是在这里宿过营,为了不走漏消息才杀人灭口,他们打下海城后说不定还会回来,我们抓紧躲一躲吧。吉宽也意识到了这一点,沙俄兵攻城前已经扫清了周围村庄,目的是防止腹背受敌。如此看来,老二、老三、老四、老五所在村庄很可能也遭到屠戮,但愿四兄弟在牛庄的家人能躲过此劫。

可是,躲到哪里去呢?周围村子尽毁,处处都是死尸。

姜七道:去教堂吧,洋人不会打洋人,另外有吉大嫂在那里。

朱文田说:师兄,小慈悲寺可以去,那里毕竟是佛门净土。

吉宽也想到了小慈悲寺,自己所铸洪钟在,钟是保护神。

吉宽揭下家中炕席,和师弟们将亲人遗骸卷起来,就在院子里挖了一个墓穴暂且下葬,免得遭野狗啃噬。远处枪炮声变得稀落起来,估计海城已破。吉宽心里清楚,清兵虽有火器,但义和团团民多持长矛大刀,根本对付不了有大炮的沙俄士兵。

吉宽让大家分头去找一些农具防身,有的找到了三股叉,有的找来镢头,朱文田在邻居家牲口棚里卸下一把铡刀,还有的找来了铁锨和镐头,吉宽在自家仓房里找出一把铁锤,九个人急匆匆往北山坳里的小慈悲寺赶。

小慈悲寺因为隐在山林之中,沙俄士兵没有发现。老住持听吉宽说了家中之事,一直合掌默念什么,然后把他们安顿在一处香客住的厢房里,让寺中一个打杂的小和尚去端来一盆黄米饭。等大家狼吞虎咽地吃过饭,老住持才对吉宽说:县城周边二十里,只要是沿路的村子,大都遭了兵燹。吉宽问他是怎么知道的,老住持说后院有十几个逃难的,来自东南西北好几个村屯。马飙一听就急了,担心牛庄那边的情况,牛庄是码头,交通方便,沙俄兵肯定不会放过那里。马飙向吉宽提出要马上回牛庄,吉宽同意了,说不要走大路,在庄稼地里绕弯走。

马飙等四人走了半个时辰不到,就有砰砰砰的枪声从山口传来,大家站在山门口朝外张望,不知外面发生了什么。一会儿,马飙背个大腿滴血的伤员回来了,身后是三个师弟和一群灰头土脸的清兵,其中就有丁学义的堂兄丁学礼。吉宽问情况,丁学礼说海城已破,晋大人命属下各营和义和团各坛口各自为战,突围出城,保存实力。游击左大人乃副都统大人的至交,副都统特命丁学礼跟随保护左大人。原来马飙背的这个是游击左大人。丁学礼说左大人神勇,突围时刀劈了两个罗刹兵,冲出敌阵时大腿中了一枪,流血不止,正在昏迷中。马飙放下左大人,众人扶着左大人坐在地上,丁学义急忙给他掐人中。马飙说:刚出山口就遇到了这队军爷,当时游击左大人还清醒,将人马一分为二,大队继续前行引开追兵,小队转入山林,投奔小慈悲寺,我们四人就跟着回来了。

吉宽让田娃去请老住持,自己蹲下来摸了摸左大人的脉搏,脉象很弱,应是失血过多所致。老住持带着小和尚急匆匆赶来,查看了伤口,让人将左大人放平躺下,吩咐小和尚端来一碗香灰,给左大人涂在伤处,然后从左大人衣摆上撕下一截战袍,仔细包扎好,对大家说:此伤不致命,但已经伤到骨头,须调养些时日才成。

马飙问:罗刹兵会不会追到这里来?

老住持点点头:覆巢之下安有完卵?小寺恐怕难逃此劫,各位做最坏打算吧。

吉宽问:在佛门净地大开杀戒,他们就不怕佛祖惩罚?

老和尚道:沙俄兵信奉东正教,不识佛祖,不顾世道轮回,起了杀念便无所顾忌。说完此话,游击大人恰好苏醒过来,环顾一下左右,伸手就去抽刀。丁学礼单腿跪下跟他说了大致情况,左大人才松开已攥住刀柄的手,说:水!

小和尚小跑去舀来一钵井水,左大人接过钵子咕咚咚喝下去,把钵子递给小和尚,望了望老住持道:日后再谢师父大恩。说完,两道眉毛拧到了一起,摇摇头说:敌兵定会追赶到此,我等在此久留会连累寺院,大家准备一下,还是到山林中去。

老住持说:将军伤在股骨,不能再进山林,可来一人搀扶将军,随我去大墙之外避避,其他人再做打算。丁学礼是奉命保护左大人的,便躬身背起左大人,跟老住持向后院走去,其他人站在钟亭旁,一时没了主意。

大殿后面是藏经阁,藏经阁再往后就是红墙,墙上有一上锁的窄门,老住持掏出钥匙打开窄门,门外是荒草萋萋的塔林。塔林中的砖塔高低不等,大都破败不堪,间或长着几棵槐树。塔林是圆寂和尚的墓地,小慈悲寺建寺以来圆寂的和尚皆葬于此地。三人来到一座方形单檐式砖塔前,老住持环顾了一下四周,然后弯腰抽出塔门上的砖,塔门上的磨砖没有灰浆,可随意抽动。打开塔门后老住持让两人钻进去,说塔下有地道,通向塔林外的一口旱井,若被敌兵发现,可从旱井逃往山中。老住持还说夜晚会让小和尚送些斋饭来。老住持一再嘱咐,无论外面有什么动静,千万不要出来,他已经预料到小慈悲寺凶多吉少,出来便是白白送命。说完,老住持用砖堵住塔门,独自回去了。

左大人和亲兵在塔中待了一夜一天也不见小和尚来送饭。

第二天傍晚,丁学礼眼看左大人支持不住了,便一块块抽出塔门上的青砖,爬出来找水喝。丁学礼站在一个高高的塔基上朝寺院里张望,发现寺中建筑已被焚毁,尚有黑烟在余晖中缭绕,天际像一张宣纸正被湿墨浸染。他知道寺庙遭了劫难,从寂静的场景分析,沙俄士兵已经离开。他朝塔中半昏迷状态的左大人说了句"我去去就来",便快步来到红墙下,攀墙跳进院子,绕过藏经阁和大雄宝殿的废墟,来到宽敞的前院,眼前的情景让他脑子里一片雪花。钟亭还在,钟亭是小慈悲寺唯一幸存的建筑,但吉宽铸造的那口铜钟却没有悬挂在原处,而是钟口朝下扣在地上,钟亭周边散落着一具具尸体。他上前查看,发现死的竟然是富发诚的九个铜匠,每个铜匠手上或身边都有一件农具,铁锹、镢头、镐头等,农具上没有血迹,看来铜匠们没有与沙俄兵近身交手,敌人手里有枪,用不着拼刺刀。老住持也死了,背靠铜钟,像睡着了一样。老和尚心脏处中弹,一只手撑地,一只手还保持着立掌姿势,吉宽紧紧靠着老和尚,手里握着那柄铁锤。

丁学礼两腿变得棉花一样软,跪在老和尚和吉宽面前放声大哭。

忽然,他听到铜钟里似乎有响声,好像里面有人在撞钟。他急忙起身,上前去敲了敲,里面传出嘤嘤哭声。他转身找来镐头,用尽全身力气将铜钟撬开,那个小和尚从里面钻出来,小和尚已经虚脱,爬出来就动弹不得。

小和尚是这次屠杀的幸存者,老住持、九佬被沙俄兵悉数射杀。

正是小和尚的幸存,让小慈悲寺惨案大白于天下。也正是左大人和丁学礼被老住持保护下来,富掌柜和石嘉文才知道了九佬的悲壮故事。

至于九佬和老住持为什么都在那口铜钟周围惨死,小和尚给出了答案。左大人的兵勇看到沙俄兵冲过来,便冲到山门口与敌人激战,因为敌众我寡,先后战死。沙俄士兵拥入山门,老住持没有上前搏斗,而是带着小和尚在钟亭用力撞钟,钟声轰鸣,震动山谷。吉宽对大家说:此钟是我跟师父学艺后所铸第一钟,师父说铜匠须敬铜、惜铜、善待铜器,我等护铜钟而死也算铜心可鉴,死得其所。九个铜匠都拿起自己带来的农具围上来,脸朝外呈扇面护着铜钟和老住持,小和尚被裹在最中间。巨大的钟声让沙俄士兵惊恐不已,以为寺中有军队埋伏,他们先是卧倒在地,见左右没什么动静,就一声吆喝跳起来,端枪朝钟亭射击,九佬一个个中弹倒下,老住持身中数弹但还坚持站立着。这时,一颗子弹打断了钟绳,大钟咣当一声扣下来,把小和尚扣在里边,小和尚因此躲过一劫。

战后,那个被老住持救下的游击左大人来富发诚,花重金请富发诚铸造一座微型佛塔,要摆在家里供奉,他描述了那座藏身佛塔的模样。富掌柜说:这是按少林寺法玩禅师塔规制所建之舍利塔,结构并不复杂,可以按比例复制。

富掌柜问:老住持为什么在生死存亡之标还要去敲钟?

左大人摇摇头,说他也不清楚,但后院十几个躲在寺中的难民能够全身逃进山林免于遇难,应该是听到了钟声才逃走的,说不定老住持与他们早有约定。

九佬遇难后,富掌柜定下一个规矩:自庚子年始,凡来富发诚铸造梵钟者,一律于钟内铭九佬全名,谓之监制。

第五章　门外徒

父亲在二〇二〇年七月一日的报纸上看到一则消息,大辽博物馆正举办"玉出红山"文物展,便和石洪祥说想去瞅瞅。石洪祥作为文化界知名人士当然知道这个展览,因为工作忙一直没去看,父亲的这个想法与他不谋而合,正好可以陪父亲去欣赏这些珍贵的文物。近些年博物馆免费向市民开放,只凭身份证就可以参观,让一向寂寥的博物馆变得热闹起来。过去,几十块钱的门票虽不贵,但毕竟是一道门槛,门槛一撤,观众便潮水一样涌入了。

石洪祥替父亲登记时,站在旁边的一位脸上带着酒窝的王姓负责人要过身份证仔细看了看,惊讶地说:哎呀,您老九十九岁,是我们馆几年来接待的最高龄观众。我们馆明年七一有个庆祝建党百年展,您和我们党同龄,届时请您来观展,我们会安排记者对您做个专访。

父亲露出了难得一见的笑容,这位负责人很会说话,想必与父亲的某些想法产生了共鸣,这才让父亲几乎板结的脸上露出久违的笑容。石洪祥从父亲身上得出一个结论:笑容是耄耋之年的奢侈品,人越老,笑容越少。

父亲说:只要走得动,我就来。

那就一言为定!负责人很兴奋,让工作人员留下了石洪祥的电话,对石洪祥说:您真有福气,有位九十九岁的老父亲。

博物馆是新建筑,很阔,如同中东石油大亨的私宅。参观博物馆不能走马观花,但对于老年人来说,逛一个上午肯定吃不消,必须明确参观指向。石洪祥问父亲重点想看什么,父亲说:看古玉。

父亲从来没说过对古玉感兴趣,石洪祥原本想父亲要看的是青铜器,大辽博物馆里的西周簋、商代大方鼎都是镇馆之宝。

石洪祥搀着父亲来到古玉展区,父亲的目光一直在各种展品上搜索。展区内有玉璧、玉圭、玉琮、玉簋等等,每件文物都标着年代、名称和出土处。父亲似乎并不关心这些无价之宝,他缓步前移,鞋跟在白色大理石地砖上拖着,发出轻微的沙沙声。父亲在每一个展柜前都不作停留,但看得十分仔细,似乎害怕遗漏了什么。

博物馆文物展区的气息复杂而神秘,像一坛尘封了几千年的酒洒在了展区内,你很难用五味来描述它,这种异化的气息能打通你的五感,让形、声、闻、味、触相互交叉起来。如果你一个人在参观,你会觉得有很多隐身人在注视你,甚至想和你交谈,这是文物本身所承载的信息所致。不要以为文物是死的,文物有着独特的语言和表达方式,只要你善于倾听,你甚至会听到马嘶风诉、电闪雷鸣,这一点,许多考古学家都深信不疑。

石洪祥建议父亲到青铜展区看看,作为铜匠工艺师,应该对青铜器更感兴趣,他提示父亲馆中有一父丁孤竹罍,是孤竹国历史存在的物证。另外,前些天父亲刚讲过鼎是火锅之源,这次正好可以去看看青铜展区的四足大方鼎,那是国宝级珍品。父亲说:青铜是好东西,好东西人人都知道,可古玉这边的好东西你不一定知道。

石洪祥忽然明白父亲来博物馆的意图了,是想让自己知道古玉。

终于,父亲的脚步在一个玻璃展柜前停止了。父亲身体前倾,额头几乎贴在展柜玻璃上。这是红山文化出土文物展区,父亲盯着玻璃柜中一枚小小的玉器,目光变得明亮起来:就是它,找到了!

石洪祥靠前看了看,展柜里是一块圆形玉器,红山文化的标志性器物,标签上写着出土于辽西牛河梁,距今年限约六千年。石洪祥对这种形状的古玉并不陌生,他的工作室里还有一块仿制品,但展柜中的这枚很小,如同一个日常佩戴的还魂扣。这枚玉器材质应是软玉,牙白色中有黄色土沁,古朴玲珑,像一只短粗的白色蛹虫蜷成一团。

你看看标签,是不是没写谁捐的?父亲说。

石洪祥摇摇头,标签上只写了距今年限和出土地,没有写挖掘人和捐献人。这并不奇怪,文物标签上很少写文物背后的故事,除非有特别要求。

这是你爷爷捐的,是玉猪龙。父亲抚摸着玻璃说:可惜你爷爷没有看到这块玉能在大辽博物馆展出,当年捐出来了就不再有消息,应该是进了库房,搁进库房的小文物和埋在地下没啥两样,有的一辈子也不会重见天日,现在这样好,展出来让大伙看嘛。

爷爷是铜匠,又不是玉工,怎么会有一块玉猪龙?石洪祥有些糊涂,他对爷爷的印象还算清晰,爷爷每天都持锤和錾在胶床上敲敲打打锻造铜活,出自爷爷之手的铜质领袖纪念章十分抢手,很多大干部都来讨要,令狐可的爸爸令狐平就收藏了不少。

这块玉是富发诚的三个门外徒的,他们让你爷爷保管。我今天要给你讲讲这块玉和三个门外徒的故事。

门外徒?石洪祥第一次听到这个说法。因为没有带速写本,他一时有点手足无措。

门外徒就是没经过拜师仪式,自己来跟着学手艺的人,属于短期学艺,长的个把月,短的三五天,你爷爷开玩笑说这是门外徒。

石洪祥觉得这个叫法挺好,没正式收的徒弟,就像大学里的旁听生。

三个门外徒都姓谷,同宗同村,分别是谷振海、谷振宇和谷振山,是未出五服的弟兄,在辽西塔子沟四合当镇合伙开铜匠铺。

展柜前有排软凳,石洪祥扶父亲坐下来,听父亲慢慢讲述门外徒的故事。

四合当有个开私塾的老秀才,喜欢书法和字画,看古董颇有眼力,据说从没走过眼。老塾师家里余粮不多,书架上却摆满了坛坛罐罐,土坯墙上挂着楷草隶篆。谷氏三兄弟皆在老塾师门下读过书,肚子里有点墨水。受老塾师熏陶,加上铜匠本身就是手艺活,谷氏三兄弟也通些古董门道,有村民抱着老旧东西来铜匠铺询问,他们也能说出个一二。当然,与老塾师相比,他们只是略懂一点儿皮毛,不像老塾师已经练成了一双锥子般的蓝眼,什么古董,只要搭眼一看就能断代估价,八九不离十。老塾师为人孤傲,做事有清晰的边界,一辈子不打诳语。三兄弟开始务上这行时老塾师告诫说:古董这行当最忌讳一个"假"字,假就像一块牛皮癣,一旦落上头顶你就成了疤癞头,没法再长头发。老塾师把古董行规概括为四条:一不欺,二不盗,三不图赃,四不营赝。说若是守住这四条,走到哪条河里也不会翻船。

当年的四合当村民也知道古董能换钱,若是家里有些老器物,手里又缺钱花,会主动把老器物送到谷氏铜匠铺来换几个铜板。三兄弟也算公平,只要能出手的东西,变现后都会和物主对半分成。村民家传不少是辽元时期的器物,以粗瓷马镫壶、鸡冠壶居多,也有些铜器、锡器。东西攒多了,三兄弟会到奉天城的北市将东西出手。奉天北市是关外古董文玩最大集散地,各地聚来的卖家买家数不胜数,三兄弟每次来北市,携带的东西都剩不下。有时他们会收到一些值钱的器物,比如错金错银的礼器、金代的铜镜或明代的漆背螺钿生活用具等,这些东西因年代久远多有破损,谷氏铜匠铺干不了修复文物的细活,便会到铜行里的富发诚来修整。

就这样他们与富发诚有了交集。谷氏三兄弟的主业是铜匠,他们发现富发诚的铜活手艺如此精湛,有化腐朽为神奇的本事,觉得自己的铜匠铺和富发诚相比,简直一个在地下,一个在天上。论手艺,谷氏三兄弟看得没错,你爷爷铜活手艺确实出神入化,乡下铜匠见都没见过,那些精巧的响器更让三兄弟开了眼界。交往一多,你爷爷对这三个看上去朴实却又有点狡黠的农民铜匠也多了些好感,尤其听他们说了老塾师的四条行规后,觉得三个铜匠都是有教养之人,为他们修补铜器时就格外上心。

谷氏三兄弟各有体性。老大谷振海脑子活,三人合伙开的铜匠铺主要靠他打理。据说谷振海父亲是个风水先生,谷氏铜匠铺的房址就是他父亲捧着罗盘选的。按照谷振海父亲所指,谷振海在建房挖地基时,意外挖出了一个黄土色陶罐,拿给老塾师看,老塾师从陶罐花纹上断定这器物年代不在青铜器之下,让他好好保存。谷振海问老塾师是怎么知道的。老塾师说:古董会说话,问题是你会不会听。从那天开始,谷振海便对古董产生了兴趣,他觉得老塾师说得有道理,会说话是活着的标志,说明有生命。他对老塾师说自己想学会听古董说话,问有没有啥秘诀。老塾师道:多看,看多了就能听懂它说话。谷振海的铜匠铺没挂招牌,村民根据他们仨的姓都叫谷氏铜匠铺。谷氏铜匠铺主要是加工马具、门闩、铜锁等器物,虽赚不到大钱,但也天天有些进项。

老二谷振宇是个少言寡语的人,高高的个子,头发打卷,精于算账,谷振海称他"活算盘"。铜匠铺因为有谷振宇,吃亏的买卖从来不做,谷振宇会把费用算到骨头里。曾经有人背着一包杂铜来铜匠铺,想把杂铜化掉,铸一个三足香炉,要求香炉重量不低于杂铜八成。按理说铜匠铺可以接这个活,但谷振宇看过杂铜后拒绝了这笔买卖。他说这买卖根本没法做,因为杂铜成分复杂,如果炼成铜水浇铸,出一半的重量都难。谷振海说看这些杂铜的样子没多少杂质呀,谷振宇说肯定不成,咱可以按三成谈,结果来人同意了。按三成化铜浇铸出香炉后,一称,只有两成多一点,这笔买卖基本持平,要是按八成算就赔大了。

老三谷振山年龄最小,在喀左练过两年武术,性子像野马,不服输,总是随身带把攮子防身。那是一把有蛇皮鞘的攮子,带血槽,只是很少用。谷振山在喀左学武是谷振海安排的,镇里人并不知晓他已经学了功夫。谷振海的想法是,跑奉天倒腾古董,有个会功夫的兄弟跟着没亏吃。谷氏铜匠铺挖地基挖出了陶罐的消息越传越走样,最后四邻八乡都疯传铜匠铺挖出了一坛元宝。已经搬到邻乡的地主听说后回来找,说挖出的东西应该归他,他当初卖地并没有卖地下的宝贝,自己祖辈一直在这里住,地底下的坛坛罐罐都是他祖上埋的。这个三年前就搬到外地的地主姓皮,是个皮匠,为人心狠手辣,口头禅是:你服不服?不服就给你熟皮子。当地人给他起了个外号叫"二皮"。二皮上门讨要陶罐无异于敲诈,谷振海自然不会给,二皮便拿出了泼皮无赖那一套,说:不给我就不走了,让你这铜匠铺做不成生意,敢撵我的话我就给你熟皮子。谷振山从铺里走出来,用抹布擦着手说:谁要熟皮子呀?我倒要见识一下。二皮说:你一个小毛孩子,一边去!谷振山说:就你想熟皮子呀?二皮熟一层不就剩单皮了吗?二皮火了,从腰里拽出一个三节棍兜头朝谷振山砸过来。这个二皮是个狠茬儿,并不打嘴仗,一言不合就动手。谷振海、谷振宇都为谷振山捏了把汗,二皮是练家,随身带着三节棍,明显是有备而来。谷振山没有躲闪,而是迎着三节棍向前快速移步,抬起手臂架住了三节棍二、三节之间的连接处,轻轻扭了一下,竟把三节棍给缴了过来。趁着二皮发愣,谷振山将三节棍折起来,回手很准地投进门口的烘炉里,炉火正旺,木质三节棍扔上去,这武器就废了。二皮被这招吓住了,一时没缓过神来,看着炉火上的三节棍,两眼瞪得像牛蛋:你他娘烧了我的三节棍?你他娘烧了我的三节棍!二皮说了两遍,脱下上身的白布褂子,露出胸前的文身,恶狠狠地道:你他娘不想活了!振山冷笑一声道:哦,不知道你还文着一只凤凰,练武的人文老虎、狮子还差不多,你文只凤凰只能吓唬鸟,信不信我把你扔上去燎燎凤凰毛?二皮脸都绿了,故作镇静地说:你等着,有你好瞧的。说完穿上褂子扭头走了。这一走,就再也没回四合当。谷振山从此有了名号,打这以后,四合当街面上的地痞流氓见到铜匠铺都绕道走,横行乡里的二皮都蔫了,谁还敢来参刺儿?

　　谷氏三兄弟对老塾师奉若神明,收到器物都会让老塾师掌眼。老塾师也很看重这三个学生,觉得他们保护了不少祖宗传下来的东西。老塾师有个观点,古董这东西能卖出去就是最好的保护,人们喜欢才会买,买了就不会轻易毁坏,这就是收藏的好处,反倒是散落民间的古董容易毁坏,因为老百姓不懂它的价值。他曾见到一个村民家喂猪的石槽上刻着"天禄年制"四个字,他很吃惊,天禄是辽代年号,这辽代大户人家的马槽竟沦落成猪槽。老塾师把这个事情说给三个弟子,嘱咐他们不要忽视民间散失的古董,历朝战乱纷争,许多宝物流落民间,能收的一定要收上来,然后再出手卖给那些能和古董说话的主儿。

　　一日,石羊石虎村的一个老农用包袱兜着一坨黑乎乎的东西来到铜匠铺,老农说这是在自家地里刨树坑刨出来的,看里面有些红黄白绿四种颜色的石子,就兜着拿这儿来了。谷振海仔细看了看,用毛刷刷了刷,说这坨被压扁的东西像银丝,他不能断定是什么,要送去给老塾师过目。老农急着回家,说:你看值几个钱给我几个算了,在我眼里这就是一坨烂铜线。谷振海铺子里就两块大洋,便让谷振宇拿出来都给了老农,老农心满意足地回去了。谷振宇没有阻拦这桩买卖,原因是他看到那些石子不是普通石子,那是些宝石。老农走后,谷氏三兄弟带着那坨东西来给老塾师看。老塾师戴上花镜看了好一会儿,抬头时脸色都变了,道:你们收着宝物了!谷振海问:这是一坨啥东西?黑乎乎的,不成样子。老塾师说:这是大宋时的凤冠,应是古墓中的殉葬品,是古墓坍塌棺椁破碎,才被压成这个形状。谷振海问能不能恢复原样,老塾师说得到奉天城找个一等一的工匠修复才成,而且这个工匠要熟悉凤冠工艺。谷振海马上就想到了铜行里的富发诚,高兴地说:这活儿富发诚的石嘉文师傅能接,石师傅就是一等一的铜匠。老塾师道:金银铜匠不分家,会掐丝的铜匠更适合修复。谷振山问:这东西值钱吗?老塾师说:凤冠若能恢复原样,毫无疑问是稀世之宝。

受到老塾师鼓励的谷振海撂下铜匠铺的活计,带着谷振宇、谷振山去奉天城找你爷爷。路上谷振海说这趟奉天不能白来,想求求石掌柜,留在铜行里学几天艺,也好干点错金错银掐丝的细活。谷振宇说拜师学艺不是简单事,富发诚规矩多,怕是难办。谷振海道:石掌柜人善,看我们大老远从辽西来,说不准能成。

谷氏三兄弟来到铜行里,你爷爷正在打活儿,伙计到作坊里叫他,他放下锤子来到前厅,见到谷氏三兄弟,问是不是有古董要修复。谷振海打开背来的灰布包袱,将一坨黑乎乎的饼状物呈现给你爷爷。你爷爷见多识广,仔细辨认了一下,估计这是被压扁的银质凤冠,因为挤压严重,加上氧化,这东西如同一个地瓜丝饼,能不能修复一时拿不定主意。

谷振海说了老塾师的看法,说一旦修复好将是稀世之宝。你爷爷对此并不否认,觉得这东西确实罕见。

你爷爷不能确定是否接这个活,就去请富掌柜来看。富掌柜修复过辽代金冠,仔细看过后确认这的确是宋代凤冠,因为只有宋代流行用银子制作凤冠,凤冠中的宝石是红珊瑚、绿翡翠、黄玛瑙和和田玉。富掌柜说这东西可以修复,但需要时间,不是十天半月就能完工的。谷氏三兄弟相互看了一眼,差点欢呼起来,要知道一旦修复,那就等于拥有了稀世之宝哇!来时路上谷振宇就说,如果凤冠修复后能卖上大价钱,就把谷氏铜匠铺搬到塔子沟去,塔子沟是城,铜活多。谷振海说还可以在塔子沟给谷振山说个媳妇。富掌柜拍板,看来这些想法都有戏了。谷振海说那就有劳石师傅给修复吧,哪怕修一年也不要紧,能修好为止,这宝贝无论如何不能再带回四合当,辽西响马多,一旦让贼人探到消息,会惹来麻烦。谷振宇、谷振山自然听谷振海的,凤冠就这样留在富发诚了。

生意做成,富掌柜回屋,谷振海向你爷爷提出了新请求。他向你爷爷拱拱手道:我三人既然来到富发诚,不仅东西留在这,人也想留下学几天手艺,学后即回辽西,绝不在奉天与贵店争生意。你爷爷说:这事我要去问富掌柜。你爷爷进内屋去问富掌柜,富掌柜一边抽着水烟袋一边说:响器店已经传给你,你主事,你来定。富掌柜特开明,绝不当响器店的太上皇,除了对手艺上的事做些指点外,店里生意都由你爷爷说了算。你爷爷考虑到他们都是农家子弟,学点手艺无非是回去把铜匠活做得更精细,就留下他们做门外徒。收下三个门外徒后,你爷爷告诉他们:铜匠手艺分九类二十七种,不是三天五日就能学会的。你们不必钻研响器、礼器、重器,在乡下这些技艺用得少,可着重学会铸、锻、刻、镲、铆五法,回去开铜匠铺足矣。

谷氏三兄弟留下当夜,你爷爷在作坊里给他们开了个小会,像当年富掌柜召集九佬训话一样,你爷爷也如法炮制。你爷爷郑重地对谷氏三兄弟说:你们来富发诚学艺一日,便是富发诚的门外徒,虽省去了拜师之礼,但富发诚的道义还是要讲给你们听,不讲是师父的不是,讲了你们不听是你们的不是。这些道义对你们没有硬约束,能记住富发诚遵守的道义也就是了。

谷振海急迫地说:既然拜到富发诚门下,门里门外都是富发诚的门徒,哪有不听之理?老塾师的四条行规我们都能记住,石师傅的教诲更不敢忘。

你爷爷问:知道怎样才能做一个好铜匠吗?

三人都摇了摇头。他们虽然都是铜匠,却从来没有想过这个问题。谷振海怯怯地说:是不是有师傅这样的手艺才算得上是好铜匠?

一个好铜匠要具备三个条件,你爷爷停顿了一下说,按富掌柜的说法是具铜心、辨铜气、结铜缘。

三个人都张大了嘴巴,他们是第一次听到这种说法,一时还无法理解。你爷爷做了简单解释:铜心是道,你们不要去琢磨这个心是啥模样,你无法眼见,只能体悟,盛京建城时有"铜心铁胆"之说,铜心就像十二炼的精铜,越炼越纯,以去除杂质为一生之目的。铜气即铜性,铜有和合之性,与金、银、锡、铅、镍皆可合金,其性至刚至柔,有君子之风。铜缘是说铜匠须与铜结缘,无缘莫操此业,一旦跻身铜匠行列,便是铜接纳了你。记住,铜器皆有灵性,你呵护它,它抬举你;你作践它,它定会辜负你。一个好铜匠要敬重铜,感恩铜,没有铜,哪里来的铜匠?百工之事,圣人之作,三百六十行,行行出状元,做铜匠上有师祖,下有传承,当挺直腰板好好做活才是。

你爷爷这番话让三人诚惶诚恐,不要说三个来自乡下的铜匠,就是我也是第一次听到这些说法,觉得像有錾子敲在心头一般,听过此话后,再做活时觉得每一块铜都会向你眨眼。谷氏三兄弟虽是铜匠,却从没这样识过铜,经你爷爷一说,顿时容颜端正起来,你爷爷关于铜的说法与老塾师讲的修齐治平异曲同工,是大人之言,不得不恭敬。

当天夜里,谷振海对谷振宇、谷振山说:石师傅给我们上了一课,就凭这一课,咱哥儿三个也没白当一回门外徒,我们是不是有铜心、辨铜气、结铜缘,还要靠自己。师父领进门,修行在个人,我想咱们以后再干铜活,无论是浇铸、正水,还是锻刻,都要咂摸好这个道理。

这一夜,三人睡得很晚,连最年轻的谷振山都睁大眼睛望着天花板足足一个时辰。

三人在富发诚学艺六天,六天期限是你爷爷定的。你爷爷给出的说法是一卦六爻,六爻轮回便是重启,六天学完,铸锻刻镏铆也都走了一遍,赶紧回去做生意吧,按老规矩铜匠铺的炉火不能熄。

学艺间,你爷爷破例让他们夜里来作坊观摩修复凤冠,你爷爷的想法是想让宝主看到修补过程,其间没有猫腻。店里白天忙乱,没法做细活,只能利用夜晚做。一盏汽灯,富掌柜和你爷爷头抵头一点点用镊子把发黑的银丝清出来,然后放到宣纸上,标注号码和用处,像绣花一般仔细,有时一根银丝的用处师徒俩要商量好一会儿。三人看到富掌柜和你爷爷如此敬业,个个心服口服,这种做活的精细三兄弟从来没有见识过。

富掌柜说:铜中藏银,银里裹金,凤冠虽是银质,却有不少金的成分,正所谓铜为银骨,金为铜魂。现在看来,所有镶嵌宝石的地方都不是纯银,凤冠虽然被碎石泥土压迫千年,但依然可以重生,银中之金、铜功不可没。

你爷爷道:看来大宋盛行的银凤冠并非完全银制,应该用了一定成分的金和精铜。

富掌柜说:此冠不是一般古董,乃中原皇室之物,如何流落到辽西,应与宋辽、宋金国事相关联,修复此冠可供后人研究,正因如此,此活儿可不计成本,不计时间,要拿出看家本事还它本来面目,对古人和后人都有个交代。

三人向你爷爷告别时谷振海说:我等虽是门外徒,但以后就是富发诚的人了。

你爷爷笑而不语。

富掌柜和你爷爷花费了一个半月,又添了不少掐丝,一件焕然一新的凤冠复原了。师徒俩端详着精美的凤冠,心中充满喜悦。你爷爷说:我俩等于当了一回造办处的御用工匠。富掌柜:凤冠工艺之复杂,足见大宋皇室多么奢靡。其实一个女人的头饰大可不必这般烦琐,大宋之亡,亡于豪奢,懈于武备,这是历史教训。你爷爷道:当时能头顶此冠出阁的一定是达官富胄之家。富掌柜点点头:凤冠流落辽西,戴此冠的女子说不定被掳掠北上,命运凄惨,所以说奢侈之物败家,膏粱厚味腐肠,懂得了这些就会净化铜心。

谷氏三兄弟很长时间没来提货,你爷爷有些担心,做古董生意常经手金银之器,招盗惹匪乃是常事,辽西响马多如牛毛,该不是在奉天、辽西往返之间遭遇了不测?你爷爷问富掌柜宝主不来取货怎么办。富掌柜吩咐把凤冠收好,主顾一日不来,此物一日不示人;一辈子不来,一辈子不示人。你爷爷将凤冠装入柳条包,箱外包了油纸,用麻绳打十字花捆好,放至作坊地下的土豆窖里。

谁想到,这一等就是半年多,春季送来的凤冠,一直到飘雪的初冬,谷振海三人才来取货。见到你爷爷,话还没说,谷振海眼圈就红了。你爷爷看出来他们遇到了麻烦,便让他们坐下来慢慢讲。

都是因为一块小小的玉佩,谷振海说,要是金银之物也好理解,可是一块小小的古玉,却搭上四条性命啊!

谷振海说:劫难就像突然降临的冰雹,我们无处可躲。

谷振海的诉说充满了委屈。

从奉天城回去后,叶柏寿一个姓刘的石匠托人捎话,说逢集时请谷铜匠到集市上碰面,有块好东西请他过目。谷振海与刘石匠很熟,常有生意往来,刘石匠约他他不能不去。谷振海如约来到叶柏寿大集,找到刘石匠摆的印章石料摊。刘石匠的地摊很讲究,别人卖东西都是往地上一堆,刘石匠却麻布铺地,上面工工整整地摆放着大大小小的印章料,这些印章料有彩石、冻石,还有福黄、鸡血,皆来自赤峰雅玛吐山,老塾师称这些印章料是"天赐之石"。很可惜这些印章石在乡下卖不上价,有品相好的,谷振海就在这里拿货到奉天城北市出手,从中得些赚头。

见面后,刘石匠匆匆收起地摊,拉着谷振海就往家里走。

谷振海说:你这么神神道道的有啥事?刘石匠说:到家就知道了。

刘石匠家是个很有年头的青石房,小青瓦,套着石头围墙,院子里大部分是菜地。刘石匠的老婆带着两个半大孩子正在院子里栽辣椒秧,见来了生人,停下来怯怯地望着谷振海。谷振海笑了笑,算是打过招呼。刘石匠的两个男孩儿很招人喜爱,胖胖的,眼睛特别大。进到屋内,刘石匠从柜子里拿出一个红布小包,打开摊在炕上让谷振海看,原来是一块小小的环状玉佩。谷振海拿起来仔细看了看,是软玉,牙白中有沁色,一看就是老东西,便问他从哪里弄的。刘石匠说前些日子叶柏寿做杂粮生意的冷掌柜去世,去牛河梁挖墓穴,结果挖到了石头堆,家人便来请他上山帮忙,他带着工具凿开一堆码放整齐的石头时,发现了这个不起眼的小东西。刘石匠神秘地说:我懂石头,这东西跟"天赐之石"是两码事,我就擦净揣在兜里。我捡到这东西时,被一个帮工看见了,结果第二天就有人来找我,其中还有个呜里哇啦说东洋话的日本人,他们要买这东西,出价两块袁大头呢。我寻思不能这么卖,搞清楚再卖也不迟,就托人捎话找你。听说你去了奉天,不在家,那几个人又来找我,还吓唬我,说这东西不卖给他们,让我小心性命。他们越是这么说,我越是觉得这东西不能轻易出手,能看出来那几个人不是正路上的,我卖也不会卖给他们,你们带奉天去卖也不止两块大洋。

谷振海头一回见这个小玉佩,搞不清是什么物件。刘石匠说:那你就带回去让老塾师给看看,反正我信你。

老塾师看过后也无法确定这是个什么东西。玉佩猪头龙身,呈半环形,无爪无鳞,有黄色土沁,打磨得很是精致。老塾师自言自语:难道这是传说中的猪龙佩?谷振海问什么是猪龙佩。老塾师说很早很早以前,辽西一代有一个部落,比中原轩辕氏发祥还要早,他们以一种似龙似猪的玉佩为礼器,这就是传说中的猪龙佩。老塾师强调这只是传说,具体猪龙佩啥模样没人见过。

谷振海说了有人要挟刘石匠的事,其中还有说东洋话的日本人。老塾师由此判断,那个说东洋话的人可能是到辽西寻宝的探险家,其他人可能受雇于他。老塾师说清末到民国初年,常有洋人来当地探宝,专找古庙古墓,都弄走了些什么没人能说清楚。有几个东洋人跑到石羊石虎村去挖墓,被当地村民给赶跑了,挖老祖宗的坟,这是伤天害理之事。谷振海说:洋人感兴趣,说不定这东西真是国宝呢。老塾师道:是不是国宝另说,反正老祖宗留下的东西不能落入外人之手,我们不能愧对祖宗。

谷振海问该怎么办,老塾师说:先留着,将来自有用处。谷振海说:留到何时?老塾师说:我也说不好,搞古董的都知道一个不成文的规矩,好东西总有一天会自己露头,这件东西先好好保存起来,等河清海晏之时再拿出来,明珠必须明投。

谷振海返回刘石匠家,把老塾师的话告诉他。刘石匠想了想,对谷振海说:这东西要留就由你替我保留,我家已经被人惦记了,留在家里容易招惹灾祸。

刘石匠的预感不幸很快成为现实。

几天后刘家遭到了打劫,刘石匠夫妇和两个未成年的孩子皆被杀害,刘石匠的父母因为在大儿子家得以躲过一劫。劫匪将刘家翻了个底朝天,可以肯定是为了这块猪龙佩而来。

事后,老塾师眼含热泪对谷氏三兄弟说:应该给刘石匠立块碑,他至死没说猪龙佩的去向,若是说了振海也会遭殃。三兄弟和老塾师商讨如何保护好这块用四条命换来的猪龙佩,大家意见拧不到一块。谷振宇说:不就是一块玉吗?如此舍命冒险犯得上吗?谷振海道:你的意思是卖了它?谷振宇看看老塾师,摇摇头,不再放声。谷振山说不行就埋起来,埋在地里做好记号最安全。谷振海摇摇头:既然它已经自己露头,我们就不该把它再埋回去。谷振海讲了一个老金沟淘金人如何往关内带金子的传说。黑龙江漠河有官办老金沟金矿,淘金人所淘沙金一律交公,私带金子者要杀头。有的淘金人就想了个狠心的办法,把腿肚子剖开,将金子藏在腿中然后再缝上,等刀口长好便可通过关卡把金子带走。谷振山说:我年轻,要豁腿肚子就豁我的。老塾师摇摇头说:这个办法行不通,把玉缝进羊腿里的有,缝进人腿没听说过,不要祸害自己,还是想个稳妥的办法。

因为打劫出了四条人命,塔子沟一带关于刘石匠挖到了无价之宝的消息便沸沸扬扬传得神乎其神。这个无价之宝在刘石匠死后落入谁手,街面上也有各种各样的说法,有的说落入胡子之手,有的说被一个奉军军官夺了去,还有的说落入了洋人口袋,当然还有一种说法就是宝物在谷氏三兄弟手里。

最后这种说法给谷氏三兄弟带来了厄运,三人接连遇到麻烦,小的骚扰不算,大的麻烦就有两回。一回是谷振海去叶柏寿集市赶集,被几个黑衣人架到了牛河梁上。谷振海一看装束就知道这是道上的人,便问为什么要绑自己,自己就是一个农闲倒腾点坛坛罐罐的铜匠,连生意人都算不上。黑衣人说:集市上有人看到刘石匠领你回家,没事找你回家干啥?还不是给宝物定价?他说:刘石匠领我回家不假,那是为了几块福黄印章料,想让我带到盛京出手。黑衣人不那么好哄骗,说:这鬼话谁信?快把宝物交出来,宝物和命你自己选一个。谷振海想不出辙,就问:你们说宝物,到底是啥宝物?几个人黑衣人也不知道啥宝物,街面上的话传来传去,把一块小小的玉佩传成什么的都有。黑衣人把谷振海带到热水汤附近的一个破庙里关了两天两夜,打听到谷氏铜匠铺没啥大油水便把他放了。

第二回是当地一个地痞带人找上门来。这个地痞和刘石匠有点远亲,听信了街面上的传言,来找谷振海想讹点钱。这个地痞绰号叫"大猫",翻墙上房有一套。大猫身边聚集了五六个小混混儿,整天在附近几个屯子晃荡。四合当很多农户都受过他们欺侮,农民大都安分守己,没人和这些不三不四的人去硬抗,更多的时候是拿两斤酒、一包馃子打发他们走人。大猫带着五个喽啰来到铜匠铺时,谷振宇和谷振山正在摆弄狼夹子,这些天山上野狼忽然多起来,偷吃村民的牲畜,谷振海就想下狼夹子逮狼。因为好久没有打猎,几盘狼夹子都生了锈,三人擦去铁锈,张开夹子埋在土里,想试验几下,这时大猫来了。大猫用不屑的目光看着正给狼夹擦铁锈的谷振海道:你们仨都在正好,把我表哥给你们的宝贝拿出来吧。三人都站起来,谷振海问:啥宝贝?大猫斜着眼睛道:啥宝贝你知道,想私吞,没门儿! 谷振海冷笑着说:连啥东西都不知道就来要,不是扯淡吗? 大猫火了,当胸打了谷振海一拳,瞪着两只牛眼道:反了你,塔子沟和我较劲儿的还没出生呢! 说完又要出拳,却被谷振山一把抓住了肩膀。谷振山说:有话好好说,乡里乡亲的别动手。振山嘴上这么说,双手却用力往上端了一下,然后就松开了手。谷振山这个动作没学过功夫的人看不出门道,只一端,对方肩膀便脱了臼,右臂像抽了筋一般只能耷拉着。大猫忍着疼没叫出声来,对谷振海说:咱们先礼后兵,今天通报一声,过几天还来。说完扭头就走。手下看出了大猫的异常,都跟在身后往院子外面走。大猫因为右臂耷拉着,走路有点失衡,一脚踏偏踩中了狼夹子,铁夹子扣起来,夹中了他的左脚,这一回大猫不得不叫唤了,坐在地上单手抓住左脚杀猪般号叫起来。谷振山过来帮他掰开狼夹子,用手摸了摸伤口,狼夹子已经伤及骨头,能摸到皮下支出的骨茬。谷振山说:你咋不走正道呢? 这夹子埋在沟里你也能踩上。最后,大猫是被几个手下抬走的。

　　大猫不是二皮,二皮是一走了之,吃了大亏的大猫却一心想着报复,便使出了下三烂的手法。不能下地的大猫召集手下,放火、投毒、放冷箭,什么馊主意都想了,但手下却不敢妄动。那天谷振山端膀子的招式太快了,一眨眼工夫就把大猫膀子卸了,这些小喽啰只能为虎作伥,一旦靠山坍塌,自然树倒猢狲散。大猫一口恶气没得出,心头的梁子便越结越大。

　　谷振海介绍完了经过,你爷爷预感到这件事并没完,常言说小人得罪不起,大猫一定还会出幺蛾子,便提醒他们小心,做事不要放单帮。

　　你爷爷带他们来到作坊,搬开放置铜匠工具的案子,露出地板上的一块盖板,掀开盖板,下面是个砖窖。这是北方家家户户都有的土豆白菜窖,凤冠就藏在下面。你爷爷下去把一个尺半见方的油纸包举出来,打开油纸包,是一个深黄色的柳条包,再打看,一只耀眼的凤冠便呈现在阳光下。

谷振海三人被复原后的凤冠惊住了,银光闪闪的凤冠轻轻碰一下就枝叶摇摆,可以想象一旦戴在女子头上,走一步必然花枝摇曳,仪态万方。凤冠上镶嵌的玛瑙、翡翠、珍珠如同银树上待放的花骨朵儿,华贵十足。三人啧啧称赞,说老塾师就是眼毒,看什么都不会偏;富掌柜和石师傅更是厉害,让一坨黑乎乎的泥饼变成了价值连城的凤冠。谷振海由此想到了刘石匠发现的猪龙佩,看来猪龙佩的价值不会比凤冠低,因为他看到老塾师在观看猪龙佩时,眼睛里似乎要伸出一只手来抚摸这块玉佩。谷振海和其余兄弟两人商量了一下,就委托你爷爷找个买家,换点钱回去急用。你爷爷纳闷儿,就问他们家中出了何事要急用钱。谷振海说不是他们兄弟用,而是准备给刘石匠的父母送点养老钱去,他去见过刘石匠的父母,吃了上顿没下顿,就差到街上要饭了。另外,他还准备给大猫送点接骨和金疮药钱,大猫毕竟是在他家院子里踩中了狼夹子,冤家宜解不宜结,花钱免灾。

你爷爷觉得谷氏三兄弟想问题挺周全,便去找了永昌号的令狐掌柜,请他联系买主。令狐掌柜和一个外国驻沈阳的银行有业务,那个银行老板密特朗是法国人,在巴黎有私人博物馆,喜欢收集高档古董。密特朗验讫货后,生意很快成交。

你爷爷没收加工费,他和富掌柜商量,免收了这笔数目不小的工钱。凤冠出售后谷振海没有马上离开铜行里,他们三人来到中心庙,恭恭敬敬地给关老爷上了一炷香,拜了三拜。站在中心庙前,谷振海将挂在脖子上的猪龙佩掏出来,抚摸了一遍又一遍,很是犹豫。谷振山问:大哥是想把这个东西也卖了吗?谷振宇摇摇头:不行啊大哥,老先生说了,咱不能做欺祖之事,给多少钱也不能卖。谷振山说:一块玉佩卖不上凤冠的价格。谷振宇说:老塾师说这东西可能是殷商之前的器物,有大学问,不能卖。谷振海把猪龙佩揣进怀里,很肯定地说:为了这东西,已经搭上四条命了,卖了如何对得起刘石匠?咱还是听老塾师的,先保护好这东西,将来必有大用。谷振山说:那你还掂量啥?你把它戴在脖子上就行了,谁想夺宝,除非砍去我们的脑壳。谷振海说:猪龙佩在我身上并不安全,我们往返辽西与奉天之间,路上六百里,万一遇到应付不了的胡子会被抢了去。谷振宇想了想道:我明白了,你想让石师傅保存。谷振海点点头:对头,城里没响马,富掌柜和石师傅为人又好,我们看到他把凤冠藏在窖里多上心。谷振宇、谷振山都赞同将玉佩交给石师傅保管。三人又回到富发诚,把那块玉佩郑重地交给你爷爷,委托富发诚保管此物。你爷爷熟稔铜活,对玉器却不是内行,便请出富掌柜来看。富掌柜拿起玉佩仔细端详了好一会儿,问是哪里来的。谷振海说了玉佩的来历、老塾师的判断和刘石匠一家为此遇害的过程。富掌柜双手捧着这块玉佩,闭上眼睛好一会儿,然后睁开眼说:都说玉出红山,今儿个算是见识了。不要把它佩戴在身,因为这是殉葬祭器,此物不是你我能赏识的,老塾师说得对,留给将来,留给国家吧。

就这样,猪龙佩留在了富发诚,由你爷爷负责保管。

临走时,谷振海突然回头对你爷爷说:我们三兄弟将来若有不测,这块猪龙佩就由石师傅处置,明珠当明投。

应该说谷振海的预感是灵验的,他们回到辽西果然遇到了麻烦。大猫得到了一笔钱后窝囊气还在,被卸了膀子、夹断了脚脖子,这不是几个钱就能安慰的羞辱,因为他聚拢多年的人气一下子散了,再加上成了一个跛子,跟随跛子混社会喽啰们脸面无光,大猫由此变成了孤家寡人。心里窝囊的大猫使起坏来手段更阴险,他和大河北的一伙胡子有了勾连,不知怎么说动了匪首杜立武,带着胡子来四合当夺宝。大猫曾在村里放出狠话,说要收拾谷氏三兄弟,有熟人笑他:你一个腿脚不便之人咋和人家斗?大猫说:我不行有人行,杜立武是我兄弟,他谷振山再能耐,见了杜立武也得尿裤子。这些话传到谷振海耳朵里,他知道大猫和胡子有了勾连,便来找老塾师商谈对策。老塾师说:敌强我弱,只能避其锋芒,你们三人回去把家眷安排好,胡子来了就实话实说,所谓宝贝,非金非银,无非一块玉佩,已经出手给了盛京一个生意人,胡子不会看中一块石头,他们要夺的是金元宝。

　　胡子是在黄昏来到四合当的,大猫领路,直接来到谷振海家。村里有人看到骑马的胡子进村,就来告诉谷振宇和谷振山,谷振宇和谷振山身上藏了攮子,急匆匆赶往谷振海家。两人赶到的时候,谷振海已经被绑在屋外一棵树上,大猫拄着一根镐把正歪着脖子问话,院外围着一群看光景的小孩子。杜立武为了在辽西立棍儿,杀人放火从不清场,有时候还特意拉人来看,刚才大猫领路时就边走边吆喝,让村民来看热闹。五六个胡子坐在一边看热闹。胡子根本瞧不起当地村民,在他们眼里,这些懦弱的农民个个贪生怕死,像羔羊鸡鸭一般可以任意宰割。谷振宇、谷振山站在院外看到胡子没有动手,只有大猫在那里吆五喝六。谷振山一股怒气冲上头顶,大猫这家伙太不地道了,振海哥卖掉凤冠给他送药费,这家伙还这么做,着实可恶。大猫腰里也别了攮子,谷振海遭到羞辱后,用力啐了他一脸,大猫拔出攮子,捏住谷振海下巴就要剜舌头。谷振山一个箭步冲进去,朝着大猫后心就是一刀,因为用力太大,一把七寸长的攮子几乎全部插进了大猫的后心,大猫顿时一命呜呼。胡子反应极快,拔枪搂火,谷振山遭乱枪打死,被绑住不能动的谷振海也中弹死去。谷振宇知道硬拼必死无疑,便悄悄转身离开,他要活下来给谷振海和谷振山报仇。

谷振宇及时退身的做法得到了老塾师的肯定,老塾师说遇事不能逞匹夫之勇,要动脑子。谷振宇当时冲进去肯定被打死,大仇就没法报了。谷振宇说他要到盛京找石师傅,找找军方关系,把大河北这股胡子给剿了,因为街上总贴着奉军剿匪的告示,就是不见来真的。老塾师想起有个弟子在奉军当差,便写了封信给谷振宇,让他去找这个军人。谷振宇来到奉天,流着眼泪向你爷爷说了谷振海、谷振山遇难的遭遇。你爷爷也没办法,富发诚有心无力,在军方除了庚子年与副都统晋昌有点关系外,再无任何联系,而晋昌当年因支持义和团被撤职,清朝已经亡了这么多年,现在就是找到晋昌也和奉军说不上话。不过,你爷爷想到了那个叫密特朗的法国银行家,此人喜欢收集东方古董,若是他给军方说说话,也许有些作用。你爷爷请永昌号令狐掌柜帮助联系了密特朗,带着谷振宇上门拜访。见面后密特朗夸赞上回所购凤冠堪称稀世珍宝,已经在巴黎展出,引起很大轰动。你爷爷说其实还有许多珍奇古董,可惜都落入土匪之手。密特朗问怎么回事。你爷爷说:今日所带之人就是当年收到凤冠的铜匠,一直在辽西经营此行,但收集的古董十有八九会落入土匪手中。土匪皆绿林草莽,不知古董价值几何,往往会留金银之器而毁灭其余,伤害文化,密特朗先生能否与上层打个招呼,由政府出兵剿灭当地土匪?密特朗说他考虑一下再答复。你爷爷回来和富掌柜说了去找密特朗的事,没想到富掌柜一听就火了,山羊胡子都翘了起来,斥责道:中国人的事不用找洋人评理,也不用洋人帮忙,你去求洋人,是丢份子的事儿懂吗?一句话把你爷爷说得无地自容,你爷爷马上就想到了死去的九佬,富掌柜心里那本血泪账一直保留着呢。

你爷爷对谷振宇说:咱别求密特朗了,还是拿老塾师的信直接去奉军找关系吧,剿灭几个胡子不是难事,那个杜立武又不是杜立三。你爷爷说的杜立三是辽西有名的大土匪,手下有上千人,杜立武的实力和杜立三没法比,因为两人姓名只差一字,杜立武有时候便会狐假虎威来唬人。

老塾师的信被谷振宇送到了一个奉军军官手中。这个军官官职不高,但恰好在军法处供职,他看过信后掂着薄薄一张纸道:当年老师教导我说,上山擒虎易,开口求人难。据我所知老师从不张口求人,能写这封信来,说明事情到了不得不办的程度,老师的面子比他的命还要紧哪!这个军官当着谷振宇的面打了电话,交代当地驻军关注杜立武在四合当夺宝杀人一事,说被杀之人是自己的两个学弟。以这个军官的身份无权下达剿匪命令,但电话打得很有学问,对方一听就会明白,这样的人情谁都会做,更何况剿匪安民是当地驻军的一份职责。

谷振宇人还没回四合当,官兵剿灭了杜立武的消息已经在塔子沟传开了。奉军除了打死几个抵抗的胡子外,还生擒了杜立武。为了显示战功,奉军把杜立武押到四合当游街示众,然后在镇西头枪决,算是给死去的谷振海、谷振山一个交代。

石洪祥听了父亲的讲述,心里放不下幸存的老塾师和谷振宇,问:这个老塾师和谷振宇后来都怎样了?

父亲说谷振宇后来死在日本人设立的"部落"里,当地人将那些"部落"叫"人圈",整个一人间地狱,死在里面的人不计其数。石洪祥知道当年关东军臭名昭著的"集团部落"做法,谷振宇如果进去,肯定不会活着出来。老塾师后来患上了坐骨神经痛,被一个经商的弟子接到奉天治疗,治好后在一个文玩店写字、鉴定古画古玩。老塾师还到铜行里来过,与你爷爷有过交集,再后来兵荒马乱的,就不知所终了。

中华人民共和国成立后,你爷爷觉得这块猪龙佩到了该拿出来的时候,就把它捐给了大辽博物馆,捐献证书上写的是谷振海、谷振宇、谷振山三人的名字,本来想写上刘石匠,因为不知刘石匠全名,便没有写。猪龙佩现在真的成了国宝,老塾师他们这些来自乡下的人没走眼。

石洪祥没带速写本,但他心里深深记住了三个名字:谷振海、谷振宇、谷振山。

他明白了父亲来博物馆的目的,这块猪龙佩就是现在的玉猪龙。

离开大辽博物馆时,石洪祥车开得很慢,他看到父亲在后座上睡着了,发出轻微的鼾声。

第六章　十八匠

父亲在谈起十八匠前,先将软铜册翻到其中某一页,然后逐一念出了十八个名字。父亲说九佬是富发诚的人,名字记不错,而十八匠来自铜行里多家铜器店,虽认识,但有的只知绰号,真名对不上茬,不看软铜册怕会说错。父亲把铜匠的精细应用到生活中的每一处,这一点对石洪祥影响极大。匠人最忌讳马虎,小马虎容易出大事故,偌大一口铜钟,因为一个小小的砂眼就能废掉,只有像父亲这样做,什么都严丝合缝,才不负铜匠之名。

借用九佬十八匠这个说法来形容铜行里出来的义士,是你爷爷的发明,在铜行里那个充满哭泣声的午后,你爷爷率铜行里一众掌柜站在中心庙小广场上,给铜行里先后死去的九佬十八匠立下一块青砖大小的牌位,作为关帝配享。爷爷嘱咐大伙要记住,这块九佬十八匠的牌位专指庚子年死难的九佬和今年冤死的十八个铜匠兄弟。仪式是爷爷提议举办的,牌位由苏掌柜制作,爷爷后来说,纪念九佬十八匠,怎么做都不为过。

父亲说到这里叹了口气,仿佛亏欠了什么一样,轻轻摇了摇头说,当初用这么一块牌位是出于无奈,因为十八个铜匠的名字不能写出来,丸造那个家伙像鹰一样一直在盯着铜行里,发现中心庙给"经济犯"立牌位那还了得!九佬十八匠是民间对匠人的概称,供奉到庙里很正常,不会有人起疑心。

石洪祥记忆中家中香案上也有一块九佬十八匠的牌位,熟铜制作,每个字都是錾上去的,非常规范的篆书。爷爷说这几个字是辽西一个老塾师写的,极有功力。

父亲讲述时石洪祥很少打断,父亲在讲述中会进入一种无我的境界,眼神像电影银幕一样,回忆中的人似乎都能在父亲的眼神里现身,一旦这眼神专注而无所兼顾的时候,就说明父亲进入了深度回忆,就如同深度睡眠一样,这个时候最忌讳被打扰。

十八匠有师徒,也有师兄弟,最大的五十一岁,叫董大川,来自双义长铜器店;最小的郑小毛才十六岁,来自德义诚铜器店。十八个铜匠根据来自的不同铜器店,自然分成了六组,每组拉一辆架子车在奉天城走街串巷收集废铜烂铁,如同今天的破烂王。但他们收集的铜铁换不到钱,都要无偿交到伪满警署里,然后运到关东军指定的地方去制造军需品。

日本挑起太平洋战争后,后勤开始供给不足,便发了疯一样搜刮伪满洲国的军需物资。废铜烂铁是制造武器的原料,伪满政府颁布条例加以管制,民间所有此类物品一律要交公,违者严惩。这样一来,铜行里便干不下去了,别说干铜活,就是销售铜制品也违法,铜器店纷纷关门,过去生意兴隆的铜行里,叮叮当当之声听不见了,变得萧条死寂。德义诚的店主苏掌柜想了个办法,让闲下来的铜匠们拉车替公差到大街小巷去收兑铜铁,然后由伪满警署发给一定生活费。苏掌柜人高马大,络腮胡,说话有底气,两眼总是放光。苏掌柜的德义诚主做生铜小铜件,有古朴的香炉、西洋式的蜡台、铜锁、门把手、幔帐钩、小铜环等,产品一直热销。伪满禁铜禁铁法律颁布后,德义诚关门歇业,店里三个铜匠整天无事可做。苏掌柜出面将各家掌柜请到他那里商议此事,众掌柜都表示反对,说:我们是堂堂正正的铜匠,怎么能去干二鬼子的勾当?那天你爷爷去了乡下,没能参加议事。苏掌柜摇摇头,说:鬼子管制这么严,老百姓家的铜铁我们不去收,也会有人去搜,如果我们收到手,主动权就在我们手上了。大家听出苏掌柜话里有话,只是没把谜底露出来,言外之意,收到铜铁后,可以交铁留铜,日后再做打算。铜器店主都是生意人,一点即通,便觉得苏掌柜这个办法好,不过大伙都说最后由你爷爷拿主意。次日你爷爷回来,苏掌柜说了大家商议的事,你爷爷说此事虽可行,但一定要和警署处好关系。你爷爷说正阳街泰丰洋行胡掌柜和警署有关系,他小舅子在警署当副署长,永昌号令狐掌柜认识胡掌柜,可以请令狐掌柜去过过话。令狐掌柜没有推辞,和苏掌柜一起去找胡老板。胡老板说这事他内弟肯定会关照,事成后大家凑个份子随个礼就行。此事果然成了,胡老板内弟,那个姓曹的副署长虽然獐头鼠目,但办事还算地道,不仅一口应允下来,还许诺可以按收的铜铁折算高粱米算报酬,并给每辆收购铜铁的架子车配发一面五色旗、一面铜锣、一杆秤,还有写着"警署"字样的收缴铜铁招牌。曹署长派人送来旗子等物,苏掌柜安排了六辆架子车,每辆车三人,开始下去收兑铜铁。

正式开始收兑前夜,苏掌柜把十八个铜匠召集到德义诚,拉上窗帘,压低声音问大家:知道日本人为啥要收铜吗?大家面面相觑,都知道铜是好东西,至于日本人收缴了去铸钱还是做机器就不清楚了。苏掌柜说:收铜是为了做炮弹、子弹,你们不知道,炮弹和子弹的壳必须用铜来做,用铁会炸膛,他们收铜做了炮弹、子弹,再运回"满洲"来打我们,我们这不是帮刽子手递刀子吗?大家七嘴八舌呛呛起来,说那就别去收兑了,去收兑岂不成了帮凶?苏掌柜说:不,我们要去收,但收了要把铜藏起来,只上缴那些烂铁。大家都说这个主意好,觉得苏掌柜就是有韬略。

六辆架子车实际上是六个收兑小组,为了防止交叉,苏掌柜给每辆架子车划了活动范围。

来自双义长铜器店的董大川、董学礼和薛建平负责城东片,那里有茶行胡同、木行胡同、纸行胡同等街巷。董大川是新民人,年轻时做过铁匠,后来改行干铜匠,他个子不高,敦实,是双义长铜器店的当家师傅。董学礼是董大川的侄子,长着两条长腿,学徒快满两年,眼看就要出徒,没想到铜器店却关门歇业。薛建平从城郊刚来不久,胆子很小,董大川认为他不是干铜匠的料,介绍他去学木匠,木行胡同那边的朋友回话说一个月后可以过去学徒。他们三人出去收集铜铁第一天就遇到一件怪事,有个戴礼帽、穿对襟灰褂子的人总在后面跟着。是薛建平发现了这个人,悄悄告诉了董大川,董大川觉得这个人鬼鬼祟祟肯定有事,就让薛建平记下此人模样,回来好向苏掌柜禀报。

　　来自德义诚铜器店的苏义新、林正义和郑小毛负责城北一片,是闹市区。当年努尔哈赤和皇太极营建并使用的沈阳故宫,是本着前朝后市规制建的,各种店铺都在故宫北面,即使伪满政权搜刮厉害,这里人流还是熙熙攘攘。苏义新来自双城堡,祖上是菜农,他排行老三,家中几亩菜地大哥、二哥打理足够,他就一个人来奉天铜行里学徒,出徒后当起了铜匠。苏义新不做响器,专做小物件,也做紫铜火锅。紫铜火锅看上去很养眼,很多达官贵胄都以拥有德义诚的紫铜火锅为荣。溥仪跑到长春"称帝"后,聚拢在所谓新京的清朝遗老遗少纷纷派人到铜行里定制火锅,抢手的除了富发诚黄铜火锅外,再就是德义诚苏义新制作的紫铜火锅。林正义是抚顺人,抚顺家里有个铜匠铺,但手艺不行,他到德义诚用今天的话说有进修性质,结果赶上了伪满洲国出台了这么一条馊政策。林正义本来想回去,家里传出话来,让他千万别回,因为家那头把铜铁匠都当"经济犯"给抓起来了,回去凶多吉少。如此看来,奉天城这边还宽松一点,至少还没大范围抓人,铜行里除了永和兴唐掌柜的太太外,其他人没有被抓。郑小毛是半大孩子,原本在街上乞讨,一天,苏掌柜去北市购物,不小心将一串钥匙掉在了地上,正在乞讨的郑小毛捡到了,撵上来把钥匙还给了苏掌柜。苏掌柜看看这个孩子,虽灰头土脸却没有鼻涕,眼神儿也专注,心里就有了好印象。苏掌柜不喜欢男孩子流鼻涕,他认为鼻下干净的人做事必然也干净。他递给郑小毛一块钱,郑小毛没要,说:我不要钱,掌柜的要是可怜我就给我买个豆包吃,我饿。苏掌柜很奇怪,说:我给你钱,你可以自己去买呀。郑小毛摇摇头:我一个叫花子要是拿钱去买豆包,人家会以为这钱是偷的,那种眼神像刀子一样能把人心剜出血来。苏掌柜想了想,就给郑小毛买了几个豆包。第二天,苏掌柜又去了北市,他想要是能再看见这个孩子就说明有缘,就收留这个孩子;若是看不到,也不必再寻找,说明与这个孩子没有深交的缘分。苏老板来到北市门口,迎面看到郑小毛背靠在石牌坊上发呆,好像在等他一样,他心想,看来这是天意了。就这样,郑小毛成了德义诚的学徒。

黄本山、冯耀祖和刘金海都是汤岗子人,都有家室,是成手铜匠,擅长做生铜活儿。他们三人分属永聚兴、富顺昌和双兴和三家铜器店,这些店门脸都不大,店龄却不短,属于前店后作坊那种老字号。黄本山干瘦,驼背,身体不是很好,最大的嗜好是抽烟,在抽烟上与永聚兴掌柜孟大烟袋有一拼,短杆烟袋总不离嘴,一袋接一袋抽个没完。冯耀祖老实巴交,话不多,干活仔细。三人中刘金海最活跃,喜欢开玩笑。刘金海学徒前唱过几年二人转,干活时经常哼哼几段,都是《大西厢》《小拜年》《王二姐思夫》这些人人皆知的段子。他本来应该以唱戏为生,怎奈父母坚决反对,他又是个孝子,不想违背父母意愿,就在成家后第二年,自己来奉天闯荡,最后落脚铜行里当起了铜匠。黄本山三人负责城西一片,那片城区市民密集得像沙丁鱼,收兑的破铜烂铁不会少。

包玉顺、姚满囤和姚满仓来自恒发永铜器店。包玉顺是凌源刀尔登人,蒙古族,为人豪爽,脾气也大,汉语不是很流畅,说不通的时候喜欢比比画画。在铜行里他曾经因为一言不合,挥拳抬脚打跑了几个前来惹事的小混混儿。姚满囤和姚满仓是亲哥儿俩,来自本城城东片,两人的父亲在庙里打杂,发现庙里和尚对其他人都是应付,唯独对铜匠格外厚待,庙中经常有些铜活要请铜行里的铜匠来做,每次都客客气气尊为上宾。他父亲就觉得铜匠这一行值得去干,便让两个儿子来到恒发永学徒当铜匠。姚满仓和姚满囤受父亲影响,都信佛拜佛,做事有边界,从不说过头之话。包玉顺带着这哥儿俩正好,要是没个有脾气的,出门会受欺负,他们所去的城东,那里三教九流俱全,没有包玉顺镇着,架子车都会被抢了去。

来自利盛永铜器店的吴贵、柳有财、柳有富被分到了最远的艳粉街一带,那里属于底层市民聚居区,走街串巷的货郎也多,到那里收兑有风险。吴贵是大石桥人,会点把式,遇到流氓滋扰可以抵挡。柳有财、柳有富是要打要冲一起上、要退要撤一起走的亲兄弟,他俩配合吴贵,在艳粉街横着膀子晃也出不了大事。苏掌柜知道吴贵这三人不是惹事之人,但遇到事也不怕,安排他们走远点放心。

最后一车三人相对软一点,都是文绉绉做软铜錾花的,他们来自永泰诚铜器店。领头的叫刘秋,白白净净,梳着分头,看上去像个教书先生。另外两个铜匠,一个叫吕元林,一个叫侯德忠。吕元林是山东牟平人,闯关东来到奉天,一口浓重的胶东口音,一张口就会招来周围惊奇的目光。侯德忠来自盘山,喜欢喝酒,赚的工钱大都买了酒。你爷爷和他有过交流,问他为啥不攒点钱,整天喝酒会耽误干活。侯德忠说自己家人都被日本人害死了,攒钱还有啥用？你爷爷问他家人怎么被害的,侯德忠说,日本人撒谎说抵抗过他们的如果缴枪,就可以安心回家种田,并规定时间让大伙在河滩上集合登记发放抚恤。那天,河滩上聚了上千人,没想到这是日本人做的扣儿,目的是把这些抵抗过他们的老百姓一律杀光。日本鬼子不仅用机枪扫射,还派了飞机轰炸。他家就在河滩不远处,结果一枚炸弹落到他家院子里,除了他不在家得以幸存,其他家人全被炸死或烧死。侯德忠说他晚上只有喝酒睡觉才能安稳,要是不喝酒夜里就会做梦,梦到家里着火,父母在大火中惨叫。苏掌柜叫刘秋三人专门去洋人教堂、寺院、伪公职单位收兑,并嘱咐这些单位一律是捐献,不用兑付高粱米。

六辆架子车出去转了一星期,收兑的铜铁不多,兑换的多是要断炊的贫民。这个情况苏掌柜早就有所预料,老百姓对伪满政府发布的告示不响应,拿中国人的铜铁捐给日本人,老百姓无论如何也想不通,如果不是有高粱米兑换,恐怕一斤一两也收不到。虽然没收到多少铜铁,但每个组都遇到了董大川他们遇到的问题,总有可疑的人在盯梢。苏掌柜把令狐掌柜请来,问他曹副署长会不会派人跟踪,令狐掌柜搞不清,就说去问问洋行胡掌柜。胡掌柜回话说曹副署长对收兑铜铁很放心,没啥问题。大伙这才放心。但苏掌柜还是保持了警惕,告诉大家每辆车收兑的铜要单独藏,藏的时候看看有没有人跟踪,藏的地点六个组之间也要相互保密。

一个月过去,六辆车收了不少烂铁,集中交到了警署。副署长丸造似乎从中发现了问题,上交的铜类太少,六辆车加起来也就十斤八斤的样子。但曹副署长帮铜匠说了话,他说市民本来家里铜就少,舍得拿出来换米的不会多。大伙回来议论,说这个曹副署长尽管长相不佳,人还是不错的。

倒是你爷爷给大伙泼了瓢冷水,说这个姓曹的不是善菩萨。

过了几天,有个警察来铜行里找董大川,说曹副署长要他到一个茶馆说话。董大川不明就里,稀里糊涂就跟着警察来了。曹副署长在一个叫四季青的茶馆订了个雅间,正嗑着瓜子喝茶,见董大川进来,示意他坐下,然后摆摆手让那个警察走了。董大川坐下来,心里噗噗直跳,不知道曹副署长为啥找他。

　　知道为啥找你来?曹副署长问。

　　董大川摇摇头。

　　我那么信任你们,你们却耍我。曹副署长加重了语气。

　　我们怎么敢耍曹署长?是您给我们这些穷铜匠一个营生做。董大川也很会说话。

　　曹副署长诡异地笑了笑,一双耗子眼像充足了电一般照着对方。我曹某何人哪?我可是在大阪留过洋的。大阪是哪儿你知道吧?是日本的大城市。

　　董大川摇摇头,他的确不知道大阪在何处。

　　我问你,上个月你收到一个掉了底的铜盆,这东西哪去了?你们交到警署的破铜烂铁里没有哇。还有,那个叫刘秋的在北塔法轮寺收了个断足的铜香炉,也没交到警署,你能告诉我这东西哪去了吗?告诉你吧,每辆架子车收了多少铜,我心里倍儿清。

　　董大川没有经历过这种事,被吓傻了,一时不知道说什么。

　　你也别怕,咱都是中国人,好在日本人尚不知情,丸造那里我也搪塞过去了。曹副署长停顿了一下说:你们十八个铜匠说了不算,这事要靠你们东家来解决,有道是破财免灾,这次你们东家不出点血恐怕不行,我手下一帮弟兄等着堵口封嘴呢。

　　董大川不知自己是怎么离开四季青茶馆的,从小北关到四平街,这么熟悉的路他竟然走错了,绕着天后宫转了个大圈。一路上他就想,完了完了,这事漏兜了,铜行里摊上大事了。他甚至想,如果只是自己这组被抓到把柄,他可以好汉做事好汉当,一个人顶雷就是,现在是刘秋那边也被抓到了把柄,听口气曹副署长还掌握其他几辆车的情况,这可是能捅破天的大事。

董大川回来就去找苏老板,苏老板听后沉吟良久,让他去把令狐掌柜和你爷爷请来。令狐掌柜和你爷爷听说这个情况,也都意识到问题的严重性,一时不知如何是好。

苏老板说:这是曹副署长设的圈套,看来他在批准这个事的时候就挖好了坑。

令狐掌柜点点头:我说这家伙答应得那么痛快,还帮着忙活,看来这都是在做扣儿。

你爷爷一直保持着清醒,这项活动富发诚没有铜匠参与,但你爷爷对苏老板的安排从内心里是支持的。

父亲讲到这里,很少插话的石洪祥忽然问:富发诚怎么没人参与这件事呢?

父亲道:富发诚作为铜行里最有影响的响器店当然不应该缺席,但那段时间店铺关门,几个徒弟都让你爷爷放走了。为了糊口,你爷爷在西瓦窑开了块荒地种菜,店里上上下下就我一人,富发诚无人可派。石洪祥明白了,正因为无人可派,富发诚才躲过一劫。躲过后爷爷和父亲心里很不安,父亲这才对十八匠格外看重。

父亲接着讲述十八匠的故事。

苏老板召集各店掌柜在一起商议对策。令狐掌柜说:这个曹副署长不就是想敲一笔钱吗?可以去找他谈谈,若是我们能接受,给他几个钱算了,别把事情搞大。利盛永掌柜胡顺之和洋行胡老板有亲属关系,很了解曹副署长为人,便提醒大家道:姓曹的设这么大的局,胃口肯定小不了,恐怕是一个填不满的坑。令狐掌柜说那就去找洋行胡老板,让他去谈,争取把价码压一压。大家别无良策,只能去找洋行胡老板。胡老板很快回话说了曹副署长的要价,大家一听就蒙了,各家铜器店都处于关门歇业状态,曹副署长要的这笔钱根本凑不出来。大家一筹莫展,屋内有种令人窒息的感觉,铜匠们都知道要大祸临头了。

这时,苏老板表现出少有的冷静,冷冷地说:天作孽,犹可违;自作孽,不可活。

曹副署长让人捎话过来:三日之内若摆不平此事,就要公事公办。

所谓公事公办,就是由日本宪兵来处置,宪兵个个如狼似虎,一旦落入他们手里,不死也会被扒层皮。

十八个铜匠当然要议论此事,大伙猜测曹副署长只是怀疑,并不知道这些铜都藏在哪里,正所谓捉贼捉赃,他找不到藏着的铜就没法给大伙定罪,大家咬定一根棍,就是喂了狼狗也不松口,绝不连累铜行里的掌柜们。

曹副署长说到做到,第三天傍晚,果然派人把十八个铜匠带走了,但没带回警署,而是把人带到了泰丰洋行胡老板的一间仓库里。被带走人的铜器店掌柜都拥到德义诚,人被抓不是小事,谁也不知道曹副署长葫芦里卖的什么药。苏掌柜分析,曹副署长没把人关到警署,说明这件事日本人还不知道。奉天城里的警署都按一正两副配置署长,其中副署长一定要有个日本人。和曹副署长同为副署长的那个日本人叫丸造,太上皇一样,是警署实际控制人,署长只是一个傀儡。苏老板说这件事他会想办法,一定要在丸造知道之前把这件事解决好。十八个铜匠被关起来的第二天晚上,曹副署长在八卦街被人给做了。据说他穿着便装去一家书馆,出来后在北市一个馄饨馆前被两个人给灭了。两个杀手动作稳准狠,一人在前面搭话,一人从背后一锤将他的天灵盖砸了个稀碎,曹副署长甚至没来得及叫一声就没命了,配枪也被卸走,尸体上还留下一张字条:抗联锄奸队正告所有汉奸二鬼子,胆敢与国人为敌,定取你天灵盖。曹副署长在奉天城被杀引起轰动,尤其是各伪警署的警察为非作歹的气焰收敛不少。自伪满政府颁布所谓经济法后这些警察格外活跃,随便闯入民宅,只要是见到铜铁之器一律收缴,发现大米白面一律没收,有反抗的立马抓人,搞得奉天城鸡飞狗跳。姓曹的一死,许多警察怕抗联找上门来,不再敢肆意揩油,有的警察下班回家甚至会戴着钢盔保护天灵盖。

苏老板和令狐掌柜一起来正阳街找泰丰洋行胡掌柜,希望他把人放了。胡掌柜连连摇头,说这事他不敢做主,十八个铜匠放出去,他就会进去,要放得警署说话。胡掌柜说得也有道理,没有警署指令他不敢放人。苏老板干脆绕过丸造,直接去找警署署长。警署署长叫朱发,是个大胖子,街面上都叫他二师兄。苏老板送给他一个精铜仿大明宣德炉,虽说是仿品,但也十分精致。苏老板说这是十二炼精铜打制,放一千年也不会生锈。朱署长把玩了好一会儿才抬头问:找我啥事?朱所长是黑山人,说话尾音上翘,听起来倒有几分亲切。苏老板就说了十八个铜匠的事,说曹副署长无缘无故把铜行里的铜匠都关在泰丰洋行仓库里敲竹杠,现在曹副署长出事了,人不能老是这样关着呀。二师兄第一次听说这事,当时就拍了一下桌子,骂了句:这个曹猴子又背着我吃独食!看来二师兄与曹副署长不睦,曹副署长刚死,他不但没一点悲伤,还张口就骂曹猴子。但骂归骂,对这十八个铜匠的处理他却不做决断,起身领苏老板来到隔壁,隔壁是丸造办公室,二师兄把事情交代给丸造,就迈着八字步回去了。苏老板这个后悔呀,不但白搭了个香炉,还弄巧成拙,直接把事情捅到丸造这里来了。

丸造正在查曹副署长被杀案,因为没有线索而一筹莫展,二师兄将苏掌柜领来,等于给他送来一个大礼,十八个铜匠被关,正常分析极有可能与这一案件有牵连,这里面肯定有文章。狡猾的丸造一边派人把十八个铜匠带到警署关押,一边亲自盘问苏掌柜这起铜匠事件的来龙去脉。好在苏掌柜事先打了腹稿,丸造提出的问题他都做了解释,他故意将这件事引到了曹副署长想敲诈一笔外快上。丸造不可能不知道曹副署长为人,但他觉得如果仅仅是诈点钱,不至于冒险杀人。他派人到铜行里挨家挨户做了搜查,结果一无所获,回头便一个个审讯被关押的铜匠。

十八个铜匠没一个认尿,都说是姓曹的发的五色旗、铜锣、招牌和高粱米,他们只负责收兑。铜匠们还说高粱米有一半已经发霉,拿废铁来兑换的老百姓直骂。丸造正犹豫间,泰丰洋行的胡老板来告密,说为了监视铜匠收兑铜铁,曹副署长悄悄安排了六个探子,这些人是通过他找的,现在曹副署长死了,这些探子的赏金还没给,都赖在洋行里朝他要钱,他没办法,只好把此事上交警署处理。丸造一听顿时喜出望外,马上派人去泰丰洋行把六个小混混儿带到警署,一排刑具摆开,没等动手,六个小混混儿就尿了裤子,全都说出了实情。他们奉曹副署长之命负责监视这六辆架子车,重点监视收兑的铜器,因为这些人都是铜匠,可能会把收来的铜藏起来。他们也确实发现了问题,都及时报告了曹副署长,曹副署长是根据他们的情报动手抓的人。

丸造又开始对十八个铜匠刑讯逼供,逼他们说出藏铜之地,但铜匠们谁也没松口,一口咬定没收上来多少,是曹副署长为了诈钱故意给他们栽赃。

丸造没抓到证据,也没放过这十八个铜匠,连同那六个小混混儿,用卡车一遭拉到了阜新煤矿,让这些没经审判的"经济犯"去煤矿挖煤。后来,同去挖煤的小混混儿里有一个幸存者,逃回奉天后去找泰丰洋行胡掌柜算账,说十八个铜匠和五个兄弟都命丧万人坑了,这笔债要胡老板来还。胡老板也没想到会是这么一个结果,给了这个幸存者一大笔钱,才把这件事压下去。胡老板因为花了一大笔钱,有次在四平街遇到令狐掌柜唠嗑发牢骚,把事说漏了。众掌柜这才知道十八匠都死于非命,便有了在铜行里中心庙为九佬十八匠立牌位的仪式。

父亲讲完了十八匠的故事,石洪祥摊开的速写本却没有合上,他有几个问题想问。父亲显然看出了他的心思,起身缓步走到写字台前,拉开抽屉把软铜册放进去,然后上锁,把钥匙在腰带上挂好,回到沙发旁坐下问石洪祥:你是不是有话要说?

石洪祥问:按理说十八铜匠的事迹并不惊天动地,很简单的一件事,为什么您老会把他们一个个记入软铜册?能入您老法眼的可不是一般人物,我知道您很挑剔,有些人职务很高,和您的交集也不算少,您都不一定把他们写进去。

父亲道:君看臣,看忠不忠;父看子,看孝不孝;人看友,看义不义。十八个铜匠如果不义,就不会被送到阜新挖煤,他们只要说出是苏掌柜指使他们这样做的,就能把自己择出来,但他们谁也没卖主求生,宁可自己一死也不说,这是简单的事吗?有多少人能做到?为啥十八个人没一个反水?我想是铜匠这个行当影响到他们如何做人,他们称得上是去掉了杂质的纯铜,没一个辜负铜匠这个名号。要知道十八个铜匠并不是都像包玉顺、吴贵那样的硬汉,也有胆子小的刘秋、未成年的郑小毛,还有老婆孩子俱全的刘金海,日本鬼子审讯人的手段花样多,他们能咬紧牙关挺过来,容易吗?

石洪祥又问了一个问题:苏掌柜是不是有啥来头?

父亲点点头说:你是听出来了,我没明说,这个苏掌柜叫苏运来,是抗联方面的人,他在铜行里开店铺,主要是为了掩护身份,其实他给抗联搜集了很多情报。后来因为抗联遭受挫折退到了苏联境内,他便潜伏下来,给抗联当内线。十八铜匠出事后他很自责,觉得没把营救工作做好,是自己去找二师兄把事情搞砸了。光复那年他的身份公开,但因为脱离组织时间过长,没有得到安排,但他还是帮助公安局抓了二师兄,那个日本人丸造则不知去向,估计是被苏军押送到了西伯利亚。苏运来晚年常来铜行里看望老街坊,每次来都要说起十八铜匠。

父亲见石洪祥不再发问,主动道:你不想知道富发诚那块九佬十八匠的牌位哪去了吗?

石洪祥说:经历了那么多风风雨雨,那样一块牌子怎么能留得下呢?肯定遗失了。

父亲摇摇头:那块牌子没丢,被你爷爷埋进青冢里了。

石洪祥吃了一惊,这是他第一次听说青冢中除了富掌柜和爷爷的骨灰外,还有一块九佬十八匠的牌位。

第七章　街坊(上)

　　如何让院子里那面南墙活起来,作为百岁寿礼献给父亲,是一直困扰石洪祥的大问题。石洪祥知道,尽孝的最高层次是让父亲精神愉悦,而父亲的兴奋点一定离不开铜。很多时候灵感就像闪电,会突然从天而降,石洪祥解决这个问题的灵感就是忽然降临的。在父亲讲述铜行里老街坊的时候,他觉得自己的大脑突然河蚌一样张开:把软铜册里记的人以浮雕方式一个个呈现在墙上,那面墙不就活了吗?

　　他为突然空降的灵感而兴奋,拿出速写本伏在案头一页页翻看,父亲讲述的人物个个特色鲜明,他用碳素笔勾勒的轮廓也绝无雷同,只要按照年代组合起来,就是一幅铜匠百像图或百年铜匠图!他马上给令狐可打电话,他相信自己的想法能引起令狐可的共鸣。多年来,他认为重要的事情一定要和令狐可商量,除了父亲外,令狐可是最能给他信心的人。他告诉令狐可,准备把父亲软铜册上所记的人物一个个按真人比例雕出来,创作一幅六十米长、两米高的铜质浮雕墙。听到这个想法,令狐可在电话那边顿时兴奋起来:哎呀,你这是要创造铜浮雕吉尼斯纪录哇!石洪祥说:你若觉得可行,我就着手创作了,但此事一定要保密,到时候给父亲一个惊喜。令狐可道:那么这是我们共同拥有的第几个秘密呢?石洪祥脸上有些热,搪塞道:别开玩笑,谈正事呢。令狐可在电话里笑了,笑声清脆如铜铃:难道不是吗?石洪祥说:我要去听父亲讲老街坊了,这可都是要上浮雕墙的人,我不仅听,还要把他们画出来。

有了构思,石洪祥在倾听中就会经常提出一些问题。在此之前他只是听,很少问话,因为不想打断父亲的思路,一个九十九岁的老人在描述往事时一旦被打断,会影响连贯性。

石洪祥换了一个大号速写本,他希望把那些陌生人物的形象特征更清晰地勾勒出来,做到形神兼备。

父亲依旧翻开他的软铜册,戴上花镜,打开插着书签的一页,仔细看了一会儿,然后合上笔记本,抬头望着书柜上方那幅放大的合影道:我给你讲讲铜行里的老街坊吧,他们每个人都了不起。石洪祥也回头看了照片一眼,那是石、令狐两家六人在苇地边的合影,这张合影似乎与街坊无关。

先说令狐掌柜吧,他比你爷爷年长,是个读过私塾的人。你知道令狐掌柜的店铺叫永昌号,打制小铜器兼售其他铜件,经营上很有章法。令狐掌柜是个连走路都讲究姿势的人,腿脚没毛病却喜欢拄着文明棍,走路迈八字步,火上房他也不会急着走。他雇了两个铜匠,都来自西北,一雇就是十几年,可见掌柜和雇工关系不错。令狐掌柜希望子承父业,但两个儿子走出铜行里都改了行:老大去了大连学医,在一家医院当大夫;老二令狐平成了地下党。他两个儿子的事我不提,我要说的是令狐掌柜。你爷爷跟我说过,铜行里最有心计的就是令狐掌柜,他处处示弱,和谁也不结仇。

有什么可以佐证呢?石洪祥忍不住问。

当然有了,比如说他明明知道二儿子参加了地下党,却装作一副不知情的样子。沈阳解放后儿子穿着军装、挎着匣子枪回来探望,他还装出一副真生气的样子,大声训斥儿子这两年都跑哪里去了,怎么一点消息都没有,说儿子大了不由爹,都参军挎上盒子枪了连个信儿也不报给家里。这事大家都当真了,但后来你唐阿姨说,其实令狐家老爷子知道情况,是出于保密才没有对外说。

还有件事就是令狐平跟你唐阿姨结婚一事,其实令狐掌柜心里是反对的,为什么反对不好说,但他心里不愿意儿子娶唐阿姨,却又不明说,就来劝你爷爷,让你爷爷尽快把你唐阿姨和我的婚事给办了。你爷爷当然不会那么办,石家救你唐阿姨不是给儿子救老婆,施恩不图报嘛,我当时不理解你爷爷的做法,后来想明白了,如果赎人带着别的企图去赎,这件事让街坊怎么看?铜行里十一家店铺多多少少都为赎人出了钱,这件事必须办得明明白白才能服众。后来我就想,令狐掌柜这么做也许是大胸怀,他知道一旦儿子娶了你唐阿姨,石、令狐两家的关系就会变得微妙起来,再说他儿子是大学生,条件比你唐阿姨好,找个可心的老婆不是问题。后来我估摸他是从政治角度来判断这场婚姻,你唐阿姨毕竟在八卦街火坑里待了半年,令狐掌柜心里不会没有芥蒂。在这件事的处理上令狐掌柜还算有远见,他很清楚儿子令狐平将来要怎样发展,从政之人家庭是后院,后院像铜板一样稳固才好。

石洪祥插话道:令狐掌柜估计错了,令狐平娶了唐阿姨家庭也很稳固,工作更是顺风顺水。

因为他不是很了解你唐阿姨,你唐阿姨是个善良的人,对令狐平有太多的包容。父亲停顿了一下说:我们还是说令狐掌柜吧。在令狐平与你唐阿姨订婚后,他亲自来找你爷爷,进门就给你爷爷行礼,说儿子大了,又是挎枪骑马的人,他无力管束,这事千万不要怪他。你爷爷说婉秋的事由她自己决定,石家不会干预。你爷爷是个做事讲规矩的人,在令狐平和你唐阿姨成婚前,他去还当年借令狐家的钱,令狐掌柜死活不收,你爷爷说就算是孩子出嫁的嫁妆钱,说完把钱放下就走了。我觉得你爷爷做得太对了,当初令狐家为赎人出了两笔钱,第一笔和其他店铺一样是捐的,不用还;第二笔却是你爷爷登门找他借的,令狐家也没有多少钱,几乎是倾其所有才凑够了赎金,这件事你爷爷和我都清楚,这笔钱必须还。令狐掌柜讲究,他在我和你妈结婚的时候,以随礼的方式又把这笔钱送回来了。我心里特佩服令狐掌柜,令狐掌柜去世那天,我去守灵了,令狐平因为有公务在身倒不出时间来,我就去了,望着令狐掌柜的遗像,往事一幕幕在眼前浮现。我就想,令狐掌柜铜匠活并不出众,但谁能说他不具铜心呢?儿子当了大干部,他在胡同里更加低调,文明棍也不拄了,见谁都笑眯眯的,常约街坊进店喝茶,人缘没的说。令狐掌柜去世后你爷爷给他的评价就一句话:生意人中的君子!

　　永聚兴的孟大烟袋是街坊中比较有个性的人。在了解孟大烟袋之前,我不知道世界上还有如此嗜烟之人,看孟大烟袋抽烟,你会觉得他对每口吐出的烟都感到可惜,常常吐出来又吸了回去。孟大烟袋长了一个刀螂般的小脑袋,细高个子,总是像刀螂一样斜翘着脑袋看人干活。父亲说若是在当下,孟大烟袋保不齐就能获科技进步奖。父亲之所以做出这个判断,是因为孟大烟袋热衷于铜合金技术,在炼铜化铜时,喜欢加入不同比例的其他金属。铜行里的铜匠对他的这一做法褒贬不一,包括父亲也不看好他这么干。父亲认为铜贵在纯,只有纯铜才能叫精铜,你加入其他成分,还能叫精铜吗?孟大烟袋不以为然,他放言:未来的铜器加工,必然是合金铜的时代。

　　父亲说时代发展不幸被孟大烟袋言中,世界果真就进入了一个合金时代,纯不纯已经不是标准了。当然,孟大烟袋没有看到这个时代的来临。

　　父亲不抽烟,却不反对孟大烟袋抽烟,说孟大烟袋要是不抽烟就不是他了,孟大烟袋抽的烟似乎能渗透到他打制的铜器里,他打制的白铜水烟袋一次未用也能闻出烟丝味。永聚兴在铜行里店铺里属于中等规模,但产品特色鲜明,主要制作畅销的白铜水烟袋,采购者需要排队。除了水烟袋外,孟大烟袋还制作旱烟袋锅、全铜旱烟袋,其他就不怎么做了。孟大烟袋和你爷爷关系很好,两人常常在一起讨论合金的事。孟大烟袋除了金银之外,化铜时铅、镍、锡等都加过,只要能试验的他都喜欢尝试。你爷爷说孟大烟袋抽一锅烟就会想出一个怪主意,这些主意往往还能成形,说此人是个奇才。

  孟大烟袋的永聚兴生意虽好,但赚头不大,因为他只加百分之二十的利,而且雇工少,产量也上不去。孟大烟袋轻易不把绝技教人,铜行里加工白铜水烟袋的曾长期独此一家。父亲对孟大烟袋除了在绝活上的佩服,对他所抽的烟也印象极深。父亲说孟大烟袋是因铜而生,为烟而活,他赚的钱大都买了各种旱烟。有味浓而厚、清香入鼻的关东红,有色泽光亮、香味雅净的琥珀香,还有颜色金黄、香气纯正的河南小烟,更有来自滇南红河道的水烟丝。父亲说:我问过孟大烟袋抽烟有啥好处,他的回答让我对他多了一分敬意。他说抽足了烟再来辨铜气,你能闻出铜气的五味来,不抽烟的话你闻到的只有甜味。我不信,他就把烟袋递给我,说:你抽几口试试。我就接过烟袋抽了几口,再到作坊里走了一圈儿,确实感到铜气变得浑厚了。我问他这是啥道理,孟大烟袋说:烟能催魂,让倒卧的魂魄立起来。你想想,铜若没了魂魄,铜水在模子里就不会流,出气孔便成了摆设;人若是魂魄倒了,就会神散气消,变得无精打采。所以我做活时一定要把烟抽足,干起来才顺手、来劲儿。我问:抽烟真有这么神?他说神不神都在事儿上见,一个传教士告诉他,两百多年前他们国家暴发鼠疫,不少人染病丧命,奇怪的是那些抽烟的人却大都活了下来,尽管这些人与鼠疫病人接触很多,却没有染上可怕的鼠疫,由此人们才明白抽烟有时能保命。

石洪祥道:看来孟大烟袋很会给自己的烟瘾找理由。

父亲摇摇头:你爷爷不这么看,你爷爷说孟大烟袋的这些理由都站不住脚,他抽烟的原因是排遣孤独,因为孟大烟袋天生就是个孤独的人。

孟大烟袋有什么孤独呢?自家有店,衣食不愁,虽不富裕,但日子肯定过得去。石洪祥忍不住问。

孟大烟袋的问题是找不到白铜工艺传人。他总想收一个可心的徒弟,但眼光太挑剔,没一个人入他法眼,这才是他抽烟解闷儿的原因。孟大烟袋有三个女儿,先后嫁人离开了铜行里,女婿都有自己的行当,对干铜匠没兴趣。他就想学富掌柜,找一个你爷爷这样的徒弟把永聚兴传下去,但这样的徒弟可遇不可求,他挺苦恼,便一天天抽闷烟。孟大烟袋收了一个徒弟叫黄本山,也是个烟袋不离嘴的人,可惜有点驼背,接班人身有残疾让孟大烟袋情何以堪!后来,黄本山作为十八匠中的一员遭日本人杀害,孟大烟袋伤心不已,大病了一场。

石洪祥道:因为心事重才抽烟,这也许有点道理。

父亲说:孟大烟袋肯定有心事不假,但我觉得他抽烟是想从烟丝中寻找锻制白铜的灵感。他给自己做过一个白铜烟盒,上面錾的云纹就是烟雾升腾的样子,他制作的水烟袋、旱烟袋上面都有云纹。你爷爷曾问他为啥不錾点别的花纹,比如万字回纹,比如岁寒三友,总是錾云纹多单调。你猜他怎么说?他说自己是照着烟的样子来錾刻,烟是什么样子,他就錾什么样子。你爷爷说云纹无非是吉祥的云彩罢了,寓意过于直白。他从嘴中拔出烟袋,像枪一般端在手上,用带有血丝的眼睛盯着你爷爷说:此言大谬!知道云纹又叫云气纹吗？奥妙就在这个气上。世上万物气聚则生，气散则亡，这就是人死叫咽气的原因。云纹含气是活的，象征生生不息，其他图案行吗？你錾只老虎、凤凰上去，可是老虎、凤凰都有寿命，而云纹是永生的。孟大烟袋这番话让你爷爷明白了孟大烟袋总是烟不离嘴的真正原因，气，像风一样是看不见的，你抽烟，通过烟来让气显形，证明你有气在，这实际是一种生命的宣示。

孟大烟袋有不少长处，但短处也很突出，就是太吝啬自己的手艺，导致白铜加工一直是冷门儿。说到这儿父亲摇了摇头，补充道：不仅是铜匠行业，三百六十行都有这个问题，连中医也不例外，许多好技法没有传承下来，可惜。

为什么会这样？石洪祥问。匠人看重自己的独家技艺本身可以理解，但宁可死后带进棺材也不传给后人就有些过了，这是一个行业的损失，从这个角度看，富掌柜简直太伟大了，将传承技艺看得比财富重要。

父亲说：爱惜到极致就是绝对私有，这是常规，孟大烟袋没能跳出这个圈圈。公私合营后，永聚兴也合到了铜器厂，虽然他已经退休，但我特意给他安排了一个小伙子当徒弟，请他在厂里担任技术顾问。他没教这个青工任何手艺，只是送给小伙子一支白铜短杆烟袋，还教会了人家抽烟。这个小伙子后来谈起旱烟来头头是道，讲到铜器加工技术却没了词。

石洪祥心里好笑，这个小伙子抽烟是对的，和抽烟的人在一起免不了吸二手烟，自己抽就等于主动出击了。

父亲说：孟大烟袋不加节制地抽烟，最终伤害了他的肺，一九五六年春天他就病了，我去医院探视，他的女儿女婿们都从外地回来，坐了满满一病房。孟大烟袋见到我，用眼睛示意我过去，很显然是有话对我讲。我走过去俯下身，将耳朵贴近他的嘴，他用微弱的声音对我说:给我一袋抽吧。我说:这可不行,就是抽烟害了你。他摇摇头道:艺以器留,物以赋显,真后悔没做出一个像样的东西留下来。我明白了他的心思,就劝说道:您老一辈子做了那么多烟袋,留下的东西不少了,有的器物肯定会进博物馆。他又摇摇头说:那都是实用器物,不算艺术。孟大烟袋用微弱的声音说:铜性贵和,与许多金属都能熔为一体,做铜匠的要顺应铜之本性,一味求纯是种洁癖。孟大烟袋最后这句话显然是在强调铜合金技术的重要,可见合金技术得不到推广一直是他的心病。

父亲说:孟大烟袋的遗言对我是个提醒,一个优秀的铜器艺人,总该给后人留下点像样的东西。你爷爷想造奉天第一锅,我一心想锻制大政殿,都是因为这个想法,奉天第一锅、纯铜大政殿,就是孟大烟袋说的像样的东西。至于孟大烟袋说的合金是顺应铜性之说,我不敢苟同,仁者见仁,智者见智吧。

石洪祥已经在速写本上画出孟大烟袋的形象,一个瘦骨嶙峋、脖子细长、长着倒三角形脑袋的老者,穿白汗衫,嘴里噙着一短杆烟袋,用挑剔的目光注视着自己脚背,好像脚背上有什么异物一样。他将速写本展示给父亲,问像不像。父亲看了看,说少两样东西,一样是烟袋杆上吊着的羊皮烟荷包,另一样是孟大烟袋稀疏的山羊胡。石洪祥按着父亲的说法又稍加改动,离开这世界半个多世纪的孟大烟袋便活脱脱再现于纸上。

父亲没有讲完,接着说道:孟大烟袋去世后,厂里给他开了追悼会,当时还允许开追悼会,为一个老铜匠开追悼会没啥不可的。在追悼会结束的时候,他的大女儿对我说,她爸爸去世时眼睛是睁着的,不知有啥心事放不下。我听后鼻子立马就酸了,心想,孟大烟袋最大的不幸是没有遇到一个懂他的徒弟,没把自己的合金技术传下来,他死不瞑目。

苏掌柜是父亲多次提到的人。十八匠的事让苏掌柜很自责,他觉得自己欠了铜行里所有店铺一笔无法还清的债。

苏掌柜作为抗联卧底,一直忠于职守,只是后期抗联退至境外,他才与抗联部队断了联系,伪满垮台后重建这个联系十分艰难,因为知情者大都不在了。苏掌柜曾经感慨,执行潜伏任务就像是抛到河里的鱼钩,一旦鱼线断了,或者钓鱼人落水,鱼钩的命运就变得无法预料。

父亲对苏掌柜印象不错,觉得他敢作敢当。父亲说苏掌柜是个看上去方方正正、有勇有谋的人。苏掌柜策划了刺杀曹副署长的行动,那个行动没有任何纰漏。据说拦着曹副署长说话的就是他,另外一个抗联战士在后面实施了袭击。伪满垮台后,苏掌柜特意找利盛永的胡掌柜解释曹副署长的事,因为算起来胡掌柜与曹副署长也算有点远亲关系。他说姓曹的是个十足的坏人,为了敛财不惜谋害人命,唐老板的老婆被他抓走失踪不说,十八匠这件事简直就是敲诈,暗中做局,长线钓鱼,一副想把十二家铜器店都吞下的吃相,这样的人就该死。胡掌柜说:他是他,我是我,两不搭,姓曹的想吃掉的也包括利盛永,你就是再砸一次他的天灵盖我也没意见。

父亲和苏掌柜探讨过那个曹副署长,想不通一个留学东洋的年轻人怎么会堕落到做事没底线的程度。父亲说此人可恶之处是装出一副和善的样子,让你想不到他在算计你,按理说胡同里利盛永胡掌柜还是他姐夫的堂兄弟,吃相如此难看,让他姐夫怎么看?苏掌柜说:你以为十八匠惨案是姓曹的一人作案?我认为洋行胡老板正是他的帮凶,我和令狐掌柜都被他俩骗了,我敢肯定,一旦姓曹的得逞,胡老板会跟着分赃。父亲说这个姓曹的确实是个阴阳人,不知道内情的人以为他人不错。有次在中心庙前赶上下雨,他还打伞把令狐掌柜送回家,铜行里十二家店铺的掌柜对他印象不错,逢年过节还会拎着馃子去看他。当然并不是所有人都这么看,富掌柜生前就不正眼看他,说姓曹的是笑面虎,因为他笑的时候眼神是冷的,只是脸上的皮在动。后来想想也是,给日本人当鹰犬,怎么会是正经人?苏掌柜说:我没把富掌柜的话放在心上是一生最大的错误。

十八匠的事一出,苏掌柜来到富发诚对你爷爷说:还是富掌柜看人准,姓曹的这家伙简直是吃人不吐骨头的狼。你爷爷说:当务之急是救人,十八个铜匠身后可是十八个家庭,不能出事呀。苏掌柜悄声道:庆父不死,鲁难未已,想救人就要先杀人,敢欺负铜匠的是不想要天灵盖了。没几天,街上就传出曹副署长被抗联给敲碎了天灵盖的消息,你爷爷由此断定苏掌柜除了做铜匠,肯定还有一个不被人知的身份,结果说中了。

石洪祥插话问:苏掌柜也会做铜活?

会做,父亲说,苏掌柜并非半路出家当铜匠,他远祖是给沈阳中卫制作佛郎机的,沈阳中卫军用佛郎机都是铜制,苏掌柜算是铜匠世家。苏掌柜的店号叫德义诚,德义诚除了紫铜火锅外,还出品铜锁。伪满没有颁布禁铜禁铁"经济法"时,德义诚商号的中堂上挂着一把大铜锁,还有块横匾,上书"精铜锁钥"四个楷书大字。很多人不知道这样挂用意为何,但令狐掌柜明白,令狐掌柜悄悄对你爷爷说,苏掌柜这是想用一把铜锁保护江山,免得外夷铁蹄践踏。

伪满垮台后苏掌柜想和当时抗联部队取得联系,但没能成功,苏掌柜腰椎又出了问题,看了许多医生都没治好,便不再想归队的事。他决心自己治腰脱,对大伙说:不就是腰脱吗?难住别人却难不住铜匠。他打制了一副黄铜护腰箍在身上,走起路来腰板笔直,像个机械铜人一样。他这个样子把胡德林意外吓病了。有天晚上胡德林看戏回来,不知怎么就想到铜行里遛遛弯儿。胡德林一直惦记着你唐阿姨,你唐阿姨都参加工作了,他还总来铜行里转悠,不得不说胡德林是个情种,他来铜行里一定是想你唐阿姨了。这天晚上恰好苏掌柜也出来活动,苏掌柜身材高大,那天天热,铜护腰外没穿外套。在中心庙两人走了个碰头,胡德林带着手电,一照就照到了苏掌柜的铜护腰,光线反射回去,胡德林吓得妈呀一声就仰面躺了下去。铜护腰的后面是没有任何装饰的铜板,为了美观和透气,苏掌柜在前面雕出一个十分夸张的铜蜘蛛,乍一看确实吓人。胡德林被吓昏后就坐了病,一看到铜雕就抽搐,苏掌柜说胡德林不仅没铜缘,还有铜仇。因为腰病,苏掌柜在"文革"前一年病逝。

父亲讲的第四个街坊是双义长的掌柜周祥。周祥是山东莒县人,周家原本在南塔一带开铜匠店,主要做家传铜洗。到了周祥这一代,铜洗技术被他改进,变成了龙洗,将这一庙堂器物平民化。反正大清皇帝也没有了,民间买个龙洗也不再犯僭越之罪,因此很多商贾都到双义长来定制龙洗。但周祥很固执,没有身份的客人来定,他都建议定制个鱼洗,鱼多好哇,年年有鱼,还吉祥,定制个龙洗回去不见得就般配。一般人都能听进周祥的建议,结果就定制了鱼洗回去。周祥制作的龙洗可以将水柱搓出两尺高,双手搓擦中,盆中水柱仿佛含着成千上万颗珍珠,在眼前跳跃翻滚,龙洗变成了喷泉。

父亲说:周祥之所以少做龙洗绝非什么忌讳,他是为了确保龙洗的高价位,什么东西一多就跌价,就像现在市场上卖的大樱桃,原来挺贵,后来果农一窝蜂全栽樱桃树,樱桃就变成了苹果价。周祥不傻,一年就做几个龙洗,比做一百个鱼洗还赚钱,这里面有大学问。

周祥当了双义长掌柜后,对铜行里有一不可不说的贡献,让十二家铜器店家家受益。周祥的贡献是发明了胶床。胶床的出现提高了铜匠的劳动效率,让细活真正细起来了。令狐掌柜曾说过:手艺都是琢磨出来的,周掌柜为了琢磨胶床,把头发都熬掉了。胶床是铜匠的福床,铜匠忘了谁也不该忘记双义长的周掌柜。

周祥发稀而疏,不到中年头顶就像打了蜡一般亮。民国兴起剪辫子风之后,他索性就剃了光头,这让他在铜行里堪称一大亮点。当年周祥发现在铁砧上锻铜铜板总是弹跳,如果用力敲,反作用力会把錾子弹起来,再敲时须重新比量好位置。他就想,能不能把铁砧换成一个有吸力的胶床呢?因为胶床不那么硬,锤和錾的冲力会被胶床吸收,弹跳的问题就解决了。胶床工艺并不复杂,用机油、松香、滑石粉按比例加热调制成沥青状,冷却后覆于铁案之上,胶床就成了。胶床看似简单,可是在没有先例的情况下,需要调制成百上千回才能选定机油、松香和滑石粉这三种材料。就像现在普遍使用的集装箱一样,这一简单的发明让运输业发生了革命性变化,而周祥发明的胶床,则让铜行里的锻铜产生了一个质的飞跃。

石洪祥点点头,父亲看问题确实深刻,能举出集装箱的例子,说明父亲每天的报纸没白看,看来老年人若想不落伍于时代,每天浏览新鲜资讯是个好办法。

周祥很仁义,与徒弟的关系像父子一般好。十八匠中的董大川、董学礼和薛建平都来自双义长,三人失踪后,周祥分别去了三个徒弟家,每家都送去了一点钱。周祥并不富裕,但在接济徒弟和街坊方面一向大方。给你唐阿姨筹集赎金时,双义长捐得最多,你爷爷一笔笔记得很清楚,这个账单也在我上锁的抽屉里,等我百年之后,会连同这本软铜册一并留给你。

我也会好好保存,一代代往下传。石洪祥马上表态,他知道软铜册在父亲心中的地位。

周祥是铜匠的典范,一辈子只做一样东西,就是洗。别看这个器物简单,但真正想做好很难,复杂程度不亚于奉锣,当时也有仿制的龙洗,尽管外形相似,但怎么搓也搓不出水花来。周祥如果赶上现在这个好时候,肯定会像你我一样被评为国家铜雕工艺大师,可惜当时没这个评选。

石洪祥有些奇怪,父亲在说到其他街坊时都以掌柜相称,唯独对双义长的周祥喜欢直呼其名。

父亲问:你是搞艺术的,又顶着工艺美术大师的帽子,那么我问你,你说人与人之间的缘是啥东西?说两人有缘,这个缘怎么去解释?

父亲这一问把石洪祥问住了。缘是啥?是情?而情这个东西也是抽象的,无法具象化。他不知道父亲为什么会突然转到这个话题上来。

我估计你没琢磨这个问题,我也是,谁没事琢磨这个呢?可是周祥琢磨了,周祥对我说:大侄子呀,你要想开点,很多事儿不是人能定的。人和人之间讲究一个缘分,这个缘就是气,气相合就成缘,气不合终须散,无论怎么相处最后也是一场空。周祥说这话的背景是你唐阿姨被卖到了八卦街,我找双义长筹钱,他虽捐了钱,却劝我放弃这段姻缘,他认为我和你唐阿姨没缘分。父亲停顿了一会儿接着说:几年后我就懂了,周祥的话没错,许多人是有情无缘,就像两个烟囱冒出的烟,合不成一缕。

您和唐阿姨怎么就没缘?若不是令狐伯伯,石、唐两家的历史就会重写。石洪祥头一遭和父亲说起这件事,观点无须隐瞒。唐阿姨有芝兰之雅,雍容华贵,在沈阳这座烟火气浓郁的城市,唐阿姨是对脱俗超凡的最佳诠释。

父亲摇摇头:你没懂周祥的话。气不同不是哪一方对或错,每个人的气都有生命的合理性,但两个合理未必就能形成一个新的合理。我理解周祥的话,他断定我俩是两根烟囱冒出的一白一青两道烟,这个说法是成立的。

石洪祥马上就联想到了自己,他并拢两膝,身子往前倾了倾,问:那么,我和可可也是这样两道烟吗?

父亲愣了一下,摇摇头道:今儿个说街坊,不谈你们,你们还没资格进我的软铜册。

石洪祥不再问了,起身给父亲茶杯里续上水。父亲一直喝黑茶,一个甲子习惯不变,黑茶也是爷爷的最爱,这习惯是唐掌柜给养成的。

盘点铜行里十二家店铺,周祥比孟大烟袋更有成就感,因为他留下了像样的东西——龙洗和胶床。父亲说,周祥是在公私合营前去世的,没在病床上纠缠,头一夜还好好的,和苏掌柜吃了一顿火锅,两人唠嗑到半夜,第二天早晨家人见一向早起遛弯儿的周祥没起床,也没在意,吃早饭时再去叫,发现已经没有体温了。

周祥就那么安静地走了,像长睡不醒一般,没有遗言,没有遗憾,当然也没有痛苦。父亲说,周祥的走与他的名字一样,叫人心生敬意。

第八章　街坊(下)

父亲讲述的街坊中唯一的女性叫赵仪纭,永泰诚擅长制作掐丝景泰蓝唐卡的女掌柜。

赵仪纭的永泰诚开在铜行里东侧最中央,门面装潢全用鸡翅木,看起来要比其他店门深一些。赵仪纭的祖父是驻马店人,是个画箱子画柜的画匠,后来到西北一个大喇嘛庙里绘画,迷上了绘制唐卡。赵仪纭的父亲由画匠改行当了铜匠,来奉天谋生开了铜匠铺。天资聪颖的赵仪纭继承了祖父的绘画天赋,又继承了父亲的铜匠手艺,加之善于用脑上心,终于独成一派,成了掐丝景泰蓝工艺大师。

除了制作掐丝景泰蓝唐卡,赵仪纭还制作铜蝈蝈、铜蝉、铜蜻蜓、铜鹌鹑等小玩意儿。是铜行里最畅销的工艺品。当然,购买者都是大户人家的孩子,一般来说,大人领着孩子来买实用铜器,孩子多会缠着大人给买个小玩意儿,首选的当然是永泰诚的铜昆虫。久而久之,人们给小孩子过百日、过年送礼,都喜欢来买永泰诚的铜制小玩意儿,有不差钱的主儿,还会给小玩意儿镏金,让小玩意儿更加有了档次。

追溯起来,唐婉秋的软绣绝活里也有赵仪纭的影子。赵仪纭终身未嫁,一副素衣素面的女道士模样。唐婉秋小时候来永泰诚玩耍,看到赵仪纭制作掐丝景泰蓝唐卡,那些妙趣横生、神韵生动的画面,端坐神秘的佛陀像,让少年婉秋羡慕不已。一次,赵仪纭摸着婉秋的头说:能让女孩子终身受益的是女红,而不是容颜。容颜终将老去,如同鲜花终将凋谢,而女红却会让你的花儿谢了之后结出一个又甜又大的果实来。不学女红,女人这一辈子就等于开了一次谎花。唐婉秋问什么叫谎花。赵仪纭说:你看到菜园里的茄子秧或黄瓜秧了吗?它们开了许多花,但不是每一朵花都能结出茄子或黄瓜来,那些没有果实的就叫谎花。唐婉秋记住了赵仪纭的话,开始用心学软绣。

父亲讲到赵仪纭是永泰诚掌柜的时候,石洪祥心里疑惑,禁不住问:铜匠讲传男不传女,赵父怎么会让女儿接班?是赵家没有儿子吗?

父亲说:赵家当然有儿子,但当时赵仪纭同父异母的弟弟太小,无法接班当掌柜,赵仪纭便接过了父亲的班。正是因为这个赵仪纭才没有嫁人,成了一个未出家的女道士。赵仪纭恪守祖上规矩,在弟弟长大成人后便把店铺交给了弟弟,自己专门设了一个房间制作掐丝景泰蓝唐卡,制作那些小玩意儿的事便交给了弟弟。

石洪祥问父亲:您一定见过赵掌柜,怎样评价她?

父亲把头抬高,望着书柜里的一个小玩意儿道:你把那只铜蝉拿来。

石洪祥起身,看到书柜里摆着一只真蝉大小的铜蝉,便小心翼翼地拿出来,仔细看了看,铜质有些泛紫,蝉头和肚子已经有了包浆,看来父亲经常摩挲这个小玩意儿。他把铜蝉递给父亲,问:我怎么从来没见过这只铜蝉呢?

铜蝉不是我的,这是赵掌柜给你唐阿姨的礼物。有一次我陪你唐阿姨去看赵掌柜,赵掌柜问你唐阿姨怎么好几天没来了,你唐阿姨说在家里学软绣呢,说完拿出自己绣的一块方巾,上面是荷花、荷叶和莲蓬。赵掌柜看了特开心,就将这个铜蝉送给了你唐阿姨。赵掌柜说:拿在手上别只想着玩,记住,做人要不鸣则已,一鸣惊人。离开永泰诚时我怪赵掌柜小气,怎么就不能给我一个?你唐阿姨说,这是人家送给我俩的礼物,怎么能分你的我的呢?你唐阿姨很喜欢这只铜蝉,一直带在身边,她病重的时候我去医院看她,你唐阿姨知道自己来日不多,就把它给了我。我回来就把它放到了书柜里,是你没留心而已。

　　石洪祥脸红了,因为公司忙,自己很少关心父亲生活中的细节,十多年来,他几乎没在父亲书柜前驻足过,父亲也很少捧着书看,报纸几乎占去了父亲的所有阅读时间。何况父亲的书大都是几十年前的旧书,在当下这个信息爆炸的乌卡时代,书柜摆在家里往往只是一个象征。

　　唐阿姨把铜蝉给了您,令狐伯伯知道吗?石洪祥问了一个愚蠢的问题。

　　果然,父亲白了他一眼,道:你令狐伯伯比你唐阿姨过世要早几年,你让他怎么知道?

　　石洪祥缩了一下脖子,他忽略这个问题了,关键是不该这个时候提到令狐平。

　　父亲接着说:你唐阿姨在给我这只铜蝉的时候说,它本来是属于我俩的,我却独占了半个世纪还要多,你会不会埋怨我?我说我埋怨你什么呢?我知道你的难处,我想这只铜蝉会在你的心里鸣叫。

　　石洪祥从父亲手中要过铜蝉,仔细再看,发现蝉的两只眼睛有米粒大小的珐琅彩,是镶嵌进去的。他吃了一惊,这可是相当难完成的工艺,如同微雕一般。他知道这应该是赵仪纭年轻时的作品,如果年纪偏大,视力就不及了。

　　父亲说:赵掌柜是个有气节的女子,做事很会把握度,即使拒绝你也不会让你难堪。她曾经做出两个选择,让铜行里所有的男铜匠都刮目相看。她制作的掐丝景泰蓝唐卡有了名气后,一个叫池田的东洋商人开始收藏她的作品,后来池田专门从日本北九州来奉天收购她制作的唐卡,同时邀请她到北九州搞唐卡展。这个商人穿着黑色西装,留一字胡须,说话彬彬有礼,看上去挺和蔼。池田看好了赵掌柜给辽西一座喇嘛庙制作的大型唐卡,出了高价赵掌柜也没卖。胡同里的铜匠都知道,这幅唐卡其实是赵掌柜义务给喇嘛庙所制。尽管池田许诺承担所有的费用,去日本办唐卡展她也一口回绝。为了不让对方难堪,她给池田制作了一套掐丝景泰蓝梅瓶,分别是瓜蝶、万寿、云龙、冬梅四种图案。池田对此感激不尽,与赵掌柜照了张合影后欢欢喜喜地回国了。说来也凑巧,后来池田的儿子小池田参加了关东军,就驻扎在奉天,受池田委托专门来永泰诚拜访过赵掌柜。赵掌柜听说求见者是一个日本军人就托病未见,小池田带来几盒日本抹茶,赵掌柜没有喝,把茶叶转手送给了令狐掌柜。

赵掌柜五十三岁时服毒自尽,她服毒除了是拒绝日本人的无理要求外,主要还是为了保全铜行里十二家铜器店。事情的引子在小池田身上。小池田所在的关东军部队有个大佐叫乃木新典,此人是乃木希典彻头彻尾的崇拜者,小池田向他介绍了赵掌柜擅长制作掐丝景泰蓝唐卡后,他萌生了制作一幅乃木希典画像的想法,便带着一幅照片,由小池田带路,来永泰诚找赵掌柜。乃木新典盛气凌人,没让伙计通报就直接进店找赵掌柜,赵掌柜躲避不及,只能以礼相待。乃木新典提出要制作一幅他导师的景泰蓝画像挂在办公室里,许诺如果制作得好会重金奖赏。赵掌柜接过照片一看,心头顿时像落下一群苍蝇般恶心,她曾经在报纸上见过这个白胡子军人,这是个双手沾满国人鲜血的刽子手。此人破金州、占复州、屠旅顺,倒在他屠刀下的辽南百姓成千上万。尤其可恶的

是,照片后面还有一首诗:

> 肥马大刀尚未酬,皇恩空浴几春秋。
> 斗瓢倾尽醉余梦,踏破支那四百州。

为一个屠杀国人的刽子手制像,赵掌柜死也不会答应。她将照片还给对方,说最近双目视物不清,无法制作这种高难度的景泰蓝画像。乃木新典鬼着呢,察觉到了赵掌柜的不情愿,眼睛一扫,看到屋内支架上有一幅尚未完工的观世音菩萨画像,便问:制作此画难道比制作菩萨像要难吗? 赵掌柜也是机智之人,脖子都没转一下就说:将军听说过宜兴紫砂壶制作吗? 师傅们只揣自己最拿手的壶,因为熟能生巧。我和揣壶师傅并无差别,只熟制唐卡人物,菩萨像年年做、月月做,自然不成难题。您带来的照片我从未见过,如何掐丝不好把握,若贸然制作,形神不能兼备,您不满意且不说,还会累及我的名誉。乃木新典双目圆睁,犟驴一样固执,大声说:我不管难不难,这幅乃木希典将军的画像必须做,时间可以等,酬金可以付,画不可以不做。说完,这家伙将照片留下,转身就走了。

这是一道难题,赵掌柜切实被难住了,让弟弟找来几个知心的街坊商量对策,来者有你爷爷、令狐掌柜、周祥和苏掌柜。大家听后都觉得没办法,如狼似虎的关东军实在得罪不起,随便找个由头就能把人送进监狱。你爷爷建议她出去躲躲,就说出门走亲戚,永泰诚由弟弟打理就是。赵掌柜说:我若出走,乃木新典必会恼怒,到时怕祸及整条胡同。令狐掌柜说:那就制作一幅,故意做得不像,稀里糊涂交差就是。赵掌柜摇摇头:我想过这个办法,那是糟蹋我自己,仪纭淡泊一生,喜爱皆系铜丝,知天命之年去为一个刽子手涂脂抹粉,岂不污我清白?苏掌柜说:这事应该由小池田来说话,鬼是他引来的,再让他牵回去就是。赵掌柜和小池田没有交往,估计这条路也行不通。周祥说:你还是在眼疾上找托词,都看不见了还怎么制像?众人一时均无良策,赵掌柜谢了大家就让人回去了。

次日,小池田穿便衣来到永泰诚,见到赵掌柜后恭恭敬敬地行了个礼,用生硬的汉语说:来奉天前父亲交代我要多多关照您,父亲说您是他的老师和偶像。画像一事我看您不太情愿,但事已至此,只能按大佐的要求办,我官阶低微,左右不了乃木大佐,大佐意志坚定,您要权衡利弊,不可强争。赵掌柜问如果坚持不答应大佐会怎么样。小池田道:大佐已经放话,此事不成,就关闭铜行里十二家铜器店,还考虑将铜行里变成关东军军需工厂。赵掌柜长叹一口气,对小池田道:你可告诉大佐,我正在用偏方治疗眼疾,治愈后再考虑制作画像。送小池田离开时赵掌柜说:回去给池田先生写封信,代我谢谢他的抹茶,上次他说自己也在钻研掐丝珐琅工艺,我和池田先生算是同一门类的手艺人。

小池田回去第三天,赵掌柜去世了,是吃了一条清蒸河豚中毒而死。案头有用毛笔写的一个治眼疾偏方:菊花豚一条,清蒸,辅即墨老酒,可治眼疾。偏方一旁,一张宣纸上已经勾勒出乃木希典画像草图,那幅黑白照片被扣在砚台旁。家人将赵掌柜去世的消息告诉了小池田,不大会儿,乃木新典带着小池田和两个穿白大褂的军医赶来。乃木新典看了草图、照片和偏方,马上让军医验尸。两个军医验尸后得出结论:中河豚毒而死。军医说菊花豚有剧毒,即或早些发现也无药可解,这个偏方定是庸医所开。乃木新典怔怔地站了好一会儿,收好照片回去了,此事不了了之。

赵仪纮故意吃河豚自杀?石洪祥问。

父亲说:铜行里所有的掌柜心里都明镜一样,但没人说破。

让石洪祥颇感意外的是,软铜册所记街坊中还有小和尚。在讲述九佬时父亲提到了这个幸存的小和尚,没想到这个被铜钟保住性命的小和尚,后来成了铜匠。

父亲说:小和尚在庚子年后就还俗了,叫钟慈航。其实他不姓钟,还俗后改成钟姓,当然是为了纪念救命的铜钟。

虽然小和尚改名钟慈航,但在铜行里大家还是叫他小和尚,他也不恼怒,好像很乐意听到人们这样叫他。小和尚在德成顺学徒,出徒后就留在了店里。他本来想到富发诚来,但当时德成顺正缺人手,你爷爷就把他推荐给了德成顺。小和尚要学铸钟,正好德成顺有大型铸钟模具,而富发诚主业还是奉锣,铸钟生意在吉宽遇难后已经很少接了。

和尚还俗,必有缘故。父亲说,小和尚出徒后人们才知道,他目的不在铸钟而在铸佛,铸钟只是基础,铸佛才是他毕生要做的事情。你爷爷和小和尚很熟,两人有过交谈,小和尚学铸佛,是想给小慈悲寺建一个罗汉堂。你爷爷问他为啥要建罗汉堂,铸佛不应该铸释迦牟尼、四大护法、观世音菩萨这些大家熟知的佛像吗?小和尚说这些佛自会有善男信女供养,而他要铸的罗汉却被人遗忘,没人供养。你爷爷问是哪些罗汉。小和尚说,不多不少,正好十尊。你爷爷就想,十尊铸铜罗汉可不是件小工程,攒钱买铜、制模铸造、打磨錾刻,也许会耗尽小和尚一辈子光景。但小和尚说他已经想过,只要能做成此事,哪怕搭上性命也在所不惜,反正自己这条命是十个罗汉给的。你爷爷问这话怎么讲,小和尚说他想铸造的罗汉是在慈悲寺被杀害的师父和与师父一同殉难的九佬。

石洪祥吃了一惊,小和尚的想法怎么与自己不谋而合呢?自己要创作的只是一面浮雕,而小和尚当年要制作的却是立体雕像!

父亲接着说:你爷爷当时就问了,九佬都是铜匠,怎么就成了罗汉?小和尚道:罗汉具杀贼、不生、应供三义。我师父自不必说,属于受戒之人;九佬虽未皈依佛门,却能护梵钟而死,乃是得法弟子,应受诸人供养,故归于罗汉之列。你爷爷心里明白了,小和尚心里放不下师父和九佬。

石洪祥急切地问:那么,小和尚的愿望实现了?

哪那么容易?俗话说谋事在人,成事在天,小和尚费尽十几年精力铸造的那组罗汉还没有完工就被毁掉了。父亲叹了口气,时运不济,壮志未酬,小和尚梦破心碎,人变得疯癫起来。

石洪祥问:那组罗汉雕像怎么就被毁掉了?近代历史上没有发生灭佛事件,谁能毁掉已经铸成的罗汉呢?

父亲道:那是铜行里最黑暗的一段日子,伪满政府为了帮助日本主子打仗,强行在民间收缴铜、铁等金属,法令一出,汉奸到处搜缴,所有铜、铁之物都遭了殃。那时小和尚费尽千辛万苦已经铸成了八尊罗汉,小和尚也是满头白发,变成了老和尚。小和尚每铸成一尊罗汉就运到小慈悲寺,寺里在老和尚和九佬罹难的地方专门建了一个罗汉堂,用来安置这些雕像。小和尚和你爷爷说过,十尊雕像全部完工后,他还有个计划,就是按照当年吉宽的设计再铸造一口铜钟,铜钟就放在罗汉堂中,每个给罗汉上香的人都可以敲一次钟。伪满禁铜禁铁后,铜行里十二家铜店开不下去了,警察三天两头来查。小和尚心里放不下小慈悲寺的罗汉,匆忙赶回去想把铜像都藏起来,但还是晚了一步,日寇铁骑之下,哪里会有佛门净土?小和尚回去时小慈悲寺的八尊罗汉已经被拉走,不止这八尊罗汉,庚子年后再造的佛像也一并被劫掠一空,小慈悲寺成了一座空寺。日本人将这些铜佛拉到兵工厂变成了杀人的子弹、炮弹,这是小和尚怎么也没有料到的结果。

小和尚失踪是在一九四一年。小和尚和徐掌柜说想再回趟小慈悲寺。徐掌柜说:反正现在铜器店也没开,你回去看看也好。小和尚这一去便再也没有回来。你爷爷委托海城的熟人打听过,回话说小和尚在空寺中住了三天,三天后便不知去向。有人怀疑小和尚在当年清兵藏身的那个砖塔中寻了短见,有人说他到辽南大孤山二度进入佛门,这些说法都无法证实,小和尚的去向成了一个谜。

小和尚在铜行里很少与人说话,只是一门心思做铜匠活,但他与你爷爷却无话不说,话题总是离不开当年的九佬。你爷爷对九佬每个人都有评价,这评价来自富掌柜,富掌柜看人极准,你爷爷对此深信不疑。小和尚说他很感谢你爷爷,因为他和九佬只有一面之缘,是你爷爷的介绍让他对浇铸九佬铜像有了信心。小和尚认为,佛像一旦铸成便有了佛性,会有一种神秘的力量存在。你爷爷问何以见得,小和尚说了亲身经历的一件事。有一次他化杂铜准备铸一口钟,伙计看到杂铜中有一尊破损的小佛像,问他该怎么办,他看佛像已经破损,便说一同化了吧。谁知化成铜水后,铜水在砂模中不流动,很快就冷却了,无法铸成铜钟,返工两次,铜水像凝胶一样,还是不在砂模中行走。他忽然就想起了那尊被化掉的小佛像,觉得自己闯了祸,此钟不再浇铸。此事发生后,德成顺掌柜定下一个规矩:以后化铜水要再三检查,若发现其中有回收的民间佛像,不得混合炼化。小和尚的这个说法与富发诚的经验极其相似,你爷爷对此也深信不疑,这就是当年富发诚作坊的窗台上码放着一排大小佛像的原因。

石洪祥道:这个没有科学道理,只是表达了小和尚对佛像的一种尊敬。

话虽这么说,可人总得有点敬畏之心。小和尚心存敬畏,几十年不忘雕塑十罗汉,在小慈悲寺建罗汉堂,是想做一件了不起的大事。小和尚对你爷爷说过,十罗汉是他心房里的一排灯,这排灯亮着,他就觉得日子有奔头;这排灯若是灭了,他的世界就会一片黑暗。事实也是这样,当小慈悲寺的八尊罗汉被毁掉后,小和尚马上就变得六神无主,目光发直,面色苍青,最后人也不知去向。

石洪祥合上速写本,望着父亲琥珀一般的双眼问:小和尚会去哪里呢?

死了,父亲很肯定地说,小和尚心里那排灯被狂风吹灭,他的日子没了奔头,他应该在埋葬师父的塔林里坐化了。

石洪祥点点头,他认可父亲的分析。

街坊中最有傲骨的是双兴和掌柜葛大勺子,父亲说,葛大勺子是个少有的牛人。

不得不说有些人天生就神气,哪怕没有神气的资本也不会改变。而葛大勺子之所以牛是有牛的资本。一般来说,没有两把刷子的人,想牛也牛不成,后腰能挺直是因为前面有将军肚,掐着个瘪肚子腰不弓才怪。葛大勺子在铜行里敢仰脸走路是他肚子里有真东西,那就是模具制作。葛大勺子有个说法:出颖胡同的金匠银匠没啥可炫耀的,他们牛是因为金子和银子贵,牛的是金银。铜行里的铜匠就不同了,铜器家家有,再不济的人家也会有个铜脸盆,铜匠牛,牛的是手艺,是真本事。

葛大勺子的观点没错,父亲没有否定他的观点,当然,父亲从不贬低金匠银匠,在父亲眼里金银铜匠都是同一行当。

铜匠铸造最关键的一个环节是模具,无论用石英砂铸大件,还是采用失蜡法铸小器,都离不开模具。有一次,德成顺发生了炸模事故,两个学徒被烫伤,小和尚来请教葛大勺子。葛大勺子背手仰脸地来德成顺作坊看了看,鼻孔朝天地问:没有烘焙砂模吧?小和尚说烘焙了。葛大勺子道:烘焙也只是潦潦草草,没有达到与铜水同温。葛大勺子的这个判断是正确的,砂模与铜水不同温,难免会炸模。

石洪祥懂得,铸铜工艺精不精很大程度取决于模具,葛大勺子注重模具是有眼光的。今天我们的铸造业与国外有差距,问题很大程度就是出在模具上,可惜葛大勺子的模具理论没能留下来,这是铸造业的一大损失。

父亲在讲述葛大勺子时语气中充满敬意。他说:我不止一次就制作砂模请教葛大勺子,葛大勺子告诉我三句话,让我受益终身。第一句话是睁着眼睛干,闭着眼睛倒。什么意思呢?就是铜匠要把功夫下在制模上,模制得好,化好的铜水闭着眼睛倒就行,顺其自然,水到渠成。第二句话是先出气,后出烟。这是葛大勺子对制模的通俗解释,他认为制模如同北方民间盘炕,好不好烧,炕热不热,全是技术,这个技术就是通畅,不能淤堵。第三句话是把握火候,走一步、凉一分。这是说浇铸一定要掌握好火候,铜在炉中化成铜水,温度是一千三百度,出炉就失了百度,倒入勺中又失百度,待倒入砂模之中,又失了不少温度,温度不够,影响成色。其实做任何事都有个火候的问题,高手都是能掌握分寸、把握火候的人。葛大勺子之所以有名,就是因为他在铜水出炉与浇铸之间特别麻利,从不拖泥带水,铜水失温少,基本上是一勺定型。

石洪祥想,葛大勺子的话虽通俗,道理却不错,尤其最后一句算是扣到了点子上。温度决定成色,如同烧窑,八百度到一千度只能成陶,而温度上升到一千两百度以上才能成瓷,陶与瓷不就是成色之分吗?

父亲说:葛大勺子是真正能辨识铜气之人,他鉴定模具的方法与众不同,是闭眼弯腰去闻模具气孔中出来的气和烟,他说这气和烟是铜水在说话,话不投机,铜水会发怒,甚至炸模。他说模具里透出的白气已经不是铜的甜气,而是一种辣气,辣的原因是铜水对沙子抗拒;而透出来的青烟是铜水涅槃的哭泣,是泪水的汽化,标志着新铜器诞生,懂铜的人能闻出一种泪水的苦与咸,所以讲究的铜匠在起模前要拜上几拜,以表达敬畏之情。

葛大勺子与永聚兴的孟大烟袋是一对冤家,铜行里人人皆知。问题出在对铜的态度上。葛大勺子反对合金,甚至反对错金错银工艺,他认为那是对铜的亵渎,因此他看不上孟大烟袋的白铜手艺,说白铜就像洋人一样,属于铜中夷类。葛大勺子的说法也不是没根据,毕竟很多人将白铜称为德国银。孟大烟袋知道葛大勺子瞧不上白银器很生气,两人遇到一块儿就斗鸡一样争辩。令狐掌柜和你爷爷想调和一下两人的矛盾,四人一起到四平街的一个茶馆喝茶,整个晚上两人谁也没说半个"铜"字,都各自抽烟,孟大烟袋抽烟袋,一锅接一锅,葛大勺子抽哈德门,也是一根接一根。散局时孟大烟袋悄悄对令狐掌柜和你爷爷说:你俩放心,我俩没拴在一个槽子上,打几个嘴仗而已。葛大勺子也对令狐掌柜和你爷爷说:术不同而已,不妨碍道。

葛大勺子比孟大烟袋大几岁,沈阳解放头一年过世。他的家人没想到孟大烟袋会来灵堂吊唁。那天,葛大勺子的简易灵堂搭在中心庙南侧,这里是公共用地,铜行里的铜匠过世都会在这里搭灵棚。孟大烟袋来吊唁的时候没有带烧纸,而是带了三盒大前门。大前门在那时算是高档烟了,孟大烟袋如此出血,能看出对吊唁的重视。孟大烟袋行过礼上过香,将三盒烟剥开,然后一根接一根地续进烧着纸钱的阴阳盆里,瓦盆里青烟袅袅,散发一股烟香。在场的铜匠忽然觉得孟、葛二人并非一对冤家,而是另一种层次上的挚友。

关于街坊的讲述,父亲最后提到的是利盛永掌柜胡顺之,正阳街泰丰洋行胡老板的堂弟、胡德林的本家叔叔。父亲在讲胡顺之的时候没有打开软铜册,可见胡顺之的事都在脑子里。胡顺之与堂兄不同,对洋货没兴趣,从小就迷恋铜牛、铜马、铜麒麟这些摆件,自己也舍得下功夫悟这一行,久而久之就做出了名堂,在铜行里开了利盛永铜器店。胡顺之的可贵之处是坚持不做凶器,不论有多厚的利润,他就是不做。他认为铜是用来制作祥器的,用来制凶器就违背了铜性,必有祸殃。

父亲问过胡顺之,所谓凶器都指什么。胡顺之说所有杀人之器皆为凶器。父亲问军号是否在凶器之列,胡顺之很肯定地说,军号当属凶器之外。

父亲说:利盛永最有名的是铜麒麟,顾客一买就是一对,胡顺之在每个麒麟的腹部都会錾上堂号,顾客就给这种麒麟起了个"利盛麒麟"的好名字,久而久之,四平街一带的商铺窗台上摆放利盛麒麟就成了习俗。

胡顺之和堂兄关系不睦,与堂侄胡德林走得近一些。胡德林不会做生意,整天吊嗓子学唱戏,而且是学旦角,胡顺之就想把侄子引上铜匠这条道。他知道侄子暗恋婉秋,就对侄子说:你不是喜欢婉秋吗?靠唱戏你娶不到婉秋,跟着叔叔做铜活这事才有戏。胡德林说:哪有女孩子不喜欢唱戏的?我成了名角儿婉秋就会跟我。胡顺之说服不了侄子,也不再勉强。胡德林胆子小,台上台下完全是两个人:穿上行头上台唱戏,活脱脱一个叱咤风云的穆桂英;下了戏台脱去戏装,是个喝茶都怕烫了舌头的秧子。

胡顺之后来出了事,让铜行里的同行唏嘘不止。胡顺之出事与胡德林有关,是胡德林不经意间一句话把叔叔送了进去。父亲说:害你的往往是你最亲近的人,胡顺之做梦也没想到,侄子一顿炫耀让他栽了跟头。

正像胆小走夜路的人喜欢大声说话壮胆一样,胡德林这个人也胆小嘴贱,有影儿没影儿地到处乱说。他曾对别人说婉秋早晚是他的人,其实八字还没一撇。很多时候他活在臆想或戏曲里,把自己想象成被女孩子追逐的贾宝玉。

沈阳解放后,铜行里各店铺都接到了军工生产任务。利盛永也不例外,韩干部代表军管会下达了生产一批子弹头的任务,军管会拨付了一批原料,完工后按约定付给加工费。原料送到后,胡顺之迟迟没有动工,仍然忙着给顾客制作麒麟。韩干部来催,胡顺之说快了,马上做,可是一连几个马上,依旧没有动作。如果不做也就罢了,胡顺之竟然用军管会拨付的铜料做了一对麒麟。胡顺之的想法是拖,把这个加工任务拖黄了再说,大不了赔点钱给军管会,他不知道前线急需子弹,打仗毕竟是打弹药。胡顺之制作的铜麒麟是胡德林揽的活儿,给一家戏院老板定制的。胡德林将这对麒麟送给老板时,没注意老板屋内有个中年人正在看书,便兴冲冲地向老板吹嘘这麒麟可是用造子弹头的红铜制作的,属于稀罕物。老板说他不要了,把麒麟带回去吧。胡德林脖子一挺道:带回去干吗?造子弹杀人吗?我叔说了,他一辈子不制作凶器,就是天王老子来求他也不会做。胡德林没有想到屋里那个中年人是军管会派来的,正与老板商量一场慰问演出的事,对这番话自然会有所警觉。结果胡德林来戏园子送麒麟当天傍晚,一队全副武装的军人来到利盛永,在清点了铜原料后拘捕了胡顺之。胡顺之如实交代,他没有造一颗子弹头,占用拨付的铜料做了一对麒麟。胡德林也被叫去问了话,韩干部批评教育了他一番,就让他回家了。

胡顺之出事后,你爷爷联络各家铜器店掌柜去军管会找韩干部,希望把他保出来。韩干部见一下子拥来这么多人,很惊讶地问:军工生产任务那么急,你们跑这里来干啥?你爷爷说:我们是来保人的,胡掌柜被抓了,利盛永从开店之日起就不做凶器,这是铜行里人人尽知的事,造子弹头的活儿我们替他接了吧。韩干部说:事情没这么简单,胡顺之答应了我们却迟迟不动工,整天制作那些铜猫铜狗,还胆敢挪用军需原料,你们都是守法业主,你们说说这样做是啥性质?你爷爷见保不出来,就让令狐掌柜去找令狐平说情,那时候令狐平的身份已经公开,也在军队做事。令狐掌柜说令狐平太忙,自己也见不到。你爷爷说:你若是同意我打着你的旗号去找,令狐平这孩子了解一些利盛永的情况,知道胡掌柜不是故意搞破坏,处罚一下也就算了。

石洪祥第一次听说爷爷还去求过令狐平,他知道父亲求过令狐平,没想到爷爷也求过,令狐平真是个不一般的人物。

你爷爷去见令狐平回来后脸色是绿的,一句话也没说,很显然是碰了钉子。令狐平是怎样对你爷爷说的没人知道,你爷爷没说,令狐掌柜也没说,后来你唐阿姨嫁给令狐平后,你爷爷更是闭口不谈此事。

胡顺之后来咋样了?石洪祥问。

胡顺之去了松嫩平原一个叫永丰的农场劳动,几年后才回来。利盛永由他儿子打理,儿子不喜欢铜匠这一行,利盛麒麟在市面上也就见不到了。

关于铜行里的街坊,父亲讲了八个,涉及八家铜器店,加上唐家的永和兴和石家的富发诚,还有两家铜器店没有提到。石洪祥就问这两家是怎么回事。父亲说:没有写入软铜册的是富顺昌和恒发永两家的掌柜,一个姓陶,一个姓阮,两人寡言少语,一心做活,平淡度过了作为铜匠的一生。他们大概不会想到,自己的孙辈却让两家堂号得以彰显,这当然是后话。

第九章　三十一个号嘴

父亲说软铜册上所记大都是熟人。

父亲是在看完一档电视新闻后说这句话的。电视里播放了一段某国政府向中方移交志愿军遗骸的新闻。一架军用飞机缓缓地落在停机坪上，覆盖着国旗的棺椁被士兵们神情肃穆地抬下来，一排排整齐地摆放在停机坪上。相关人员致辞感情充沛，微风如同一个仪式的迟到者，莽撞地摇动致辞者的头发，甚至掀开了黑色西装的衣摆。交接仪式庄严肃穆，从特写镜头里能看出人们眼中噙着泪花。半个多世纪了，零落在他乡的英雄总算归来，这些遗骸虽然没有名字，但国家没有忘记他们，他们将长眠在松柏翠绿的烈士陵园，永远被后人缅怀。

石洪祥陪父亲坐在沙发上完整地看了这期节目，在节目结束时他感慨道：都是无名英雄，墓碑上该如何落笔？

父亲盯着已经开始播放广告的屏幕，目光久久不肯离开，忽然道：他们有名字，在软铜册里呢。石洪祥很吃惊，他不知道父亲的软铜册里记着这么多烈士，便问：您是说软铜册上记着许多志愿军无名烈士？

他们有名字，清清亮亮，父亲说，是我一笔一画写上去的。石洪祥发现父亲的深褐色瞳仁中透着一丝蓝，这是一个新发现。父亲老了之后，眼睛不似以前那么亮了，却能透出一种神秘的蓝色。他知道父亲要开讲了，打开速写本抬头望着父亲。

父亲说：在朝鲜，我协助黄号长带了一个司号员速成班，这个班算上我和黄号长正好三十二人,我是教官兼维修军号的技师。

石洪祥对父亲的这个职务并不陌生,父亲被招进部队,严格来说是没有军籍的军人。当时部队缺少司号员,需要选一批战士培训,军管会的韩干部和在军管会工作的令狐平便做通父亲工作,到部队培训司号兵。令狐平知道父亲会吹一百多种号谱,当司号教员再合适不过。

父亲的软铜册真是最好的备忘录。石洪祥心中感慨,一个能记准往事的人,一定是个负责的人。

父亲讲述得条理清楚,完全不像一个百岁老人。

司号兵虽然是部队的香饽饽,但训练起来却苦得很,单一个憋尿训练就足以叫人告饶,训练者会觉得膀胱随时有爆裂的可能。说来也怪,明明憋着一泡尿,吹着吹着尿就没了,只剩下淋漓的大汗,实际上尿液已经化作汗水从每个汗毛孔渗到体外。选择司号兵也有说道:首先记性要好,各种号谱必须熟记于心,吹出来不能跑调;再就是要有影子意识,这是行话,也就是说要会做首长的"跟屁虫",司号兵是指挥员的耳朵和嘴巴,战场上没了司号员,指挥官就成了聋子和哑巴,纵有天大的本事也没法指挥打仗。我们司号员训练速成班在后方,是排级建制,三十个战士个个龙睛虎眼,有模有样。速成班指挥员不叫排长,而是按规矩叫号长。黄号长是个美男子,他原本是齐齐哈尔拜泉县的一个喇叭匠,喜欢开玩笑,战士们都喜欢他。黄号长入朝作战时还没成家,对象叫孔圆圆,两家早就换了盅,他是四野的,从东北打到西南,又折回东北,顾不上回家结婚。他自己吹牛说对象是高中生,腔大腰细,嗓子又好,是百里挑一的美人坯子。黄号长有吹喇叭天赋,要不是打仗,他会成为抢手的艺人,至少是个民乐演奏家。

号长下面的班长叫号目。一号目宋大伟,临沂人,说话办事实在,性子火暴,班里谁不好好学号,他会抬脚踢屁股。二号目牛贵申,四川人,喜欢吃辣子,排里不让吃辣的,他就偷偷吃,还真没因为吃辣子影响吹号。三号目是满族镶黄旗人,家在敦化,名字难记,外号叫金鱼,两只眼睛外凸,吹号时大伙都担心他会把眼珠子鼓出来。三个号目都是了不起的人。宋大伟会武术,一个人赤手空拳打八个不成问题。我看过他练武,两米高的石头墙,他一下就翻过去了,我就纳闷儿,现在运动会上,跳个两米多高就得冠军拿金牌,要是宋大伟活着,保险也能拿金牌!

石洪祥解释道:比赛有比赛规则,起跳标准不同,武术行当里的飞檐走壁不算数。

父亲摇摇头:宋大伟能一次扛四箱弹药,那是多少斤?石洪祥不懂一箱弹药有多少斤,也不想再问父亲,他知道弹药这东西不会轻,毕竟是用钢铁和黄铜加工的,由此看来宋大伟算是大力士了。

二号目牛贵申有绝活儿——会耍变脸,每次班里搞娱乐活动,战友们总是让他表演变脸。牛贵申表演得像模像样,转个圈脸就变,一场最多变七次,赤橙黄绿青蓝紫,每张脸都会赢来一阵掌声。

三号目金鱼的长处是会做菜。他家是厨师世家,祖上会做满汉全席,他说等打完了仗就回敦化开馆子,要开那种挂六个幌的大馆子,到时候战友们来敦化下馆子,一律免单。

石洪祥在速写本上画下了四个人的模样,然后给父亲看。父亲戴上花镜端详了一会儿,指着金鱼的眼睛说:这个不像,你不能照着金鱼画人眼,照着青蛙画就像了。父亲这样说,石洪祥顿时心里一亮,对呀,人眼外凸虽然叫金鱼眼,其实更像青蛙。他修改了一下,父亲点点头,接着往下说。

我们这个司号员速成班挺不容易,本来学习三个月,结果提前一个半月就结束。部队不等人哪,打仗冲锋没有冲锋号不行,敌人不怕我们的机枪大炮,因为他们的装备比我们的好,可以对着干,但他们害怕我们的冲锋号,我们的冲锋号一响,敌人的噩梦就来了。有个叫李奇微的美军将领说:志愿军的冲锋号是精神战,这种精神战我们后来既熟悉,又头疼。这个美国将军头疼啥?就是战场上一听到我们的冲锋号,他们士兵扭头就往回跑。

结业的时候司号兵都恋恋不舍,约定将来退伍的时候大伙到沈阳铜行里来看老师。

说得不好听点儿,战场就是另一种坟场,速成班结业第二天,就是第二天啊,最先启程归队的一班十个司号员就牺牲了。

一个班十个人,是给一个团配备的司号兵,从基地回部队路上,不幸遭到敌机轰炸,击中汽车的是一颗凝固汽油弹,十个人没一个活下来。因为出事地点离营区不远,黄号长带我们赶去救援,我们到的时候一切都晚了。那个情景像刀子一样扎眼,十个战士蜷缩在不同的地方,有的在路上,有的在边沟里,当时是冬天,地上有厚厚的雪,燃烧弹把积雪烤出一个个黑乎乎的坑,每个坑里都是一个烧焦的人。就在两个钟头前,他们还活蹦乱跳,眼下却阴阳两隔。我发现每个司号兵尽管人被烧焦,有的武器也甩在雪地里,但他们都怀抱着自己的军号,因为有身体护着,这些军号大都还能用。是这些军号让我们分辨出了十位烈士的遗体。因为我在每一把军号上錾刻了司号兵的名字。宋大伟高大的身躯已经炭化,分辨不出五官,当战士们从他烧焦的臂膀里抽出刻有名字的军号时,军号上还有一小截没有烧尽的红绸,那是我送给他的。我送给宋大伟军号时说:系上红绸子,你起身吹响军号的时候就是一面军旗,会很威风,提气!

与宋大伟一同牺牲的九个司号兵是朱万晨、刘永富、迟宝山、金满囤、李明、吴浩、雷泰丰、程刚、卢小宝,都是不到二十岁的小伙子。

　　石洪祥惊讶了,九十九岁高龄的父亲怎么能把这些人名记得如此清楚?这可是过去七十年的事了。他不解地问:您老是怎么记住这些名字的?我现在连中学同学的名字都记不全。

　　那是你没经历过生死。父亲说:三十一个人名都是我錾在军号上的,錾在军号上也就錾在了我心头,想忘也忘不掉。每个名字都是一张会眨眼的脸。那个朱万晨少白头,两只招风耳特灵。刘永富是个胖墩,眼距比一般人宽,这种人心眼实。迟宝山眼睛大,细高挑,战友叫他迟大眼。金满囤脸总是红扑扑的,像大苹果。李明聪明,是排里的秀才,文质彬彬,穿衣戴帽特立整。吴浩喜欢唱河北梆子,浓眉大眼,做什么都讲究标准动作。雷泰丰有点水蛇腰,八字眉,龅牙,是排里第一个能用军号吹乐曲的人。程刚笨一点儿,练号使尽了牛劲,结果把两边腮帮子和肚皮都鼓大了,腮和肚子都有点下垂。卢小宝年纪小,应该不到十八岁,像只灵巧的小松鼠,两只眼睛黑黑的,看不出眼白,他特勤快,排里的勤务几乎让他给包了。

　　二班、三班司号兵尚未出发归队,看到战友牺牲的惨状都哭了,唯有黄号长没哭。收殓好烈士遗体后,他对二班、三班司号兵讲了三句话。第一句话:战争是残酷的,每个人都可能牺牲,要做好随时牺牲的准备。第二句话:司号兵是连队的战旗,任何时候都不能当熊包,死也要迎风立着。第三句话:人在军号在,要像保护生命一样保护军号,这一点,一班司号兵用生命做出了样子。这三句话掷地有声,让我对黄号长刮目相看,我觉得唱二人转的要是严肃起来一样能上大台面。黄号长讲完,二十个司号兵加上我和黄号长,在烈士遗体前吹响了葬礼号。

　　石洪祥心里不是滋味,父亲每描述一个司号兵,他的心里都会颤抖一下,父亲的描述一下子就把人活生生拎出来站在你面前,他仿佛看见这十个烈士正列队肃立,每人怀里抱着一把亮闪闪的军号。司号兵把军号看得比生命还重要,这是惜铜的体现。作为铜匠,他知道打制一把军号并非易事,材质要优,工艺要精,调试要准,三者缺一不可。战士珍视军号是司号兵的职责,也是对军号打制者的尊重,须知在手工作坊,每只军号都是独一无二的创作。

二班、三班后来怎样?

父亲摇摇头,闭上眼停顿了一下,深吸一口气慢慢呼出来,摇摇头道:他们的生命都留在了朝鲜战场。

父亲让石洪祥倒了一杯水,放在茶几上却不喝。电视屏幕上出现一个雪乡旅游的广告片,父亲摆摆手,让把电视关掉,然后背靠在沙发上,看着天花板上的水晶吊灯说:我看见这灯总能想到冰雪,夏天也是,三伏天抬头看,脖颈上好像有冷风在吹,这病咋坐的?就是因为二班。二班回到部队,很顺利地分配到各连,他们部队参加了一场阻击战。那场战役部队打得苦啊,战士要与敌人打,还要与严寒打。战役结束后,我在后方医院见到了二班长牛贵申。我们培训司号员的地点与后方医院很近,牛贵申托人捎话说要见我一面,我便匆匆赶往战地医院。在医院见到牛贵申时,他朝我笑了笑,开玩笑说,石教官,我以后没法变脸了。牛贵申右手四根指头冻掉了,两条小腿因为冻伤已经截肢。医生说伤员有患败血症的可能,需要往国内转,但因有敌机轰炸,往国内转很困难。

二班每个司号员都没给您丢脸,我找您来就是想告诉您,二班每个人都了不起。本来牛贵申的四川口音就重,加上伤势严重,说话断断续续,不是很连贯,听起来有些困难,但牛贵申要讲的话我还是听清楚了。

石教官您还记得许广武吧,高个子,有点卷发,他还有个弟弟叫许广文,也在二班。牛贵申先讲到的是兄弟俩司号兵。这哥儿俩是好样的,我要是说了算,就应该给他们追记一等功。许广武在战斗中,军号被一颗流弹击中,军号变形,无法再吹,他想到邻近连队弟弟手里还有一把军号,便向连长提出去借一把军号来。打仗没有军号不行,连长就让他去邻近连队借。到弟弟那里借了军号往回走的时候许广武发现了情况,一队李承晚士兵穿着志愿军服装正在从两个连队阵地空当穿插。这是一支特战部队,很有作战经验,趴在雪地里的许广武从他们的装备上看出了破绽——那个时候志愿军没有美式卡宾枪,而眼前这支部队虽然穿着志愿军军服,拿的却是清一色美式卡宾枪;此外,他们佩带的手雷也有问题,志愿军战士配发的都是木柄手榴弹,哪有香瓜手雷?许广武耳朵灵,他听到队伍中有韩语说话声,知道这是一支偷袭的敌军。牛贵申所在部队后面是榴弹炮团阵地,看来敌人是奔着偷袭炮兵阵地去的。他只带了一支步枪,怎么办?是打还是躲?打肯定不行,那是拿鸡蛋碰石头;躲好办,但炮兵阵地就完了,敌人肯定摸掉了两道岗哨,再往前还有一道岗哨,一般来说第三道岗哨相对宽松,也容易被摸掉。许广武脑子灵,马上就想起了身上的军号,他站在一棵大柞树后,用力吹响了军号。他吹的是紧急集合号,此号一响,必定是有紧急情况发生。穿插的敌人听到号声一下子毛了,队伍乱成一团,但这毕竟是特战部队,很快就弄清了情况,正在吹号的许广武还没有打一枪就被敌人射中了。部队听到号声急速赶到,敌人偷袭失败原路撤回,许广武就这样,用生命吹响军号,救了一个炮团阵地。

许广武的弟弟许广文也是条好汉。许广文头上的卷发比哥哥的弯多,因为太招眼,索性就剃了个平头。他眉心有颗痣,几次对我说等打完仗就把这颗痣点了去,省得走霉运。我说观世音菩萨眉心还有痣呢,眉心痣不见得就不好。他说有个看相的告诉他,眉心痣若是红的是吉相,若是黑的就压运势。我说:你都是革命军人,了还这么迷信。他说其实点痣和迷信无关,主要是影响说媳妇。许广文所在连负责守352高地,高地与右翼哥哥所在连成掎角之势。战斗打响后,许广文所在连遭到猛烈炮击,敌人炮弹多,打起炮来没个完,战壕里的战士往往还没有和敌人交火就遭到大面积炮火杀伤。敌人停止炮击后,步兵冲上来,被许广文他们连打退了。敌人停止进攻又开始炮击,然后冲上来又被打退,就这样来回几次,敌机投下了燃烧弹,整个高地一片火海。这个时候,352高地全连几乎打光了,后面增援部队还没有上来,火势下去后,敌军再一次开始冲锋。阵地上只剩下受伤的连长和司号员许广文,连长腿被炸断,他让许广文把能用的手榴弹拢到一起,把拉环系到一起,握到手里,命令许广文去接应增援部队,自己要和阵地共存亡。许广文没有执行这个命令,步话机里传来的消息是增援部队已经到了山下,很快就会上来,但敌人已经爬到了半山腰。连长说:你实在不走就去找挺机枪来,等敌人靠近了再打。他找来一挺机枪,却没有找到弹药。已经能听到敌人哇啦哇啦的吼叫声,连长说:等敌人上来我就拉弦,你现在走还不晚。许广文说:司号员是指挥官的耳朵和嘴巴,要死也得和指挥官死在一起。连长说,可惜呀,你到我们连还没吹响过冲锋号。这句话提醒了许广文,他解开腰带上系的黄铜军号,用袖子擦了擦,瞪圆了眼睛说:对,我吹冲锋号!当年张飞一声大喝能退敌军,我许广文的冲锋号也会吓敌人个心惊胆战。他露头看了看,敌人还有三十码远,很快就会上来,他猛地站起身,用全身力气吹响了冲锋号。号声一响,冲锋的敌人扭头就跑,连滚带爬地下去了。就在他吹响第二遍的时候,一颗子弹击中了他的胸膛,许广文牺牲了,这一切都被连长看在眼里。等回过神来的敌军再次往上冲时,增援部队已经到达,352阵地守住了。

这兄弟俩确实是好样的,我对牛贵申说,部队会给他俩记功,尤其是许广文,他们连长可以证明他的事迹。

牛贵申又讲了马超,一个皮肤黧黑、来自大西北的司号兵。我记得马超,他和姜六斤来自一个叫西海固的地方,是回族,速成班还为他俩开了另灶。牛贵申说马超作为司号兵,却干了一件侦察兵干的事。他当时是连队的司号兵兼文书,通信员去团部取文件逾期未归,连长身边没人可派,他便自告奋勇去察看。路上,他发现一只降落伞忽忽悠悠飘落下来,那是李承晚部队的一个伞兵。他抓住这个俘虏,缴了伞兵的枪,用降落伞绳捆着俘虏往回走,半路上,一个早先跳伞埋伏在雪地里的敌人朝他打了黑枪,马超就这样牺牲了。枪声引来了搜索部队,这些伞兵都被消灭了。战士从那个打黑枪的俘虏身上搜出了一个铜号嘴,才知道这家伙从马超的军号上拔下了号嘴。

牛贵申说:郑小英和冯云忠牺牲都是前胸中弹,死得很壮烈。你知道,司号兵吹响冲锋号的时候,不能缩在低洼处吹,一定要站在突兀处显示一种气势,这样才会激发战士的斗志。郑小英有文化,眉清目秀,能看五线谱。冯云忠喜欢打篮球,国字脸,有点络腮胡子。两人来自辽西叶柏寿,从同一所中学毕业。他俩关系很好,平时不分彼此,速成班结束后,他俩分到一个营,被营长留在了营部。他们部队负责仰攻一个小山包,这是由美军守卫的一个阵地,敌人配有狙击步枪。部队发起冲锋时,狙击手击中了正在吹冲锋号的郑小英,郑小英前胸中弹倒下了。冯云忠举起军号站起来继续吹,冲锋的时候军号声不能停,营长知道保护号手的重要性,让两个战士用身体掩护冯云忠。阵地拿下了,冯云忠替郑小英收好军号,说要把号嘴带回辽西,送给郑小英的父母做纪念,因为号嘴上有郑小英的名字。很遗憾,冯云忠的愿望没有实现,在另一次战斗中,他也在吹响冲锋号时中弹牺牲了,被子弹击中的位置和郑小英一样,都是前胸心脏处。营长为此恨得咬牙切齿,说这都是狙击手干的,咱们一定要培养自己的狙击手,为两个司号兵报仇。营长的分析没错,对方阵地确实有个狙击手专门打冷枪,在郑小英和冯云忠牺牲后,接替他俩的司号员李洋也被狙击手击中牺牲。李洋不是在吹号时牺牲的。一次营长到战壕察看情况,李洋跟在身后,突然对面射来一颗子弹,擦着营长的棉帽子打在雪地里,溅起一蓬雪花。李洋知道这是对方狙击手在瞄准营长,快步上前张开手臂掩护营长,结果第二颗子弹击中了李洋的前胸,李洋牺牲了。

牛贵申讲完郑小英、冯云忠和李洋,说他得出了一个结论:战场上司号兵如果倒下,肯定是正面中弹,因为吹号必须迎着敌人,把自己暴露在枪林弹雨里。

父亲复述完牛贵申的话,兀自点了点头道:其实,哪个冲锋的战士不是正面中弹呢?

石洪祥想起了前面讲到的马超,觉得那个李承晚伞兵藏着号嘴的做法有些怪,便问:这个伞兵为什么要留号嘴?难道他们也用黄铜军号?

父亲摇摇头,说保留号嘴是司号兵的一个习俗,估计这个伞兵懂行,号嘴对于司号兵来说就是军牌,对于一支队伍来说是发号施令的物件,缴获号嘴相当于缴获了对方的令旗,是莫大的荣耀。

牛贵申还讲到了大吴和朱平安。大吴是辽宁昌图人,铁塔一样的东北汉子,性子急,吹号时两腮鼓得像气球。朱平安是安徽金寨人,干瘦,会口技。他俩很不幸,身上的军号没用上就牺牲了。他们部队奉命夜晚埋伏在阵地上等待次日阻击敌人,没想到晚上遇到了百年不遇的寒流,部队因严寒减员严重,他俩都牺牲在冰雪中。大吴一直想在部队立大功,他说自己文化水平不高,当不了军官,但可以凭一把军号立大功,因为他气壮如牛,吹军号格外响亮,是速成班憋气最长的号手。这样一个优秀号手竟然没有发挥作用就冻死了,老天爷太不公平。朱平安是个行事格外小心的人,做什么事都准备充分,按理说在冰雪中埋伏,应该想到天气因素,在大衣里加一件衣服也不至于冻僵,但他还是忽略了,战友们觉得可惜。

父亲说完这两个烈士,摇摇头说:牛贵申这么说不对,朱平安想加件衣服也没处弄啊,当时后勤跟不上,战士们穿的是空心袄,御寒很差的。

父亲接着说:二班还有个叫姜六斤的,和马超是老乡,他牺牲当天还见过我。牛贵申说姜六斤牺牲是为了保护军号。因为打仗行军有时会损坏军号,尤其号管被撞瘪后影响发声,司号员自己没法修,需要送回后方来维修。我在后勤部门除了培训司号兵,再一个就是义务维修军号。后勤部专门给我配了一个维修点。姜六斤从前线送回十几只损坏的军号,带着维修好的军号返回前线。战争初期,我们没有任何制空权,敌人的飞机无所顾忌地狂轰滥炸。姜六斤带着军号往回走的时候,不巧遇到了敌机轰炸。姜六斤一行是三个人,另两个是担架工。本来十几把军号捆在一起由姜六斤背着,另两个担架工各背一个铁桶,桶内是五十斤坑道发电用的煤油,其中一个担架工路上脚踝受伤,姜六斤就和他换了一下,把相对较轻的军号给了担架工。敌机轰炸时,两个担架工放下背负的东西各自隐蔽起来,姜六斤冷不丁就看到了雪地里的铜号,十几把亮闪闪的军号在雪地上格外抢眼,反射的金属光极易引起低空飞机的注意。应该说担架工放下东西隐蔽没有错,因为背运煤油时上级要求一旦遇到敌机轰炸,首先要做的就是人油分离,而且要保持相当距离,以避免更大牺牲。但这个担架工可能没想到他和姜六斤已经换了肩,飞机一来,他撂下东西就去隐蔽。敌机轰鸣着掠过来,姜六斤为了保护军号,一个箭步扑过去,把那捆军号压在身下。敌机投下的炸弹响了,姜六斤被严重炸伤,而他身下的军号完好无损。炸弹还将一桶煤油引燃,现场燃起大火。两个担架工没有负伤,他俩把姜六斤背回营地时,姜六斤因失血过多已经牺牲。牛贵申讲姜六斤牺牲的经过,我就想到了和六姜斤见最后一面的情形,当时姜六斤问我:石教官,有的军号上怎么没錾名字?我说:只有速成班的军号錾了名字,你要想錾,下次带号来的时候列个单子,我给錾上就是,哪怕人不在,军号上的名字也应该在。现在想想看,我这句话有问题,怎么能说人不在的话呢?

二班就剩下了牛贵申一人?石洪祥问。

父亲说:牛贵申在见到我一周后就因为败血症去世了。其实,牛贵申知道自己来日不多,他找我去就是想把二班每个人牺牲的情况告诉我,希望有人能记住他们。

石洪祥鼻子有些发酸,与一班相比,二班这些司号兵牺牲得更加悲壮。那么,三班呢?三班应该同样壮烈吧。尽管父亲有点疲惫,但依父亲的性格,一定会把这三十一个人的故事讲完。

三班坚持的时间最长,父亲说,三班十个司号员从长津湖一直到三八线,他们所在的团是个有名的英雄团,出过不少战斗英雄。三号目金鱼的真名我记不得了,三班的号目有外号,司号兵外号也不少,有三个我记的是外号,倒把人家的真名给忘了。这三人一个叫青柿子,话少,脸色发青,开始大伙叫他贼不偷,一种熟透了也发绿的西红柿。后来号长说贼不偷不好听,愿意叫就叫青柿子好了,就这样青柿子这个外号便叫开了。青柿子是吉林榆树人,家里穷,他在家中排行老三,土改时分了一垧地,日子逐渐好起来,战争爆发后乡里第一次动员他就报名参了军。另一个有外号的叫苏雀。苏雀是黑龙江方言,指一种头顶和项下都发红的小鸟。之所以叫苏雀,是因为他吹号时喉咙处会泛出苏雀一般的红色来。苏雀好像真姓苏,名叫什么战友们都记不住。苏雀来自黑龙江德都,颧骨外凸,鼻子高耸,像个混血儿。再一个有外号的叫蝈蝈。蝈蝈应该是辽宁葫芦岛人,人长得很像一只直立的蝈蝈,尤其肚子,把军装鼓得圆圆的,与四肢不成比例。这三个人形象特征明显,事迹也同样突出,青柿子立了一等功,苏雀和蝈蝈都立了二等功。要知道,司号员立大功的机会很少,因为职位决定他必须跟在指挥员身边,直接冲上去拼刺刀的机会微乎其微。但这三个人立了大功。从前线回来的同志告诉我,青柿子、苏雀和蝈蝈向首长请示后,用军号向对面阵地展开了精神战。我们部队在坑道里,因为有了默契,会捂住耳朵安心睡觉;坑道外,这三个司号兵从不同地方,在夜深人静的时候会突然吹响军号。寂静的夜晚,军号声格外嘹亮,军号一响,对面阵地便像过年放烟花一样,照明弹当当当就放到了天上,机枪嗒嗒嗒开始扫射。如此几番,把对面搞得疲惫不堪,敌人以为这是志愿军搞的小把戏,久而久之再听到军号声就不以为意。结果部队利用敌人麻痹,成功组织了偷袭,拿下了对面阵地。青柿子作为出谋划策者荣立一等功,而苏雀和蝈蝈荣立二等功。后来,这三位英雄都在上甘岭牺牲了,青柿子的军号被炸弹掀起的土石埋在了阵地上,战后怎么也没找到,成了那座山的一部分。好在青柿子在没有冲锋任务时习惯将号嘴、号身分放,战友们在他的贴身口袋里找到了号嘴。苏雀和蝈蝈的军号都找到了,但因变形严重,无法修复。

军号如同军人,十分讲究军姿,一旦遭到严重损伤,只能死后重生,想修修补补很难。石洪祥知道,父亲维修军号主要是修复凹凸,号管一旦有严重折弯,那是没法修复的。三个烈士在战场上遭到狂轰滥炸,生命都没有保住,他们的军号受到损坏也就不难理解了。石洪祥相信,这些司号兵在炸弹横飞的战场上,一定像姜六斤那样把军号紧紧抱在怀里,以自己的血肉之躯来保护军号。

胡平和胡安两个人虽然名字相近,但一个来自河南,一个来自河北。两人长相也差别甚大:胡平下巴很宽,像板锨;胡安是丝瓜脸,下巴特长。两人喜欢在一起,看上去像说相声的逗哏和捧哏。他俩和赵铸都牺牲在一场阻击战中。那场阻击战打得很胶着,预备队也打光了,连炊事班都拉上去战斗。胡平是为了保护连长被炸伤牺牲的。胡安腹部受伤,一块弹片划开了他的肚皮,他用绷带扎紧,这时连长下令反冲锋,他用尽力气吹响冲锋号。反冲锋打下来,连长发现胡安的肠子已经从伤口处鼓出来,无法再塞回去,胡平就这样牺牲了。赵铸所在连也参加了这场战斗。赵铸在反冲锋时系好军号抄起战友的步枪和敌人进行了白刃战,部队退回战壕时,他忽然发现自己的军号掉落在前沿阵地上。军号如同生命,怎么可以丢在前沿阵地上?连长再下命令怎么来发出?赵铸是山东即墨人,很有些田横五百士的决绝大义,他明知道军号在敌人机枪射程之内,还是从战壕里一跃而出,匍匐着向那把亮闪闪的军号爬去。连长喊了他几句,他没有听到,继续往前爬,终于把军号抓在手上,他回头笑了笑。赵铸是娃娃脸,笑起来很好看,就在他露出微笑的时候,一颗子弹射中了他,赵铸那个伸出右手抓住铜号的动作就这样定格在了前沿阵地上。

石洪祥的眼泪滴落在速写本上,他下意识地画了个赵铸匍匐着伸手去抓军号的动作。这个动作太感人了,可以想象赵铸当时的心情,军号终于抓在手上了,就像旗手抓住了旗子、猎手抓住了猎枪,军号和司号兵是须臾不可分开的。

父亲的讲述还在继续。

姚若成和郑伟才两个人参加了第四次战役。志愿军第四次战役其实我们不想打,我们要休整,但"联合国军"摸清了我们在后勤方面的补给规律,便步步紧逼,挑起了这场战役。我们虽然退到了三八线,却消灭了敌人不少有生力量,敌我双方开始呈现胶着状态。姚若成的连队在一次战斗中担任后卫,任务完成后,他们连长不幸中弹,他就和通信员轮流背着连长后撤。途中他们三人在树林里和连队走散了,其实也不是走散,是连长下令分散突围的,因为整建制在一起会遭到敌军火炮袭击。三人在往后面撤的时候,发现西面有敌人追上来。姚若成让通信员背着连长往北跑,他往东跑把敌人引开。通信员背着连长跑开后,他一个人拼命往东面跑,东面是一片柞树林,树林很密,但因为是三月,树林里的人影很容易被发现。姚若成跑了一段后停下来,迎着敌人吹响了军号。连长后来说姚若成吹的是冲锋号,敌人最怕这种号声。果然,追兵听到号声都原地卧倒,拉开架势等着交火,过了一会儿发现没有动静,便朝着号声响起的地方围上来。他们发现了姚若成,姚若成的短枪只剩五发子弹,打光后将一颗手榴弹绑在军号上拉响了。姚若成牺牲了,他和军号一起被炸成碎片。姚若成是山东邹城人,和孟子是同乡。我记得他的模样,五官端正,两道剑眉。

郑伟才是见义勇为牺牲的。郑伟才是朝鲜族,来自延边珲春,因为朝鲜语说得很流利,连队在休整时他便义务做些周边群众工作。当时部队补给很差,很多事情需要群众支持,比如借用火灶烧开水冲炒面,看似事小,可如果沟通不好也会出问题。有郑伟才在,这些动员当地群众的事都好办,朝鲜百姓帮连队做了许多事情。郑伟才所在连驻扎的地方靠近一条小河,河很小,连名字都没有,但河水很深很急。郑伟才去河边砸开冰面帮老乡挑水,看到河面上有两个小孩子在滑冰车,这情景在战争年代很难看到,军民都停下来看两个孩子滑冰车。滑冰车是朝鲜儿童很喜欢的游戏,冰车很小,用木板做成小爬犁形状,下端有两道冰刀,然后用带铁钉的两根冰扎来推动。孩子玩得正开心,忽然冰车和孩子都不见了,原来是掉进了河里。河面上这个冰窟窿应该是一个鱼穴,有鱼穴的地方冰面比较薄,在河面上行走很难发现,但有经验的渔夫会拨开积雪朝冰面下看,以寻找鱼穴。当然这是一种说法,还有一种说法是冰面被敌人飞机炸开的,因为时间短,冰面没有冻结实。孩子不见后,郑伟才第一个跑了过去,到了冰窟窿处,他解下腰里的军号放在冰面上,脱下棉袄,顾不得脱掉棉裤就跳进水里,两个孩子被托出水面得救,他却因为棉裤湿透,沉到了河底。等军民合力砸开冰面将他打捞出水时,郑伟才已经牺牲了,成了一名罗盛教式的烈士。

　　三班最后一个司号员是周凤臣,他和号目金鱼一道参加了第五次战役。这两个司号兵都在第五次战役中负伤没有归来,被列入失踪者名单。令人意想不到的是,金鱼和周凤臣的军号都被战友带回来了。带回军号的战友分属不同连队,他们把两个司号兵的话也带了回来。负伤后的三号目对他们营的报务员说:我负伤走不动了,你把这支军号带回去,无论我在哪里,只要军号回家,就是我回家了。周凤臣是沈阳新民人,伤在腰部,他的军号前端被挤扁,他让一个要好的战友把军号带回来,嘱咐一定要把军号带给石教官,请他把军号修好。这两把军号后来都到了我的手里,看到这两把军号,我耳边就会响起隆隆炮声和嘀嘀嗒的冲锋号响。

　　石洪祥心潮汹涌,他没想到软铜册里会有这么感人的故事。三十个司号兵都牺牲在了异国他乡,如果不是父亲的软铜册,有几人还会记得他们? 他们不过是普普通通的司号兵。在父亲的描绘里,他仿佛看到了一张张鲜活的脸庞,觉得耳边一直有军号声在响。

石洪祥问:看来,只有黄号长是幸存者了?

黄号长也不是幸存者,父亲说,黄号长的愿望是回乡娶那个叫孔圆圆的未婚妻,可惜这个愿望没有实现。板门店签字停战后,黄号长就病了,病得很重,送回国内治疗。我去看他,他告诉我,整夜睡不着,一闭上眼睛就会看到三十个司号员列队向他报数,他对战友承诺,很快就来带大家出操、憋尿练号。他这样说我就知道他肯定不行了。不久我就得到消息,黄号长病逝,临终留下遗言,将他的军号与他一起下葬。黄号长的遗嘱提醒了我,我便在退伍前收集了三十一个号嘴,每个号嘴上都錾着司号员的姓名,然后包好带了回来。这三十一个号嘴就在我的抽屉里,每次翻看,都会想起三十一个战友。他们原本约定退伍后要一起到铜行里来看我的。

石洪祥记得父亲有个军用书包,里面叮叮当当装着铜器,父亲从不让他碰,原来是三十一个号嘴。

石洪祥担心累着父亲,便不再往下问,尽管他心里想把软铜册上的故事一次听个明白,但父亲毕竟是百岁老人,一次能讲三十一个,这已经超越常人。

今天就说到这儿。父亲停住了介绍,停顿了一下又说:能说的我都会说给你。说完,父亲长长地叹了一口气。

石洪祥没有多问。父亲进入耄耋之年后他就给家人立下个规矩:父亲说什么是什么,一切顺着父亲。

第十章　老雪

　　父亲讲述老雪时花费的时间最多。

　　老雪是转业军人,有个威风凛凛的名字雪飞豹,和父亲在入朝作战前就有过一面之缘。老雪是父亲所在铜器厂的工会主席。石洪祥对老雪还是有些印象的,高个儿,白发有些泛红,指挥厂里合唱队时态度极严肃,对发声不准或不用心唱的,会劈头盖脸剋一顿。老雪喜欢长时间看着远方某个地方,一副心事重重的样子,尽管远方什么都没有,他却看得痴迷而投入。

　　老雪姓雪,又特别喜欢雪,尤其喜欢在雪天堆雪人。父亲说老雪堆雪人不是为了玩耍,一把年纪的人怎么会和雪人玩耍? 老雪心里有个关于雪人的故事。

　　父亲讲老雪时,喜欢讲细节。也难怪,父亲和老雪在入朝前就见过面,入朝后虽然不在一个部队,但转业到了一个厂里共事,彼此之间的交流就多一些。

　　因为喜欢雪,老雪从家里搬到了城郊一家养老院居住。因为郊外的雪能站住,而城市小区的雪因为边下边扫很难留住,即使留得住,因为除雪剂和灰尘污染,也堆不成雪人,老雪就索性搬到了当时地处城郊的浑南。

　　老雪看见下雪十分兴奋,像个孩子一样手舞足蹈。瑞雪敬老院的老人给老雪起了个绰号叫雪痴,老雪听了并不恼,欣然接受了这个绰号。老雪对父亲说:你是铜痴,我是雪痴,咱俩八两半斤。老雪尽管拄手杖,却保持军人的做派,一套马裤呢旧军装总是系着风纪扣,走路腰板直直的。

  人们对老雪痴迷雪感到奇怪,北方的冬天缺啥也不缺雪,天天在雪地上走,老雪怎么就稀罕不够呢？活动室牌桌三缺一的时候,想找老雪来救场没门儿,大冷的天,老雪宁可去瑞雪公园里转悠,也不在空调底下搓麻将。有人说老雪太正,像小学生的老师。也有人说老雪能装,整天像个大干部似的。老雪一九五〇年参军,但参军前担任过村武委会主任,因此算是离休,但级别不过副处。这些话自然也会传到老雪耳朵里,对此他总是一笑了之。

  父亲多次去瑞雪敬老院看望老雪,很多人向父亲描绘过这样一幅情景:冬季第一场雪降临的时候,老雪会站到花坛中央,摘下帽子仰着脸迎接飘飘洒洒的雪花,接受雪花的沐浴。雪中的老雪神态专注、投入、迷离,如同与一个久违的老友相拥,神情里满是外溢的陶醉。

  父亲在铸造厂当厂长时就知道,冬天里的每一场雪老雪都不会错过。深冬,沈阳天气寒冷,大雪飘飞的日子,老雪会穿上军大衣,戴上棉帽子,雕塑一般坐在厂区花坛边,静静地倾听雪落发出的声音。听得入迷时他会伸出手掌,用手心接住几片雪花,待雪花在掌心融化后,轻轻沾一下唇,闭上双眼感受雪水的滋味。没有人知道,在丝丝凉意中老雪会想起一个人,一个年轻的志愿军女战士,侦察连的卫生员小雪。飘飞的雪花会将他的思绪带到几十年前的朝鲜半岛,带到冰天雪地的长津湖畔,那里的雪花远不是这么可人,像炸碎的玻璃,每一片都能扎进皮肉里。

  老雪对父亲说:瑞雪敬老院的雪温柔多了,都带有体温,软软的,像鸽子的羽毛。这雪花不是无缘无故而来,它们是来寻找归宿的,虽然我托不住所有的雪花,但只要托起向我飘来的一朵,这雪就没有白来。

老雪当年入朝后进步挺快,因为有担任过村武委会主任的经历,很快就被提拔为排长,转业时是副连级。老雪离休时铜器厂还没改制,他在厂工会主席任上离休。老雪高胸宽胯,站有站相,坐有坐姿,一张横平竖直的脸特有官相。父亲说除自己外,其他副厂长都不愿和老雪一起参加活动,因为和老雪站一起,客人往往以为老雪是一把手,抢着和老雪握手,弄得别人挺尴尬。

老雪选择到瑞雪敬老院养老,理由说起来有点奇怪。老伴过世后,老雪不愿意在家里待着,满城东南西北地转悠,有天回来对儿子说:我看浑南瑞雪公园修得不错,你帮我联系一下,我到公园对面的瑞雪敬老院去住。儿子有点发蒙,问为什么,是自己哪里照顾不周?老雪说想体验住住部队营房的感觉。老雪有一儿一女,儿子在政府机关工作,女儿是职业技术学院教师。哥哥深知父亲的脾气,不敢阻拦,就打电话叫妹妹回来商议应对之策。妹妹在学院教心理学,听哥哥一说就明白了,说:这事没的商量,老爷子是为了雪去的,咱小区存不住雪,也就留不下老爷子。兄妹俩都知道,自从小区开始精细化管理,积雪便无法存在,老爷子没地儿雕雪人了。老爷子年年冬天雕雪人,这是他最大的爱好,把这个爱好给断了,老爷子肯定受不了。哥哥想起一件事,前年一场大雪后父亲在小区空地上雕了一尊半身女军人雪雕,自己喜欢得不得了。不想邻居一个调皮孩子偷走了雪人头上的军帽,一向喜欢孩子的父亲生气了,训斥了那个半大孩子,并要回了那顶军帽。那顶军帽是父亲亲手做的,在一顶旧军帽两端,缝上两条用黑毛线编成的粗辫子,给雪人戴在头上,一尊女军人的雪雕顿时就变得妩媚起来。

兄妹两个决定一起到瑞雪敬老院看看,如果条件说得过去,就依了老人心思。两人去了瑞雪敬老院,发现这里的管理模式真有点部队营房的味道。入住老人只要不是特护,无论退休、离休,也不论是百万富翁还是工人农民,一律"三同三定"。"三同"即房间设施相同,被褥睡衣相同,保健待遇相同;"三定"则是吃饭定时,娱乐活动定时,熄灯睡觉定时。院长说,之所以这么做,是不想将老人分出三六九等,人生下来虽然不平等,老了这种不平等却可以想办法找平。这里不分处级、科级,夕阳无私照,高矮都借光,大伙有福同享,平起平坐。兄妹俩觉得这家敬老院确实不错,就决定尊重父亲的选择。哥哥说父亲喜欢堆雪人,其实是喜欢雪雕艺术,希望院里能行些方便。院长说:这是好事呀,雪雕能美化环境,冬天我们把中心花坛留给老爷子搞雪雕就是。

老雪入住敬老院时,院里考虑他是离休干部,特意安排了一个南向房间。他门都没进就提出一个请求:能不能调到一〇二五房间?院长是个八面玲珑的中年女性,一双蜻蜓眼格外有神。院长说一〇二五房间是北向,阴面,采光不佳。他说住一〇二五是喜欢这个房号,再说在一〇二五正好能看瑞雪公园全景,是不错的景观房。院长只好依了他。瑞雪敬老院北面的瑞雪公园名字虽好,其实是由墓地改造而成,公园里那些雪松、冬青下面,原本是一盔盔被平掉的无主坟。敬老院知道底细的老人嫌弃那里阴气重,少有人去。老雪不这么看,说人类社会数千年,哪一块像样的土地下面没埋过人?再说了,死人比活人安静,真正可怕的是活人而不是死人。

入住要填写一张登记表,一般老人都由家人代填,老雪却坚持自己填,他戴上花镜一丝不苟地填了好一会儿。老雪在中华人民共和国成立前就是他们那个村的武委会主任,按规定这个职务算参加革命,参军后在志愿军当过侦察连二排排长,立过两次二等功。院长深知老雪这样新中国成立前参加革命的老兵是国家宝贝,逢年过节会有领导来慰问,就特意吩咐院里上下要小心服务,不能出什么岔头。老雪就这样住进了敬老院。

老雪在敬老院里还收了个跟班的,这个跟班的还蛮忠诚。

老雪虽然模样严肃,却不难相处,性格孤僻的老马很快就成了他的老铁。老马六十有一,右脸颊上有块贯通上下的褐色胎记,看上去让人浮想联翩。老马退休前是殡仪馆火化工,一辈子打光棍儿,退休当年就拎包住进了敬老院。老马入住的时候包里就带了两样东西:一本银行存折,一副玛瑙象棋。因为职业的关系,老马总是独往独来,走廊里与人照面也是侧身贴墙站立,把来路让给对方。老马喜欢下棋,曾是市民政系统象棋冠军。据说老马这个冠军获得得有点偶然,比赛选手一看对手是老马,下到半盘就拱手认输,谁也不想过老马这一关,过了老马这关不吉利,让老马给挡回来才是好事。因为没人愿意与其对弈,老马一身绝技无处施展,好比一肚子子找不到池塘甩的蛤蟆,心里特苦闷。老雪住进来后,这一情况发生了改变。

老雪到活动室溜达,活动室里打牌、唱戏、练书法的人很热闹,唯独老马耷拉着脑袋坐在窗前的凳子上发呆。老雪过去问老马怎么不活动,老马说自己想下棋,没人和他下。老雪说:咱俩杀几盘吧。老马说:您是领导,怎么屈尊和我这个小人物下棋?他哈哈大笑,说:敬老院讲究"三同三定",哪里有什么领导?两人在棋桌前坐定,老马主动为老雪摆好棋,说:领导走红我走绿。当天两人杀了三盘,老雪完胜。老马惊愕不已,老雪下棋十分沉稳,举棋悠闲,落棋迅速,这是棋术娴熟的体现。其实老马棋艺不错,火化工作半天闲,整个下午就靠下棋打发时间,实在找不到人就在网上下,网上下象棋对棋艺提高很快,因为网上下棋不能悔棋。

下了这么多年棋,遇到老雪这种对手还是第一次,老马输得心服口服。三盘杀过,老马起身向老雪鞠了一躬,真诚地说:领导,以后我就跟你混啦。老雪爽快地答应道：好,不过不许叫领导,就叫我老雪。从这天开始,老马成了老雪的跟班,老马称他老雪,他叫老马小马,这一前一后、一高一矮、一胖一瘦两个老人,成了瑞雪敬老院一道不可多得的风景线。

老雪对雪的钟爱近乎痴迷,下雪天会到雪地里一动不动地站着,任雪花落满全身。老马问他为啥要这样,他说:这雪是因我而下,哪有不迎之理？

石洪祥问父亲:老雪为什么这么喜欢雪？就因为姓雪？父亲说:老雪这人跟雪有缘,心事重,念旧情,他对雪就像你我对铜一样。

父亲讲了一件老雪雕雪人的事。

有一年冬天,市歌舞团到瑞雪敬老院慰问演出,节目是传统的二人转,演员们说唱扮舞绝,老人们笑得前仰后合。这时,外面下起了雪,透过玻璃能看到窗外雪花翻飞。老雪悄悄从座位上起身,回房间拎起一个黄书包独自下了楼。老马知道老雪出来一定是雕雪人,便跟着回房间穿上大衣撵了出来。

老雪雕雪人须先用雪堆起一个圆台,将雪一层层夯实,然后再一点点用瓦刀自上而下来雕。初下的雪较散,需要用手一层层按压,按压时人的体温就会融到雪中,雪便有了黏性。两个钟头过去,一个戴着军帽的半身雪人出现在花坛中央。那是个女军人,因为军帽后面垂着两条辫子。雪人雕完,老马说:我带了样东西,看看能不能用。说完从大衣兜里掏出一个纸包递给老雪。老雪打开一看,是剪成嘴唇状的橙子皮。老雪将橙子皮贴在雪人嘴部,顿时起到画龙点睛的作用,让雪人的脸变得美丽起来。他问老马怎么想到了这个好办法,老马说女军人也是女人嘛,女人哪有不爱美的？潜台词老马没说,在殡仪馆他看到,遗体美容师消耗最多的化妆品就是口红。老雪挺感动,觉得老马这个朋友不错,伸手拍了拍老马的肩膀,老马很瘦,隔着棉袄还能感受到骨头的突兀。

楼上历时两个半小时的演出结束,演员们出来发现了花坛里这个漂亮的雪雕。雪人姿态威武,惟妙惟肖,两片红唇像绽放的木棉花,一顶黄军帽两条粗黑的辫子,以及胸前中国人民志愿军的胸章完全是真实比例。人们一边夸赞一边在雪人前拍照,花坛里一片欢声笑语。老雪拄着手杖站在一边,看着这些年轻人微笑不语。院长向大家介绍老雪,说老雪可是扛过枪、跨过江的老干部,特喜欢雪,几十年不变地雕雪人,如果有组织雪雕比赛的,老雪一定拿大奖。演员们又都争着与老雪合影,老雪则不忘拉上老马一起照,镜头里的老马特拘谨,两只手紧紧地扣着裤线。

人群散去,老雪、老马和院长没有走。老雪抬头仰望着仍在下着雪的天空,忽然大声问:你还好吗?这声问把院长吓了一跳,她看看四周,院子里只有他们三个人,便愣愣地问:您和谁说话呢?老雪没搭话,摘下棉帽,站在雪人前深深三鞠躬。院长似乎明白了什么,和老马也跟着三鞠躬,然后两人搀着老雪回到楼内。院长和老马将他搀到一〇二五,嘱咐他好好休息,八十多岁的老人这么折腾,身体如何吃得消?老雪说:不碍事的,见到雪我高兴。他请院长嘱咐保安长点眼色,别叫淘气的孩子偷了军帽。院长说:放心吧,大院有门禁,小孩子进不来。

石洪祥明白了,老雪雕的雪人应该是他的战友,一个女战友。

父亲说,老雪最怕冬天不下雪,说不下雪的冬天不正经,冷酷无情。

这年冬天老天迟迟不下雪,每当到了《新闻联播》后的天气预报节目时,老雪就会站到电视机前观看,生怕漏掉了什么。有时,他在窗前一站就是半个小时,望着对面的瑞雪公园出神。老马给他搬来椅子他也不坐。瑞雪公园草木尽枯,色调荒凉,缺了白雪覆盖,好端端的公园似乎变得衣衫褴褛。

老雪对老马说:下楼走走去。

两人一前一后地从楼里出来,目的地总是花坛边那条白木长椅。他穿着军大衣,胸脯挺得很直,双手拄着四爪手杖端坐在长椅上。不下雪,就晒晒太阳,他对老马说,像你这身板要多晒太阳,这是医生说的,晒太阳能让骨头变硬。他几乎把医生的建议当成了一条军令,只要天气好,每天都会到这里晒太阳。他说:你们殡仪馆有个缺点,就是光线太暗,黑咕隆咚。老马说:是这么回事,但我们那地方有个迷信说法,半明半暗有利于阴阳转换,太亮了反而不好。老雪脖子一挺:灯火通明有什么不好?人生一世,要走也该光明正大才是。

天不下雪无法雕雪人,老雪的情绪明显有些低落。院长和职工也议论,今年老天爷是咋的了?不是和老雪过不去吗?有人想了个办法,将老雪拉到棋盘山滑雪场,那里有造雪机,让老雪用人造雪雕雪人。院长觉得这个办法好,就兴冲冲地来一〇二五向老雪说了这个想法,并说自己同学在那里当总管,已经答应帮忙,权当为老人尽一份心意,不收任何费用。院长完全是为了给老雪解闷,看到老雪望着瑞雪公园那副发呆的样子,担心他患上老年性痴呆。老雪听后半天没说话,站在窗前呆呆地望着没有一丝云彩的天际,望着望着,就有泪水从眼角流下来,他没有擦,任泪水一直流到脖子上。

我雕雪人不是寻开心,老雪背对着院长说,是为了战友才雕的,如果用假雪来敷衍战友,战友会怎么想?

人造雪也是雪啊,院长并不认同假雪的说法。

冥币不当钱花,我若是用人造雪雕雪人,岂不是造假!

院长明白了,老雪这是真雪寄真情,换成人造雪,就成了戏谑和打趣。

老马插话道:人造雪没黏性,恐怕想雕也雕不成。

老雪把目光投向窗外:等着吧,雪总会下的。

老马也说:会下的,老天又不是貔貅。老马话少,但每一句都有点嚼头。

院长说:院里很多老人等着看雪雕呢,花坛里冬天少了雪人,就像夏天里少了花,您雕的那个女军人成了很多老人心中的冰美人。

雕雪人的那个位置别让人给占了,他对院长说,那是我的一块风水宝地,背靠主楼,面朝公园,左有雪松,右有太湖石,难得的好地方。院长说:那块阵地永远属于您这个老兵,只要您不失守,别人就占不了。老雪说:我已经对小马有所交代,我若哪天雕不动了,小马会代替我,是不是小马?

老马用力点点头:那当然,没二话。

新年在步步逼近,头场雪依然不见踪影。老雪心里发焦,明天就是十二月二十四日了,每年这一天是要给雪人献花的,一朵大红色的绢花戴在雪人胸前。为什么选在这一天他从不解释,就像为什么选择一〇二五房间也不说原因一样。一〇二五的秘密,是父亲来敬老院看望老雪时说破的。父亲看到一〇二五这个房间号,说:老雪,这不是志愿军跨过鸭绿江的日子吗?院长这才明白老雪的用心。

老雪对老马说想买一条红围巾,要毛的,围在脖子上不扎人的那种。老马专程去商场买回一条纯毛红围巾,问他想送给谁,他说要送给战友,今年是战友本命年。

院长来找老雪,说十二月二十五日院里要组织新年联欢会,届时请他到前排贵宾席落座。他问新年晚会为啥要在二十五号搞,院长说是赞助单位排的时间。

十二月二十四日,期待已久的雪还是没有下。晚饭时,老雪让老马到一〇二五去拿酒,老马去拿了酒和酒杯,酒是玉泉白,酒杯是白瓷盅,一两的容量。他倒了一杯酒,一脸肃穆地站起身。同桌的人头一次见他这个表现,感到有点好奇,都放下碗筷看着他。他双手端杯,恭恭敬敬地将一杯白酒醑于地上,然后坐下来道:大家谁喝,拿去。自己则默不作声地开始吃饭,饭吃得很慢,一副心事重重的样子。

晚饭后,老马陪他到院子里遛弯儿。在中心花坛他伫立许久,才缓步回到了楼里,拐杖戳地的声音很响。老马心里不是滋味,暗暗祈祷老天爷快快下雪吧,不该辜负一个如此执着的老兵!

老雪回到房间打开电视看新闻,关注新闻是他几十年不变的习惯,新闻好比一扇窗子,能让他知晓许多国家大事。他尤其愿意看军事和朝鲜半岛方面的新闻。这天,一条新闻引起了他的注意,新闻报道说经过两国政府协商,某国政府准备将一批志愿军遗骸交还给中方。新闻不长,没有透露更多细节,只是说这是两国关系友好的体现,届时将举行正式交接仪式。这条新闻让他想到了许多,他对老马说,一个甲子都过去了,那些飘零在异国他乡的战友该回家了。当夜,他做了一个梦,梦到自己雕了一个带腿的雪人,当他给雪人贴上胸章时,雪人忽然迈开正步朝北方的瑞雪公园走去。雪人步伐很大,带着飕飕冷风,几步就把他甩了后面,他怎么撵也撵不上,脚下像坠着两个冰坨,他大喊了一声"等等我呀",忽悠一下醒了,原来是个梦。他搞不明白这个梦的寓意,自己雕雪人几十载,从来没有雕过带腿的雪人,这是怎么一回事呢?

早晨,他将这个梦说与老马,老马眼珠转了转:这没啥,古代有个迷上仕女画的人,买了张画挂在家里,白天晚上看不够,有一天画上的仕女变成真人从画里走下来,和他共枕同眠,给他做饭、洗衣、生娃,就成了他的婆娘。

那是《聊斋》!他瞪了老马一眼:这要是真管用,你还能打光棍儿?

老马笑了:我打光棍儿是不想连累别人。

十二月二十五日下午,敬老院迎新年联欢活动准时开始。年轻的主持人皮肤白皙,红衣黄裤,右耳上戴着耳环。坐在前排的老雪问院长:这人是男是女?院长道:大男孩儿戴耳环是时尚。他摇摇头说:听声音怎么像女的呢?不过看喉结又不像,女人没这种活塞似的喉结。

观看演出之前,他做好了换换心情的准备,甚至告诫自己不要吝啬掌声,给每个节目都使劲鼓掌,因为演员这行当,观众越是鼓掌,台上蹦蹦跳跳就越起劲,一旦冷场,演员就不再卖力气。但是,准备好的心情被台上这个性别模糊的主持人搞坏了,主持人用了很长时间来推销一种降三高的保健品,这让他不胜其烦。他知道老年人容易被忽悠、被洗脑,这些所谓的保健品到底怎么样谁也说不清楚。他注意到敬老院很多老人床头摆满花花绿绿的塑料瓶,都是所谓的保健品。他曾建议院长别让这些推销商进来,院长也很无奈,因为这些经销商手续是全的,那些保健品也有批号,再说老年人都认这个,想劝也劝不了。推销保健品已经让他心中不悦,接下来主持人又在渲染一个洋节——圣诞节,这就让他心里生厌了。在渲染这个节日的时候,主持人还戴了道具——一个圣诞老人的帽子。他觉着过了,就对身边的院长说:新年联欢会,老是提圣诞节干啥?我们这些老家伙又不是外宾。院长道:人家是义演,说什么唱什么就由着他们去吧。老雪说:舞台是咱敬老院的,不能随着他们胡来。他有些生气。院长说:别急,我特意为您这个老兵点了个节目,您往下看吧。

演出过了一会儿,他悄声问:给我安排了啥节目?

《中国人民志愿军战歌》。院长不觉莞尔,两腮出现两个酒窝。在此之前,他从没有发现院长还有酒窝。

好!老雪竖起大拇指,很快就有些犹豫,问:他们会唱吗?

人家是专业演出团队呀,院长说。

老雪好久没听到这首歌了,这几年不记得哪个晚会唱过这首歌。刚才,主持人提到圣诞节,他脑海里忽然就浮现一个清晰的片段。那是他第一次听到圣诞节这个陌生的名字,在此之前,他对这个洋节一无所知。那是朝鲜战场第二次战役前夕,他们连接到任务,穿插到一处山地埋伏。当时"联合国军"正在组织"圣诞节攻势",志愿军要面临一场恶战。他问指导员圣诞节是咋回事。指导员文化程度也不高,只知道是个洋节,其他就不知道了。连里的卫生员小雪文化程度高,给他讲了这个节日的来历。小雪说"联合国军"在这个节日里大肆杀戮,说明他们标榜的怜悯是多么虚伪。小雪讲这个节日的情景他记忆犹新,因为小雪说话喜欢打手势。小雪和他同姓,对他特亲,私下叫他哥哥。侦察连的战士翻山越岭,军装常常被剐坏,都是小雪帮大家缝补,常常扎破手指。老雪入朝时在铜行里给母亲买了一个黄铜顶针,本准备给母亲,但入朝命令突然下达,他没来得及回家,便把这枚黄铜顶针带到了朝鲜前线。看到小雪缝补军装需要,老雪就把这枚顶针送给了小雪。小雪还说:"联合国军"用圣诞节来命名攻势,这不明显着要去见上帝吗?既然人家非要去见上帝,我们就做个顺水人情,送佛上西天好了。从那以后,他就记住了这个洋节。后来,他搞清楚了圣诞节的来龙去脉,但从感情上还是不愿意接受这个洋节,很重要的一个原因就是那场战役打得很苦,苦得不堪回首。他记得语文课本里曾经有一篇文章,写松骨峰战场的惨烈,每每读这篇文章他都会泪流满面。他对同事讲,实际战场情景比作家写的还要残酷,尤其那里的天气,简直能把活人冻成冰溜子。

联欢会进行到半程,到了院长安排的那个慰问老雪的节目——《中国人民志愿军战歌》正式上演。主持人的解说明显在卖弄,有点没话找话。主持人说:战争是机遇,因为战争造就了英雄;战争又充满浪漫,因为战争也留下了歌声。对于半个世纪前的那场战争,我们不去评价,我们就用一首战歌来唤起回忆。下面就掌声有请蓝鸭子组合给大家演唱"志愿军军歌"!

老雪如鲠在喉,哪一场血与肉的战争能叫机遇和浪漫?怎么能这样评价这场战争?"志愿军军歌"啥意思?世界上志愿军多了,报名应该报全称,是《中国人民志愿军战歌》!

接下来的演唱更让他浑身不舒服,被称为蓝鸭子组合的四个女生组合迈着模特儿步伐走上台来,在电子琴的伴奏下开始演唱。这首改过的战歌让他坐不住了。四个女生裸着性感的长腿在台上扭捏作态,染过的头发在灯光下如一团不散的黄烟,那是TNT炸药爆破后才有的烟雾,格外呛人。曲调缠绵,软软的,让人四肢发酥。他嘟哝了一句:这歌变调了。院长看得很投入,没有听到他说话,还在有节奏地打着拍子。他的脸在拉长变形,像压满子弹的机枪弹夹,双眼如同枪口指向舞台。第一段唱罢,四个女生在台上扭来扭去做着舞蹈动作。

他站起来,大手一挥:停!舞台上的演员和伴奏都停下了,他们觉得这个身材魁梧、身穿马裤呢军服的老者一定是个大人物。

演出停下后,主持人愣愣地看着他,一时不知所措。他撇开手杖一步步走上舞台,挥挥手示意演员靠边,然后对台下的观众说:

战歌,到什么时候都不能唱软喽。六十多年前那场残酷的战争告诉我们,什么都可以软,唯有战歌不能软,因为战歌代表着精神,代表着志气,更代表着牺牲!唱软了,还怎么上战场?还怎么打仗?

下面坐的都是老年人,很多人尚有那段岁月的记忆,他的一番话引起了共鸣,礼堂里响起潮水般的掌声。掌声平息后,他朝演员要了个麦克风说:我给大家唱唱这首战歌,我这个老兵也许唱不好,但决不会唱软喽!他清了清嗓子,两眼一瞪,收腹挺胸,清唱起来:雄赳赳,气昂昂,跨过鸭绿江!保和平,卫祖国,就是保家乡……他没有唱完整,有几处甚至唱错了音,但他唱得端正、动情、情绪饱满,每个字都如迸出来一般,短促有力。唱完之后,台下很多老人流下了热泪。他转过身对站在舞台边的四个女孩子说:当年过江那可是大冬天哪,安东(今辽宁丹东)一带滴水成冰,很多战士都冻伤了,你们穿这么短的裙子能雄赳赳气昂昂地过鸭绿江?记住,孩子们,再唱这支战歌的时候要穿上裤子!

演出结束后,院长来一〇二五向他道歉,说自己把关不严,不该选这个蓝鸭子组合来演出,还选错了歌。他说歌没选错,是唱得不对。院长说:您今天成明星了,不仅雪人雕得好,歌也唱得棒,很多老人说您特像彭德怀将军,有气吞山河的英雄派头,大伙说以后不叫您老雪了,要改口叫您将军。他摇摇头:我在部队最高当到副连长,叫将军就成了冒牌货。

院长走后,老马铺开棋盘说:为了庆祝演出成功,咱俩杀一盘。两人边下边聊,老马说:你好像对那个主持人不满意,为啥?

什么玩意儿,一口一个"圣诞快乐",是新年晚会还是圣诞晚会?一副娘娘腔,这种人上不了战场,枪一响就会尿裤子。他撇了撇嘴。

老马又说:现在过洋节是新时尚,您得跟上形势。

什么新时尚？他拈起一只马，却忘了往哪放，想了想又放回原处，换成卒往前拱了一步，然后接着说,:一九五〇年我就知道这个洋节了,当时"联合国军"搞了个"圣诞节攻势"嘛,他们以为有上帝保佑就会打败我们,然后回去过圣诞节,结果怎么样？上帝不会偏心眼,也不会照顾那些侵略者。他停顿了片刻又说:什么"圣诞节攻势",麦克阿瑟就是个臭棋篓子,稀里糊涂钻进了志愿军布下的口袋阵,那个王牌北极熊团就让我们吃掉了,团旗被我们的一个战士做了包袱皮。

了不起,老马说,难怪我下棋下不过您,您是真枪真炮厮杀过的,我只是在棋盘上耍耍。说完,抬手一炮打掉了他刚才欲跳未跳的马。

好啊,你偷袭！他皱了皱眉头道:这盘我可能要输,光顾说话了,小马你这是在使计,故意说话让我分神,然后偷袭我的马。

老马做了个鬼脸说:我还想问您雕雪人的事呢。

雕雪人啥事？他看着棋盘不再分神,失了一马,棋盘上敌我力量发生了变化,他必须重新布局,确保老帅安全。

您雕雪人说是怀念战友,这个战友叫什么,是什么职务,立过什么战功,您从来也不说。老马是个有心人,这些疑问在心里沉淀了许久,今天找到了提出来的契机。

你咋关心起这个？他抬头看了看老马:按理说你应该看惯人间生死,对什么事都等闲视之,怎么对雪人起了好奇心？

您交代我,将来要由我接替您雕雪人,我得雕个明白啊。老马两手各捏一枚棋子,有节奏地相互敲击着说:我这颗心本来就像一碗酥油已经凝成坨,可是跟着您混这些日子,您把这碗酥油给插了根灯芯,还点上了。

老雪停止下棋,问:我有这么大的作用？

老马说：说实在话，您雕的雪人就像根灯芯，让我这碗凝成坨的酥油化开了。

老雪笑了笑，道：能化开，是因为你的血没冷，冷血无论如何是化不开的。

老马嘿嘿一笑：我总觉得你雕雪人这事不简单，每次雕完都要三鞠躬，十二月二十四日那天还要献花，隆重的事情背后肯定有说道，我得把这个扣子解开。

老雪脸色变得凝重起来，抬起头朝窗外望了望。方形的窗户像一眼看不到底的深井，黑漆漆的，他盯着那团漆黑，真希望这黑井能是时光隧道，浮现出一张青春的面孔来。六十多年过去了，那张熟悉的面孔从没有模糊过。

你真的想知道？老雪问。

当然，老马说，您说出来心里也会轻松点，我看您这些日子总是闷闷不乐。

老雪觉得老马说得有道理，自己年过八旬，难道战友的这段经历真要烂在肚子里？二十世纪六七十年代，在严格而频繁的审干运动中，他曾经想把这段经历说出来，当看到一些如实交代了历史问题的干部遭受歧视后，他改变了主意，暗下决心对此一定要守口如瓶，即使对厂领导和家人也不说。当然，他如果说也只是猜疑，因为自己并不知道故事的主人公到底结局如何。

老雪弯腰脱下鞋袜，让老马看两只光脚。老马低头看了看，发现两只脚的小脚趾处是两个疤，小脚趾不见了。老马惊讶地问：这是咋了？

冻掉了，他穿上袜子说，如果没有小雪，丢掉的就不是小脚趾了，而是两只脚，甚至这条命。

老马将拖鞋拎过来给他穿上，让他慢慢说。

那是一场阻击战,我们连奉命在雪地埋伏,任务是拦住一支后撤的美军。我们按时到达指定阵地,那是一片丘陵,阵地后面有一条很短的坑道,算是我们的后方,卫生员小雪就在那里。小雪本来是团里的卫生员,被抽调到我们侦察连时间不长,团首长说了,小雪非战斗人员,主要任务是在相对后方救治伤员。这个相对后方把连长难住了,好在阵地后面有一条坑道,连长对小雪说:伤员我们会抬到这里来,你无论如何不要出坑道。战士趴在雪地里埋伏起来。那一夜太冷了,据说是五十年来最冷的一天,零下四十多摄氏度哇!战士们个个瑟瑟发抖,连枪栓都冻住了。我被冻得眼前出现了幻觉。你知道冻死的人为什么都是笑着吗?那是因为死前会出现幻觉,幻觉里会有烤人的篝火,你会解开衣扣,敞开胸怀来烤火。醒来时,我见小雪正用雪搓我的四肢,我的四肢已经被她搓出血色。小雪搓了多久我不知道,反正我的手脚有了知觉,开始猫咬一样疼。小雪告诉我是指导员发现了我在解棉袄的扣子,知道我被冻得神志不清了,就派战士把我背到坑道里来抢救,要是再晚一会儿我就成冰雕了。作为排长,我简直无地自容,还没开战,自己先被冻伤了。后来我总结原因,我被冻伤的主要原因是穿着空心袄。

战斗还没打响,坑道里只有小雪一人,见我醒过来小雪很高兴,说:二排长你不该穿空心袄,里面要套个毛背心。我说:上哪里搞毛背心哪?小雪说:我有条毛裤,等战役结束,拆了给你织个毛背心。看到我的两个小脚趾已经冻黑,小雪摘下自己的红色毛围脖给我裹住双脚,然后看了看表,背起卫生箱对我说:二排长,我上去了,战斗马上就要打响。我无法走动,就提醒小雪:连长不让你出坑道。小雪说:阵地上肯定有和你一样的冻伤员。我就提醒小雪:战斗打响后要往新炸出的弹坑跳,一定要注意安全。小雪是个很活泼的姑娘,长相也甜美,她焐了焐冻得像柿子一样的脸说:二排长你坚持住,等着穿我织的毛背心。说完这句话,小雪停顿了一下接着说:记住二排长,如果我牺牲了,每年冬天我会化作雪花来看你。说完,摘下手套向我敬了个军礼,我注意到小雪右手中指上戴着那枚黄铜顶针。小雪说完,躬身跑出了坑道。

外面风急雪大,十足的东北大烟泡天气。过了计划伏击时间,阵地上并没有传来枪炮声,倒是一阵阵隆隆的坦克声响起,像滚地龙碾过,虽然与坑道有些距离,但仍能感觉到坑道的立柱和横梁几乎就要塌下来。我因为低温导致的血流滞缓而昏死过去。当我再次醒来的时候,已经躺在战地医院的行军床上。团里一个参谋沉痛地告诉我,全连都冻死了,在战斗位置上成了冰雕,阻击任务没有完成。我一听就明白了,是严寒夺去了战友们的生命。如果我不是最早冻伤被背进坑道,也会冻死在战位。我问:卫生员小雪呢?她是最后出去的,也在阵地上牺牲了?参谋摇摇头:负责善后的战士没有找到小雪遗体,小雪失踪了。

老马问:那么,再后来呢?

再后来也没找到小雪,停战后小雪被列入失踪人员名单。

小雪会怎么样?

还能怎么样?那么冷的天,要么战死,要么冻死,活下来的可能没有。

小雪有后人吗?

小雪才二十岁,刚参军一年。老雪抬手揉了揉鼻子说:小雪长得就像电影《英雄儿女》中的王芳一样,圆脸,梳着两根辫子。我每次看《英雄儿女》都会落泪,我甚至觉得那个演员就是小雪的姐妹。

老雪有些动情,这盘棋没法下了,心里有种长草的感觉。老马把象棋装进棋盒,眼泪扑簌簌落下来,他抬起衣袖擦了擦眼角说:

老雪呀,在殡仪馆工作的人有个毛病,就是惜泪如金,不管别人怎么哭叫都要做到心中波澜不惊。我师父告诉我,泪为肝之液,眼泪流尽人也就蜷蜷了,听了师父的告诫,我在殡仪馆几乎没流过泪。可今天流泪了,为小雪流泪,多好的姑娘啊,你的救命恩人,如今活不见人死不见尸,连点骨灰都没有,太可怜了。

小雪在天国里,他说,小雪每年都化作雪花来看我,我能感觉得到。

老马看到老雪眼圈是红的。

父亲说,老雪和小雪之间,有一件信物相连,哪怕时间再长,这件信物也不会忘,这件信物就是黄铜顶针,老雪原本要送给妈妈的礼物。

新年过后,老雪眼花得厉害,棋盘上的车、马、炮看起来都十分模糊。老马劝他戴个花镜,他摇摇头,看不见就不看吧,老年人什么都看得清不是啥好事。让老马感到惊奇的是,一个高度花眼的老人却看清了电视上几乎一闪而过的小物件。

没错,是小雪的遗物!那个黄铜顶针!电视机前的老雪几乎要跳起来。

那天,电视正播放新闻,是上次志愿军遗骸交接新闻的后续报道,说志愿军遗骸将在三月二十八日回国安葬。他站起身,站到电视机前盯着屏幕,这是他一直关心的大事。镜头在闪过一件件无主烈士的遗物,有锈蚀的纪念章,有防毒面具、损坏的文件包。突然,他看到那个黄铜顶针,因为是精铜打制,半个多世纪过去了,依然没有多少锈蚀。这是小雪的遗物啊!肯定是小雪!

老雪给父亲打电话:老石呀!你还记得当年入朝前你带我在铜行里买的那枚黄铜顶针吗?我在电视里看到了。说完,老雪竟嘤嘤哭起来。

父亲听老雪介绍了事情经过,回忆起了当年的情景,父亲告诉老雪:如果此事是真,那枚黄铜顶针上一定錾有富发诚的堂号。

当夜,老雪失眠了,听到窗外沙沙作响,老马敲门进来,说外面下雪了,下得好大,攒了一冬天的雪都在这个晚上下来了。他起身站在窗前,有些哽咽地说:就在等这一天哪,小雪这是来告诉我,她要回家啦!

清早,院长来敲门,激动地告诉他下雪了,可以下去雕雪人。他拄着四爪手杖,拎着黄书包下楼来到院子里,老马早就站在花坛中等候,头上满是雪花。老马说:今天雪人我来雕,您在一边指导就行。他点点头。老马想滚个雪球当头,被他阻止了,还是先筑个金字塔,然后再自上而下雕刻。雪花还在飘落,天地一片苍茫,飘舞的雪花异常活跃,有几片竟落到了唇上,很快便融化了,甜滋滋的,带着蜜一般。一夜之间,对面的瑞雪公园变成了童话世界,雪松变成了雾凇,一团团冬青也成了硕大的雪球。公园中心有个穿红色羽绒服的男人在唱京剧:穿林海,跨雪原,气冲霄汉……音调很准,能听出功底深厚。他对老马说:我们把雪人雕得大一点,不枉这场雪。

他告诉老马:雕雪人的要领是先夯雪,后造型,大处勾勒,细部精雕。按照他的指导,一尊比往年大的雪人雕成了。他将军帽、胸章给雪人戴上,又从书包里拿出那条红围巾,郑重地给雪人围在脖子上,顿时,一个飒爽英姿的女军人挺立在花坛中央,如同一尊汉白玉雕像。

雪人雕成,院里的老人都来围观。大家等今年的雪雕已经很久了,对这尊围着红围脖的雪人赞不绝口,都说老雪这雪雕一年比一年精神,老马听着心里美滋滋的。

老雪忽然拉着院长的手说:您能不能向上级报告一下,三月二十八号那天,我想到桃仙机场去迎接战友小雪回家,为了这一天,我等了一个甲子还多。

老马在一旁讲了小雪的故事,说得一个细节不落。

院长听后眼眶湿润了,老雪年复一年雕雪人,原来是这个原因!院长紧紧握住老雪的双手道:您是参战老兵,参加这样的活动理所应当,上级一定会同意的,到时候我派车送您去。

老雪立正,原地转身,向刚刚雕成的雪人敬了个军礼。对面瑞雪公园忽然传出一段京剧:……我恨不得急令飞雪化春水,迎来春色换人间。

雪越下越大,现场的每个人都顶了一头雪花。

父亲说老雪去机场参加了那个隆重的交接仪式,根据那枚黄铜顶针,组织上从那批无名遗骸中确定了小雪的身份。

父亲说老雪属于无疾而终,是个了无牵挂的人。他去世前和父亲通过电话,在电话里说:老厂长啊,没有富发诚的黄铜顶针,小雪只能在天国里飘着,没法回家,我要向打了半辈子交道的黄铜敬个军礼,你同意吧?

父亲说:我何止敬礼?我的心都是铜制的。

第十一章 令狐平

　　石洪祥接到令狐可的电话,说歌舞团有部反映大国工匠精神的舞剧要彩排,请他去看看并提提修改意见。
　　对于舞台剧石洪祥一向不动心思,他的看法很顽固,认为生活中的事情一旦搬到舞台上就走形变调,让人看着不舒服。他不明白演员为什么都要争主角,露多大脸,现多大眼,看淡一些粉墨不是坏事。但令狐可的邀请他不敢拒绝,这是一个很奇怪的心理,他从不拒绝令狐可说的任何事,包括吃饭点菜,坐同一辆车时放什么音乐,他没有胆量拒绝。但这一次他欲尝试拒绝。可可呀,他停顿了一下接着说,你知道我对看戏没兴趣,除非你上台演出,看别人跳舞我没感觉。电话里令狐可的声音清脆悦耳:我当然知道,你对看戏没兴趣,但工匠和你没关系吗?我们演大国工匠不就是在演你们吗?你可是铜雕工艺大师。令狐可的话像熟记于心的台词:铜行里的奉锣、军号有没有工匠精神?石伯伯锻制的纯铜大政殿有没有工匠精神?你给博物馆制作的浮雕有没有工匠精神?别忘了你本身就是个工匠,我们在歌颂你,你却不感兴趣,天下哪有这样的道理?一连串的问话像机关枪把石洪祥打哑了。说完这番话后,令狐可忽然就撂出一句:你来不来?石洪祥似乎没过脑子一样就回了一个字:来。
　　放下电话石洪祥才想,自己怎么有一种被牵着鼻子走的感觉呢?这个令狐可,简直就是一座小洪炉,什么金、银、铜、铁,到她这儿都会被熔化。

观看舞剧彩排不是什么好差事,偌大的剧院空荡荡的,像香客散尽的庙宇,音乐也似乎带着钟磬之音。石洪祥并没有被剧情所感动,或者说他根本就没有进入剧情,舞剧这种艺术完全靠肢体和音乐表达,欣赏这门艺术需要备课。石洪祥没这个雅兴,工匠不需要花拳绣腿,男人一身肌肉、女人两条鹤腿就能成为大国工匠?他没有评论,因为对于舞剧来说他是门外汉。他瞥一眼身边的令狐可,令狐可看得投入、兴奋,不时热烈鼓掌,双眸在射灯闪耀下流光溢彩。不得不说令狐可很美,浑身释放的是一种女性成熟的美。过了知天命之年,一个女人还拥有这样的美,是上天对她的眷恋,这应该是唐婉秋的基因所在,父亲当年迷上唐婉秋是有道理的。

彩排结束,令狐可请他到剧院贵宾室小坐。

贵宾室宽敞明亮,沙发方方正正,红色金丝绒上面罩着白色镂花纱帘,沙发间的茶几上是两只骨瓷茶杯,红色地毯图案庄严,坐在这里不得不正式起来,因为有一种无法言状的公务气场存在。

令狐可微微笑了笑道:放松一些,就像在你的工作室一样。

石洪祥也跟着笑了笑:怎么,我紧张吗?

令狐可扮了个鬼脸:你看你两膝并拢的样子,好像小学生在挨老师批评。

石洪祥脸有些热,解开西服上第二枚扣子,这枚扣子本来也不该系。他舒了口气道:别拿哥开心,有啥事说吧。

令狐可扶了下眼镜,往石洪祥这侧靠了靠,关切地问:献给石伯伯百年寿辰的礼物进展如何?

石洪祥说:正在找感觉,在父亲的讲述中丰富浮雕人物。

令狐可道:我今天找你是有事求你,你一定要答应我。

石洪祥睁大了眼问:你有何事求我?

令狐可眯起双眼,看着贵宾室墙上的一幅国画,这幅画出自一位名家之手,画面上是兰花和桂花,这两种花不在同一季开放,画家却把它们画在了一个画面上。她望着画面说:我猜测石伯伯的软铜册上肯定有妈妈,妈妈毕竟是石伯伯的初恋,可是我担心那上面没有爸爸。石伯伯一向不评论爸爸,也许因为爸爸是高官,也许因为妈妈,这个我们做晚辈的不去分析,我只是想,你的巨幅浮雕上一定要带上爸爸。

石洪祥明白了,令狐可是为她爸爸令狐平说情。确实如令狐可所说,父亲的软铜册里很可能没有令狐平,令狐平对于父亲来说是个总想有意保持距离的大人物。

他说:我当然要想着令狐伯伯,他毕竟是父亲和唐阿姨的引路人。

说到就要做到,令狐可望着他说,我知道你不会拒绝我。

石洪祥微微点点头说:谁让我欠你的了。

令狐可长叹一口气道:我不想难为你,但我是爸爸的女儿,爸爸、妈妈都去世了,我不去想谁想？如果妈妈还活着,这话用不着我来说,我知道在石伯伯心目中,妈妈是至高无上的女神,而爸爸是山一般的存在。

为什么要坚持把令狐伯伯加上？石洪祥问。

因为爸爸很孤独,令狐可说,爸爸在世时虽然位高权重,但他很孤独,常常一个人站在窗前一根接一根地抽烟,总是一副心事重重的样子。从我记事起,爸爸的眉心就总是拧成一个肉疙瘩,对我和妈妈不冷不热,一副公事公办的样子,也许职务越高,亲情就越淡吧。爸爸去世的时候,我在殡仪馆看爸爸遗容,那个疙瘩依然没有舒展开。我想,如果你的作品里有爸爸,一定将他的眉心舒展开,让爸爸在另一个世界变得开心一点。令狐可语气低沉,但饱含深情,说完摘下眼镜,用湿巾拭了拭眼角。

我不敢确定软铜册上是不是有令狐伯伯,但我会说服父亲,看在唐阿姨的情分上,父亲应该不会反对我的作品里有令狐伯伯。

令狐可说:石伯伯不是没有胸怀,他或许会屏蔽某些回忆。想想也是,自己心爱的人投入了别人怀抱,哪个男人会不动声色?但石伯伯从来没怨恨妈妈,这是一个没有因爱生恨的例外。我觉得石伯伯还是以自己的方式惩罚了妈妈,他和伯母坚决反对我们俩恋爱,而且没有任何妥协余地,妈妈不得不接受这个现实。但是爸爸不表态,也不关心这件事。

父母反对我俩结合是为了惩罚婉秋阿姨?这有点牵强吧。石洪祥摇摇头:这怎么可能呢?醉心于铜雕艺术的父亲,哪里有闲暇去做这些文章?我母亲更是个和善之人。他们反对,是认为我俩不合适,也许是怕我受你欺负吧。

这当然是我的猜测。令狐可说:爸爸和石伯伯之间发生过的事情,今天就算是解密吧,长辈间的恩恩怨怨不能简单地说谁对谁错,当时的情境今天也说不清。下面我说的这些,是妈妈事后告诉我的,我不可能对别人讲,包括我的丈夫和孩子,和他们说这些是对长辈的不敬。

令狐可讲了孔圆圆的事。

爸爸在五十年代末期担任了市级领导,在你知道的那所大学主持工作。在那场众所周知的运动当中,大学有几十个老师被下放到农村。其中有一个叫孔圆圆的年轻老师和石伯伯认识,她的未婚夫和石伯伯是战友,姓黄,在部队因病去世,孔圆圆考到了爸爸主政的这所大学,毕业留校任教,因为对男友感情很深,一直不考虑个人问题。那次孔圆圆也在下放之列,原因是她在一次会议上对学校的办学方向发表了很尖锐的意见,说学校轻视地方戏,课程里没有东北民间音乐。这本来是一个正常的意见,但她讲着讲着就有些言重,说轻视地方戏就是轻视人民群众,老百姓的艺术需求得不到满足,这是一个怎样为人民服务的大问题。当时参加会议的爸爸不动声色,副书记则认为这是在向学校组织发难,是猖狂地进攻。会议结束没几天,孔圆圆被定为"中右"下放农村劳动。决定是爸爸开会做的,通知下来,孔圆圆去找石伯伯,希望石伯伯给通融一下,说自己只不过讲了一些实话,无非是因为寒假回拜泉县时见基层文化生活太过单调。为了孔圆圆,石伯伯去找了爸爸,但爸爸没答应,爸爸说划为"中右"已经考虑了孔圆圆的具体情况,按她会上的发言,划"极右"也是可能的。石伯伯将黄号长的情况说与爸爸,说为了战友,这个忙一定要帮。爸爸是个原则性比铁石还硬的人,说下放的事木已成舟,谁讲情也不行,他能做的就是安排孔圆圆去个离沈阳近一点的地方。石伯伯肯定很生气,回头去找妈妈,妈妈说:你还不了解平哥吗？我俩小时候就崇拜他,为啥崇拜？就是他这个人简直铁打铜铸一样,在原则问题上他若是能妥协就不是令狐平了。

  石伯伯觉得无法面对孔圆圆,就又来找爸爸,希望爸爸将孔圆圆下放到他管的铜器厂劳动,这样他对死去的战友也是个交代。爸爸依然没同意,为此,石伯伯说话重了一些,说:你怎么当了领导就变得冷漠无情呢？当年铜行里的平哥变得面目全非了。爸爸说:你一心在技术上,不懂政治,不懂政治是要栽大跟头的。石伯伯冷笑道:我能栽啥跟头？大不了不当厂长回车间做铜活。石伯伯所在的铜器厂还承担全市标牌制作任务,已经超出铜器厂的业务范畴,但铜质响器生产仍居全市之首,尤其各种长短号、铜锣,生产计划总是满满的,铜器厂的职工自然也很吃香。爸爸说:你们厂待遇比学校还好,让孔圆圆到你们厂,岂不是让她因祸得福？

  孔圆圆还是去了农村,去之前她应该是向石伯伯说了爸爸的坏话,石伯伯向妈妈透露过一点点,大概怕影响妈妈和爸爸的关系,石伯伯只是点到为止。以石伯伯的为人,他可能什么也不会说,但他习惯了对妈妈负责,便点拨妈妈要注意爸爸和女性的交往。孔圆圆说了什么石伯伯没有说,我猜测应该是说爸爸喜欢上了她,在隐晦表达后遭到了拒绝,爸爸觉得受到了羞辱。但妈妈很快否定了这个看法,妈妈不相信有政治洁癖的爸爸会这样做。我也觉得这件事有些不可思议,相貌出众的孔圆圆早就过了婚嫁年龄,未婚夫也去世多年,为什么没有新的选择?是不是在暗恋爸爸?用今天的话说爸爸是十足的帅哥,有没有可能是爸爸对她无动于衷并严肃处理了她不当发言问题,她才向石伯伯诋毁爸爸?这些事已经无法考证,但有一点,爸爸在孔圆圆问题上没有徇私情。

让石伯伯痛心不已的倒不是爸爸感情上有"走私"嫌疑,而是孔圆圆下放后第三个年头便遭遇了不幸。孔圆圆下放后,石伯伯希望她通过婚姻方式离开农村,但孔圆圆不同意,说自己的问题得不到解决就不考虑个人问题,说她绝不戴着一顶"中右"的帽子找对象。石伯伯也找过爸爸,说"中右"性质属于人民内部矛盾,不能下放起来没个头,应该让人家回来。爸爸说现在是困难时期,城市又一轮下放刚刚结束,这个时候回来不合适。一九六一年冬季,不幸降临到孔圆圆头上。孔圆圆因为劳动表现好,业余时间又带领青年社员排练文艺节目,当地大队干部在生活上对她多了一点关照,看她一个人挺不容易,天气又冷,就从大队铁匠炉给她匀了几筐煤,让她做饭取暖。孔圆圆没有生煤炉的经验,晚上炉火没有压好,煤炉发生倒烟,结果在炕上蒙着被子睡觉的她煤烟中毒,静悄悄地离开了这个世界。煤烟中毒的当天晚上,孔圆圆还在大队文化俱乐部教社员唱歌。那是一首刚开始流行的《马儿啊,你慢些走》,没有音乐知识的社员学了几遍就会哼哼,这首歌成了孔圆圆的挽歌。社员们每当在收音机或大喇叭里听到这首歌时,都会伤心地回忆起这位人美歌甜的女老师。

孔圆圆的离世让石伯伯加深了对爸爸的成见,据妈妈说石伯伯去家里找过爸爸,爸爸说这是意外,意外事故谁也没办法。石伯伯说:你当一把手的会没办法? 一把手还有解决不了的难题? 你是不想解决而已。爸爸并不火,问石伯伯:难道一把手就无所不能吗? 石伯伯摇摇头说:黄号长是我的战友,战友的未婚妻就这么死了,我心里难受,因为我的心是肉长的。石伯伯显然是在指责爸爸的心太冷太硬。

爸爸理解石伯伯的悲伤,拍了拍石伯伯的肩膀劝他:别难过,记住,感情是一回事,工作是另一回事。爸爸的话可谓高屋建瓴,切中要害又无懈可击。

石伯伯走了,妈妈说石伯伯走的时候看了她一眼,目光很复杂,有怨恨,有担心,有伤感,还有些许怜爱,总之那是她认识石伯伯以来看到的最复杂的一次眼神。

讲完这件事,令狐可问石洪祥:我这么说是不是有点八卦? 可能有一点描的成分,但总体保持了历史真实,我要对妈妈的叙述负责。

石洪祥道:你说吧,你就是虚构我也不怀疑。

令狐可又把目光聚焦到对面那幅画上,放低了声音道:这正是你的优点所在。

接着,令狐可开始讲第二个故事。

我俩今天就不考虑为尊者讳了,你知我知天地不须知,将来也不泄密,令狐可说。

石洪祥表示赞同,两人共守一个秘密,等于关系更近了一层。

第二个事看起来轻松,实际却很沉重,因为这个故事涉及石伯伯的专业梦想,妈妈认为这才是石伯伯和爸爸之间最大的隔阂。妈妈承认两个男人之间的龃龉与自己有关,但这很可能只是个引线,因为石伯伯和爸爸都不是心胸狭窄之人,他们均属于拿得起、放得下的男子汉,之所以后来出现了刻意回避的尴尬,问题在锻制纯铜大政殿上。

石伯伯是铜器厂厂长,无论技术还是管理都是大拿,因为工作成绩突出,还被评为省劳模,在全市五一劳动节隆重的表彰大会上,是爸爸给他颁发了奖章和证书,这一镜头被记者拍了下来,成为妈妈最珍爱的照片。对于妈妈来说,照片上这两个男人是她生命中最重要的人,难得的是两人都在微笑,瞬间的和谐与融洽被凝固下来,成为妈妈心中的永恒,妈妈将照片放大,镶了实木框摆在办公室书架上。那时爸爸已经不在大学任职,被提拔到市里担任更高层次的干部,用妈妈的话说,爸爸的仕途就像平地拔起的旋风,扶摇直上。爸爸在许多人难以安身的复杂年代没吃到苦头,这不能不说明爸爸确实有逢凶化吉的能力。

那么,他俩为何会在锻制纯铜大政殿问题上出现矛盾呢?其实,站在爸爸的立场上看他没有做错,站在石伯伯的立场上看也自有道理,两个合理存在产生碰撞的时候,冲突就在所难免。

石伯伯说他的前辈一直有个梦想,就是锻造一口奉天第一锅,按照前辈描绘的样子,这口锅应该能同时容纳整条铜行里的铜匠吃饭。前辈甚至描绘出一幅十分壮观的情景,将这口铜火锅立在中心庙前,大家凑份子买几只羊,全胡同的老少都来涮羊肉,让大家饱餐一顿。那个年代能吃上一顿肉是很多人梦寐以求的事,铜匠虽然是手艺人,但也是顿顿粗茶淡饭。吃不好的年代,吃好就是最大的奔头,想吃好最不能离开的就是锅,所以父辈的梦想其实特实在,没有虚头巴脑的东西。但这梦想一直没有实现,沈阳解放后,有了锻制奉天第一锅的条件,但这样一口大火锅已经没有了吸引力,因为人们开始吃供应粮,什么都是定量定份,单位也都有自己的食堂,打制这样一口火锅失去了意义,这件事成为先辈的遗憾。

  每一个工匠都有自己的工匠梦,那就是有件能引以为豪的作品传世并成为经典,像建赵州桥的李春,像铸剑的欧冶子,名匠大师没有成名作怎么行?石伯伯的梦想当然不会是锻造奉天第一锅,经过深思熟虑,他确定了自己的目标——按照古老的营造法式锻制一座纯铜大政殿。为啥选中了大政殿?石伯伯是这样对妈妈说的,大政殿是沈阳的地标,他小时候就喜欢上了这个建筑,气派威严,不可撼动,觉得铜心也好,铜气、铜缘也罢,唯有在锻制这样一件作品中才会得到集中体现。妈妈觉得这件事市里能批,就让石伯伯打个报告。妈妈做事有个原则,从不在工作问题上吹枕边风,妈妈是自己分析爸爸可能会批:一则爸爸也是铜匠家庭出身;二则这件作品一旦完成,可以作为重要节点的献礼之作,为这座城市赢得荣誉。在妈妈看来,工匠传承是沈阳的文化,明朝设立沈阳中卫的时候,城中工匠已经能造佛郎机,中华人民共和国成立后沈阳工业日益兴隆,锻制一座纯铜大政殿具有多层象征意义。

  妈妈的鼓励犹如喜雨,让石伯伯的梦想春笋般破土而出。可以想象石伯伯有多么高兴,因为大政殿一旦锻制成功,除却铜雕艺术上是一大成就外,从感情上说也是献给妈妈的厚礼。妈妈曾说过,小时候两人在小河沿玩耍,石伯伯望着不远处故宫内金碧辉煌的大政殿说,将来他若是赚了大钱,就给妈妈造一个八角殿那样有气势的房子,让妈妈在里面绣花。妈妈说:弟呀,你要是真给姐建那么大的房子,姐就得给你养一群儿女,大房子不能空着。小孩子玩家家的戏言不足为信,但石伯伯没有忘,妈妈也记得很清楚。石伯伯花费了一整天时间给市里打了一个报告,他没让别人执笔,尽管铜器厂有计划科,但他觉得只有自己才能写清楚。报告需要拨一笔钱,不多,但在当时也算一笔不小的开支,锻制过程计划要五到八年,由他一人完成。工业局对这个报告没有意见,过了一遍手,就到了市里。报告在市里压了几个月,石伯伯通过熟人打听,才知道报告压在爸爸那里。因为心里急,石伯伯就给爸爸打了个电话,希望爸爸能关照一下,说锻制纯铜大政殿是一项了不起的工程,是前无古人的事,还说大政殿是榫卯结构,没用一铁一钉,完全按照《营造法式》规范来建筑的,用锻铜工艺复制,等于保留了这种古老的建筑方法。爸爸没有被说服,说他要深入调研后再说。爸爸这不是托词,领导做决策前一定要调研,爸爸从不没有根据地做决策,他可是老东北大学毕业生,不是那种拍脑门的干部。石伯伯只能等待,作为铜器厂厂长,石伯伯明白这套决策程序,开始,他并不认为爸爸是故意拖延。其实,爸爸在深入调研之后就不想批这个项目,不是因为经费,而是觉得这个项目有风险,铜制品厂有那么多生产计划要完成,为什么非要花费很大物力去复制大政殿?爸爸咨询了工业局的几个领导,有的赞同,有的反对。赞同的说能搞出来是铜雕艺术的一大进步,在工艺品生产上具有里程碑意义;反对的人则认为,大政殿构造复杂,完成难度极大,铜器厂主要加工标准件,这事搞不成。爸爸从来都是站在政治立场上考虑问题,他觉得这件事不那么简单,便在报告上批了一句话:此事应有上级下达指示任务方可实施。爸爸的这个批示不仅判了复制大政殿计划死刑,而且堵死了再议可能,因为不会有上级下达这个生产任务。石伯伯看到批示后如何生气不晓得,妈妈说石伯伯当夜肯定在工厂里敲了一夜锤子,可以想象他一锤一錾在铜板上用力敲打的样子。石伯伯觉得爸爸是在故意刁难,让他的铜匠梦彻底破产。石伯伯没有再去找爸爸,应该是伤透了心。事后妈妈给石伯伯打了个电话,说:平哥这么做是在保护你。妈妈和石伯伯私下一直管爸爸叫平哥,这是小时候的称呼。石伯伯说:我不怪他,他是大领导。

现在看来,爸爸是过于谨慎了,但在当时那个年代不谨慎也不成,政治是带电的高压线,爸爸不会犯这样的低级错误。爸爸也很清楚,复制大政殿不是小事,一旦他批了这个项目,依据在哪里?复制成功后又摆放到哪里?那曾经可是皇帝老儿的宫殿啊!妈妈理解爸爸,但妈妈处在一个两难境地,两个男人都是妈妈内心里不可替代的人物,两人做出的决定各有道理,她知道自己的最佳态度就是避而不谈。好在石伯伯和爸爸都是谦谦君子,他俩谁也没有让妈妈选边站队,男人之间的事需要男人自己去解决。

这件事发生后,石伯伯对爸爸的称呼发生了改变,过去尽管有不愉快的时候,包括在对待孔圆圆的事情上双方争执很厉害,但石伯伯私下见到爸爸一直叫平哥。称呼最能体现关系,有些误会只需要一个亲切的称呼就会化解,一旦称呼改变,就说明两人之间有了隔膜。大政殿复制计划泡汤后,平哥这个称呼在石伯伯嘴中听不到了,他开始叫爸爸的职务。

妈妈不可能一点不作为,她在家里下厨做了一桌饭,让爸爸将石伯伯请到家里一起吃饭,想通过叙旧来修复儿时的关系。石伯伯也许心里不情愿,但还是应邀来了,石伯伯从没拒绝过妈妈的任何请求,就像你从不拒绝我的要求一样。妈妈对我说,石伯伯能做到这样已经是极致了,因为石伯伯内心完全是一个铜的世界,在铜的世界里能存一份柔情,好比岩石缝隙里长出一棵顽强的小松树,铜枝铁干,几簇绿叶,死不掉也长不大。

那天妈妈做了几道奉天老菜,有石伯伯喜欢吃的熘肝尖和锅包肉,也有爸爸喜爱的炸带鱼、春卷。爸爸开了瓶汾酒,三人落座后,爸爸给每人都满了一杯,举杯说:祝贺婉秋进步,欢迎国卿到家里做客。说完喝了一口,把杯放下,抄起筷子夹了一块带鱼放到石伯伯的碟子里。石伯伯酒量不如爸爸,却把这杯酒干了,将手中的空杯朝妈妈、爸爸照了照,道了声谢,不再多言。

爸爸毕竟是领导,当然不会让酒桌冷场,边吃边问了个问题:铜行里出了那么多铜匠,说那里是沈阳工匠的摇篮也不为过,国卿你说说,怎样才算是一个好铜匠?

这对石伯伯来说不是难题,作为富发诚的传人,当然知道好铜匠的标准。石伯伯说:没有标准答案,我的看法是只要活细、声响、人实,有铜心铁胆,就是个好铜匠。

说说看。爸爸对此很感兴趣,他虽出自铜行里,但对此缺少研究。

石伯伯说:活细是指铜匠活不论大小件,都要精工细作,古人以金喻铜,工艺不精就会浪费。声响很简单,所有的铜器都讲究一个声响,活儿好不好,敲一敲就清楚、拿奉锣来说,是不是好锣,只能听声响,从外形是看不出来的。人实指能安心干活,一件浮雕要一錾一錾锻千万次甚至上亿次,不能偷工减料,省一錾起层皮,一个铜活就白做了。好铜匠还必须有铜心铁胆,铁胆可以摘,铜心不能锈。

铜心铁胆,爸爸重复道。

妈妈接过话说:这些年,我常常想起铜行里的往事,弟呀,你们有个分厂还在那里吧?

石伯伯点点头:分厂就在富发诚老店铺那里,领导定制的纪念章都在那里制作。我觉得无论做什么都离不开地气,只有铜行里的地气才能出纯正的铜活。

爸爸给石伯伯满上酒,端起杯说:感谢你为我做了那么多精致的纪念章,很多人都作为珍品收藏呢,婉秋也收藏了好几枚。

我也收藏了一枚纪念章,是当年我去前线时韩干部亲手为我制作的,石伯伯说。

这杯酒两个人都干了,妈妈只是抿了一口。妈妈能喝酒,但妈妈一向保持清醒和理智,从来都是点到为止。

两个男人对饮一般不会拼酒,一旦他们都在意的女人参与进来,喝酒便成了两个男人的角力。

爸爸说:几年没在一起吃饭,国卿酒量见长啊。

没有什么是一成不变的,石伯伯说,酒量也在练。

这话明显带有挑战的味道,爸爸笑了,看了妈妈一眼:我俩今天一醉方休如何?婉秋不会在意吧?国卿可是你弟。

妈妈知道两人的酒量,如果喝起来石伯伯一定会败下阵来,但妈妈又不能替石伯伯说话,便附和道:你俩想喝就喝,只要不醉就行。

两个过了知天命之年的男人开始你一杯我一杯地喝酒,话不多,说的都是铜行里的事,为了富发诚干一杯,为了永昌号干一杯,为了永和兴干一杯,为了数百把军号干一杯,两人还为了军管会的韩干部干了一杯。一瓶酒喝完,爸爸又开了一瓶,两人那天喝了两斤汾酒,把妈妈吓坏了。

说来奇怪,石伯伯那天没醉,也没有埋怨爸爸没批大政殿的事,他俩只谈往事,不说当下,用妈妈的话说,这场酒是真正的君子之酒。妈妈原来担心一方借着酒劲抱怨,一方借着酒劲训人,但两人都十分克制,所有的不愉快都变成了杯中之物,被两人恶狠狠地灌进了喉咙里。

那次对饮后,妈妈到辽河口的一个偏远县搞社教,没过多久,伯母作为区里的干部也被抽调到市社教工作队担任队员,两人在一起将近两年,连春节都没回城。石洪祥道:我听父亲说,唐阿姨和我母亲去参加社教其实是一种变相疗养,因为辽河口的那个县十分富裕,有大米吃,这在当时是够奢侈的。唐阿姨在干校时生下了你。父亲书房墙上有张黑白照片,上面是六个人,母亲抱着我,唐阿姨抱着你,令狐伯伯和父亲站在两位母亲身后,在一片高高的芦苇荡前拍的。照片上的你不满一岁,眼睛却黑亮,我却是一副哭鼻子模样,四个大人都十分严肃,那个时候照相少,对着相机大家都不自然。

我们两家都十分珍视这张照片,令狐可道,可惜你那副苦相不是好的预兆,你要是笑模样,说不准就会改变后来生活的走向。

石洪祥摇了摇头,他也不知道当时为什么不开心。

令狐可说:今天我把石伯伯和爸爸之间的这些事告诉你,是希望你能说服石伯伯,他的软铜册爸爸不要缺席,算是我求你也行,算是抹一笔欠账也可。刚才我说过,石伯伯从没有拒绝过妈妈的要求,这个传统希望你也能传承下来。

石洪祥抬起头放低了声音说:从多年前上海那个路灯闪耀的黎明开始,我就知道,欠你的账一辈子也抹不掉。

第十二章　韩干部

有一个称呼父亲一生都没改,就是韩干部。韩干部叫韩德增,这响当当的大号对于父亲来说若有若无,父亲私下一直沿用爷爷当年的叫法:韩干部。

父亲说遇到韩干部是自己的福气。

父亲与韩干部第一次见面就留下了好印象,父亲多次对石洪祥说:第一印象是黄金,这话一点不假。

韩干部是父亲在沈阳解放后见到的第一个新政权的干部,与耀武扬威的旧官员相比,韩干部要平和得多,说话多带商量的语气,用令狐掌柜的话说是方而不割、廉而不刿。

父亲说软铜册里韩干部一人占了三页,是他花费笔墨最多的人。父亲的几次人生转折都与韩干部有关,父亲说自己是条河,韩干部是一座山,当河水遇到山时只能拐弯。父亲没有埋怨韩干部的意思,他只是觉得一个人能如此深刻地影响另一个人,用巧合或偶然是解释不通的。

韩干部是河北平泉人,长着一张相书说的土型脸,鼻准丰隆,口阔唇厚,标准的军人气派。沈阳刚解放,韩干部来富发诚给烈士纪念碑定制浮雕,由此认识了父亲。父亲说军队打下一座城,不忙着快活却先想着死人,给战死的人立碑雕像,不用说这一定是仁义之师。韩干部对那面浮雕要求很高,每个人物都要求有清晰的五官,要有一种前倾的姿势。父亲问他为什么要这样设计,他说烈士们大都在冲锋时中弹牺牲,前倾是冲锋的姿势。父亲感觉到了韩干部对烈士的情义,因为每次提到牺牲的烈士,韩干部的眼睛会像深井里的月光,是一种湿亮。

父亲说:韩干部在定制浮雕上有私心,但这私心可以理解。这件事只有你爷爷和我知道,韩干部让我们保守秘密,我们对谁也没说,今天可以解密了。

有私心?石洪祥以为自己听错了。

我和你爷爷忙着给军管会錾刻浮雕,有一天韩干部来了,从公文包里拿出一张黑白照片,提出浮雕中突出位置那个人的面孔按这张照片来雕。照片上是一位英俊的军人,狮眉虎目,器宇不凡。韩干部没有说这个人是谁,要求你爷爷和我对此事保密。韩干部走后,你爷爷把照片给了我,说:你眼神儿好,这活儿交给你。我就说:这个人会是谁呢?你爷爷说:不管是谁,肯定是不在了,活着的人不能上烈士纪念碑。浮雕完工那天,韩干部来了,从衣兜里掏出手帕,轻轻擦拭着浮雕,好像怕弄疼了浮雕中的人物。擦到照片中那个人时,他反复擦拭了几遍,眼泪扑簌簌滴在浮雕上。你爷爷和我见状便退出了作坊。韩干部应该是回忆起了伤心的往事,一个见多了生死的军人面对浮雕落泪,其中必有缘故。你爷爷说得没错,能上纪念碑浮雕的人,一定是烈士。

这幅浮雕镶嵌在烈士陵园的纪念碑基座上,纪念碑落成仪式我们无缘参加,当报纸上登出这个新闻时,整个铜行里的铜匠都特兴奋,因为报纸用很大版面登出了这幅浮雕照片,照片下还做了注释,注释中说浮雕凝聚着铜行里工人对烈士的深情厚谊,代表着工人阶级对建设新社会的渴望。

父亲说是韩干部改变了他的人生,因为是韩干部将自己推荐到部队当司号教员,尽管其中有令狐平的作用,但韩干部是真正的决定者。这次人生转变对父亲来说太重要了,如果不到部队,父亲充其量就是铜行里的一个铜匠,再后来就是国营铜器厂的一个工人,不会走上铜器厂领导岗位。到部队然后转业担任铜器厂副厂长直至厂长,父亲实现了弯道超车,一下子跑到当年铜行里铜匠的前头。当然,来自铜行里的同行并不嫉妒父亲,认为父亲当厂长顺理成章。

　　石洪祥知道,父亲对韩干部的看法有个转变过程,最初的印象并不好,而且很生韩干部的气,觉得是韩干部给他和婉秋之间设置了无形障碍,如果婉秋不去上学,自己不到部队,婉秋也许就不会嫁给令狐平。随着时间推移,他又觉得韩干部做得没错,是参军让他如同一只铜行里的燕子,飞离那条窄窄的胡同,变成了一只鹰,开始飞得更高、更远。当然,任何成功都是有代价的,父亲的代价是错过了唐阿姨,这是父亲一生都无法释怀的一件事。后来,和韩干部接触多了,父亲发现韩干部是一个处得越久越让人感到舒服的人,再后来,韩干部就成了父亲离不开的好朋友。

　　石洪祥问:韩干部是局长,将他列入软铜册,是因为他与铜有缘对吗?

　　在石洪祥看来,铜心、铜气和铜缘是父亲落笔软铜册的第一要素,与铜没有关联,再优秀也上不了软铜册。

　　没错。父亲的回答十分肯定。父亲起身走到写字台前,用钥匙打开那个存放软铜册的抽屉,找到一个咖啡色小木盒,打开后拿出一枚奖章递给石洪祥:看看,这枚奖章怎么样?

　　石洪祥接过奖章正反端详了一番。这是一枚六菱角铜质军功章,没有绶带,非制式量产,一看就是手工锻制。军功章设计简单,但打磨精细,正面图案外圈是齿轮,中间是隆起的五星,背面没有图案,只刻了"功勋"两字,没有标军功等级,落款是"铜行里韩制"五个小字。

这就是令狐可提到的父亲的那枚纪念章,石洪祥想起了令狐可在剧院贵宾室的那次讲述。

这是韩干部亲手制作的,父亲道,能亲手做铜活就是有铜缘,活儿虽然糙了点,但铜心、铜气、铜缘都在。

没想到韩干部会制作军功章。石洪祥感到疑惑,军管会多忙啊,韩干部怎么会有时间来店里敲敲打打?

父亲坐回沙发里,把军功章放回小盒子,两手捧着小盒子说:这枚军功章是韩干部在你爷爷的指导下亲手做的,他对你爷爷说:我要亲手做两枚军功章,一枚给去前线的国卿,国卿的作用对于前线将士来说不亚于一个营、一个团,打仗不能没有军号,毛主席诗词里不是写到了吗?"山下旌旗在望,山头鼓角相闻。"可见打仗时旗子和军号非常重要。但培训司号员毕竟不是一线作战,不一定能获得军功章,等国卿回国时我要亲手将一枚军功章送给他。另一枚我要寄给一位烈士的老父亲,老人家在平泉乡下开铁匠铺,他一直以为儿子是大功臣,但他牺牲的儿子没有被追记军功。我觉得这个烈士应该被追记,但评定时出了点岔头,我就自己制作一枚送给老人家,算是个抚慰吧,对于不识字的老人来说,不会在乎军功章是谁颁发的,只要有就足够了。

父亲说:韩干部从来不打官腔,身上没有油滑之气。他说动员我去部队本以为我会推三阻四,没想到我答应得很痛快,他特感动,说我明大义、敢担当,有工人阶级的样子。后来得知我和你唐阿姨的事后,他心里感到不安,这才有了亲手为我做一枚军功章的想法。韩干部说得对,停战后我除了得到那些普发的纪念章外,真的没有军功章,我荣立两个三等功,但这些功没有勋章。韩干部制作的这枚军功章尽管不是官方颁发,但对我来说有特殊意义,我很看重这份荣誉,一直保存至今。

石洪祥觉得父亲简直就是一座故事富矿,自己过去总是忙公司业务,与父亲交流太少。其实父亲每讲述一个人物,都会激发自己的艺术灵感,产生创作欲望,这种冲动像浪花,像潮汐,有时甚至是拔地而起的旋风,能带来许多意想不到的东西。

父亲说:韩干部制作了这两枚军功章后,经常来富发诚和你爷爷聊天。你爷爷讲得最多的是铜心、铜气和铜缘,当然也聊铜匠的工艺,聊铜行里历史。韩干部对铜的心气缘学说很感兴趣,说富发诚这三句话包含人生至理,与革命理论可以互通互证。你爷爷不懂马列,就问韩干部啥是互通互证。韩干部解释道:铜心可以理解为信仰,铜气可以解释为态度,铜缘当然就是实践了。你爷爷就问:你是公家的人,为啥对铜匠这么感兴趣?韩干部说:铜器里有大学问,中华文明从某种程度上说就是铜文明。

成了朋友后,韩干部对你爷爷说了他老首长的事。

韩干部说:老首长出身于铁匠世家,参加革命前一心想当个铜匠,在村里开个铜匠铺。后来一支抗联部队在热河活动,他参加了革命,没有当成铜匠,但老首长的话却让我对铜匠这个行当产生了兴趣。沈阳解放让我有机会深入铜行里,我发现铜匠确实了不起,越琢磨越有学问。据你爷爷讲,韩干部本来想在铜行里做篇大文章,挖掘一下铜匠精神。他说铜行里名气这么大,如果挖掘出个铜匠精神出来,那将是件了不起的事。你爷爷对此不以为然,说啥铜匠精神,无非就是慢工出细活罢了。这句话倒提醒了韩干部,他一拍大腿:好!就这么回事!韩干部当然不能原话原用,他理解你爷爷讲的慢工不是慢慢干,而是潜下心来做,心无旁骛地去干,这样才能做出好铜活。你爷爷又缀了一句:工一急,活儿就糙。

当时韩干部概括出个什么铜匠精神你爷爷不知道,我也不知道,后来报纸上就出了个工匠精神,把"铜"字给换了。

211

韩干部在担任局长后,职位就原地踏步。开始他是令狐平的领导,令狐平只是他下面一个做群众工作的副科长。后来令狐平像春天的毛竹一般蹿起来,成了一颗新星。令狐平有东北大学的学历,加上曾经做过地下工作,被组织选调到大学担任领导,成了另一条战线的才俊。

韩干部对令狐平是打心眼里爱护,他爱护干部的方式是批评,即使当面也会指出令狐平的缺点,这当然是希望令狐平发展更好。韩干部经常来铜行里,到每家铜器店走走看看,其中自然也包括令狐家。当他得知令狐平一年也不回来一趟时,脸上明显严肃起来,说要找令狐平谈谈,工作固然重要,但不能为了工作就断绝与家庭的关系,亲情不讲,何谈同志情!据你唐阿姨说,韩干部真的找了令狐平,具体怎样批评的不得而知,但一向遇事不动声色的令狐平那次真生气了,回家打碎了一个茶杯。你唐阿姨听到声音过去问,令狐平说是失手滑落的,但从声音来判断,明明是用力摔碎的动静。令狐平生气归生气,被韩干部谈过后,每年暑假都会带你唐阿姨回铜行里看看,与街坊打个招呼,有时还会把他出版的著作分送给大家。令狐平著作不少,研究方向是国际共运史,这些书对于铜匠来说无异于天书。

父亲对韩干部评价高还因为韩干部为铜行里办了不少实事,用令狐平的话说,老韩给熟人开了后门。街坊苏掌柜的儿子叫苏和平,高中毕业没有考上大学,自己在家制作铜版画。苏和平用心做,但没有人买,做成的画都摆在家里。与苏和平一样待在家里的还有葛大勺子的小儿子葛连科。葛连科本来被工厂招工,在铁西一家铸造厂当翻砂工,但他觉得那个生产暖气片、炉箅子、窨井盖的工厂铸造工艺太小儿科,从模具到产品都没什么技术含量,不值得去干,便自己回家做小铜器活。父亲看到两个大小伙子待业在家,觉得应该出手相帮。父亲虽然是厂长,却没有招工权,这个权在局里,归韩干部管。父亲便到局里找韩干部。韩干部让父亲摆摆招这两人的理由。父亲说了三条理由:第一,铜器厂需要这样的技术工,苏和平和葛连科都有家传的铜匠手艺,进厂就能把活顶起来;第二,这俩人不管姓啥,都是铜行里的后代,铜行里从古到今就有互帮互助的传统,用现在的话说都是阶级兄弟,当年唐婉秋就是在大家的帮助下跳出火坑的,这是个好传统,应该发扬下去;第三,自己现在是铜器厂厂长,若是不帮街坊这个忙,在铜行里会被人戳脊梁骨。

韩干部听完这三条理由,从办公桌后站起来背着手踱步好一会儿,才对父亲说:老石呀,你这是让我犯错误啊!父亲拍拍胸脯说:上面要处理,你拿我当替罪羊好了,我本来就是个铜匠,不在乎。

韩干部说:我在乎吗?我是打过四平战役的人,能活着就是偏得,还在乎什么?老石你坐下,我给你说说一九四八年那张照片的事。

父亲坐下来,一九四八年那张照片是爷爷和父亲心里的一个谜。

韩干部端起搪瓷茶缸喝了口水,用手背擦了擦嘴角说:还记得我给你那张相片吧,让你们照着相片雕刻浮雕中的一个人物。当时我没说这个人是谁,今天告诉你,相片中那个人就是我的老首长,铁匠出身的独立团一营营长施中江。施营长是为我而牺牲的,却没能被追记军功。那是第二次血战四平,我跟在营长后面随着部队冲锋,场面很是惨烈,眼看着战士们一个个倒下去,冲锋的战士们毫不畏惧,迎着枪林弹雨继续往前冲。施营长右手擎着手枪说:小韩,你是宣传干事,对你来说枪杆子不如笔杆子好使,你就跟

213

在我身后,我替你挡子弹。施营长是我最好的大哥,又是老乡,对我像亲兄弟一样照顾,他这么说不是装样子,是真担心我中弹。冲锋中我一脚踏进弹坑,身子失去平衡,哎呀一声栽倒了。前面的施营长以为我负伤了,停下脚步回身察看我的伤势,这时,一颗子弹从后心击中了他,他双臂张开,像只老鹰一样扑在我身上,鲜血泉水一般淌在了我的军服上。这次战斗,一营几乎打光,许多烈士被追记了军功,但施营长没有被追记,原因是后背中枪。师首长在战前动员时讲,战士要不怕牺牲往前冲,如果正面中弹,说明是在冲锋时倒下的,是英雄;如果后背中枪,就要好好解释一下了。师首长当时是为了动员才这样说的,没想到团里研究追记军功时,有人提到了这个问题。我知道这个情况后去找团首长,首长问:你当时负伤了吗?我说没有,只是跌了个跟头。那位首长严肃地说:你要是负伤了,这事还讲得通;你仅仅是跌了跟头,一个营长就停止冲锋去照顾你,你觉得这件事能说得通吗?我说了当时的情况,说弹坑有多深,我跌得多么重,因为大叫一声哎哟才被营长误认中弹,营长回头是想给我包扎伤口,身为营长总不能见死不救吧,再说我是团里的人,到前线是带着记录战场战况任务去的,营长有保护我安全的责任。团首长说:你别解释了,师首长的讲话你又不是不知道。我说:就因为师首长的讲话,一个营长就白白牺牲了?团首长批评我:怎么叫白牺牲?不是评上烈士了吗?我当时有点急,就说:追记军功和评烈士是两回事,战场上的情况随时都千变万化,首长你要是在前线指挥作战时正好回头和参谋说话,结果后背中了弹你怎么处理?团首长生气了,说:小韩你这是抬杠,要注意你打的比方!我被首长训了一顿,可是我一点不害怕,我觉得施营长就在我身后站着,我要是不实话实说起码对不起施营长。沈阳解放后我进了军管会,负责锻造那面浮雕,就把施营长的照片给了你们,让你们把他雕刻在纪念碑上。我还把那枚亲手制作的军功章邮给了施营长的父亲,他父亲一直在平泉乡下务农,家里的铁匠铺也不开了。老石,这种官报私恩的事我都能做,难道安排两个铜行里的孩子就不敢做吗?更何况他们也不是我的亲戚朋友,我这是为工人兄弟办实事。

听了韩干部的这番话,父亲很感动,说:代表铜行里感谢您,您是个有情有义的好干部、好领导。

这件事韩干部给办了,苏和平和葛连科没有给韩干部丢脸,后来报名去了大西南搞三线建设。

韩干部为铜行里办的另一件实事难度更大。

父亲说:韩干部将原富顺昌陶掌柜的孙子陶金和原恒发永阮掌柜的孙子阮大鹏从下乡队伍中给薅了回来。这件事做得地道,彻底改变了两个年轻人的命运。陶家和阮家到了孙辈男子就变稀了,都是独苗。那时实行知识青年上山下乡政策,中学毕业能就业的寥寥无几,大多数青年都要下乡。陶、阮两店公私合营后,两个掌柜成了铜器厂职工,两人老实巴交,平时一句话也不多说,没工作几年便退休了。谁想到这俩退休老铜匠竟然想到了走后门。当时走后门是很难走通的,两个老家伙为了孙子算是豁出去了,从这一点看,两人没失铜匠的铜性。他俩希望孙子到铜器厂工作,又知道这话说不出口,因为当时上自市领导,下至街道居委会主任,谁家的孩子都得下乡锻炼。两个老家伙一起商量后决定给韩干部写封信,请韩干部给解决这个问题。信中的理由甚至有些可笑:韩干部解决了铜行里第二代的困难,苏、葛两家一直感恩戴德念念不忘,现在第三代的问题出来了,希望您再施援手,陶、阮两家必将铭记在心,感激不尽。

石洪祥笑了,道:蔫人出豹子,逼急了老实人也走歪辙。

父亲说:这事他俩找对了人,也只有韩干部能做,要是换了令狐平,门儿都没有。韩干部在运动中没受到大的冲击,得益于他人缘好,局里只要职务比他低的,谁找他办事他都热心帮忙,这让他攒下了丰厚的人脉,大伙自然拥护他。即使班子里有人想搞点事情,也难以发动起群众来,揪不住辫子和尾巴。当时局里有个刺儿头想对他搞点事,放出风要让韩干部好看,第二天,此人被两个保管员扭送到保卫科,原因是这人私自到文秘科拿公家的纸墨被抓了正着。经保卫科审问,此人不仅拿了公家的纸墨,还偷过食堂的馒头,依规必须严肃处理。韩干部对此事的处理很大度,没有开除,也没有移送专政机关,只是让他写了一份检查便不再追究,此人后来逢人便说韩干部好。韩干部处理此事的方法有道得法,这就是水平。古人说宽以得众,没有大胸怀,当了大干部也容易成为孤家寡人。

石洪祥说:的确是这样,对人不能抓住一点不计其余,更不能公报私仇。

父亲接着说:两个老家伙等于给韩干部出了个难题,他接到信后把我找去商量。我走进他的办公室,他正在接电话,说话声音很大,像是在拒绝什么。过了好一会儿,他放下电话问我:知道谁打的电话吗?是令狐平,这小子找我要纪念章,一要就是上百枚,我到哪里搞去?

令狐平当时从大学结合到了市革委会,算是位高权重的领导,韩干部敢顶撞他是因为老感情在,说话深些浅些令狐平不会挑。

父亲说:我心里明白着呢,韩干部若是接下这个任务,活儿只能下给铜器厂,韩干部顶着,等于是给铜器厂减压。韩干部把信递给我,捏着下颏道:老石你看看,这事咋整好?我看过信,摇摇头说:上山下乡政策性很强,你怕是心有余而力不足。韩干部说:对陶师傅和阮师傅我没啥印象,只记得老陶有很大的眼袋,人中特别长,老阮是细高挑,像棵高粱。他们能给我写信走后门,背后不是你老石在指使吧?我知道你护犊子。我说:我要是想找你,还用写信?韩干部问:你说这事咋办?两个退休老工人给我写信需要很大的勇气,估计他俩这几天心里一直在敲奉锣呢。我说:我看这事没辙,将来我的儿子洪祥长大了也会下乡。

石洪祥点点头:我就想,这样一个难题您二位是怎么找到答案的呢?

这要感谢令狐平,他的这个电话启发了我,因为在此之前,令狐平多次让你唐阿姨找我要铜质纪念章,一方面他要送领导、送朋友做礼物,另一方面他本人也特喜欢,你唐阿姨说令狐平专门有间屋子存放纪念章,总量达百枚。最贵重的是一枚镶金纪念章,多少钱都买不到的孤品。我想了想后对韩干部说:我们铜器厂可以打个报告,急招几位有制作纪念章技术的青工,设定好前提条件,由厂技术科面试,就考察锻、雕两种基础技术。韩干部说:这是个好主意,为了完成社会各界急需的纪念章生产任务,局里可以批给你们厂三个招工指标,不过你们设置条件要公平,一旦有社会上的优秀青年报名,要一视同仁来对待。我就说:你放心吧,不是铜匠传人,谁会懂锻铜、雕铜技术?恐怕连看都没看过。

结果证明我错了,那次招工,社会上报名的青年有三十个,技术科考察结果出乎我预料,头筹被来自铁西区的女青年王一岚拔得。王一岚长得大气,像一朵完全绽放的芍药,人也落落大方,气场明显比陶金和阮大鹏强。她锻铜、雕铜技术非常娴熟,技术科的五个技术员都给她打了高分。好在陶金和阮大鹏有实实在在的家传,名列第二、第三。招工结果出来,我去向韩干部汇报,我说:你哪来的先见之明?要是只批两个指标这事就麻烦了。韩干部笑了笑道:哪有什么先见之明?我只是想做任何事情都要留有余地,就像你们铜匠制模,砂模也好,蜡模也罢,都要留好气道、烟道。韩干部问我:这个王一岚与铜行里有关系吗?我说:我问过这丫头,还真和铜行里有点关系,她从小跟一个叫石梦的女人学掐丝景泰蓝制作,而石梦的老师就是当年铜行里大名鼎鼎的赵仪纭。韩干部点点头:这就不奇怪了,铜行里就像这座城市工匠行业的三江源,捋来捋去,都会捋到源头上。

父亲说:事情往往都是巧合,在招录王一岚的时候,我没想到她后来会成为陶金的媳妇。

石洪祥说:陶金和王一岚我都认识,夫妇俩值得我学习。

父亲道:韩干部离休后,我请他到公司当顾问,他爽快地应允了,这样,我俩就有了更多交流。他告诉我,让他内心真正发生变化的是你爷爷讲的铜心、铜气、铜缘箴言,他把这三句话称为铜性箴言。他说自己努力想做个有铜性的人,该坚强的时候要比钢铁坚强,耐磨抗压;该奉献的时候哪怕牺牲自己,化成一炉铜水也在所不惜。

我和韩干部在许多问题上意见都能达成一致。比如我们厂参与军工生产,为造船厂加工推进螺旋桨一事,因为技术不成熟,工作难度大,厂里其他领导都反对,但我却想接这个活儿。我征求韩干部意见,韩干部说:人的高低在于是否明大义、识大体,国家需要的时候决不能讨价还价,就像当年你去前线培训司号兵,你犹豫过吗?理和义不在于你怎么说,而是看你怎么做。韩干部支持我们厂主动申请加工螺旋桨的任务,我们也真的完成了这个任务。

当然,我和韩干部之间也有分歧,最大的分歧是对令狐平的看法。你知道,我很少评价令狐平,因为他是你唐阿姨的丈夫。和韩干部在一起聊天不可避免要说到他,韩干部对令狐平的评价有点高,韩干部说令狐平是个意志坚定的人,一个脱离了低级趣味的人,一个全身心为了事业的人,这个评价太高了。我说令狐平优点不少,但为人没温度,你甚至感觉不到他身上有血管,喜怒哀乐深藏不露,有时笑容背后是出离的愤怒,有时漫不经心中却是密切的关注,和这样的人在一起没有安全感。

石洪祥点点头,他觉得父亲对令狐平的评价意味深长。

韩干部不同意我的看法,他说:老石呀,你这样要求令狐平是不对的,你不能用对铜匠的要求来看令狐平。令狐平虽然是铜匠家庭出身,但他不是铜匠,从上大学参加地下组织开始他就成了大机器上的一个零件。这是一台一刻也不能停止运转的机器,如果零件安装在配套部位尚有一点活动余地,比如我的工作岗位是有一定宽松度的,而作为这台机器核心部位上的零件,必须像螺丝钉一样不可有任何松动,你我如果在令狐平那种岗位上也是一样啊。韩干部并没能说服我,生活中的小事最能见真性,令狐平让我感到冷漠的不是方向原则大问题,恰恰都是鸡毛蒜皮的小事,但小事情积攒多了,量变质变规律就会起作用。我说:令狐平平时太喜欢讲废话,听与不听都一样。韩干部纠正我道:你当过厂长,应该知道这样一个大逻辑,讲真话是胆识问题,讲假话是人品问题,而讲废话则是水平问题,能把废话讲得头头是道那是本事,不信你讲讲试试。韩干部这话对我可谓振聋发聩,我琢磨了一下,觉得此言不虚。

父亲仰靠沙发,脸上现出倦意。石洪祥想停止这次谈话,便用目光来征求服父亲意见,按照这些日子的交流体会,如果父亲微微眯一下眼,讲述便会到此。这一次,父亲又忽然睁大眼睛望向天花板,用一种带有遗憾的口吻说:事实上韩干部认为令狐平有坚定意志的说法不能成立,令狐平离休后就变了一个人,家里摆着一尊从尼泊尔购得的释迦牟尼铜像，车里有一本《南华经》，床头摆放着《论语》。这种做法让你唐阿姨无法理解，令狐平又不做解释，你唐阿姨问我令狐平这是唱的哪出戏，怎么儒释道一锅烩。我也解释不了，心想可能过去只顾研究国际共运史，这些儒释道的书籍无暇涉猎，离休有了时间找来补课吧。当然，令狐平离休后的变化韩干部没有看到，因为韩干部在八十年代一个深秋的夜里去世了。

　　石洪祥记得自己去回龙岗参加了韩干部的遗体告别仪式，这位热衷于给人办事的老干部葬礼极其隆重，花圈摆到门外很远的地方，许多吊唁者泣不成声。在这个伤心的场合，石洪祥看到了前来参加仪式的令狐平。令狐平穿黑呢大衣，围褐色围巾，嘴唇紧抿，一脸严肃，当时令狐平的身体也不是很好，是唐阿姨扶他来的。参加完遗体告别仪式，他没有马上走，而是等到韩干部的骨灰入殓才上车离开，石洪祥发现令狐平始终没有落泪。

第十三章　下西南

父亲说,自己当厂长这么多年,最难决断的是下西南。

下西南这种说法有特指性,关内将去西北叫走西口,管闯关东叫上东北,而从东北去关内等地,都习惯用一个"下"字。二十世纪六十年代中期,国家搞三线建设,东北的企业、人才被大量调往西南,父亲对此叫下西南。

下西南,意味着铜器厂的一批技术骨干将拖家带口地从大沈阳迁往遥远的大西南。父亲在地图上仔细找到下西南的目的地,那里地处大山深处,不通铁路,没有机场,只有一条公路与外界相连,地图上这条公路细若发丝,需要用放大镜来看。

父亲知道下西南自有下西南的道理,当时恶化的国际大势让高层不得不做出这样一个意义深远却免不了伤筋动骨的决策。

铜器厂也分到了下西南任务,任务由韩干部来传达。这一次,韩干部一改往日的随和,穿一套黄色旧军装、军用黑皮鞋,戴着没有帽徽的军帽,上衣兜里插着一管英雄牌钢笔,在父亲的记忆里,韩干部很少这样束装。在铜器厂党政班子全体领导干部会议上,韩干部十分严肃地把上级文件念了一遍,然后让厂领导逐个表态。当时厂里实行一元化领导,厂党委书记自然要第一个表态。老书记是"三八式"干部,老八路作风几十年一贯制,人朴实得像个农民大伯。老书记表态坚决服从上级决定,保证完成上级下达的支援三线任务,如果上级决定自己去,打起背包就走。老书记年近花甲,自己想去组织上也不会批。身为厂长的父亲第二个表态。父亲说任务是硬任务，多大困难也要完成，但强扭的瓜不甜，要先给职工把道理讲通，然后让大家自愿报名，只有心甘情愿去的，才会踏踏实实在那里工作，人去心不去不成。其他厂领导都简单表了态，拥护上级决定，没有谁长篇大论地发言。韩干部表扬了与会领导干部，说平时调门儿再高没用，关键口上最能考验干部。散会后，其他与会者都走出了会议室，屋内只剩下韩干部、老书记和父亲。韩干部拍拍父亲的肩膀说：老石呀，下西南是另一种上前线，要从头脑里重视起来。又对老书记说：要把功夫下在发动群众上，做好战前动员，趁热打铁才能成功。

父亲说他理解搞三线建设，熊罴环视，不得不防，工厂、人口都窝在大城市，每根烟囱就是一个轰炸坐标，真要打起仗来会很被动，吃大亏。

老书记道：是这个道理，当年美国人向日本扔原子弹，就是选择了工业城市作为轰炸目标。韩局长请放心，铜器厂的职工有觉悟、听吆喝。

听吆喝这句话是老书记跟父亲学的。父亲每次布置上级下达的生产任务，最后都会缀上一句：咱铜器厂的人一定要听吆喝。

追溯起来，听吆喝这句话来自爷爷，爷爷当年经常说铜匠最听吆喝，皇太极建城时一声吆喝，城里城外四面八方的铜匠都聚到了铜行胡同。受爷爷影响，这句话也成了父亲的口头禅。人在一起工作，免不了相互影响，这句话又被老书记学了去。

韩干部说：下西南这件事不那么简单，你们要有思想准备。

真叫韩干部说中了，老书记显然低估了下西南的难度。对于铜器厂职工来说，一旦做出这个选择，就意味着像树一样连根拔起，从大东北迁移到大西南的群山里去，而他们对那里的了解只限于诸葛亮七擒孟获和中华人民共和国成立初期剿匪的故事。韩干部应该预见到了这项工作的复杂,所以他才如此严肃地来布置任务,把下西南看作是另一种上战场。

厂里召开动员大会,老书记做动员讲话。厂里人事和政治思想工作由书记直接抓,下西南这项政治任务必须由书记来动员。老书记宣读了上级文件之后,念了事先写好的讲话稿,提出了"支援三线光荣、畏惧南下懦弱"的口号。老书记什么工作都喜欢提个口号,通过口号来凝聚大家共识,点燃群众激情。老书记说过,战争年代口号是他屡试不爽的工作秘诀,离开了口号他就无法开展工作。他号召职工踊跃报名,说厂党政班子将根据报名情况来审定支援三线人员名单。

父亲没有讲话,在主席台上一个个看着台下的中层干部,大家没有议论,都在静静地听老书记讲话。会前,老书记让厂团委在厂区贴满了彩色标语,营造了振奋人心的会议氛围。这是那个年代特有的工作方式,无论号召什么、怎么号召,标语一贴,锣鼓一响,思想不通的也就通了。

会后的情况让老书记陷入尴尬。设在厂人事科的报名处无人问津。老书记来找父亲说:分配给咱厂的指标是十七人,现在没个揭榜的,咱会不会坐蜡呀?父亲说等等看吧,东北爷们儿都是在要紧口上发力。父亲嘴上这么说,其实心里也不太托底,因为下西南和参军不一样:参军有退役、复员和转业的选项,只要不牺牲,无论走多远都能回来;下西南则是一去不复还的迁移,就像放飞不回收的风筝,落哪算哪,这才是职工犹豫不决的原因所在。铜器厂班子成员都把目光集中在父亲身上,多年来他们养成了一个习惯,只要遇到解不开的难题便会向父亲要答案。他们都认同韩干部说过的一段话:威信靠什么形成?不靠职位,也不靠长相,更不靠所谓后台,威信是靠别人解决不了的问题你能解决,别人打不赢的仗你能打赢,做到这一点,想不让别人崇拜都不行。

报名时间是一周,到了周四,还是没有人报名。老书记又来找父亲,说:老石,你再不想辙,我只能向局里举白旗了。父亲说:再等等,温度不到,铜水浇不出器型来。

最后,当然是父亲解决了这道难题,但父亲后来对石洪祥说其实他并没做什么,一切都是顺其自然。

说起这段往事,父亲的脸上总是荡漾着宽慰的红润。当父亲翻开软铜册,一个个述说下西南的十七个职工时,石洪祥发现父亲的鼻翼是红的,似乎变成了酒糟鼻。当年下西南的十七个职工都已作古,但他们的后代还在那里,这些年轻人已经没有了东北口音,习惯了吃辣子、腊肉,也习惯了那里的潮湿和雾气。他们的后人曾结队来铜行里寻根,结果看到的是一个大市场,因为城市改造,铜行胡同早已从大沈阳的街巷中消失,连一块砖瓦都没留。

父亲说:你还记得苏和平和葛连科吗?这俩人了不起,韩干部将他俩招录进厂,等于在铜器厂安插了两个有特殊使命的铜匠,平时潜伏不动,关键时候两人被唤醒。

石洪祥说:不是苏掌柜和葛大勺子的儿子吗?是德义诚、双兴和两家铜器店的传人。

父亲点点头道:这俩人算是给铜行里长了脸。

父亲对这俩人的讲述不像对其他人的讲述那样带有沧桑感,讲到苏和平和葛连科,语气显得格外亲切,就像讲述昨天发生的事情一样,用词准确,语句连贯,如同事先有了脚本。

通过父亲的讲述,石洪祥理清了铜器厂抽调技术骨干支援三线建设的情况。

当时上面的要求是"好人好马上三线",金属材料行业是支援重点,铜器厂自然不能置身大局之外,而且铜器厂派出的骨干去向都是保密的军工企业。

这天晚上,父亲没吃晚饭,一个人到中心庙散步,他计划明天亲自召集符合条件的职工开个会,会上的话怎样说一时还没想好。父亲思考问题的时候习惯到中心庙小广场踱步,只有到了这里,他才会感到心静。父亲说小庙周围有气场,一杯浑水放到这里也会坐清起来。

小庙很安静,在暗淡的路灯下像一只静卧在夜色里的灰兔子,带着几分胆怯地注视着父亲。街道早就不让在这里点燃香火了,但没人想毁掉这座城市的坐标。中心庙正面有排长椅,长椅后是老故宫的城墙。父亲围着小庙踱了几圈,走到长椅处坐下,长椅带着白天的余热,坐上去很舒服。昨天韩干部来电话,说:老石呀,关键时候咱当铜匠的可不能掉链子。父亲说:没问题,实在不行我带头去。韩干部说:你想去可不成,不过我想了,这件事能打头阵的肯定是铜行里出来的人。韩干部这话和他想到了一块,铜行里的后人大都在铜器厂,多数是技术骨干,现在的问题是要有一个挑头的。

父亲在长椅上低头看着脚下的沙石地。刚才下班前,韩干部又打来电话问报名情况,他如实汇报了。韩干部说:志武已经和我商量了,他决定报名。父亲吃了一惊,志武是韩干部的小儿子,铜器厂团委书记,非技术干部,不在这次选调之列,怎么会主动报名呢?又一想,一定是韩干部做了儿子的工作,希望儿子在青年工人中带个好头。父亲说:韩局长,您家情况特殊,志文是那么个情况,志武就别去了。韩干部的大儿子志文生下来听力有问题,导致残疾,小儿子志武身上凝聚着韩干部对未来的所有梦想,做出这样一个决定多么不容易。韩干部在电话里说:这个当口就不要前思后想了,我说了下西南就是另一种上战场,父亲送儿上战场天经地义嘛。志武虽然不是铜行里人,没有铜匠的铜心铁胆,但志武是我的儿子,我平时没少告诉他有颗铜心是多么重要。放下电话后父亲在电话机前站了很久,觉得韩干部这番话似乎不是在说志武,韩干部能做出这样的决定,内心经过怎样的挣扎父亲能想得到,这个看似原则性总是摇动的韩干部其实心如铜板,强硬又不失暖色。

父亲回忆着与韩干部最初的交往,往事历历在目。他还想起了九佬十八匠,他问自己:若是九佬十八匠活在当下,会不会报名下西南?回答当然是肯定的,九佬十八匠死都不惧,还能畏惧下西南?父亲又一想,自己这不是瞎想吗?支援三线和九佬十八匠有啥关系?对于支援三线的职工,政府已经提供了相当不错的保障。

父亲思绪很乱,没有察觉身边不知何时来了几个人,直到一个被路灯打出的影子缓缓地投到他的眼前他才抬起头来,父亲看到是苏和平和葛连科两对夫妇。

来散步?父亲问。大家都在铜行里住着,喜欢饭后到这里来走走。苏和平说:我们是来找您的。父亲让他们坐下,问找他有什么事。苏和平说:这几天看到您上火,嘴角起了一串水疱,我们猜一定是关于下西南的事。父亲说:不上火是假的,我准备明天开个会动员一下。老书记压力很大,我们不能看着打了半辈子胜仗的老书记在退休前吃一次败仗。

苏和平说:老书记举白旗,厂长嘴上起疱,铜器厂不是成了瘪茄子?咱铜行里出来的人脸往哪里搁?

所以明天我要开会。父亲抬起头,看着小庙里黑乎乎的关公像,他后悔没带根蜡烛来,给小庙一点光亮。

苏和平说:别开会了,我和连科商量了一下,已经把这件事办妥。

什么?父亲几乎不相信自己的耳朵,愣愣地看着苏和平。

苏和平说:我和连科已经决定带着老婆孩子下西南,大萍和任燕也同意。

大萍是苏和平的妻子,新民县(今辽宁省新民市)人,性格爽朗,敢作敢当,是厂里的工会干事。任燕是葛连科的妻子,部队文工团转业分到铜器厂当文化干事,人缘比葛连科还好,指导厂文艺队排演了不少剧目,人长得也漂亮,是许多单身青工的梦中情人。

老书记找了你们?父亲不相信事情这么快发生急转弯。

苏和平说:老书记没找我,是我下了决心,和大萍商量后一起去找连科和任燕,我一说他俩就通了。连科说长这么大还没有替厂里做点事,全是厂里照顾咱,咱这么做也算回报一下厂里,当年韩局长和石厂长特招咱俩入厂,这个大恩一直没报,人不能当貔貅,要懂得知恩图报的道理。再说了,树挪死,人挪活,下西南说不定会有另一番天地。

你真这么想的?在如此重要的事情上父亲当然要刨根问底。

苏和平道:您知道我父亲当年是个有组织的人,尽管后来和组织失去了联系,但他心里从来没疏远过组织。我父亲活着的时候总是对我说:铜行里铜匠讲究具铜心,这个心是城之心、国之心,国有事,召必应,哪怕流血牺牲也不要变心。父亲说的这六个字我一直记着,我无数次暗暗下决心,一旦国家召唤,就要像父亲说的那样无条件去应召。那天,老书记做了动员后,说实在话我犹豫了,几个晚上睡不好,大萍问咋了,我说没事,白天茶喝多了。大萍心里知道我在想什么,就安慰我说:知道你在想啥,只要你拿定主意,我吃糠咽菜也跟着你。我就问自己,苏和平啊苏和平,整天喊狼来了,这次狼真来了,怎么就熊了?下午,韩志武到技术科借书,借了一摞机械加工原理的专业书,我问他:你一个团委书记怎么看起技术书来了?韩志武告诉我他为去三线做准备,到西南后要改行当技术员,因为新建厂缺技术干部。我一听心头顿时涌上一股热流,觉得这事不能迟疑了,马上就去找连科,然后再分别和技术科、设计室的同事们商量,很快这事就定了。

任燕说:厂长你不用开会了,和平做通了技术科三个技术员夫妇的工作,连科也做通了设计室三对夫妇的工作,二八一十六,再加上志武,正好十七个,再动员的话就超指标了。任燕说完兀自笑了,露出珍珠般的两排牙齿。

好家伙,你俩一下子把我的技术科和设计室给掏空了!父亲又惊又喜,没想到关键时刻苏和平会像他父亲一样果敢。

父亲当然要考虑自己的厂子,技术科的三个年轻技术员他很清楚。一个是大迟,搞模具制作,爱人叫高杰,是质量检查员。两人都人高马大,运动员身材,绝对是厂区的一道风景。另一个是孙晓春,文质彬彬,梳三七分头,走路喜欢碎步快跑。孙晓春爱人叫秋子,小巧玲珑,主意很正。孙晓春和秋子都是大学化工系毕业,是技术科的全面手。孙晓春和秋子都是辽阳人,夫妻俩不仅工作出色,业余时间也安排得富有气息:孙晓春业余擅画工笔,国画作品颇有宋画遗风;秋子喜欢科研,业余时间喜欢烹调,会烹制十道菜的状元宴。状元宴因王尔烈得名,据说王尔烈进京赶考前吃了这十道菜,进京高中二甲头一名,成了名闻朝野的大才子。另外一对是高平和妻子胡喆,来自吉林四平,夫妻双双毕业于大连工学院,是铜器厂的"眼珠子"。高平夫妇与苏和平夫妇关系十分密切,四人计划利用业余时间仿制一套河南阳城出土的编钟。苏和平对此有信心,说:富发诚当年能生产奉锣,我们现在复制编钟应该不难,主要是攻克音准问题。为此,高平花了很大力气来研究音律,但因为生产任务重,这一计划没能实施。

葛连科设计室的三人分别叫刘元、刘子厚、刘诗东,同事们戏称之"三刘"。三刘是同一所中专毕业,同一年被分配到设计室,来的时候是单身汉,一年后各赚了一个老婆。他们为此都感谢葛连科的夫人任燕。葛连科由技术科副科长转到设计室当主任后,因为是新组建的科室,需要招兵买马,父亲同意他们到局所属的技工学校去招工。葛连科拿回一大摞毕业生登记表,晚上回家逐个挑选。设计室的当务之急是挑选几个描图工,这个工种要求难度不大,但人一定性格要好,能坐住板凳。任燕看到这些登记表忽然有了灵感,说可以借这个机会给三刘选对象,于是她建议葛连科选几个模样周正一点的,和三刘要般配。就这样,葛连科选了高粱、高兰、高英三个女学生,巧的是三人都姓高。三姐妹到厂工作后,很快被任燕发展成闺密,成了任燕家中常客。葛连科也经常带三刘回家,六个人自然成了好友。任燕根据各自性格、家庭背景,在其中穿针引线扮演红娘角色,果真促成了三桩婚姻。刘元与高粱、刘子厚与高兰、刘诗东与高英,三刘配三高,成为铜器厂的一段佳话。

　　设计室六个职工中,父亲最舍不得的是刘元,父亲觉得刘元天赋异禀,只要选准方向目标,将来必然有所成就。父亲将美制仪表铣床交给刘元,让他好好研究一番。刘元拿到铣床后就拆卸了,然后再一点点组装,几个回合就把铣床研究得透明白。由此,刘元爱上了拆卸高端设备,在拆卸中钻研,然后复制,结果经他手复制了大量先进设备,给铜器厂节省了许多设备购置经费。刘元曾对父亲说:你给我一枚火箭我也能复制出来,只要不是集成块,能拆得开就行。一次,厂里的变压器线圈烧了,这是个结构复杂的变压器,电工对此束手无策。刘元把变压器拆开研究了一番,竟然给修好了。父亲说天才都是先复制,后发明,刘元有灵气,是大才。刘元后来的发展印证了父亲的看法,十几年后刘元成了航空器设计专家,荣获国家科技进步奖。刘元被葛连科动员下西南让父亲很是惋惜,但上级有要求,"好人好马上三线",父亲也不好说什么,更何况韩干部还专门打来电话强调:为了三线建设我们要厚礼嫁闺女,不仅人要舍得,设备也要舍得,下西南的同志相中了什么设备,立马拆下来带走。

　　父亲还看好孙晓春和秋子,两人都有出色的绘图技术,前景一片光明。生产施工说白了就是照葫芦画瓢,只要有图纸就成,据说一艘航空母舰光图纸要几个集装箱,绘图的精细准确直接决定产品成败。孙晓春喜欢看书,案头总有一摞技术方面的书。秋子戴一副圆圆的大眼镜,圆圆的面庞,齐耳短发很是利落。厂里午饭后有一段休息时间,技术科其他人在嘻嘻哈哈闲聊,他俩总是安静地在一边听,从不插话。有次父亲到技术科查看,发现孙晓春和秋子头顶头在桌子上看什么。父亲过去一看,见是一张泛黄的图纸,一问,原来是和平区日伪时期一幢大楼地下管道设计图,图纸很复杂,大楼要维修,又看不懂这图,就来求教孙晓春。孙晓春和秋子研究了一个中午把图纸搞清楚了,最后复制了一张新图。父亲说能看懂各种图的人都了不起,古代河图洛书就是图啊,看不懂就不会懂得神灵启示。除了搞技术,孙晓春业余时间的工笔画也了不得,无论是人物还是花卉,都栩栩如生。父亲说过,在他熟悉的女人中,最有才华的是唐阿姨和秋子,这俩人是真正有静气的女人,静气成就了她们的学问,这也印证了诸葛亮说的才须学、学须静。秋子像一泓波澜不惊的池水,一年四季任由花开鸟舞,她从不因工作辛苦而烦恼,她的理论简单却富有哲理:与其痛苦地抱怨,不如愉快地工作。孙晓春孩子一周岁生日时,小两口请技术科的几位同事到家里吃饭,父亲也受邀去了,秋子烹调了一桌十道菜的状元宴。回来后父亲对母亲说:秋子做的酱猪蹄简直绝了,虽非山珍海味,却得伊尹之法,食之回味无穷。可见父亲对秋子厨艺的欣赏。

被称为三高的高粱、高兰、高英是铜器厂当之无愧的厂花,她们在技校所学专业不同,但都来自辽西凌源,而且是同一所中学,在校时就相互熟悉。三高是三个有梦想的姑娘。高粱的梦想是当工程师,将来想自己设计一种有助力的卡车。梦想的产生源自她的父亲,她父亲是卡车司机,所开卡车很笨,冬季需要用喷灯烤热底盘才能发动,高粱目睹了父亲工作的不易。高粱考上技校,父亲送她上学时说:好好学丫头,将来当个工程师,设计一辆不烤底盘的卡车,让多少遭点罪。父亲的话也许是半开玩笑,但有心的高粱却记住了,立志要设计汽车,但技校没有汽车设计专业,她就选择了汽车修理。到铜器厂后高粱的专业有了用武之地,一边在设计室绘图,一边承担厂里汽车、叉车修理工作,是响当当的两面手。高兰家境贫寒,父母都是农民,她的梦想是将来把父母接到城里,让辛劳的父母也能过上体面的生活。她和刘子厚结婚后,刘子厚非常支持高兰的想法。刘子厚是孝子,但父母早逝,子欲养而亲不待,高兰父母若是进城,也等于给了他尽孝的机会。高兰悄悄对任燕说:姐呀,你给我找了个好人,嫁给这样的人心里踏实,此生我就跟定子厚了,不论他到哪里我都会跟着。刘子厚决定随科长夫妇去三线,高兰没有片刻犹豫,只是对刘子厚提出了一条要求,在大西南过好了把父母也接去,父母还从没离开过凌源。高英的家庭条件要好些,父母都是供销社职工。高英喜欢琢磨各种品牌的手表,技术科高平和胡喆在大连工学院是学精密仪器的,高英就拜他俩为师,业余时间鼓捣手表,一般的手表出了故障她都能收拾好。和刘诗东结婚后,高英的修表水平提高很快,能够用各种手表零件组装出一只新表。刘诗东问她喜欢研究表的缘由,高英说她姥姥有块大罗马表,戴了那么久还很准。爸爸也有一块表,是国产的,比不过姥姥这块表,她问爸爸为啥大罗马表就准,爸爸说他也不知道,估计是人家手表肚子里是粮食,咱们手表肚子里是草。当时高英还在上初中,就到供销社找修表的叔叔借了工具,晚上在灯下偷偷卸开了姥姥和爸爸的手表,对比着研究了好一会儿,却怎么也组装不上了。第二天早晨,爸爸发现了两条毛巾上各有一堆零件,知道闺女的好奇心闯祸了,那时候手表可是了不起的大件。爸爸脸色虽不好看,却没有训斥她,拿到供销社,修表师傅费了很大事才组装上。

父亲说:技术科和设计室的八对夫妻决定下西南的消息在铜器厂引起了海啸般的反响,一时间又有不少职工到人事科报名,尽管人事科已经贴出了名额已满的告示,可递交申请书、决心书、请愿书的青年职工还是接二连三。老书记和我到人事科看报名情况,老书记拿起桌上的报名登记表,看着看着眼泪就下来了。他走到窗前,望着六月阳光普照的厂区,深深吸了口气,然后慢慢呼出,问我:老石呀,难怪你能沉住气,是不是心里早有谱儿? 我说:其实我心里也没底。老书记说:铜行里出来的人就是尿性,没一个二五眼。

"尿性"一词在沈阳妇孺皆知,不是一个贬义词。

父亲说他想来想去,还是觉得韩志武下西南不合适,便与老书记商量了一下,想把韩志武换下来。为此,父亲和老书记一同去局里找韩干部。一进韩干部办公室,韩干部就激动地起身与两人握手,说:你们铜器厂在支援三线建设方面是当之无愧的榜样,全系统都要向你们学习,局里准备总结你们厂的经验,在系统内大力宣传。老书记喜欢开门见山,寒暄几句后就提到了韩志武的事,说厂党委研究了,准备把韩志武换下来。同去的父亲特意补充道,现在的局面是大家抢着去,志武的带头作用已经完成。韩干部端起水杯喝了口水,好一会儿没有说话。父亲见状道:其实,志武不是三线急需的技术骨干,换个搞技术的去更合适,我们并不是考虑您的因素。韩干部站起身,在办公室里踱了几步,很坚定地说:不行!不能换!老书记问为啥。韩干部说:你俩都当过兵,都是干部,我问你俩,当你喊出同志们冲锋时,你却退出了冲锋队伍,战士们会怎么看?父亲说这是两码事。韩干部说:老石你说得不对,这是一回事,吹响的军号声还能咽回来吗?开弓没有回头箭,我这个局长不能做让工人戳脊梁骨的事。

韩干部在志武下西南这件事上一扣不松,让老书记和父亲心生敬意。

石洪祥说:后来韩志武在西南发展很好,说明韩干部的选择没错。石洪祥二十世纪九十年代去过韩志武所在的城市,韩志武已经担任了一个地级市的重要领导职务。

当时可不是这样的情况,父亲说,创业难哪,像当年开发北大荒、开发新疆一样,事非经过不知难,去三线建厂的同志们吃了多少苦,只有他们知道。

父亲在讲述中本来情绪平稳,当说到下西南的苦处时,忽然变得忧伤起来。

父亲说:知道我后来为什么不吃猪蹄吗?以前我是喜欢吃的,吃得最可口的一次是在孙晓春家,秋子做的那桌状元宴中就有一道菜是酱猪蹄,白瓷盘里盛着两只糖红色的猪蹄,香味扑鼻,养眼可心。秋子说当年王尔烈吃了猪蹄进京赶考,结果就真的金榜题名,因为吃猪蹄喻发脚。秋子是个人才,我相信自己没看错。到了西南山区那个军工企业后,孙晓春、秋子,还有高粱、高兰、高英被分在同一个实验室,秋子还被委派到一所大学进修了一年,成了厂里的工程师。秋子所在的实验室主要任务是研制、试验新型炸药,要知道,炸药是武器的核心所在,无论运载工具多么厉害,炸药爆破力不足也形成不了强大战斗力。秋子是某种新型炸药项目研制计划负责人。试验进程并不顺利,一次次失败让大家有些气馁。秋子鼓励大家说:有的科研要搞上万次试验才能成功,我们这点试验算什么？在秋子的努力下,新型炸药的几个关键环节终于被攻克,上级决定到靶场进行高当量试爆。试爆靶场在一道方圆百里没有人烟的山谷,隐蔽安全,只有一条狭窄的盘山公路与外界相连,山高谷深,能很好地消弭爆炸产生的冲击波和声响。试验车队天未亮就悄悄从厂区出发,驶往远方山谷。试爆任务很顺利,各项数据表明试验取得了成功。消息报告上级,上级发来密电表示祝贺,同时告诉大家要给所有参与研制和试验的人员记功。人们无比兴奋,两年来付出的辛苦终于得到回报。秋子对孙晓春说:晓春,我要好好睡一觉,睡上三天三夜。孙晓春知道秋子这段时间夜以继日地工作缺少睡眠,便说:回家你就睡,就是天王老子来电话也不接。秋子摇摇头:电话还是要接的,万一有任务别误事。试验车队开始回返。试爆成功让秋子如释重负,在摇摇晃晃的吉普车里她很快睡着了,睡得很沉。车行进到半路,天上下起雨来,沙石路变得湿滑泥泞,秋子所乘坐的吉普车在拐过一个急弯时不幸滑落山涧,秋子、秋子助手和司机不幸遇难。当搜救人员找到秋子时,满脸是血的秋子怀里还紧紧抱着防水皮包,包里是珍贵的试爆数据。秋子就这样走了,在完成了她所担负的科研任务之后。

石洪祥说:我去过西南山区,当地山高路险,交通不便,牺牲的干部多因车辆坠崖而遇难。现在好了,大部分地方都通了高速,交通问题基本解决。

父亲并没有被石洪祥引开话题,而是继续自己的讲述。父亲接着说:秋子牺牲后,厂里追授她"献身国防建设的好干部"。秋子墓就在厂区北面的山岗上,那是一道长满杜鹃花的山岗,所有因公牺牲的烈士都长眠在那里。秋子墓是刘元设计的,孙晓春说秋子生前喜欢家乡的枫树,可以参照枫叶的样子设计一座花岗岩墓,刘元便按着孙晓春的要求精心设计了秋子墓。图纸出来,铜器厂来的十六人齐聚孙晓春家,苏和平看过图纸后提出,枫叶中央留下一块空白,他和葛连科回沈阳找我,请我锻制一幅秋子肖像铜雕镶嵌在上面。大家都觉得这个主意好,他俩就请假回来找我,和我说了他们的想法。秋子肖像是我第二次锻制人物,第一次是一九四八年韩干部给富发诚派的任务,没想到我两次做这种铜活都与墓碑有关。苏和平带了一张秋子照片给我,我说不用,秋子模样在我心里呢。我花费了四天四夜锻制出一个四尺对开铜质浮雕,上面是秋子侧面脸庞,大而圆的眼镜下深邃的眸子正在凝视远方,鼻子微微上翘,嘴唇抿紧,齐耳短发迎风扬起,带有很强的动感。苏和平说这雕像活了。葛连科也说,厂长用了十二炼的精铜,浮雕几百年也不会锈蚀。

　　石洪祥插话问:原来秋子阿姨墓碑上的铜雕出自您手,您怎么从来没提起过呢?

　　在此之前软铜册上的人我很少提,父亲说,我有一种说出来怕丢了的感觉,就存放在心里轻易不动。

　　石洪祥点点头,是啊,父亲一向少言寡语,令狐可曾说,石伯伯只有和她妈妈在一起时才有说不完的话。

　　父亲接着说:苏和平和葛连科带着雕像返回大西南前,晚上我请他俩到家里吃饭,韩干部也来了。席间,韩干部见我们三人闷闷不乐,就劝我们道:要奋斗就会有牺牲,秋子若是地下有知,不会愿意看到你们如此悲伤沮丧。人这辈子,能做成一件大事就是人生的成功,秋子已经做到了,大家应该振作起来,更加精神抖擞地前行才是。我觉得韩干部说得对,伤心肯定是难免的,但不能沉浸在伤心里,要给苏和平、葛连科两人以信心和力量,他们回去把这种力量再传递给其他下西南的人。韩干部很了不起,整顿饭间,他没有提韩志武半个字,要知道韩志武也在大西南。他一直在鼓励苏和平和葛连科,夸他俩回来为秋子雕像这事办得好,他还提到了一九四八年找你爷爷和我为烈士纪念碑雕像的事情,说那件事就像发生在昨天一样,每个细节都记得很清楚。韩干部还提到了自己有两个战友在西南剿匪时牺牲,他想在有生之年去那里给战友扫墓。

晓春叔叔后来怎样?石洪祥合上速写本,忍不住问。

父亲还是按着自己的思路讲述:韩干部没能去成大西南,他腰不好,无法长时间乘坐汽车,是志武替他完成了心愿。晓春这个知识分子很痴情,秋子牺牲后他一直没有再婚,和儿子一起生活,大萍和任燕动员他多次,他就是不动心。退休后也没有回沈阳,开通了程控电话后我联系过他,建议他回沈阳异地安置,我可以帮他在西瓦窑一带物色个房子,那时房子不贵,这个钱我可以出。孙晓春说:老厂长啊,秋子在这里,我走了谁陪她? 一句话把我这个老头子噎住了。其实,我也忘不了秋子,我不吃猪蹄就是因为秋子,因为一看到猪蹄就会想到当年秋子做的那桌状元宴。说到这,父亲的脸色有些白,石洪祥见状,将水杯端给父亲,他知道父亲是动了真情。

父亲喝了几口水停顿了一下,脸上慢慢恢复了血色。

父亲说:让秋子九泉之下可以安慰的是,她的儿子很争气,考上了清华大学化学系,儿子说妈妈没做完的事他会接着做。

第十四章　一九七七级

　　软铜册中有一件事石洪祥再清楚不过——本来应该由他帮助父亲实现的梦想,被六个调离铜器厂的工程师给完成了。这六个工程师是父亲当厂长时接收的一九七七级大学生。

　　父亲接收的六个大学生均来自省工学院铸造专业。当时大学生毕业由国家分配,组织上号召大学生毕业下基层,这六个大学生便一同被分配到了铜器厂。父亲视这六个大学生为宝贝,恨不得把他们捧在手心里,在分配具体工作时,把他们都留在了技术科。父亲和他们六人集体谈话,很动情地说:我们这些从铜行里出来的人快退了,铜器厂的未来是你们的,你们要接好这个班。但世事多变,铜器厂经历了承包、租赁、改制一番变化后,六个大学生先后都离开了工厂。尽管如此,父亲从没有埋怨过他们,父亲说他们毕竟是大学生,有颗铜心足够了,良禽择木而栖。石洪祥与这六个大学生也熟,父亲能将他们记入软铜册,与他们圆了父亲多年的梦想有关。

　　说起六个大学生的身世,石洪祥甚至比父亲了解得还要多一些,父亲更关心的是六人设计和制作铜器的技术,而石洪祥却通过不同渠道了解到许多六人入厂前的事情。

　　吴大忠在六人中名气最大,后来成为区级领导干部。吴大忠曾在法库农村插队,恢复高考头一年考上了省工学院铸造专业,成为百里挑一的幸运儿。

　　考大学时吴大忠已经二十七岁,梳着三七分头,方脸,鼻正口阔。吴大忠作为沈阳知青在法库宋杖子大队插队已经八年,大队、公社几次参军、招工机会都与他擦肩而过,他没有灰心,而是一心想在农村干出个样子来。终于,干活不偷懒、开会抢着读报的吴大忠入了党,三年后又当上了大队党支部副书记,成了青年点中经常上公社一级光荣榜的人物。一九七七年秋,恢复高考的消息一出来,吴大忠的心就活了,开始悄悄备考。晚上他点着油灯一个人在大队部偷偷复习,为了掩人耳目,他把复习资料和领袖选集摆在一起,果然瞒过了识字不多的老支书孙德才,孙德才大会小会表扬吴大忠上进、爱学习。孙德才的女儿孙小青是宋杖子小学民办教师,人长得很饱满,尤其是从后面看姿态楚楚动人,属于肩宽腰细那种倒三角。小青暗恋吴大忠,嘴上却不说,晚上吴大忠读书时,她会送两只煮熟的鹅蛋来。来送鹅蛋她也不多说话,每次就一句:趁热吃,凉了会腥。孙德才媳妇汪婶是个喜欢仰脸走路的泼辣妇女,养了一群鹅,这群鹅也和她一样,只只耀武扬威,常常在村里最宽的沙石道上旁若无人地漫步,见鸡追鸡,见狗啄狗。有的知青调侃说:支书家的鹅就是牛,敢在村里横着膀子晃。每次吴大忠捧着还滚热的鹅蛋,嘴上不说话,心里却暖烘烘的,暗自下决心,要是考上大学,一定不能辜负了小青。冬天高考时,备考充分的吴大忠脱颖而出,成了全公社六十名知青中唯一考上本科的人。通知书寄到大队部,孙德才拿在手里翻来覆去看了半天,说了一句令吴大忠十分惊奇的话:学铸造好啊,一九五八年咱宋杖子要是有个懂铸造的,就不会白白浪费那么多钢铁了。吴大忠听说过,大炼钢铁时宋杖子建了小高炉想铸造暖气片,结果忙活了小半年没能成功。

省工学院是一所当年苏联援建的重点大学。与后来历届学生不同,一九七七级大学生报到是在年初,报到那天,沈阳城充满了刺鼻的硫黄味儿,云天一片苍茫。吴大忠并不反感这种味道,他在宋杖子插队时就很想闻到这种味道,他认为工厂集中的大沈阳就应该有这种味道。如同工人身上就应该有汗味一样,要是闻不到硫黄味,沈阳城那些戳向天空的烟囱岂不成了摆设?

吴大忠第一个住进了二一〇寝室。

扛着麻袋报到的是宋汉光,麻袋里是一套旧被褥和一个枕头,枕头里塞着一条棉裤,这是他后来睡觉常常落枕的罪魁祸首。宋汉光来自辽南复县(今辽宁省瓦房店市)乡下,二十三岁,家里兄弟姊妹多,一家人吃不上饱饭是父母最大的负担。宋汉光抽烟上瘾,抽的是旱烟,将烟卷成大喇叭逐人送,送到吴大忠这里,大忠说:学校禁止学生抽烟,你别刚报到就挨处分。宋汉光这才停止了分烟。宋汉光喜欢吃油梭子,油梭酸菜包子他自己能吃一盖帘。油梭是猪肉肥膘炼荤油的剩余物,闻起来香,吃起来脆,辽南农村只有过年才能吃得到。

戴黑框眼镜的是吴林,二十一岁,排序老三。吴林来自辽西一个叫刀尔登的镇,考大学前他是正式教师,在大山深处一家军工厂的子弟中学教物理。他是六个同学中高考成绩最好的,二百七十一分。考前他的理想就是上省工,这一理想源自他们兵工厂气质不凡的钱工程师,钱工五十年代省工铸造专业毕业,会说三门外语,是国内一流的坦克设计专家,在厂里待遇比厂长高。钱工和伟大领袖握手的照片就挂在厂会议室里,凭这张照片,动乱年代造反派不敢碰他。吴林的理想是做个钱工这样的设计师,凭本事赢得尊敬和地位。吴大忠评价吴林是个意志坚定的人,有很强的方向感,这一点从他对钱工的崇拜上就可以得出判断。

二一〇寝室唯一的外省学生是江湖,来自河北白沟。江湖比吴大忠小六岁,在寝室排序老四。江湖唇上留着淡淡的胡须,又戴副眼镜,有点少白头,让他看上去比吴大忠还老成。江湖背着手在宿舍走廊转悠,有的同学误以为他是老师,纷纷问老师好。江湖也不好纠正,侧过脸走过,让打招呼的同学觉得省工的老师真牛。江湖父母都是县里的干部,家庭条件不错,报到时戴了一块上海牌手表,把白皙的胳臂衬得越发白净,与吴大忠的黝黑形成对比。

老五叫朱家正,一米九的个头,酷爱打篮球,鼻梁中部有块鼻骨像喉结一样突起,进门时因为忘了低头,头顶被门框碰了个大包,这让他的脸丝瓜一样长长地吊着。吴大忠调侃说:苏联人人高马大,怎么设计这么低的门框?吴林说:门框设计低不奇怪,因为是给咱中国人设计的,可是他们自己坐的拉达轿车设计那么小就不好解释了。朱家正面冷心肠热,他来自有"南大荒"之称的大洼,当晚同学们从食堂打饭回来,他从柳条箱里拿出一小坛醉蟹,恰好六只,每人一只,大伙吃得有滋有味。朱家正说,放假时请大家到大洼去,大洼河蟹是一等一的美味。朱家正说到做到,大四毕业前夕,他真把五位同学请到大洼吃了一顿苇地野餐。野餐地点靠近绿苇红滩,一栋瓦屋纸窗的民居前面,金刚苇苦的凉棚,老船木打的餐桌,虾酱大葱、饼子咸鱼,成盆的河蟹端上桌,爽烈的白酒倒满碗,那五位同学第一次感受到了南大荒的壮阔。长满红珊瑚一样的海滩,恰似同学情谊之火,让每个人心潮澎湃。吴大忠提议:二一〇寝室六位同学将来无论事业如何,毕业逢十的年份都要聚一聚,大家轮流坐庄,轮一个甲子,谁也不许掉队。话虽这么说,但一个甲子后吴大忠就九十一岁了,还能聚得动吗?

老六刘全只有十六岁,像根营养不良的豆芽菜,走队列总是顺拐。刘全本来应该参加一九七八年高考,班主任老师知道他成绩不错,就动员他跳级试试,结果刘全一试中第,成了省工铸造系最年轻的大学生。考大学前他问父亲自己该报什么专业,在铁西区一家街道小厂当翻砂工的父亲说:翻砂工苦哇,你要是上大学就学铸造,学成后改进一下铸造工艺。刘全正处于懵懂年纪,父亲的话直接影响了他的专业选择,他没有多想就报了铸造专业。

具有领导气象的吴大忠被铸造一班辅导员范老师选定为班长。范老师这个选择得到同学们认可,吴大忠不仅是党员,还当过大队党支部副书记,这是其他同学尤其羡慕的经历。范老师已过不惑之年,依然是个讲师。他省工毕业后留校,干过很多职位,社教工作队、物探工程队、援助非洲修铁路,课堂上他讲起自己的经历总是绘声绘色。经历虽多,但与他的职业梦想却南辕北辙,范老师对模具设计与制造十分入迷,他的梦想是当一个模具设计师,但到了一九七七年,他还是一个辅导员。他在第一天给学生讲话时就说:你们既然选择了铸造专业,毕业后就总该铸造点东西出来,不要像我,一辈子跑龙套,连个蒜臼也没铸成。范老师不是发牢骚,说的是心里话。

大学四年,宋杖子小学民办教师孙小青往省工二一〇寝室送了三年咸鹅蛋。

鹅蛋是送给吴大忠的。小青每次来都带三十只咸鹅蛋、两瓶白酒,鹅蛋已经煮熟,白酒是法库桃山白。鹅蛋和酒装在纸箱里,用麻绳两横一纵扎紧,小青拎着纸箱,从大门进到校园,绕过庄严的主楼,穿过篮球场,再拐一个直角弯,沿着一条车辆单行的甬道,就到了铸造专业四层高的红砖宿舍楼。因为每月都来,校门口保卫处值班的干部和她熟了,见到拎着纸箱的小青就问:法库孙老师吧,又来送鹅蛋?小青羞涩地点点头,值班的干部便会放她进去。那时候还没有保安这个行业,保卫处的干部好说话,也热情,如果有两个同志一起值班,还会派一人帮小青拎着纸箱送过主楼。从大门到主楼有六十米,光秃秃没有行道树,路途不算近。小青来到二一〇寝室,如果吴大忠在,她会说是爸让她送的;如果吴大忠不在,她会对宿舍其他人道:你们转告大忠,我走啦。腼腆少语的小青给宋汉光等五位同学留下了极好印象,宋汉光说,见到小青就像见到了自己五年级的同桌,至于他五年级的同桌是谁、什么样,宋汉光从来没说过。江湖则说小青是福相,尤其那双耳朵好看,典型的正面不见耳,谁娶了旺谁。每到月末小青该来的日子,五个人会不时探头望望窗外楼下的甬道,小青总是沿着这条沥青斑驳的小道娉娉袅袅而来。

因为小青,刘全对吴大忠产生了不满。吴大忠每次收到鹅蛋和酒都会皱眉头,好像收到的不是鹅蛋和酒,而是一箱黄连。吴大忠不吃独食,他将鹅蛋六人平分,一人五个;酒则周末的时候,六人到学校门口一家叫阿里山的冷面馆去喝。小青送来的咸鹅蛋个个是红黄,江湖感到奇怪,他的家乡白洋淀也有咸鹅蛋,可是从没见过红黄的,小青这些红黄鹅蛋是怎么腌出来的呢?问吴大忠,吴大忠也说不准。江湖最喜欢吃咸鹅蛋黄,他说咸鹅蛋黄很像白洋淀的鲫鱼子,鲜而香。小青每次来二一〇,最高兴的是刘全,刘全甚至会扳着指头算日子,算小青哪天会来。日子一长,刘全发现了问题,他对吴大忠说:我说班长,你怎么对人家小青老师那么冷淡?人家月月来送鹅蛋容易吗?吴大忠鼻子里哼一下,道:你还小,老六,有些事你不懂。刘全不服气,说:小,不一定不懂,有些事傻子都能看明白。吴大忠不想和小兄弟争论这样的话题,耸耸膀子,夹着书去了图书馆。他是图书馆的常客,读书很杂,文学类、社科类、自然类,当然,看得最多的是名人传记。吴大忠因为有大队党支部副书记的履历,在大学里被选为铸造系党支部副书记,他在寝室里开玩笑说:看来我只有当副职的命。江湖说:班长你天生就是当官的,你下乡入党的时候我们还戴红领巾呢!

在刘全眼里,高大近乎完美的班长身上有很多谜,班长从不与室友谈及自己的过去,八年法库宋杖子下乡生活,被他河蚌一样关闭起来,成了谈论的禁区。一个偶然机会,通过小青,刘全知道了班长的点滴往事。

那是小青最后一次来二一〇送鹅蛋。大三上学期一个周六中午,去篮球场打完篮球的朱家正光着膀子跑回来,对躺在床上看书的吴大忠说:班长,小青老师送鹅蛋来了,我没穿背心,不好意思过去接她。吴大忠起身,眉头皱了皱,道:坏了,我约范老师马上到院办工厂看一台新机床,刘全你去帮我接一下吧。刘全二话没说,从上铺跳下来穿着拖鞋就下楼了。省工校园篮球场边有一排白杨树,树冠如巨伞,树荫下有横排的条凳,小青坐在条凳上,手里甩动一条红格手帕扇着风。因为天热,小青的脸红彤彤的,像个柿子,脑后的马尾辫用紫色的纱巾系着,恰似一朵鸢尾花盛开在油黑的头发间。小青老师来了?班长派我来接你。刘全打过招呼,正要弯腰搬纸箱,小青却说:刘全同学先不急,你坐下,我们说说话吧。刘全愣了一下,小青话少,难得主动要说说话,就在条凳上坐下。树上蝉声大作,似乎对他坐下来很不满。

大忠有事?小青问。班长去院办工厂看新机床去了,是范老师找他,刘全说。小青问:你是铸造一班年龄最小的吧?刘全点点头:我十六入学,今年十九了。小青望着喧闹的球场说:你比大忠小十多岁,也比我小七岁。刘全不知道小青想说什么,愣愣地看着她。在农村,这么大的姑娘就是老姑娘了。小青说:这是我最后一次来省工了。小青的目光一直没离开生龙活虎的篮球场,虽然天热,但还是有一群穿着背心短裤的学生在打球。

怎么回事?刘全问,班长惹你生气了?

小青摇摇头。妈妈把家里的一群鹅都杀了,她说。

刘全哦了一声,心想,看来小青妈妈反对女儿和班长交往,杀掉大鹅自然就断了鹅蛋。

伯母反对你和班长相处？刘全忍不住问。

我要嫁人了。小青目光有些迷离，用手帕揾了揾脸颊上的汗，接着说：对象是当兵的，在锦西，结婚后我就随军。

刘全有些急：你嫁人，班长怎么办？

他不喜欢我，我也没想嫁给他。小青将马尾辫捋到胸前，用纤细的手指一点点梳理着，原本红彤彤的脸庞似乎挂了一层柿霜。

不喜欢那你为什么还要月月来送咸鹅蛋？刘全有些不解。

我也不知道，我控制不了自己，或许只想让大忠不记恨我吧。小青说：一九七三年，法库县粮库有一次招工机会，大忠自己以为能上去却没有去成，怀疑是我爸不让他走，他嘴上不说，心里怎么想我能猜得到。其实，我爸就是同意他也上不去，那次招工指标是戴笼头下的，名单里没有他。我知道他自尊心强，就嘱咐我爸别对他说。还有一次，部队征兵，大忠是可以去的，我爸没放他，因为那次兵种是铁道兵，去川西打隧道，我爸听人武部的干部说打隧道十分危险。我知道情况后埋怨我爸，我爸说：小孩子明白什么？机会都是等到的，让大忠耐心等吧。我爸说得没错，大忠到底等来了上大学的机会。

你这是何苦呢！刘全有些急，我说这么多咸鹅蛋怎么都打动不了班长，原来根子在这儿。我这就去和班长说，有误会说开就好了嘛。

不用了，已经没有意义了，和你说了这些话我心里舒坦点。你告诉大忠，我以后不来了，我本来想送到大忠毕业，唉！可惜了那群大鹅。小青起身，微笑着对刘全说：我很喜欢二一〇寝室，你们六个同学都很好，真羡慕你们。说完，小青扭头走了，把一个线条起伏的背影留在刘全的视野里。小青穿白地碎花衬衣、深色裤子、白袜黑布鞋,走起路来仿佛带着弹性。

刘全从来没有遇到过这种事,直觉告诉他这件事班长有责任,多么好的小青老师,就因为你是大学生就不理人家吗?三年了,月月来送鹅蛋,连张笑脸都换不到,这不是太过分了吗?他把纸箱拎回寝室,径直到院办工厂来找吴大忠。吴大忠没撒谎,他的确来院办工厂了,不过没有进车间,而是在厂房山墙下读书。见刘全过来,头抬了一下又低头看书,他在看一本《罪与罚》,看得很投入,中午都不打个盹儿。

收了?他问,当然是指小青送来的鹅蛋和酒。

收了,但小青老师不会再来送了,二一○寝室从此没有咸鹅蛋和桃山白了。刘全站在吴大忠对面,两腿叉开,像一个挑衅者。

吴大忠惊愕地望着刘全,刘全已经不是刚入校时的豆芽菜形象,腰身四肢都粗壮了许多。怎么啦?

小青老师要嫁人了,随军去锦西,刘全说。

吴大忠合上《罪与罚》,猛地站起身,问:小青老师在哪?

走了。刘全说完,转身往回走,走了两步又回过头来道:我什么都佩服你,班长,但在对待小青老师这件事上,你活儿干得糙,有砂眼。

砂眼是铸造生产中次品的标志,刘全这样说吴大忠,算是挖苦到家了。但吴大忠没有反驳,他快步超过刘全,急匆匆往学校大门口跑去。

吴大忠追没追上小青没人知道。当夜,二一○寝室五位同学发现他们的班长三年来第一次熄灯时间夜不归宿。大家都没有睡,寝室长吴林有些担心,说现在校园周围治安不好,校门口经常有不三不四的小流氓骚扰女大学生。子夜时分,吴林说:出去找找吧,别出啥事。江湖道:没事,班长一个人在某个地方喝酒呢!吴林不信,班长对自己要求那么严,怎么会一个人喝酒?朱家正说:今天小青老师来了,说不准班长有什么开心事吧。江湖说:这样吧,我们去找找,要是我说得准,老三就买一打啤酒,大家陪着班长喝。宋汉光说:走吧,班长夜不归宿不是件小事。大家起身往外走,唯有刘全躺在上铺不下来,吴林推推他,他说自己不舒服,不想喝酒。刘全没有把白天的事告诉大家,那箱鹅蛋被他放在吴大忠床下。

果然,在学校对面阿里山冷面馆找到了吴大忠。冷面馆晚上不打烊,除了冷面外,还有各种泡菜、烧酒和啤酒。店面不大,灯光暗淡,柜台上一个朝鲜族大姐正昏昏欲睡。没有台布的餐桌上,吴大忠守着盘辣白菜独饮,桌上有个烧酒瓶,酒已见底。见室友们进来,吴大忠表现很平静,指了指桌旁的凳子:都来了,坐。江湖得意地扫了大家一眼,道:班长有啥好事一个人偷着乐?独乐乐不如众乐乐,大家一起乐和多好。

因为吴林上大学前有工资收入,不像宋汉光、朱家正要靠助学金上学,买啤酒的事自然由吴林来办。吴林到柜台要了十二瓶啤酒,又加了几盘泡菜,大家坐下来,每人抱一瓶打开的啤酒,等着分享班长的喜悦。他们猜想班长一定有喜事,要不怎会一个人跑出来喝酒?

吴大忠说没啥值得庆祝之事,就是突然想喝酒,活了三十岁,第一回有了想喝酒的欲望,索性就来喝一回。大家屈指一算,可不是吗?班长二十七岁入学,今年已经是而立之年了。朱家正说:人到三十天过午,要办的事该办了。宋汉光说:人一有愁事就成熟了。江湖说:班长愁什么呀?马上大学毕业,对象也有了,不像我们四个,还不知道女朋友在哪个老丈人腿肚子转筋呢。一向严肃的宋汉光摇摇头道:铸造专业什么都好,就是男女比例严重失调,我们一班全是男生,二班也不过三个女生,个个都像铁姑娘,学生处管招生的老师一定是个公公。吴林说:你说得不对,老二,真要是公公招生,招的肯定都是宫女。吴大忠让大家喝酒,别唠有损身份的嗑儿。吴大忠酒量不小,同学敬酒来者不拒,直到十二瓶啤酒告罄。吴林起身再要,吴大忠拦住说不能再喝了,再喝下个月只能吃咸菜了。大伙起身回学校。刘全没睡,躺在床上用一本《读者文摘》盖着脸假寐。大家回来怕惊醒他,谁也没有大声说话,悄悄熄灯睡觉。后半夜,刘全发现下铺的班长一直辗转反侧,去了六趟厕所。

吴大忠的事父亲也知道,父亲认为吴大忠的选择没有错,爱情这个东西一旦有感恩成分就不会幸福。石洪祥对父亲的观点不敢苟同,问为什么,父亲却不解释,而是反问:大忠要是娶了小青会幸福吗?石洪祥想了想,觉得父亲的话似乎有点道理。

吴大忠毕业分配到铜器厂后,江湖告诉吴大忠,说他给小青打了个长途电话通报一下情况,说有事可以来铜器厂找他们,哥儿六个都在。他还问能为小青做点什么。小青说村里总停电,学校电铃不响,上下课靠收发室老大爷拿锤子敲半块犁铧,若可以的话,就给学校铸个小铜钟,敲起来也敞亮。吴大忠说小青随军还没走哇,也是,随军是有年限要求的。

按理说这个要求很简单,但吴大忠他们真的没办法,因为铜器厂没有铸钟模具,化铜水都是大包,没有小打小闹的活儿,这事只能撂下。

吴大忠等六人来到铜器厂的第二年,父亲退休。父亲说,退休那天中午,六个大学生来办公室看他。他们知道父亲是富发诚奉锣传人,响当当的铜艺名人,对父亲敬重有加。在办公室,已经卸任的父亲给他们讲了旧时铜匠行当的一些传承,尤其讲了铜匠要具铜心、辨铜气、结铜缘。六人听了感到很新鲜,他们不知道铜匠这个行当原来如此注重传承。父亲说,沈阳是个讲究工匠传承的城市,这个精神的源头在哪里?就在铜行里。这一点你们一定要清楚,水有源,树有根,根源搞不清楚,人就会迷茫。大家交谈了一上午,临走时吴大忠问:您退休了,希望我们几个为您做点什么?父亲想了想,犹豫再三,还是说了自己当年想按照一比十比例锻造一座纯铜大政殿的事,这个愿望没实现,当时因为上级领导没批,现在虽有条件,却没人愿意做这费时费力的事。吴大忠说这件事不难哪,以现在的设备工具,复制一座纯铜大政殿不成问题。父亲摇摇头道:没那么简单,要按古法来锻制,是可以拆卸组装的榫卯结构,古代建筑是土木结构,寿命毕竟有限,若用精铜来复制,那就千秋万代传给后人了。吴大忠征求几位同学的意见,可不可以做这件事。吴林首先赞成,认为一旦复制成功,这件作品必成经典。朱家正说这件作品必须大家合作,他可以不怕辛苦做具体项目人。大家都表示赞同。吴大忠说:老厂长关心我们,没有将我们拆帮,全都留在了技术科,我们无以回报,就把锻制大政殿当作一道作业吧,既帮老厂长圆了这个梦,也不枉我们学一回铸造专业。江湖说:范老师说我们这些学铸造的总该铸出点东西来,大政殿要是复制成功,也不枉学一回铸造。

父亲很感动,这些傲气十足的大学生能决定复制大政殿完全出乎他的预料。他深知复制的难度和投入的花费,便说:此事不急,五年不早,十年不迟,只要能复制成功,我石国卿感激你们!

大政殿的事就这么定了。

曾经辉煌的铜器厂不明原因地开始衰落,衰落之快有点不可思议,昨日还火正旺、炉正红,今天就门前冷落车马稀。走下坡路的企业难留人才,不久,六个大学生陆续调离了铜器厂,一九七七级大学生在社会上很抢手,企业养不住,自有单位要。吴大忠调到市政府,先是给领导当秘书,三年后担任处长。宋汉光调到北飞,当上工程师。朱家正调到屏蔽电泵厂,担任中层正职。吴林去了机床厂,在质检中心当主任。吴林被公派到联邦德国考察半个月,看了人家的铜件铸造后觉得"压力山大",回国后对同学们说:中国是最早搞铸铜的,六千年前就有了先进的青铜铸造业,怎么今天却让人家给甩下了?咱是学铸造专业的,心里不服啊!江湖离开铜器厂后承包二建下属第一分公司,生意做得风生水起,沈阳一家有名的五星级酒店就诞生在他的塔吊之下,市领导到二建视察,点名要到第一分公司看。当然,其中离不开吴大忠的助力,吴大忠给分管城建的副市长当了三年秘书,帮助江湖疏通了不少关系。刘全辞职去日本留学,学成后准备回母校教书。

六人都离开了铜器厂,但谁都没忘当时的承诺,就大政殿一事他们碰了头。吴大忠说:这件事是个小工程,我看老五这个项目负责人还得接着当。朱家正说这活他愿意干,他一定做好组织协调工作,哥儿六个一起做好这篇作业。大家都表态,只要老五招呼,肯定没二话,有钱出钱,有力出力,一定在这篇作业上得满分,对老厂长有个交代。

石洪祥记得很清楚,六人无论谁离开铜器厂时,都会来看望父亲,解释一下工作调动的原因。他们的表态往往让父亲目光里星光闪烁,因为他们都会提到大政殿,说不管工作怎么调整,锻制大政殿这件事不会忘。父亲对他们的离开能说什么呢?铜器厂风光不再,再待下去会耽误人家的前程。父亲对他们每个人都是同样一句话:"具铜心、辨铜气、结铜缘"九个字适合所有的工作,能做铜活的人,干啥都不差事儿。

离开铜器厂,六个同班同学的工作发生很大变化。除了吴大忠在仕途顺风顺水,其他人都颇为波折。先是宋汉光所在的北飞进入萧条期,偌大一个厂区里连杨树都变得无精打采,几根高高耸立的红白相间的烟囱已经很久没有冒烟,原因很简单,上面没有研制新飞机的计划,军改民项目又面临市场窘境,用宋汉光的话说,北飞合上了翅膀。

朱家正所在的屏蔽电泵厂形势更为严峻,因为连年亏损,被市经贸委亮了黄牌,说年底不扭亏转盈,就要像防爆器材厂那样宣布破产。防爆器材厂是新中国第一个宣布破产的企业,这个仅有七八十人的小厂的破产,等于在国内外放了一只响声刺耳的钻天猴,把很多人惊得目瞪口呆。朱家正对厂子变成这样有些准备不足,好端端的厂子,怎么一下子就萎了呢?感觉好像有一副扳手在反向使劲,故意把螺丝往死扣上拧。心情不佳,朱家正便在锻制大政殿上找安慰,很长一段时间,就他一个人敲敲打打不停地舞弄。吴林所在的机床厂还没有出现危机,原因是机床厂厂长是个能跳龙门也会钻狗洞的主儿,他看到城市周边乡镇企业咄咄逼人,便想出了个屈尊搞协作的办法,与它们分食一点利润。厂长有句话让吴林听起来很不舒服,厂长说管他娘谁的钱,赚到手能花就是好钱!话糙理不糙,仔细琢磨厂长的话后吴林也只能无语。日子最好过的是江湖,他承包的二建一公司滚雪球一样越滚越大,甚至拿下了城内一个大型体育场项目。在其他同学都没有车的时候,江湖坐上了日本进口的轿车,轿车里竟然有一个小冰箱,炎热的夏季坐在车里能喝上冰镇汽水。同学们与江湖谈起工厂的困境,江湖对此有自己的分析:世界上没有一条河流是直的,企业生生死死、曲曲折折是常态。最先停产的是朱家正所在的屏蔽电泵厂。一天,朱家正来到厂长办公室想问问下一步怎么办,见白发苍苍的厂长一根接一根地抽烟,窗外是职工此起彼伏的骂声和哭声。他想,抽烟能解决什么?烟雾只能使眼前更迷茫。朱家正默默离开了厂长办公室,回头给吴大忠打了个电话,说自己不能跟着这艘破船沉到海底。吴大忠接到电话果真帮了忙,把朱家正调到区交警队。报到那天,交警队领导一看朱家正这么高的个子,说:你这身高,站天安门广场执勤都够标准,咱区里最显眼的地方就是市府广场,你到那里执勤吧。朱家正便去了市府广场交通岗,从此,一米九的朱家正旗帜一样站在市府广场执勤,给交警形象增光不少。

  吴大忠被提拔到朱家正所在的区任分管工业的副区长,上任后自然要去看往日同学。他先去看了在市府广场执勤的朱家正,朱家正站在遮阳伞下在用标准姿势指挥交通,他下车走过去打了招呼,问:老五,当交警辛苦吧?朱家正摇摇头:力气活,没啥辛苦的。吴大忠问:平时还干点什么?朱家正朝四周望了望,道:白天数烟囱,晚上在江湖那里做铜活,别忘了,我还是咱六个锻制大政殿的项目人。他这样说,吴大忠有些脸红,因为工作忙,他很长时间没过问锻制大政殿一事了,没想到朱家正和江湖还在坚持做。他问:你数烟囱干吗?朱家正说:烟囱就像树,烟囱一倒,厂子就黄了。吴大忠说:将来改成电动力就不需要这么多烟囱了,再说,烟囱有污染。没等朱家正回话,他就说:老五你联系一下,咱六个找个机会去江湖那里聚聚。

  吴大忠去北飞调研,对厂领导说想见见宋汉光工程师,厂领导说:宋工在设计民用飞机,我带你去看看。吴大忠问是否涉密,涉密的话就把汉光叫来。厂领导说宋工搞设计是自己的行为,与保密问题不搭界。厂领导带吴大忠穿过空荡荡的技术中心走廊,来到角落里的一间资料室,宋汉光正埋在资料堆里画图,全然不顾有人走进来。吴大忠说:老二,画什么呢?宋汉光这才抬起头,见是吴大忠,一句客套话没有,拉着吴大忠来看他设计的图纸。吴大忠毕竟学了四年铸造,一搭眼就看出宋汉光在设计一种大型直升机。老二呀,咱不是学飞机设计的,你怎么设计上飞机了？宋汉光严肃地说:到什么山唱什么歌,我既然来到北飞,就该考虑北飞的事。一旁的厂领导点点头,说宋工特别专注,别的工程师在种花养鱼,他却整天待在这里搞设计,没谁给他任务,他是自己给自己压担子。吴大忠心里一紧,像被猫挠了一把。宋汉光目光坚定,握了握拳头道:总有一天,北飞会一飞冲天！吴大忠双手抱住宋汉光的肩膀,动情地说:老二,别苦了自己。吴大忠知道宋汉光谈了个女朋友,在西部一个航天基地工作,两人马拉松式的恋爱让同学们很着急。宋汉光说:班长你知道我家里穷,当年连顿油梭子都吃不起,我是靠国家助学金读完了大学,不是唱高调,就是报恩,我宋汉光也总该做点什么吧。

吴大忠的心好似又被猫挠了一下。

机床厂的情况也很糟,大厂与乡企搞协作,无异于雄狮带着群狼捕食,累死雄狮,撑死群狼。机床厂主业日渐荒废,别说与德、日企业竞争,连生存都成了问题。吴大忠看了企业报表后从调研名单上勾掉了机床厂,打电话把吴林请到办公室,想通过吴林听几句真话。吴林来了,却不说机床厂的事,他说:班长你还记得我们对老厂长的承诺吗？十年了,该给老厂长一个交代了。吴大忠说:当然记得,这事撂下了一阵子,责任在我,我们找个时间一起到江湖那里坐坐,把这活儿捡起来,好在老五一直在忙活。吴林说:我也常去,复制大政殿看起来容易,实际很难,都是手工细活,咱还是加把劲把它弄出来。

生活最滋润的当然是江湖。江湖由承包第一分公司起家,进而承包了整个二建,前两年,他以著名企业家的身份进入市政协,电视里经常能看到他端坐于主席台上的形象。江湖成功后,热衷于组织饭局,饭局的常客总是那么几种人:离退休高官、过气明星和来路不明的所谓大师。在这样的饭局上江湖如鱼得水,他预测凶吉的本领能得到超水平发挥,往往一个饭局下来,各位大师开始称他为大师。江湖还有个特点,只要他主持饭局,总要讲一番铸造,讲中华六千年铸造史,讲青铜鼎,讲奉锣,讲铜匠的铜心、铜气、铜缘学说,并按照他的阐释宣传一番,让听者不禁想去尝尝铜是不是真的有甜味。

吴大忠召集同学到江湖那里相聚,事先他给江湖打了电话。

聚会那天,江湖在外面尚未赶回,大家便在厂房里围着尚未完工的大政殿评头品足,几年来一直是朱家正在干活,江湖负责材料,其他人只是当参谋。江湖公司食堂准备了晚餐,江湖的女秘书来叫,说江总马上就到,请大家去餐厅边吃边聊。大家在餐厅刚一落座,江湖就提着个纸箱推门进来。吴大忠说:老四你几个意思?想放我们鸽子吗?江湖说他是为了这次聚会,特意下乡办点事,路况不好,奔驰只能当牛车开。江湖的座驾已经升级为奔驰。朱家正瓮声瓮气地说:四哥为聚会准备啥了,非往乡下跑?职业往往会改变人的脾气,这话在朱家正身上有所体现。自从当了交警后,朱家正说话的口气多了些质问,好像周围每一个人都有违章嫌疑。江湖诡秘地一笑,道:哥儿几个猜猜我去弄啥了?吴大忠问:你去哪个乡下了?江湖说:我去了宋杖子。说完,打开纸箱,拎出两瓶商标已经发黄的简装白酒,原来是法库桃山白!众人愣住了,大学四年,法库桃山白已经种在每个人的记忆里,看到这久违的酒,满桌人的眼睛都为之一亮。人们自然想起了小青,想起咸鹅蛋。你真去宋杖子了?吴大忠问。江湖点点头:法库桃山老酒厂黄了,我在供销社抄了点库存。刘全急切地问:看到小青老师了?话一出口觉得不对,悄悄看一眼吴大忠,急忙自己打圆场道:哦,小青老师不在法库,人家在葫芦岛。

两瓶法库桃山白起开,江湖给每个人倒了一大杯,然后站起来打场子。他回忆了二一〇寝室的往事,回忆了校门口那家阿里山冷面馆,还回忆了小青每月送的咸鹅蛋和法库桃山白,直说得大家心潮起伏,眼角湿润。江湖请吴大忠开杯,此时如果吴大忠能趁热打铁,举杯豪饮,相信其他五人都会群起响应。但吴大忠毕竟是领导,酒桌上总是控制火候,水烧到八十度即止,不会一口气烧到水开,因为沸水伤人。吴大忠举杯说:十年了,大家都不容易,所有的酸甜苦辣化成这杯酒干了吧。说完浅浅地喝了一口。这酒下得没什么进度,站起身的五人又泄气一般坐下了。接下来吴大忠提了第二杯酒,他讲了母校的难忘时光,讲了当年学生时代的一些趣事,还讲了老厂长在西瓦窑买地开起了铜雕工艺公司,老厂长上海美术学院毕业的儿子子承父业,把富发诚搞得风生水起。

吴大忠提的第二杯酒喝过后,朱家正突然问:班长,你是主管工业的,说说为啥厂子像多米诺骨牌一样倒闭?这是咋回事?吴大忠说:这是一个工业体系转型问题。有死就有生,铜器厂不倒,老厂长的富发诚就起不来,我们不仅要看倒闭多少,还要看新建多少,如果生者多于死者,就是健康发展。朱家正的丝瓜脸拉长了,用一双渴望的眼睛看着吴大忠那张国字脸说:昨天下午,我又数了一遍市府广场周边的烟囱,还剩下十一根,我刚当交警那天是几十根。酒桌上出现片刻沉默。

吴林说:我去过一家乡企,从大厂挖了几个技术员就办起私营轴承厂,生意做得活,把大厂的客户都抢了去。大厂像只病倒的骆驼躺在沙漠里喘息,成群的秃鹫围在四周目透贪婪,等着分食骆驼最后一点肉,多么令人唏嘘的一幕。

宋汉光没有谈北飞的问题,北飞是中直企业,不归地方管,说也没用。他讲自己设计的大型直升机,已经完成设计百分之六十,他说:你们知道米-26吧?苏联一九七七年也就是我们高考那年研制出来,一九八五年实施量产,能把坦克吊起来投放到战场。我到北飞后就想,我们国家太需要重型直升机了,有了它,九百六十万平方公里可以想去哪就去哪。江湖说:你设计直升机我一百个赞成,重型直升机生产出来我们二建公司第一个买,盖高楼好吊装。他的话把同学们说笑了。

说话间,吴大忠独自又喝了一大口酒。此时他心潮澎湃,各种感慨拥堵在胸口。法库桃山白酒味醇正,回香绵长,是难得的好酒。法库桃山白是有记忆的,他想,它不是一瓶白酒,而是液态芯片,储存着太多的故事。

刘全不说话,认真倾听每个人的话,他回国后到母校工作,但原来的铸造系已经被撤掉了。

席间,江湖偷偷告诉吴大忠,说小青根本没去锦西,就在宋杖子小学工作,三年前,由民办转成了公办。江湖说:我去了宋杖子小学,她还问你好呢。江湖摘下眼镜哈口气,用两个拇指擦擦镜片说:小青老师是个好女人,当年就像菜园里一根顶花带刺的黄瓜。吴大忠抬起右手按住江湖的肩膀:我与你不同,老四,你是自由人,但对于我来说,该放下的必须放下。江湖戴上眼镜,舒了口气道:记得有个外国作家说过,生活不是我们活过的日子,而是我们记住的日子,你能忘了咸鹅蛋和桃山白吗?

聚会中大家商定了两件事:第一件事是加快大政殿锻制进度,务必在本年度完成,大家无论多忙,每周都要来帮老五干活,具体干什么由老五分配。第二件事就是大家近日一起去趟宋杖子,看看能帮宋杖子做点什么事。两件大事定完,便开始放开了喝酒,吴大忠不再限制大家,谁敬酒他都会喝一大口。

大家喝得都有点高,包括一向稳重的吴大忠。吴大忠说:今夜咱不坐车,一起逛逛街景。大家都表示赞同。六位同学漫步在霓虹灯闪烁的主街上,吴大忠说:城市管理水平体现在细节上,咱走小巷看看。走过两条胡同,大家看到两边都是新楼,路灯也很亮,遗憾的是街上尘土很厚。吴大忠说:沈阳什么都好,就是多尘土,这尘土因为建筑工地多而来,等建好了,尘土问题自然就解决了。吴林说:班长,看来你城市管理细节还不到位,尘土的问题不就是扫帚问题吗?宋汉光替吴大忠说话:细节是个慢功夫,如同设计飞机,急不得。又走了几条街巷,大家迷路了。吴大忠问朱家正:你是交警,你该知道怎么走哇。朱家正卷着舌头道:班长,我只知道这里原来是洗衣机厂,谁知道都盖了高楼。江湖想打电话叫车,被吴大忠制止,在自己辖区,却找不到出路,岂不让同学笑话?走吧,吴大忠说,条条大路通罗马,只要不停步,就能走上青年大街。青年大街是沈阳最有名的主路,代表着这座城市的脸面。在走了不少冤枉路后,他们鬼使神差地走到了省工正门。六个浑身是汗的人站在母校门前,目光在大门对面搜寻什么,但对面是一排九层住宅楼,当年那个阿里山冷面馆所在的平房已经不见踪影。

　　在分头散去前,吴大忠叫住江湖说:明天是周六,老四你有时间的话陪我去看看老厂长,我想到富发诚找模具铸一口小铜钟给宋杖子小学带去,小青十年前对老四提出的要求,我却至今没做到。吴林听到了两人的对话,大声说:我们都去看看老厂长,然后再一起去宋杖子看小青。

　　第二天,六人按约定时间来到老厂长位于西瓦窑的富发诚公司,石洪祥热情接待了他们。石洪祥对这次不同寻常的来访印象深刻。六个人先是向父亲汇报了大政殿的锻制情况,朱家正表态,国庆节前肯定完成,完全按土木营造法式来复制,每一个窗子、每一扇门、每一根立柱都可以拆卸组合。父亲听后特高兴,和每个人又握了一遍手。

吴大忠说了想铸一口小铜钟的事,父亲笑着说,这事简单,让洪祥去做就行了。吴大忠却坚持要六个同学亲手做,大家撸起袖子制模、化铜、浇铸,很快铸成了一口精致的铜钟,敲一敲,声音响而脆。父亲说这钟铸得不错,一看就是铸入了真情,没有真情的钟虽好看,却不会太响亮,因为铜通人气。

第二天,江湖出了一辆中巴,拉着大家直奔法库宋杖子。出省城,过法库,经过一个沿公路展开的集市,便上了一条凹凸不平的沙石路。路两旁长着高大的杨树,田野里正在抽穗的苞米绿油油的,十分养眼。应该早些回来看看,吴大忠心里埋怨自己,又不是隔着千山万水,回一趟自己生活了八年的宋杖子还难吗?当年宋杖子社员对自己并不薄。他一路都在责备自己,觉得自己欠宋杖子很多。

宋杖子村现任党支部书记姓孙,五十岁左右,秃顶,长着一双薄薄的招风耳。孙书记是小青老师的堂兄,见到市里来了客人,把大家让到村委会,一边安排人张罗午饭,一边自己动手泡茶、洗茶碗。江湖介绍说吴区长曾在这里下过乡,还担任过大队党支部副书记呢。孙书记听后脸色马上冷了下来,嘴上说:知道知道,社员党员都知道。吴大忠感觉到了对方的冷淡,问:我们当年住的青年点还在吗?孙书记说:拆了,留着给谁看呢?吴大忠说:我们想到村小学看看。孙书记让村会计老胡陪着,说自己还要张罗饭就不陪了。吴大忠带着大家一走出村委会大门,陪他的老胡就说:我认识你,大忠,当年我们一起演过《沙家浜》呢!吴大忠仔细看了对方几眼,当年大队的确排演过《沙家浜》,自己扮演郭建光,可眼前这个老胡当时演什么,自己实在想不起来。老胡说:我是演沙四龙的胡德富,我爹是大队保管员,知青们给我爹起了个外号叫胡公鸡,就因为我爹大队仓库管得严,像铁公鸡一样一毛不拔。吴大忠想起来了,当时是有个小胡演沙四龙,便笑着说:你不该叫老胡吧,演沙四龙时还是个半大小子嘛。老胡有些腼腆,道:农村人老相,我还不到四十,村里人都叫我老胡。两人走过几排瓦房,远远看到村子西北角一长栋红墙红瓦的新房,老胡说:那就是宋杖子小学,扒掉青年点后新建的,村里老少都知道是你捐建的希望小学。

吴大忠吃了一惊,自己何时捐建希望小学了?但他没有问,他想看看宋杖子村到底发生了什么,孙书记为什么那么快由热变冷。

到学校看看吧,现在学生正上课,老胡建议。吴大忠点点头,心里怦怦直跳,第六感告诉他,小青一定在学校。学校办公室很敞亮,窗明几净,书本摆放整齐。一个长着娃娃脸的年轻老师正在备课,见到老胡进来,抬头道:胡会计送支票来了?老胡笑了笑:我是陪领导来视察的。他向吴大忠解释了村里欠学校去年教师节慰问金的事,慰问学校时孙书记一激动说了大话,现在可好,圆不了场,下不来台。吴大忠问:多少慰问金?老胡说也不多,每个教职工一千块,一共一万九。吴大忠没有说什么,看来宋杖子小学有十九个教职工。老胡问娃娃脸老师:小青校长呢?领导来看她。娃娃脸说:校长上课去了,我去和她打个招呼。说完就出去了。大家在办公室坐下来,墙上一个宣传栏吸引了吴大忠的目光,校长兼党支部书记孙小青排在最上头,照片中的小青文静含蓄,整齐的短发,明亮的眸子,饱满的面庞,和年轻时相差不多,照片中小青没有笑,眉宇间似有一种王文娟般的忧郁。王文娟是吴大忠心仪的一位越剧演员,最吸引他的地方就是眉宇间那一丝永恒的忧郁,吴大忠由此得出一个结论:女人最美的地方不是明眸皓齿,而是眉宇,女人眉宇间的忧郁美是一道方程题,让每一个有解题欲望的男人跃跃欲试。同学们都站在宣传栏前看照片,只有江湖没动身,陪吴大忠和老胡坐在一边。朱家正说:小青没变,还是那么清纯。吴林说:更成熟了,女人只有成熟才美丽,像花儿完全绽放一样。宋汉光道:你们看,小青眉头在微微蹙着,好像有点不开心。刘全说:要是全身照就更好了,小青老师的身段没的挑。大家七嘴八舌,完全不顾老胡在一边。吴大忠有点难为情,对老胡说:他们和小青都很熟,说话没轻重。

下课铃声响起,清脆悦耳。老师们纷纷夹着教案回到办公室。老胡领着大家来到校长室。大家一同拥进校长室,看到了小青那张满月般的脸,润泽明亮,光彩照人。小青与每个人握手,眼角噙着泪花:你是吴林,你是宋汉光,你是朱家正,你是小刘全。小青叫出了每个人的名字,她没叫吴大忠和江湖。吴大忠把那口小铜钟双手递给小青,歉意地说:十年了,才送来。

小青抚摸了一遍小铜钟,轻轻放到办公桌上,然后望着吴大忠说:现在学校不停电了,这口钟我们会放到荣誉室珍藏。

我早该来,一直忙,吴大忠解释说。

你人没来,心意却早就到了,宋杖子小学师生对你感激不尽。小青让大家坐下来,微微笑着,十分开心的样子。

吴大忠问:心意到底是怎么回事?

小青有些惊讶:看来你常常做好事不留名,自己做的好事自己都不记得了。几年前你筹措资金让江湖来援建宋杖子小学,彻底改变了宋杖子小学办学条件,村民都夸你不忘本色。过去的学校你清楚,破破烂烂,不成样子,国家实行三级办学,宋杖子是贫困村,没办法。

吴大忠明白了,是老四在花钱往他这个班长脸上贴金,老四对此却守口如瓶。

江湖还做了什么？吴大忠很了解老四，知道他不会只做建校一件事，这个人做什么都讲究有始有终。

你要求的事他都做了，小青说，他每个月会来宋杖子一趟，他忙，很多时候是派司机来，十斤鸡蛋一桶豆油，说是你们二一〇寝室六个同学的意思，我只能收下。你们也是，我一个人怎吃得下这么多东西？宋杖子小学教职工差不多都吃过你们送的鸡蛋和豆油。

大家都沉默着，吴大忠感到眼前一片金星亮起，他闭上眼睛：江湖啊江湖，你比我重情义啊！刚才，小青一句话引起他的警觉，小青怎么说自己一个人呢？他迅速睁开眼睛，恢复了平静问：听说你嫁到了葫芦岛，怎么还在这里工作？

小青目光低下来，向吴大忠和大家道出实情。原来，小青和那位海军军官已经登记结婚，不幸的是他在一次执行任务时因公牺牲，小青为此大病一场，情感的门窗从此紧闭不启，一直一个人在宋杖子小学工作。介绍完自己，她像完成了某项工作，长舒一口气，微笑着对吴大忠说：多亏有你的关心，你每月送来的鸡蛋时常在我梦里孵出一群小鸡来，叽叽喳喳围着我叫。

众人都沉默了，没想到小青的命运竟如此坎坷。

还是小青打破了沉默，她问：你们还想吃咸鹅蛋吗？想吃的话我就养一群鹅，可惜的是那个老酒厂黄了。小青一开头，大家便七嘴八舌聊起来，小青没有了当年的腼腆，声音清脆爽朗，充满自信。

吴大忠一行离开学校时，小青一直在微笑。

在村委会安排的午饭很简单，土豆、地瓜当主食，油焖豆角、小葱拌豆腐两道菜，孙书记本来准备了鸡和鱼，因为吴大忠有交代，这些东西便没做。席间，吴大忠表态，回去和交通局说说，争取把通往宋杖子的乡路修成柏油路。村里有外出打工意愿的年轻人，可以组织起来,集体到沈阳建筑工地做工,他负责联系企业。此外,他出两万元现金,让孙书记把教师节慰问金马上发下去,不能失信于教师,教师是教育下一代的。

孙书记的脸上顿时云开月朗,一个劲儿往吴大忠碗里夹豆角。

离开时,孙书记把吴大忠拉到车尾处,小声说:别怪我对你冷脸,领导,我婶子咽气时还叨咕,是你耽误了小青,婶子记恨你呀!

吴大忠没有说什么,抬头看看远处,绿油油的田野里,成片的苞米正随风起伏。这时,娃娃脸老师一路小跑地赶过来,怀里抱着一个纸盒,额头上渗着汗珠,气喘吁吁地说:紧赶慢赶还是赶上了,哪个是吴区长?这是孙校长让我送来的。

吴大忠接过纸盒,沉甸甸的,用红色塑料绳系着,打开一看,是两瓶一九七七年出厂的桃山白,商标是个红双喜字,已经泛黄,铁质瓶盖锈迹斑斑。

国庆节前,大政殿锻制接近尾声。朱家正给吴大忠打电话:班长啊,大政殿的内设微雕是宋汉光做的,门窗是吴林的作品,立柱栏杆錾刻是我和刘全干的,八角须弥座出自江湖之手,现在给你留着一个活儿,就是殿顶正中相轮火焰珠,真正的画龙点睛之笔。吴大忠道:没问题,我一定按期把它做好。吴大忠用了七个晚上,用江湖备好的铜料铸成了,大政殿锻制工程正式完成。

吴大忠和父亲约好了时间,然后在国庆节前最后一个周末,六人一道驱车来到西瓦窑的富发诚公司。

石洪祥知道他们要来送铜制大政殿的消息后很有些歉疚,这项工程本来应该由他来完成,但他一直没有将计划列入日程,公司要生存、要发展,需要干的活太多,实在无暇做这件事,尽管他知道这是父亲无法舍弃的梦想。

父亲为大政殿举办了隆重的交接仪式,全体员工列队欢迎这座历时十年用纯铜手工打制的精品之作。纯铜大政殿被安放在公司一楼大厅正中,在射灯照耀下闪出柔和的金色,看上去十分庄严。

吴大忠对父亲说:老厂长,我们这篇作业完成了,不迟吧?

父亲道:不迟,国外有的作品上百年才完成。

吴大忠点点头,父亲的话有足够根据。

六个大政殿的锻制者站在自己的作品前,希望老厂长讲几句话。父亲略微思考了一下说:我给你们讲过铜心、铜气和铜缘,今天我就讲讲铜光。不知你们是否注意到,大政殿的铜光刺眼吗?不刺。有贼光吗?没有。这就应了祖师爷那句话:光而不耀。精铜之光就是君子之光,你们六人都自带这种光芒。

石洪祥暗暗记住了父亲说的这四个字。

第十五章　泥稿

二〇二一年元旦清晨,站在厂区空旷的井台上,石洪祥的目光在青冢、梓树和砖墙上来回扫描,阵阵冷风刮过,那棵树叶落尽的梓树却不见丝毫摇动。

他对自己说:该开始打泥稿了。

父亲关于软铜册的讲述已经进入尾声,按照设计要求,六十米长、两米高的一件大型铜雕,施工周期至少要五个月,时间不等人,赶在农历五月二十二日父亲生日之前完成这一巨制是不能拖的大事。草图已经成形,剩下的人物不会很多。

第二天,他打电话约令狐可到公司来,将一卷草图展示给令狐可看。如此规模的大工程,没有令狐可点头他心里不托底。过去公司承接的大项目多次证明,只要令狐可认同的设计没一个返工,令狐可的品鉴水平让人不得不服。

令狐可驾车赶到,一件加长紧身米色羽绒服,狼皮领子裹着一张红润的脸,乍看有点王昭君的风采。令狐可带了一本黄河五千年大型铜雕画册供他做设计参考。令狐可仔细看了两遍草图,眼睛里多了几颗小星星,抬头望着石洪祥,有些惊讶地说:六十米长,两米高,按真人比例雕刻这么多人物,大手笔呀!

石洪祥有些得意,令狐可很少这样夸他,他已经习惯了令狐可的戏谑和调侃,令狐可能表扬,说明令狐可基本同意了自己的设计。他微笑道:我给南京博物院创作的浮雕七十米长,八米高,给位于沈阳铁西的中国工业博物馆创作的浮雕也有三十米高,十五米宽,这件作品不算最大。

令狐可俯下身,开始一个个数草图中的人物,石洪祥在一旁逐个介绍。图中人物共九十六个,形态各异,没有雷同,说明设计者和绘图者对人物的把握很到位。

怎么不是整数? 令狐可问。

软铜册上的人父亲尚没讲完,父亲的讲述有年代顺序,已经到了改革开放,石洪祥回答,估计还会有。

我要特别感谢你。令狐可目光含情,望着石洪祥说。

感谢我? 石洪祥不明就里。

你把妈妈画得太传神了,画出了妈妈温婉优雅的特质,绾着发髻的妈妈在画里好像复活了一样,连妈妈发髻上的发簪都清晰可见。

石洪祥设计的草图中,唐婉秋右手持针微微侧着面庞在软绣,目光却没有在软绣上,投向前方,似乎在寻找什么,冷玉般的气质通过这个动作活脱脱呈现出来。

你没有辜负妈妈对你的好,令狐可夸赞说。

石洪祥知道,唐阿姨是父亲心中的女神,若是画不好,父亲那里根本无法通过。诗有诗眼,画有画魂,要知道,九十六个人物中,唐阿姨是不可替代的画魂。他说:画不好唐阿姨,这就是一件失败的作品。

令狐可点点头:画得像不难,画出神来不容易,你把妈妈的气质画出来了,心中有,才会画得真。

石洪祥道:你这个"真"字用得好,像不像太浅,真不真才深刻。人物的真其实就是神韵,有了神韵,画出个背影你也知道这人是谁。画唐阿姨是这样,画其他人也是如此,我都力求画得真。父亲在讲述时我就揣摩这个人物真在哪里,然后构思、画草图,给父亲过目后才最后定型。

这种揣摩就是通神的过程,画家与所画者只有神相通才会出好作品,令狐可说。

令狐可又看了一遍草图,忽然她像发现了什么,抬头盯着石洪祥,像是有东西遗落在了石洪祥脸上。

你咋这样看我? 石洪祥有些不自然。

爸爸在哪里? 令狐可问。

石洪祥松了口气,道:我想过这个问题,任何作品都不可能画尽所有的人物,有所取舍很正常,我父亲不是也没在上面吗? 你姥爷、姥姥,还有门外徒、乡下的老塾师,等等,很多人都没有。图中人都是软铜册中人,有谁没谁要看父亲的软铜册,不由我说了算。石洪祥只能这样解释,尽管父亲在讲述中多次提到过令狐平,但始终是以陪衬身份出现。

不行! 令狐可语气很坚定地说:我上次在贵宾室和你说过,浮雕中不能没有爸爸。

石洪祥说:你不要急,也许父亲下一个要讲述的就是令狐伯伯,令狐伯伯在这些人物中职务最高,大人物一般最后出场。

如果石伯伯不讲怎么办? 令狐可做事认真,从不含糊,这一点石洪祥再清楚不过。石洪祥还记得,有一次他在北京一个展会上获了个工艺美术大奖,打电话向令狐可报喜,令狐可说获奖要庆贺一下,石洪祥说周末请她吃火锅。因为忙,石洪祥把周末请客这件事给忘了,周日晚上八点,他接到令狐可的微信,让他马上到北陵公园附近一家饭店的二一一包间见面。他以为有什么要紧事,便匆匆打车赶过来,一进屋,发现令狐可独自一人在包间里等他,桌上的火锅热浪翻滚。令狐可说:坐下,吃饭。他已经吃过晚饭,不得已又陪着令狐可吃了一顿雪花肥牛。令狐可吃得很香,还喝了一杯红酒。他没有急着问令狐可有什么事,从小父亲就告诉他,吃饭就要专心吃饭,食不言寝不语,这是孔夫子的教诲。吃完饭后,令狐可笑眯眯地望着他道:吃得怎样?他说还不错,这个地方是高档火锅店,食材好。令狐可说:我吃完了,你去结账吧。石洪祥起身把账结了,回到包间坐下,见令狐可已经在穿外套准备下楼,就问找他来说什么。令狐可说:不说什么呀,就是吃火锅。他松了口气说:这是搞啥名堂?我还以为找我有什么急事呢。令狐可说:你说周末请我吃火锅,你忘了,我可记着呢。好了,打车送我回家吧,别忘了把半瓶红酒带着,那可是瓶好酒。此事让石洪祥领教了令狐可的认真,这是个惹不起又放不下的女人。

如果父亲不讲,我就搬出你来,父亲总会给你面子的。

石洪祥的分析不是没有道理,他发现父亲只有见到令狐可的时候,严肃的面孔才会露出微笑。其中缘由他分析过,父亲或许因为当年阻止他和令狐可的恋情而有所歉疚,因为父亲知道自己心里放不下令狐可,就像父亲心里放不下唐阿姨一样。

我尊重石伯伯,不能给他老人家出难题,这事只找你。令狐可很犟,把球踢给了石洪祥。

石洪祥很无奈,令狐可的话他无法拒绝,年轻时一个亲昵动作竟成终生还不清的债,令狐可提任何要求都那么理直气壮。他曾想过也拒绝令狐可一个要求,哪怕一次也成,但自己很不争气,只要令狐可张口,他总是会无条件接受。当然他也承认,在此之前令狐可提出的所有要求都没有难为他,他也乐于为令狐可做事情。令狐可的见识与别人不同,和令狐可在一起他往往会生出许多灵感,他曾坦言,令狐可就像他灵感的发动机,与令狐可探讨设计是必须走的一道工序。

石洪祥道:我不敢向你承诺什么,但会尽力。

相信你不会让妈妈一个人在浮雕里软绣,令狐可说。

我会和父亲说的。石洪祥说这话时明显底气不足,像失温的铜水,有些滞涩。

还是说说浮雕构思吧,令狐可说,这么大一件作品,仅靠年代来分是不够的,作品要有思想逻辑,这个层次既是个体呈现的需要,也是整体思想的升华,你要理顺这个问题。

石洪祥好像被击了一掌,顿时睁大了眼睛。是啊,这的确是自己没想过的问题,之前,只想到每个人物的真,力求让人物活起来,却没有考虑总体思想逻辑,令狐可一说,他觉得自己的构思还是有欠缺。

说得好!石洪祥用力点了点头,可是怎么来确定整体上的思想逻辑呢?

令狐可想了想,伸出三根手指道:你把铜雕分铜心、铜气、铜缘三篇,每篇再按时序来结构人物、时空重置,思想就会从浮雕中像树一样长出来。

无三不成文,浮雕也应该有三章,仅有三章还不成,做文章要有文眼,这个文眼要放在最后,让人为之一振。我觉得这个文眼应当是新中国成立七十周年庆典上那辆驶过天安门广场的花车,花车是辽宁舰航母造型,上面有齿轮、飞机、高炉等模型,代表了工匠精神的最新境界。

好主意!石洪祥几乎叫了起来,你这是金点子呀!

令狐可笑着说:记住,你又欠了我一笔债。

石洪祥拍了拍胸脯道:这笔账先记着,就按你说的办,明天开始打泥稿。

泥稿是铜雕的基本模具,直接决定铜雕的质量。石洪祥用的是一种海泥,干透后比石膏还要坚硬。制作泥稿时每个人物面部他必须亲自上手,这是最耗费精力的一道工序。

浮雕里会有我吗？令狐可歪着头问。

石洪祥摇摇头:你我别这么早就挂墙上。

看来还是心中没有,韩干部当初让富发诚在浮雕里加上老首长的事多感人,老首长在他心里有位置。

石洪祥红着脸说:这是两回事。

令狐可扑哧一声笑了,道:我开玩笑呢,不过我很想知道石伯伯在讲述中有没有提到我,是否解释了当年他为什么反对我俩恋爱。此事一直没有定论,石伯伯已近百岁高龄,谜底也到了该揭开的时候了。

唐阿姨不是解释过吗？石洪祥说。

妈妈应该是有所保留,我感觉关键在石伯伯这里。

父亲没有说。我爷爷当时反对石、唐两家结亲,是因为一旦结亲,当年救唐阿姨的举动就有了功利目的,到了我们这一代也是如此,我若娶了你,是不是有点母债女还的味道呢？

荒谬！令狐可有些生气,这完全是托词,我觉得问题在石伯伯和爸爸的矛盾上,他俩为了妈妈一直在暗中角力。

我们不能这样议论长辈,石洪祥说,两个父亲都十分优秀,一个是高级干部,一个是铜雕大师,他们惺惺相惜。

令狐可意识到自己一时过于激动,舒了一口气道:其实也没有什么,往事像浑河中的浪花,眨眼间就漂向下游,时间会冲淡一切。不过话又说回来,这不怪我,是你提到了石伯伯的软铜册,这么重要的日记里竟然没有爸爸和我,这未免让我产生失落感。石伯伯对我特好,每次看我眼里都流蜜,那是一种慈父般的爱,一个如此爱我的伯伯,怎么在软铜册里会把我忽略了呢？

如果说父亲有所忽略的话,我已经替老人家补上了,浮雕设计方案出来我没给父亲看,而是请你来把关,你虽然不是画中人,但你是定稿人。

啥时候学会油腻了?令狐可故意撇了撇嘴,你不给石伯伯看,那是想在祝寿时燃爆一个惊喜,你那点心思瞒不过我。

石洪祥摆摆手:不谈这个了,说说浮雕三篇内容的主次人物安排吧,这么多人物,谁占 C 位(中心位)?

先谈谈你的想法,令狐可说,这个问题的确很重要,体现浮雕主题的关键人物一定要选好,如同舞台剧确定主角一样,不能简单排列成模特儿表演队。

石洪祥说:铜心篇,主要人物应该是富掌柜、爷爷和九佬,开篇人物一定是富掌柜,因为他是富发诚的开山之人,是铜行里精神的源头。铜气篇,核心人物应该是苏掌柜和十八匠,他们身上有爱国情、民族气,是铜行里的骄傲。铜缘篇要突出的是韩干部和秋子,他们不是铜行里的后人,却与铜有缘,将铜匠元素融入了三线建设当中,让铜行里这条小溪汇入了滔滔金沙江,实现了另一种重生。

令狐可俯身再次看了一遍草图道:我觉得六个一九七七级大学生应该占有重要位置,那届毕业生身上有许多能打动人的东西,须好好表现一下,是他们圆了石伯伯纯铜大政殿的梦想。

石洪祥觉得令狐可说得有道理,当初,锻制大政殿的事自己没有摆上位置,心里总是有些歉疚,六个一九七七级大学生替他圆了父亲的梦想。他决定修改一下草图,用六个年轻人簇拥着大政殿组团作为这一章的高潮。

令狐可起身告辞。两人来到一楼,令狐可没有走向门口,而是转身来到铜雕作品展区,围着那尊女性人体铜雕转了个圈儿,抚摸着铜雕的溜肩感慨地说:岁月无敌,还没等浪漫,人却老了。

石洪祥笑了:天天在歌舞音乐中的你倘若如此感慨,我就更与浪漫无缘了。

令狐可环顾四周,见周围没有人在,便小声道:你偷塑女体,难道不浪漫?

一句话把石洪祥的脸说红了,他便催促道:快回吧,等会儿该堵车了。

上车后令狐可摇下车窗,再次嘱咐:别忘了我说的事呀。

几天后,石洪祥还真的问了父亲软铜册里为什么没有令狐平。

父亲冷冷地说:为什么要有他?

石洪祥说:您花费大量笔墨记录韩干部,却一字不写令狐平,这好像不公平。

你不懂,父亲说,有些人要记在本子上,有些人要记在心里。你令狐伯伯和我太熟了,什么事都在肚子里,用不着上软铜册。

这显然是搪塞,石洪祥想,看来不在软铜册里记录令狐平,是父亲早已决定的事。

我和您说过,想根据软铜册上的人来创作一件作品,软铜册上没有,就不能进入我的作品。您已经讲了软铜册中的九十六人,我也画了草图,您还会讲述几个人?

父亲的目光投向写字台,台上有一本画卷,那是令狐可送给石洪祥的黄河五千年大型铜浮雕画册,石洪祥将它送给了父亲,父亲拿着放大镜看了好几遍,对浮雕的设计还提出了几条意见。父亲说:软铜册上不多不少九十八人,我讲完最后两个,再与你核对一下,多一个不成,少一个不行。

石洪祥想了想,还是劝父亲道:可可找我了,希望我的作品里能有令狐伯伯。

父亲面无表情地抄起身旁一张报纸,目光却漫过报纸,落在自己的两只拖鞋上。父亲说:你的作品里有谁那是你的事,我不干涉；软铜册里记谁那是我的权利，谁找你也不成。

石洪祥知道不能再劝父亲了，父亲的态度已经说明问题。他用歉意的口吻说：我哪敢把想法强加给您？您知道可可的性格，她从小就欺负我，我拿她没办法。

父亲把报纸放到一边，两手揉着膝盖说：丫头比你小一年零七天，向你撒娇也正常，你是哥哥嘛。

石洪祥见父亲的态度有所缓和，便问什么时候讲述软铜册里的最后两位。父亲说周末吧，这两天要清清脑子逐个核对一下，有的人虽然寥寥几笔，却是不可或缺之人；有的人虽多次谈起，但不一定在册，核实无误才能对过去负责。石洪祥觉得父亲是把这件事当作一件大型铜件来做，每个人都要严丝合缝。百岁老人啊，做事能如此仔细，真无愧于"工艺美术大师"的称号。他觉得父亲头脑清醒与他做事认真有关，在父亲身上永远找不到"凑合""敷衍"这类词，哪怕当厂长时他也保留着老手艺人的品格：宁可返工，决不凑合。

石洪祥开始做泥稿，他在职工中选了九个助手和他一起做。他要求助手不能对外透露关于这件作品的半点消息，因为一旦计划曝光，父亲百岁寿辰那天就少了惊喜。他和令狐可说，浮雕墙落成后，在墙的上端安装电动滑道，用长幅红布做垂帘挡住，等农历五月二十二日那天上午十一时，他要站在井台向亲朋好友宣布，请父亲按下电钮为浮雕墙揭幕。那将是十分震撼的场景，长幅红幕徐徐拉开，现出这件巨制浮雕。他相信父亲会高兴的，久违的笑容一定会绽放在父亲那张饱经沧桑的脸上，这面墙也会因为有了浮雕而活起来。

令狐可来了，这次是不请自来。

石洪祥陪她参观做好的泥稿。令狐可夸赞做得好，泥稿做成，浮雕就打好了基础,这方面令狐可也不是外行。两人进入工作室,令狐可问她说的事有没有落实。石洪祥摇摇头,说周末父亲要讲最后两个人,但肯定不是令狐伯伯,父亲觉得他和令狐伯伯太熟了,没必要记入软铜册。令狐可说:要说熟悉,石伯伯和我妈妈最熟哇,妈妈能上软铜册,爸爸怎么就不能上?

石洪祥不能将父亲的原话告诉令狐可。此时,他理解了韩干部为什么说能把废话讲得头头是道是一种水平了,自己不会说废话,在令狐可面前就有些尴尬。他知道,凭令狐可的智商,想在她面前兜圈子会被一把揪住尾巴。

也许是令狐伯伯职务太高了。你知道,雕像类的东西一旦涉及高级干部就需要上级审批,审批手续很麻烦,还不一定能批下来,父亲也许怕惹麻烦,才没有写。

你做浮雕的事石伯伯并不知情,我们是在讨论爸爸为什么没有上软铜册,而不是上不上浮雕的问题。令狐可反应极快。

石洪祥暗暗掐了一下自己的大腿,都怪自己瞎发挥,令狐可一招就给破了。他急忙道:我是胡乱猜,父亲怎么想我也不清楚。

令狐可从沙发里站起来,一只手捏着下颏在工作室里来回踱步。她依然穿着那件米色羽绒服,步子迈得很有章法,是经过美体训练的模特儿步,如同在石洪祥面前表演一样。石洪祥看着令狐可,心里却充满歉疚,令狐可的要求并不过分,这么一个小小的要求都得不到满足,自己真是太无能了。可是这件事的决定权在父亲,他不能为了令狐可而让父亲生日那天不高兴,以父亲的性格,一定会将每一个人物都欣赏到。

令狐可踱了一会儿步,停下脚步转过身说:万一石伯伯软铜册里没有爸爸,怎么办?

还能怎么办?这事没有折中的余地。石洪祥很无奈。

我有一个想法,不知是否可行。在妈妈身边,将爸爸和石伯伯都雕上,作为一组来处理。他们三个从小就熟悉,爸爸还是石伯伯和妈妈年轻时的偶像,我认为这样处理石伯伯不会有意见。

石洪祥很犯难:那样处理当然好,但需要父亲同意呀。

令狐可坐下来,与石洪祥对视着:妈妈说得没错,你真是这样一个人。

唐阿姨说我是一个什么样的人?石洪祥变得警觉起来。

妈妈说你和石伯伯一样威而不猛,当然妈妈这是在夸你,可我觉得男人有时还是猛点好。

这是说我缺少阳刚之气,我懂,不过这一点没错,有些事我确实心里底气不足,总是把你当依靠,只有得到你的支持,我才敢做决定。石洪祥并不回避自己的弱点。

令狐可道:别急着检讨,还是想想该怎么办,反正我的要求很明确,也很简单,就是浮雕上爸爸不能缺席。

石洪祥几乎要哭了,用力搓着手说:我真的没辙。

我不管,你看着办。令狐可起身告辞,走过呆立的石洪祥身后时,在后面轻轻拥抱了他。石洪祥触电一般哆嗦了一下,他知道,令狐可这是在给他鼓励,让他勇猛地去争取。

石洪祥只能再来找父亲。

父亲在侍弄阳台上的花草,用蘸着啤酒的软布给虎皮兰擦拭叶子。一般来说,如果不是和父亲约定好讲述软铜册,石洪祥很少这么早回家。父亲见他没到下班时间便回来,头也不抬地问:怎么今儿个活儿轻?

石洪祥走过来,提起花洒想帮父亲浇花,却被父亲制止了。父亲说:浇花要在适当的时间,乱了节奏,花就没法儿休息了。

花也休息?石洪祥跟了一句。

父亲说:世上没有不休息的生命。有人抱怨总也养不好花,看看他是怎么待花的? 浇水大水漫灌,施肥肥力十足,根本不考虑花能不能消化得了。这种做法看上去是爱花,实际是害花,不把花养死才是奇迹。民间有个福杀的故事你听说没? 把一个人养起来,天天花天酒地地伺候,不久命就没了。人如此,花也怕福杀。

石洪祥不想和父亲讨论什么福杀,对养花也没兴趣,就站在父亲身边看着父亲动作缓慢地给虎皮兰擦拭叶子。父亲看出了他有心事,边擦拭叶子边问:这么早回来是给你令狐伯伯说情吧?

石洪祥很惊奇,父亲是怎么看出来的呢? 自己还没提这件事呀。

是不是丫头找你了? 父亲问。尽管令狐可已经不年轻,但父亲还是喜欢叫她丫头。

石洪祥点了点头,他不敢隐瞒什么,父亲似乎能洞察他的一切。

我说过,你作品中有谁那是你的事,我不干涉,可可这丫头找你,你依了她就是,和我的软铜册有啥关系?

可是,您若不满意,我就没有必要创作一件作品了。石洪祥只能和盘托出。

我不要什么生日贺礼,能活着就是上苍给我的最好的生日礼物,还要些身外之物干吗? 你经营好公司,带好人、做好活,让富发诚烟火不熄,比送我啥礼物都强。

石洪祥不能再解释礼物了,父亲没想到自己的作品与那堵墙有关联这是好事,因为父亲如果想到了,说不定会阻止这一计划,毕竟这是一笔不菲投入。

父亲擦完叶子,巡视了一番一盆盆翠绿欲滴的虎皮兰,洗过手后回客厅坐下,示意石洪祥也过来坐下,问:你是不是觉得我挺不好说话?

石洪祥笑了笑,没做回答。

父亲的目光在一点点抬高,漫过石洪祥的头顶,投放到对面的墙壁上。墙上没有装饰,就是一面白墙,墙上是那幅六人合影的黑白照片,石洪祥知道父亲进入了一种对往事的回忆状态,坐在一边沉默不语。过了一会儿,父亲道:按照富发诚的标准衡量,你令狐伯伯不是一个铜匠,他是个大人物,我小小的软铜册记不下他。

石洪祥看到父亲主动提起令狐平,马上紧跟问:父亲怎么看令狐伯伯呢?

父亲道:我和你说过他,你可能没在意听吧。怎么说呢?说到底是个铜心问题。所谓具铜心,正好和铁石心肠相反,铜心是可以感化之心,具铜心的铜匠好比一块铜,只要加热到一定温度就会熔化,而不具铜心的人是无法熔化的,无论你加热到多少度,他该是什么还是什么。当然,你令狐伯伯不是铜匠,没有必要这样要求他,这是我们无法心相通的原因所在。你唐阿姨说过,令狐平是一块永远化不开的金石,这是他担任高级干部的最大优点。

石洪祥不能插话,不得不说唐阿姨的这个比喻非常有意思,俗话说精诚所至,金石为开,令狐平不开,是不是对方精诚未到呢?父亲停顿了片刻接着说:你令狐伯伯是成功人士,这一点是公认的。我虽然不羡慕你令狐伯伯的地位,但我心里从来都重视他,他是为了事业而生、而活,是一辆只有加速挡的车,轰轰烈烈开到了人生的顶峰。我和你说这些,是想告诉你,虽然我和你令狐伯伯从小就熟悉,但我始终没有走进他的精神世界,年龄越大越觉得陌生。这是一种很奇怪的感觉,我看到他就在那里,却无法伸手相握,他有时像影子,有时又像一棵没有叶子的树,我们之间的隔阂是彼此之间的眼神。你也许不理解这种感觉,最近的人给你的疏离感是世界上最远的距离。

石洪祥能够想象到这种距离感,他曾认为这是职务上的差别所致,现在看来不是这码事,两位老人之间有一种强大的排斥力,只是不知道这力来自何处。

了解一个人很难,有的人你觉得彼此熟络了,其实心里却隔着无数屏障;有的人只有一面之缘,却能做到心有灵犀。说实话,我对你令狐伯伯就是心里隔着万水千山的那种感觉,我不仰视他,他不低看我,日子就这样过去了。我在软铜册里无法对他落笔,像今天这样随便说说还行,要是落在白纸黑字上,我不知道该怎样写。

石洪祥明白了,父亲说这么多是想告诉他,令狐平还是进不了软铜册。他忍不住问了一个问题:有没有铜心是您看人的一个标准吗?石洪祥这样问,是觉得父亲对令狐平的要求过于苛刻,令狐平是领导干部,在他的世界里铜匠只是很微小的行当。

父亲道:不是对所有人,但对从铜行里出去的人我会这么看。只要是从铜行里走出去的,你可以不是铜匠,但你是铜匠后人这个事实不会改变,这是本,人不该忘本。打个比方吧,你如果是熊猫,你的两个眼圈必须是黑的。

可是,唐阿姨和令狐伯伯是一家人,唐阿姨在册,而令狐伯伯没有,这等于人为把他们分开了,可可觉得这么做对她爸爸不公。石洪祥把话说得很严重,他相信父亲不会因此责怪可可。

果然,父亲轻轻摆了摆手,很不在意地说:丫头有想法很正常,换了你也会这么想。不过,我的软铜册记谁是我这个老头子的事,你的作品怎么创作我不干预,你们也不要干预长辈的事。

可可也许会来求您,您要有个准备,石洪祥说,可可很能磨人。

父亲叹了口气道:令狐平若是地下有知,真该感谢有这么一个护着他的好丫头。

第十六章　陶金

软铜册上最后两人是陶金和王一岚,父亲在讲述时脸色一会儿暗一会儿亮,一会儿红一会儿白。石洪祥曾经认为,步入耄耋之年的人性情多会改变,许多事会看淡看轻,时光的漂白功效让曾经的恩恩怨怨变成了一张毛边纸。但是,在听父亲讲述软铜册这些日子里,他发现高寿的父亲却似乎在逆生长,父亲记忆里预埋着无数条电阻丝,一旦开启电源,血管中的血就会加热加速。

石洪祥清楚,陶金夫妇让父亲看到了铜器厂并没有死,那座曾激荡着父亲韶华的工厂正以另一种方式活着,而且活得生机蓬勃,成了西瓦窑富发诚的姊妹厂。

相对于软铜册上的其他人,石洪祥对陶金和王一岚还算熟悉,不用父亲讲述他也能画出两人的肖像。父亲之所以把这两人记入软铜册,除了他俩是下海成功者外,还有一个因素是陶金的私人公司安置了十个铜器厂下岗工人,而这些工人大都是铜行里的后代。

陶金和王一岚是韩干部当年特批入厂的,两人后来成了一家人。

石洪祥对陶金的印象并不好,觉得他浑身带着包浆一样,为人滑腻,做事用巧。用巧是铜匠大忌,但陶金似乎乐此不疲。石洪祥听说过这样一件事:陶金和王一岚谈恋爱期间,王一岚带他去金州舅舅家串亲戚。王一岚家里许多大事都由舅舅做主,包括外甥女的婚事。王一岚本不想去,爸爸妈妈劝她还是让舅舅把把关,舅舅是村书记,在村里说一不二,这事要不让舅舅"政审"一番,结婚时舅舅会撂脸子。王一岚和陶金实话实说,陶金说:去一趟怕啥？舅舅家在海边,去一趟至少可以吃海鲜解馋,好事呀！王一岚说:舅舅会问你些问题,像政审一样,我姐姐的头一个对象就是舅舅不同意,最后黄了。陶金说:我家世代铜匠,属于产业工人,历史清白,没事。你姐姐那个对象是哪里出了问题？王一岚说舅舅的结论就一个字:懒。姐姐带他去了舅舅家,小伙子很腼腆,像个客人似的眼里没活,舅舅在地里浇菜,他就站在那里参观,其实舅舅浇菜是在考验他,此时他若接过扁担去挑水,这婚事就成了。王一岚和陶金来到金州海边的舅舅家,舅舅果然严肃,披着一件黄褂子,嘴里噙着烟卷,两只眼睛直放冷光。午饭舅母煮了海螺和虾,陶金聪明,很麻利地将海螺肉用筷子挑出来夹给舅舅舅妈。舅舅问:你常吃海螺？陶金说这是头一次吃。舅舅说:你挑海螺肉挺地道嘛。陶金说:我是铜匠,把挑海螺肉当成做铜匠活,就没啥难的了。舅舅点点头,目光依然没有增温。午饭后舅舅没休息,站在窗前一边抽烟一边看着院子里的茄子地。看了一会儿,舅舅说去村委会有事,让陶金好好歇歇。陶金一瞅就明白了,舅舅走后他挑起水桶就去担水浇菜。舅舅家就在海边不远,近处有条通海沟与海相连,他来到沟旁,见水十分清澈,水中有成群的鬼蟹子和小鱼,就担了水回来浇菜。舅母和王一岚在屋内说话,没有注意陶金在担水浇菜,等舅舅从村里踱着方步回来时,满头大汗的陶金刚好浇完最后一担水。舅舅回到院子,先是微笑,紧接着脸就变了,问他在哪里挑的水,陶金说了海边那条沟,舅舅一拍大腿:毁了,全毁了,你个二百五！原来,陶金担海水浇了菜,不仅卤死了所有的菜,整个菜地也废了。这件事在厂子里传来传去,都说陶金这小子成心使坏,给那个被搅黄对象的小伙子报了仇。

相比陶金,石洪祥对王一岚的印象很好,王一岚不仅会做掐丝珐琅器皿,还特别喜欢钻研技术,后来担任了铜器厂技术科副科长,成了厂里的后备干部。父亲说过,如果铜器厂按原有轨道发展,王一岚很可能当上副厂长,因为按照局里制定的干部培养规划,铜器厂要配备一名女厂长,王一岚是重点培养对象,很可惜,大形势一变,许多人的时运便不在了。

父亲要讲述的是陶金夫妇下海后的事。

父亲说:陶金两口子下海是被逼出来的。

陶金对铜器厂有感情,铜行里第二代甚至第三代都在这里工作,突然间厂子就不行了,这是谁也没料到的事。陶金与一九七七级那六个大学生不同,大学生学历高,转岗容易,说白了,陶金、王一岚、阮大鹏他们就是铜匠,或者叫熟练工人,不干铜匠活,他们能转到哪里去?后来,和陶金一块进场的阮大鹏"买断工龄",举家去了江苏,在一家乡镇企业找了份工作。阮大鹏领完八千零四元安置金后来向我告辞,我虽然退了,但职工有事还是愿意和我说。阮大鹏说:铜器厂恐怕没救了,大船搁浅,小船逃生,我划舢板先走了,老厂长您别怪我。我说:怪你什么呢?你一手好铜匠活,总该找个能用上的地方。阮大鹏走了,虽然他装出一副无所谓的样子,其实他心里挺难过,我发现他眼圈是黑的,那是睡眠不足的表现。陶金没走,陶金说故土难离,离开沈阳他睡觉吃饭都不踏实。陶金来找我,说想到我的公司来。我说:当年你爷爷能在铜行里开铜器店,你为啥就不能办厂自己当老板?我一说陶金愣住了,他从来没想过自己办工厂的事,愣了好一会儿才说:对呀,王侯将相宁有种乎?我陶金也可以当厂长。我说办厂需要筹集资金的话,我可以支持一点。陶金和王一岚商量后,两人决定下海,他们卖掉了房子,在郊区承包了一家乡镇企业,专门生产汽车排气管消声器,由此一点点发展起来,成了现在这个规模。

石洪祥说:能创业成功,不光凭技术、凭经营管理能力,很大程度上还要靠福报。陶金和王一岚的成功,听说是靠一个农民企业家帮的忙。

成功靠福报不是没有道理,俗话说"种瓜得瓜,种豆得豆",陶金夫妇能办成厂,与王一岚乐于助人有关。父亲说,王一岚无意中帮人办事,换来了后面的好运气。

石洪祥知道一点陶金办厂的情况,但不甚了解详情,便合上速写本专心听父亲讲述。

铜器厂尽管没有了生产任务,但设备还能运转。有一天,王一岚在厂门口看到一个拎着黑皮包的中年人在徘徊,观察一个个进厂的人,想上前搭话又有些胆怯。王一岚热心肠,见状从自行车上下来问他找谁。中年人说他想找个技术员帮忙做件铜匠活,他可以出费用。王一岚很好奇,就问他做什么活。男子从包里拿出一张图纸,原来是一根汽车用的排气消声器。男子说他姓宋,是辽河机械厂厂长,他们是一家乡镇企业,规模不大,技术设备都有限,最近通过关系联系到一家外省汽车制造厂,准备承接车用排气消声器生产,昨天汽车制造厂打来电话,要他尽快带样品到汽车厂参加评审,他企业的技术人员辞职了,厂里一时找不到人,无法加工样品,就来找铜器厂帮忙。王一岚研究了一番图纸,铜制车用排气消声器应该是给高端车配套的,铜器厂没加工过,不过可以试试,就把宋厂长领进厂区去找厂领导。厂领导说:现在厂子半死不活,你想做就做,能给厂里揽点儿活是好事。车用排气消声器技术难度不大,以铜器厂的加工能力很快就做出了样品,王一岚将样品交给宋厂长,没有收取加工费用,说一旦他们厂承接了这个配件,铜器厂可以代为加工。宋厂长感动得差点落泪,连连给她鞠躬,说厂子赚到钱后一定来重谢。宋厂长走后便没了音信,王一岚也没放在心上,心想,也许是样品到汽车厂没有中标吧。

　　铜器厂先是减员增效,接着下岗分流,不久就宣布停产,两年里,这家有着三十多年厂龄的国营厂在职工们无奈的目光里悄无声息地倒了。就在这时,王一岚接到一个电话,是宋厂长打来的。宋厂长说他们厂黄了,镇政府准备零字出售,问她是否感兴趣。零字出售就是买方不需要出钱,只要把债权债务和人员都接过来就行。王一岚和陶金商议此事是否可行。陶金说:老厂长正劝我自己办厂,这事可以去考察一下。他俩去郊区见了宋厂长,然后考察了工厂,觉得只要进一台电炉就可以加工铜器件。陶金和宋厂长谈了一个下午,最后达成协议:厂子由宋厂长负责买,然后他从宋厂长手里租赁过来,租期十年。就这样,陶金和王一岚有了自己的工厂。

　　石洪祥道:陶金是够运气的,他办厂比您在西瓦窑办厂还要顺利,您租地建厂房,他什么都是现成的。

　　父亲说:这就是你说的福报,是王一岚做好事的结果。你想想,那个厂长把厂子买下来,自己顶着一头债,再把厂子让给他俩来办,这是最大的信任,因为风险在人家头上吊着呢。好在陶金夫妇争气,把厂子办起来了,不但办起来,还扩大生产规模、增加产品种类,成了明星企业。咱家公司将近四十年了,一直搞铜雕,没有超出艺术品范畴。可是陶金了不起,他原本生产排气消声器,后来开始生产铜制阀门,电视上常有一句他们厂的广告语:陶金阀门,滴水不漏! 你看看,自己的名字都上了广告。不过出名的是陶金,真正立功的是王一岚。王一岚到大连出差,在火车上看到一张报纸,上面有一家阀门厂转让的小广告。厂子在旅顺,王一岚办完事后便从市内去了旅顺,到这个阀门厂看了看,产生了收购这家企业的念头,回去和陶金一商量,事儿就定了。陶金有个长处,就是从来不拦着王一岚想要做的事,陶金和我说过:当年考试人家王一岚第一,就是高我一筹,听她的没错。陶金夫妇真正把厂子做大主要靠阀门,汽车排气消声器利润太低,总厂一再压价,他们生产阀门后,厂子来了个华丽转身,陶金成了业内牛气冲天的阀门大王。

  陶金虽然成了大款,可还保持铜匠本色,有空还到车间上手干铜活。阮大鹏告诉我,陶金虽然有钱,但脾气没长,除了看上去油滑一点,没其他毛病。阮大鹏到南方闯荡了一遭,没闯荡出个模样,右手却丢了三个手指头,是一次操作车床出了故障所致。手指残缺就成了残疾人,无法从事机械加工,阮大鹏只能带着家人返回沈阳,在五爱市场摆摊卖劳保服。一次,陶金到五爱市场采购工作服,意外遇见了阮大鹏,惊讶地问:大鹏你怎么倒上服装了?你可是八级工匠啊!阮大鹏苦笑着伸出右手,把一只残掌亮给陶金看。陶金一看就明白了,说:你把摊位交给弟妹打理,跟我到厂子里干吧。阮大鹏说:我连錾子都不能拿,还咋干?陶金说:你嘴巴舌头不是还能动吗?再说你也不是下车间的年龄了。阮大鹏就跟着陶金去了辽河机械厂,被任命为技术副厂长。我觉得陶金这事办得敞亮!阮大鹏到西瓦窑来看我,说陶金做到了陈胜没能做到的事,苟富贵,勿相忘,副厂长这个职位明显就是照顾。都说人一阔脸就变,可陶金和王一岚不这样,他俩没开豪车也没住别墅,唯一的爱好是闲暇时自己动手干铜活,做些不大不小的纪念铜盘,有的自己摆在古董架上,有的送给好友。时间一长,他俩做的铜盘有了名气,很多客商都以拥有陶金、王一岚制作的铜盘为荣。阮大鹏说陶金做的盘子叫三铜盘,直径八寸,带支座,盘中央是上了色的太上老君半身像,然后是三圈图案:第一圈是錾子排列成的放射状图案,第二圈是九个篆书字"立铜心、聚铜气、结铜缘",第三圈是祥云纹。三铜盘用铜座支起来,显得既庄重大气又有文化感,许多客商都想要。但陶金和王一岚不批量生产,只是自己打制,数量极少,客商都抱怨一盘难求呢。

石洪祥说:我看过三铜盘,记得是王一岚给您的生日礼物。

父亲点点头:是的,我八十岁生日时陶金夫妇送我一只三铜盘,后来被我送给了你唐阿姨。你唐阿姨到我这里来看上了这只盘子,拿在手里不肯放下,我就将盘子送给了她。说来惭愧,进入老年后我从没给你唐阿姨送过礼物。你唐阿姨生前,每年我过生日她都会送幅软绣给我,尽管软绣图案非常简单,就是一枝莲蓬、一只青蛙或一条小鱼儿,但那是一个老年人绣的,针针线线都是情义,而我接到礼物却心安理得,从没想到回礼。三铜盘送给你唐阿姨,也让我心里多少有些宽慰。人啊,想表达什么要趁早,一拖,往往就成了遗憾。

石洪祥马上就想到了令狐可,自己和父亲一样,也没有主动给令狐可送什么礼物,倒是令狐可做事到位,每次率团出国演出都会给自己带个小物件回来。

父亲接着说:陶金夫妇身上有铜匠本色,腰缠万贯还记着铜心、铜气和铜缘,这很不容易,三铜是富发诚的店规,虽然成为铜行里的共识,但其他店铺没有必要这般重视。陶家的店叫富顺昌,是最后迁入铜行里的,当时陶家掌柜来富发诚取经,富掌柜说了"具铜心、辨铜气、结铜缘"九个字,看来富顺昌陶掌柜真的用心记了,并以此用来教导子弟,要不陶金不会把它们刻在铜盘上。陶金这九个字虽有改变,但不失原意,让铜匠之外的人也容易接受,尤其这个"聚"字,有聚财之意,客商自然愿意收藏了。

阮大鹏还说了一件事,陶金让他回沈阳私下找找铜器厂下岗的职工,特别是铜行里出来的子弟,生活没有着落的可以到他的厂子做点事。阮大鹏找了一圈,找到九个生活比较困难的工友,有三人在建筑工地当力工,两人卖菜,两人骑三轮拉客,一人在马路旁修自行车,还有一人在歌舞厅当保安。阮大鹏分别征求了每个人的意见,大家都愿意跟着陶金夫妇干。陶金为了这九个工友工作、生活便利,特意买了一辆面包车,让他们上下班通勤。九个工友都是熟练工,对于倒闭的铜器厂是包袱,对于急需用人的辽河机械厂可是宝贝。陶金在欢迎工友的饭桌上表达了这层意思,九个工友被感动得直流眼泪。九个工友给厂里带来的效益很明显,他们都成了相关工序的把关人,他们到陶金厂里工作是真正的双赢。

石洪祥道:当年我们公司也用了不少铜器厂的下岗职工,陶金这是学您的做法。

父亲摇摇头:我不如陶金做得好,我当时是收留了一批铜器厂的下岗职工,可那不是我主动的,是工人来找我我才收留。人家陶金是主动让阮大鹏去找,这说明什么?说明他们夫妇心里牵挂那些工友兄弟!这一点就比我强,我毕竟是老厂长,而陶金连中层干部都不是,王一岚也就是个副科长,能这样做说明他俩境界比我高,他俩对结铜缘的理解不单单是铜匠与铜的缘分,还包括铜匠之间的缘分啊!

陶金和王一岚夫妇来找过我,正赶上你去欧洲进修。他俩找我是想雕铸一尊太上老君像,让我给指点定稿。陶金说他在厂里准备建一个陈列室,就像你那大楼一层的展厅那样,让那些应该留下来、传下去的东西有地方摆放。我理解他其实想建一个荣誉室,就像铜器厂当年的荣誉室一样,满墙满柜子的奖状、奖杯,还有合影、证书、获奖产品等,王一岚是荣誉室的常客,她说参观一遍荣誉室就等于接受了一次厂史教育,会把人拉进时光隧道,让人知道自己是怎么来的。我在建厂荣誉室的时候特意安排将铜行里也做了介绍,注明铜器厂脱胎于铜行里十二家铜器店,是公私合营后诞生的国营新厂,我作为厂长,照片也挂在墙上。我就问陶金:你建陈列室为啥要雕铸太上老君呢?王一岚抢过话说:老厂长呀,我们不是给太上老君雕铸,我们雕铸的是老子,一个写《道德经》的古代先圣,与鬼神迷信无关。我一听就笑了,就说:一岚你把我当成大老粗了,难道我不知太上老君在人间的化身是谁?只要是铜匠,没人不知道祖师爷是谁。王一岚脸红了,有些腼腆地道:其实我们就想把祖师爷摆在应该摆放的位置,并留给未来,让后来的铜匠有个上香的地方。我对他俩说:我不反对你们这么做,当年铜行里十二家铜器店家家供奉太上老君。再说了,三百六十行,行行都有祖师爷,供奉祖师爷不是迷信,是一种行业敬畏。我在表扬了他俩之后说:你俩都是铜匠,凭自己的本事雕塑一尊铜像不成问题,为啥来找我定稿?夫妇俩显然在家里沟通过这个问题,王一岚说:同样的铜像要看谁来雕,我俩道行不深,切不到祖师爷的脉象,只有您老人家才能把祖师爷给雕活了。陶金补充道:沈阳解放那座纪念碑上的铜雕,还有秋子墓上的铜像,都是您老的杰作,我们觉得只有您老上手,才能对得住祖师爷。

　　石洪祥忍不住笑了:这俩人真会说,让一个年事已高的老爷子帮忙雕铜像,也真能想得出。石洪祥知道,雕铸铜像是个苦活累活,打泥稿、制膏模、化铜水、浇铸、成型后打磨、上色,这些工序走下来,一个壮年铜匠也够喝一壶的,父亲当时八十岁了,哪里能干得动?

　　他俩没让我出大力,父亲说,陶金和一岚主动给我打下手,力气活他俩干,我主要是设计造型、制作泥稿头部。他们夫妇俩感动了我,你知他俩做了我想做却不能做的事,他俩对祖师爷能有这份孝心,我觉得比金子还贵重。以他们的财力可以找国内有名的铜雕专家来做这件事,可他俩却来找我,为啥?因为我是铜行里唯一还在世的老铜匠,他俩看重的是这一点。铜行里祖师爷雕像不能出自他人之手,一定要有铜行里的血脉,我估摸他俩是这么想的。等到雕像完工摆进陈列室,对于前去参观的人,陶金和王一岚在讲解时一定会讲到作者,讲到铜行里,进而讲到十二家铜器店。

我设计了一个老子手持拂尘的图像,束发、瘦颊、宽袖大袍,一副智者形象。我亲手打了头部泥稿,自己还算满意。我觉得铜匠的祖师爷与木匠的鲁班爷爷不同:鲁班是个劳作者的形象,一身短打扮不说,无论眉眼还是服饰,都敦厚干练;而太上老君则不同,他不用亲自加炭燃火炼丹,这些事自有童子来做,他要做的是扇风计时,掌握火候,是真正的脑力劳动。为了捕捉灵感,我在画草图之前戴上花镜重读《道德经》,读过几遍后心里忽然开了一道缝儿,像有无数只蜻蜓飞进来。我觉得要改变以往祖师爷方脸长须、一副将军肚形象,那个形象明显脱胎于玉皇大帝。师与官最大的区别是超脱,所以我要设计一个飘逸、超俗的祖师爷,一个思考的智慧老人,其实,老子骑青牛出函谷关本身就该是这样一个形象,这并不是我的发明创造。陶金夫妇对我的设计非常满意,说这样设计充满艺术性,雕像本身就成了难得的艺术品。想法契合,我们马上动手制作。制作过程特顺利,脱胎后的太上老君铜像尚未细加工就具神韵、有仙气,给人一种能带你去飞翔的感觉。

看着雕像我松了口气,对他俩说:打磨、抛光、上色这些营生你俩做吧,我在一边看着就行。

说来也是奇怪,我做的泥稿、砂模头部很光滑,铸出来的雕像不应该有毛刺,但雕像脱胎后居然头顶有个小尖刺,这一点我们三人谁也没发现。陶金在用电磨打磨时,左手去扶雕像的头顶,结果掌心被刺破了,流了很多血。令我吃惊的是,陶金左手掌心刺破流血的时候,他没有抽回手,只见一道血迹沿着雕像的耳根流淌下来,像一条红色的蚯蚓缓缓爬向大地。王一岚道:手出血了,快拿开包扎一下。陶金没有将手拿开,带着微笑朝着我说:我听说过铸钟娘娘的故事,要想让铜器有灵性需要注入鲜血。此时流血,说明我的血与祖师爷融为一体,我们有了共同的血脉。说来奇怪,陶金说完这番话后,那条"红蚯蚓"渐渐不爬了,掌心流血止住了。陶金说:祖师爷这是在考验我,要不怎么就会刺破了掌心?王一岚看了看那个小毛刺,用手一拨弄就掉了,这样一个小刺能刺破陶金的手说来难以置信。我没有评论,一直在看着那道缓缓流下的"红蚯蚓",我忽然觉得那是祖师爷颈部的动脉,有了这动脉,铜雕蓦然间就活了。

陶金夫妇打磨上光非常仔细,每一个细节都做了打理,这尊与人等高的太上老君像称得上极品,如果站在雕像前面,无论你站在哪个角度,都会觉得祖师爷在注视你。陶金说找老厂长找对了,以后他的厂里也有了老厂长的影子。

我问他接纳了那么多铜器厂的工友,是不是觉得有压力。你猜陶金怎么说?说他爷爷告诉他,富顺昌从开店那天起,没辞退过一个伙计,除非伙计自己另谋高就,富顺昌在十二家铜器店里最小,但伪满闭店时,收留的伙计最多,爷爷说有粥大家喝,不能眼见着伙计们饿肚皮。这么一说我明白了,陶金这么做并不是图啥名声,是家教家传所致。

石洪祥问:富顺昌有这么好的家传,您在软铜册中为啥没有记上一笔呢?

我当时确实没有记,能进软铜册是因为有称道之事,父亲说,我记街坊的时候,陶、阮两家真的没啥可记,我感觉这两家掌柜像西瓦窑菜地里的婆婆丁,一茬茬绿了黄、黄了绿,太平常了。好在后来有了陶金和王一岚,总算补上了这一页,也等于给我的软铜册画上了一个完满的句号。

父亲描述得好像事情就发生在眼前,石洪祥有些惊诧,为什么对陶金夫妇的事情父亲印象会这么深?难道仅仅是时间最近吗?他试探着问:您讲了软铜册上的这么多人,好像只有陶金夫妇您讲得最细,能看出来您对他俩格外看重。

当然,父亲并不隐藏自己的态度,这是因为他们把祖师爷摆上了位置。匠人都有来处,能敬奉祖师,说明没忘本心,这话说来容易,可是有几个做到了呢?父亲停顿了一下道:你爷爷留下了奉锣,我留下了纯铜大政殿,而陶金夫妇留下来的却是祖师爷,他俩的想法更朴素。

石洪祥心有戚戚焉,早知如此,自己该雕铸一尊老子像摆在一楼展厅里。回想一下,自己给山东客商雕铸过孔子,给关内一家文化产业园雕铸过关公,给许多纪念馆雕铸过英模人物,还真就没雕铸过老子。他想说自己也会留下一样东西,给父亲一个交代,但终于没有说,六十米浮雕墙这个谜底要等到农历五月二十二日才会揭开。

父亲已经讲完了软铜册上的所有人,好像完成了一件大事,脸上现出一种轻松的喜悦。

石洪祥觉得有必要核对一下,因为这关系到哪个人物上不上浮雕墙的问题。他打开速写本道:我给您说一下我画的人物,您看是不是有误——

富掌柜、九佬、门外三徒、十八匠,这三十一人很明晰,应该不会有出入。

八街坊、唐婉秋、三十一个司号兵、老雪、韩干部,这四十二人也清楚。

下西南十七人,六个一九七七级大学生,陶金、王一岚夫妇。

细数一下，共计九十八人。

父亲点点头：是这些人，不多也不少，九十有八。

石洪祥大着胆子道：您专门讲了令狐平，却又不在册，如果加上您和他正好一百人，百岁百人，多吉祥的数字！

父亲双手覆在软铜册上，扭头望向窗外道：记得你说过这件事了，我把我的态度也告诉了你，软铜册上的人数是凑的吗？

石洪祥差一点伸出舌头来，连忙点头：那是，一切以您的记录为准。

这本软铜册我会交给你，到时候你想把谁写进去我就不管了，那是你的事。

石洪祥说：就是借我十个胆子也不敢改您的软铜册。

十七章　父亲

　　直至父亲讲完软铜册,石洪祥也没发现父亲讲述自己,父亲作为记录者和许多事件的亲历者,不应该在软铜册中一带而过。石洪祥觉得作为铜行里传奇人物,父亲就像公司院里那口井,一定有淘不干的故事。

　　入夏后,父亲提出要到北陵公园走走,说那里有早开的荷花了。石洪祥说:我陪您去走走吧。父亲说也好。在一个风和日丽的下午,石洪祥陪父亲去北陵。路上父亲问:公司里的事做完了?石洪祥说,今天的事已经做完,明天的事明天做。父亲说:抽出空来发发呆也挺好,铜活儿讲究灵性,没感觉的时候不要硬做。

　　石洪祥驾车来到北陵公园,下车后搀着父亲从正门进去,公园正门直对一条笔直的大道,直通皇太极的陵寝。建陵时这里应是神道,两侧应该有高规格的石像生,现在神道变成了一条旅游大道,少了肃穆,多了喧嚣。两人沿着古松掩映的神道前行,道旁卖旅游纪念品的、卖小吃饮料的、放风筝的,还有跳集体舞、唱歌的,让陵区变成了一个集市。

　　我觉得吧,您应该是软铜册的主角。石洪祥并不拐弯抹角,直接抛出了问题。

　　无我就是有我,父亲说。

　　石洪祥点点头,父亲这话忽然有了哲学意味。

　　父亲接着说:写他们也就是在写我自己。父亲思路清晰,尽管吐字有点含混,但表达的意思不会错。父亲不讲软铜册时,遇到卷舌音时开始吐字不清,有种一带而过的应付感,石洪祥没太在意,认为这是语速变化所致,讲软铜册时父亲字斟句酌,有板有眼,自然不会有差错,现在说话随意,想到哪说哪,发音不准也正常。但这几天他还是有些担心,想带父亲去医院看医生,却遭到父亲的反对。

父亲说:北陵公园变了,不像一座皇家陵寝。

石洪祥问:怎么不像了?

陵园是故人安寝之地,不是北市,也不是八卦街,弄得像戏园子似的,有点不伦不类,找热闹没错,但不该找错地方,父亲说。

人们早把这里当成了公园,石洪祥说,既然是公园,就是供人玩耍的地方。

父亲没有坚持自己的看法,指了指左边一片湖区说:到那边走走,那里有荷花。

这是一个荷花池,水面三五亩,池里种满荷花,硕大的荷叶遮挡住水面,成群的蜻蜓在飞舞,有的荷花已经半开,有的菡萏初成。没有荷花的地方长满了高高的芦苇,芦苇已经抽出红穗,与荷花形成呼应。石洪祥扶着父亲在湖边一条长椅上坐下,父亲的目光好像在荷花间寻觅着什么。

石洪祥问:您在找什么?

找朝向,父亲说。

朝向?石洪祥有些不解。

父亲说:观荷要静要等要留心,看荷花荷叶在日照下的变化。很多人不知,荷花其实是水中葵花,有趋阳性,荷花朝着太阳转上几回,小莲蓬就问世了。

您一定来这里赏过荷花,石洪祥很肯定地说。前面的北陵湖中也有一角种着荷花,那里的荷田更加开阔,游园者大都到那里观荷,这里是个偏湖,又有一排大柳树遮挡,来这里的多是摄影爱好者。

我每次来北陵都到这里,父亲说,不往前走,因为再往前走就看见皇太极的陵寝了。

石洪祥道:您在软铜册里讲了那么多人,对您影响最大或者说印象最深的有哪几位?

父亲伸出三根手指,不假思索地道:三个。

石洪祥一阵欣喜,这三个应该是进入父亲心灵的人,搞清这三个人和父亲的关联,就能够透视父亲的精神世界。多年来,他一直觉得父亲忒神秘,话少、面冷、目光如炬,这些外在特征让他总是下意识地躲避父亲。他从小就感到奇怪,父亲从不发火,也很少批评人,但周围的人除了唐阿姨,都有点怕他,这是一种不怒自威形成的气场。石洪祥问:都是哪三个呢?

第一个当然是你爷爷了。你爷爷是我的人生榜样,其实每个做父亲的都是自己儿女的榜样,你爷爷让我一生都充满自豪感。你想想,你十二岁时在干啥?十二岁还是个不懂事的孩子,我十二岁时还在上学,可是你爷爷十二岁已经到富发诚做学徒了,而且是自己找上门的,找的时机恰到好处,早不成,晚也不能成,就那个时间富掌柜才会收他。你爷爷靠人品和手艺赢得了富掌柜的信任,多不容易呀,从穷光蛋一下子变成富发诚掌柜,一般人就会抖起来,可是你爷爷一直低调,始终把自己当成一个铜匠。你爷爷打制奉锣的手艺十分了得,铜行里的铜匠们都说你爷爷在打制奉锣上手、眼、耳是一致的,这个本事别人根本学不到,连富掌柜都佩服,其实不是你爷爷有什么天才,就是肯下功夫。惭愧的是你爷爷的本事我只学到了八成。公司合营后你爷爷对我说,他这一辈子有个遗憾,就是没完成师父的夙愿,打制一口奉天第一锅。作为徒弟和继承人他有责任做这件事,可是公私合营后形势发生了变化,打制奉天第一锅的外在条件已经不具备了,唯一的窗口期是五十年代初期那几年,铜行里又在忙着备战,哪里能打制奉天第一锅?爷爷说做梦容易圆梦难,奉天第一锅是他无法弥补的遗憾,将来到青冢见到富掌柜时,他定会叩首谢罪。

石洪祥道:后来温饱问题解决,打制奉天第一锅已经没有了象征意义。

可是对于富掌柜来说那是他铜匠生涯的一大梦想,你爷爷觉得该为师父圆了这个梦想,这不是个实用问题,人生的意义很多时候就是为了某种纪念。我理解你爷爷的遗憾,奉天第一锅是个已经破碎的梦想。

可是,爷爷还是个了不起的铜匠,是他延续了富发诚的血脉。

那当然,父亲说,你爷爷做了两件事,让我终身受益。一件是几乎倾家荡产营救你唐阿姨,救出来还不要丝毫回报,不让我和你唐阿姨成亲。开始我想不通,随着阅历增多,我越发觉得你爷爷做得对。如果你唐阿姨成了石家儿媳,那场费尽千辛万苦的营救就有了目的性,人们会认为你唐阿姨是为了感恩才嫁给我,你爷爷和我是为了未来的儿媳才去筹钱赎人,那样的话整个事情就变味了。

第二件是你爷爷开导了我怎样才能具铜心。你爷爷说铜心的关键在于做而不是说,做活儿的态度最重要。你爷爷锻制铜活的那种态度不比女人绣花差,锤錾所到之处,简直就像缝纫机跑出的针脚,大小细密都一致,这是真功夫。我问怎样才能做到这一点,你爷爷说具铜心的话人和铜就能浑然一体,锤和錾会像人的脉动一样是匀速的,做出来的铜活儿就不会凹凸不平。我说铜心看不见摸不着,到底怎样理解?你爷爷说铜心就是你胸膛里那颗肉心,具铜心是让你的那颗肉心具有铜性,具有铜性之心则是带了筋的心,有韧劲,不碎不断。这句话提示了我,都说筋长一寸,多活十年,筋对于人来说就是生命的韧性。你爷爷说佛修心性,成不成佛看佛心。铜匠也是如此,是不是好铜匠看铜心,说白了,就是你是不是专心向铜,心无旁骛。你爷爷开导之后我才明白,所谓具铜心不是向外使劲,而是向内发力,像揉面一样将肉心揉出筋性。

石洪祥问:那么怎样才能将心性和铜性糅在一块儿呢?

父亲说:我也问了这个问题,你爷爷只说了一个字——炼,是"淬炼"的"炼",两性相融一定要入炉经火,百炼钢化为绕指柔,这也是你爷爷总是强调精铜要经十二炼的原因。

第二个人是你唐阿姨,你唐阿姨是我的影子,这是没法分开的,为什么这么说呢？小时候在运河里我失足落水,是你唐阿姨救了我,长大后我把她救出火坑,等于我救了她,我们虽然不是夫妻,却是真正的生死之交。在朝鲜,是你唐阿姨让我重新站了起来,否则我有可能成为一个可耻的逃兵。

石洪祥吃了一惊,这可是父亲从来没有提过的事,战场上当逃兵不是小事,抓回去是要上军事法庭的。

当时,我教的三十一个司号兵牺牲了三十个,就剩下一个黄号长,我真的绝望了,我觉得人生还不如一块铜,铜可以化了铸,铸了再化,虽有损耗,但不会消失掉。人就不一样了,生龙活虎的小伙子转眼间就没了,连点骨灰都没剩下,到我手里的就是一个錾了名字的号嘴。我觉得自己快要崩溃了,再干下去一定会疯掉。我发着低烧,躺在宿舍水米不进,人瘦得像个瘪茄子。首长来看我,我说我不行了,让我回国吧,我死也要死在铜行里,停柩要在中心庙,不能在异国他乡当孤魂野鬼。那些日子我整夜睡不着觉,一闭上眼睛耳边就有军号响,三十个司号兵,每人都会吹响一遍,而且号谱不同,有起床号、集合号、冲锋号、熄灯号等等,一样一遍,响下来天就亮了。首长认为我在说胡话,摇摇头走了。

这个时候,你唐阿姨作为入朝慰问团成员来了。慰问团本来不到我们单位,你唐阿姨找了接待慰问团的负责同志,说自己弟弟在这里是军号教官,想来看看。一联系,我们单位首长说,快让他姐姐来吧,石教官病了。就这样,你唐阿姨来到我们基地慰问。她很重视这个日子,头发绾起来,特意插了那个菡萏发簪,她和我谈了整整一个晚上。

石洪祥问:我正想知道那天晚上你们谈了些什么,是什么让您从极度悲伤中走了出来。

父亲抬起头望着水面上的荷花,停了好一会儿才说:谈了荷花。

荷花?石洪祥不相信自己的耳朵。

是的,父亲说,就谈荷花。

谈荷花能谈一夜?石洪祥自言自语。

三天三夜也谈不完,父亲说,你唐阿姨问我,弟呀,你知道我在银红书馆绣了多少荷花吗?我当然不知道,她说整整十二幅,每半个月就绣成一幅,给银红书馆的十二个姐妹每人绣了一幅。这些姐妹每个人的命运都能写本书,在书馆里遭受凌辱,过着非人的日子,但她们对未来并不丧失希望,有的想赚钱赎身嫁给一个没有花心的男人,有的想有了积蓄自己做个小生意,还有的想赚钱治好父母的病,她们辛苦地活着,都有自己的奔头。你唐阿姨把十二个女孩子的身世都讲给我听,我是第一次听到这些悲惨的生不如死的故事。你唐阿姨讲了一个叫楚楚的姑娘,让我忍不住泪流满面。楚楚本来是个二人转演员,在她所在的县城里小有名气,被县里一个做红木家具生意的吴姓男人看上了,那个吴老板使尽手段把楚楚弄到了手,带着她从吉林榆树到盛京来闯荡。楚楚一心想和吴老板过安稳日子,但吴老板做生意却赔了,欠了一屁股债还不上。债主上门催讨,吴老板假惺惺地在房梁上挂了根绳子要上吊。楚楚实在没有办法,学着二人转里唱的卖身葬父的故事,一咬牙决定卖身救夫。楚楚进到银红书馆的时候,吴老板来送她,信誓旦旦地表示等赚到了钱就回来赎人。楚楚就这样自己跳进了火坑,过着黑白颠倒的生活。三年后,她从一个客人嘴里得知,当年在艳粉街做红木生意的吴老板发迹了,在长春成了做珠宝生意的大老板,日子过得十分滋润。楚楚不相信,就托人到长春打听。熟人回来告知,吴先生现在是大老板,娶了一个日本太太,还生下了一个女儿。楚楚听后没有哭闹,很冷静地把头上一个镶嵌珍珠的头钗扔进了炉火里。这个头钗是当年吴老板追她时送的信物,她一直戴在头上。烧掉了头钗,楚楚找到你唐阿姨说:好妹妹,你给我绣幅荷花吧。这些书馆的故事你唐阿姨从没对别人讲过,包括令狐平也没听到,但那天晚上却一股脑都讲给了我。黎明时分,你唐阿姨问我:弟呀,我讲的这些女人故事你都听明白了?我说当然明白。她说明白了什么说说看。我说十二个姑娘已经沦落到烟花柳巷心还不死。你唐阿姨点点头,说了一句让我脸红的话:是啊,难道我弟还不如一个青楼女子?

你和可可丫头会想,那天晚上我俩一定会卿卿我我,甚至旧梦重温,其实那一夜我们主要在谈荷花。你唐阿姨说,"荷花"的"荷"也是"和气"的"和",人要学和合二仙,别太意气用事,识铜性、辨铜气,说到底是和之性、合之气,铜既能与金、银相错,也能与铁、铅、锡、锌、铝相合,好铜匠应该明白这道理。

你唐阿姨用一朵荷花说服了我,第二天,我站起来了。父亲望着荷花池说:二十年前的一个秋天,你唐阿姨身体已经不太好,有一天约我到这里,我们沿着荷花池走了一会儿。那时候你令狐伯伯已经去世,你唐阿姨因为视力问题也无法软绣,整天在家画写意画。你唐阿姨对我说:秋天了,一池残荷,我们也都老了。我说:是啊,洪祥和可可都成长起来了。你唐阿姨说:荷虽残,藕还在,来年还会一池翠荷。说完她问我:如果有来生,你想做什么?我说还是做个铜匠,当富发诚的掌柜。你唐阿姨说:来生我不当导演,不当演员,也不当教授,我就在一座宽敞的大房子里做绣娘,专绣荷花。你唐阿姨小时候就说过这个想法,有的想法一旦生成,一辈子也不会改变。

  第三个人是秋子姑娘,父亲说,就是下西南因公殉职的那个好姑娘。

  秋子姑娘对我的影响体现在那道酱猪蹄上,在此之前,从来没有哪道菜让我如此刻骨铭心,一道菜影响大半生,连我自己都觉得奇怪,也许这是状元宴的原因吧。秋子说状元宴里猪蹄意味着发脚,想想看,铜匠的脚也要发呀,脚不发就走不远,秋子的事迹告诉我,铜匠走出铜行里甚至走出大沈阳不是坏事,山外有山,天外有天,只守着铜行里一亩三分地不中。富掌柜和你爷爷都说铜匠一辈子只要做成一件事就好,我也是这么看,觉得一心不可二用。但秋子的经历提示了我,秋子不下西南,就发明不了新型炸药,能工巧匠的学问是相通的,铜匠应该有所超越,只满足于奉锣肯定跟不上时代。我给秋子锻制的那面浮雕,如果仔细看,会发现秋子眼角有四道细纹,为什么要刻上四道呢?因为秋子在走过铜心、铜气、铜缘三步之后,又走出了第四步,达到了一个新境界。

  观看浮雕的人,不会想到这一隐喻,石洪祥觉得以皱纹来表现某种观念,两者缺少必要的联系。他没有说出自己的想法,艺术就是如此,每个艺术家都有自己独特的表达方式,不用考虑别人是否理解,父亲这样构思,说明了对秋子的重视程度。

父亲讲了三个人后,忽然道:我准备把软铜册给你,以后你想在上面写什么你来决定吧,我写不动字了,手不听使唤。

石洪祥感到有股血流在周身涌动,尽管父亲说过要将软铜册留给他,但这一天真正到来的时候他还是忍不住内心激动,听父亲讲述的这些日子,软铜册已经是宝典般的存在。他说:给我点建议吧,我一定不辜负您的信任,把软铜册续写好。

父亲道:我说过,怎么续写是你的事,我不干预,不过我听可可丫头说,你新招录的三个年轻人对三星堆出土的青铜器很感兴趣。

石洪祥确实新招录了三个小伙子,是职业学院应届毕业生。三个年轻人到铜雕施工现场请令狐可签名,令狐可和他们交流了几句,这段时间他们一直在关注三星堆出土的青铜器,觉得这些青铜器里蕴含着华夏工匠精神最初的密码。三个小伙子也和他说过这件事,他没有在意。在他看来,复制古代铜器不是艺术创作,锻制大政殿之所以可能,是按营造法式用铜材复制,其价值在于保留了一种不朽的榫卯结构建筑艺术。

父亲说:我也看了三星堆青铜器的报道,第一感觉是那些礼器会说话。

这是考古界一大发现,石洪祥说,挖掘仍在进行,相关研究也在继续。

年轻人有想法才好,想法就像种子,要呵护好才会生根发芽。三个年轻人不玩手机不打游戏,肯花时间在青铜器上,难得,保不齐明天就会成为你要写进软铜册的人。

石洪祥瞬间明白了,未来软铜册的着眼点应该是记录有贡献的新人。他决定回去后找这三个人谈谈,听听他们的想法。富掌柜收徒都要与徒弟们讲三句话,自己招录新员工,也该好好谈谈话,至少要把富发诚的店史、店训告诉他们。

荷花池对面有一个打着遮阳伞的女人在缓缓走过,女人穿米色纱质衣裙,绾着发髻,遮阳伞白地红花,一副淡雅的样子。父亲说:我眼花了,对面那个人怎么像你唐阿姨呢?

石洪祥抬头望了望,对面女人的体态身高确实像唐阿姨,唐阿姨一直到晚年还保留着优雅的身姿,尤其头上的发髻,外出的时候从来都绾得精致无比,上面插着父亲年轻时送她的那枚精铜发簪。

有点像唐阿姨,石洪祥说,看来她也是来赏荷的。

根底藕丝长,花里莲心苦,赏荷人皆是有所牵挂之人,这是人之常情。说完,父亲吃力地站起身道:回吧。

第十八章　活墙

　　石洪祥请令狐可做浮雕墙艺术指导,这是他斟酌再三做出的决定,这样,令狐可的名字就可以刻在浮雕墙上。

　　浮雕墙上九十八个人物已经敲定,石洪祥想,没有令狐平,令狐可不能再缺席,哪怕只有名字没有雕像。说实话,这面巨幅浮雕无论总体设计,还是每个人泥模修正,都凝聚着令狐可的心血,令狐可是名副其实的第二作者,但石洪祥觉得艺术指导这个名分更好,因为指导名列作者之上。

　　令狐可说:你是想以此抵债吗?

　　石洪祥道:三个篇章的设计思路属于你,辽宁舰航母造型花车压轴的点子也是你想出来的,拥有知识产权的人做艺术指导最合适,如果你理解为抵债,我也没有意见。

　　令狐可说:其实,我的名字上不上没有关系,由你吧。

　　知道了父亲最后的决定后,石洪祥将令狐可请到他的工作室,亲手剥开一枚山竹递给令狐可,然后将父亲的态度告诉了她。令狐可托着那枚山竹沉默了足足十分钟,然后问:没有一点商量余地?

　　石洪祥点点头,低头看着自己的鞋尖。

　　长辈之间的关系真奇怪,令狐可看着手中的山竹说,他们之间的关系就像这枚山竹,有一层厚厚的壳包着,一旦把壳剥开,洁白的果肉就会氧化、变色。石洪祥没听懂,抬起头望着令狐可,令狐可忽然间发出感慨,应该是联想到了他不知道的事情。令狐可接着说:石伯伯和爸爸是草原上两只雄狮,各有自己的领地。

如果说令狐伯伯是雄狮,我父亲只能算一头犀牛。石洪祥做了更加公允的解释。

这无关紧要,我只是在比喻两人的关系。我觉得他俩之间肯定有你我不知情的事情,爸爸妈妈已经作古,石伯伯是唯一知晓秘密的人,这个秘密也许会被石伯伯永远带走,从此成为不解之谜。

这是猜测,父亲告诉我他们两人只是职业差异而已,没有其他因素,石、令狐两家乃世交,没有什么能影响两家关系。石洪祥劝说道。

我还是想不通,令狐可习惯性地拢了一下头发道,石伯伯如此固执肯定有深层次的缘由。这样吧,你在妈妈那组浮雕留出位置,先把爸爸的铜像锻制好存放起来,一旦石伯伯松口就马上补上去,这样操作应该不存在技术问题。

我早就这样想了,唐阿姨身旁已经做了留白,我准备将留白的地方凹进去,用一轮月亮占位,营造一种唐阿姨是在月光下刺绣的情景。凹进去的地方容易补位,到时候月亮自然就隐身不见了。

令狐可说:你虽然很用心,但想让我不怪你很难。

石洪祥苦笑了一下:不怪我你又能怪谁呢？总不能怪老人家吧。

令狐可笑了:你什么都好,就是胆子像这个。说完,伸出一根小拇指,忽然又改口说:当然,有时候也会这么大。她双手合起,做了个手抱西瓜的动作。

石洪祥松了口气,令狐可这样开玩笑,说明心里的包袱放下了。

连续多日,石洪祥和令狐可几乎就黏在公司,令狐可每天到单位安排好工作就赶过来和他一起忙碌。石洪祥说:将来署名的时候还要再给你加一个监制的名称。

制作推进无障碍,浮雕墙在农历五月二十二日揭幕十拿九稳。

一天早晨,石洪祥神情忧郁地对令狐可说:父亲最近说话开始不清楚了,带他去医院他又不肯去,说自己没病。

如果是突发,应该考虑脑血管问题,令狐可说。

父亲每年都做例行体检,心脑血管没有问题。石洪祥疑惑地说:父亲讲述软铜册时言语清楚,思路不乱,不像一个百岁老人,将每个人介绍得有鼻子有眼,我像听评书一样听得入迷,怎么讲述完软铜册后就变了一个人?说话嘴里像含着水,吃饭也开始掉饭粒。

令狐可道:老人家讲完软铜册后精神放松了,对一些无关紧要的琐事,自然就不会上心,人在很多时候是靠精神绷着。

好像不是这样,石洪祥说,清明节父亲原本要来青冢扫墓的,因为政府发布了疫情防控要求,便没有来,我看他是不愿意活动了,若是真想来,别说有疫情,就是冒着枪林弹雨也会来,没有什么约束能挡住一个百岁老人的自由。

石伯伯将软铜册都告诉了你,没啥心事了。

石洪祥说:父亲还是有心事,我看这个心事就是你,父亲多次提到你,埋怨说丫头也不来看他,特别嘱咐今年农历五月二十二日那天邀你到家里吃火锅,请你吃黑猪五花肉。

这样吧,我去劝石伯伯到医院就诊,高龄老人身体不适时在医院才安全,令狐可说,妈妈去世前还对我说过,石、令狐两家就剩石伯伯一个老人,我们要多尽孝心,让我经常去看望石伯伯。

石洪祥虽然忙着锻制浮雕,但父亲的健康问题也不敢忽视,就同意令狐可带父亲去看医生。他说:我劝不动父亲,但父亲一定会听你的。

石洪祥的预料没错,令狐可去家里后,父亲像士兵服从命令一样跟令狐可去了医院。检查结果是体内各器官虽有功能衰退表现,但没有器质性占位或病变,医生建议住院好好调理一段时间。父亲不同意住院,令狐可说:您老不住院调理,我一颗心总是吊着,说不定就会吊出心脏病来。父亲说:那我就住吧,丫头啥时放心了我再出院。

令狐可不辱使命,兴冲冲回来报平安。石洪祥宽心了,父亲住在医院里健康有保障,他可以安心锻制浮雕。他把锻制任务以天为单位进行分配,一定要确保农历五月二十二日这一天让古井旁的这面院墙活起来。他扳着手指算过,如果不出意外,众亲友将陪同父亲在生日这天共同见证奇迹,那将是个创造历史的时刻。

令狐可说石伯伯在病床上问妈妈去世前都有哪些交代。令狐可很不解:石伯伯为啥要问这个呢?妈妈当时说的话我都和你说过了,再没有其他交代呀。

父亲问具体事情了吗?凭直觉,石洪祥觉得父亲关心的问题似乎不是自己,应该与令狐平有关。

令狐可道:石伯伯问我妈妈是不是也有记日记的习惯,妈妈如果有日记,一定要好好保存,不要随便处置。石伯伯还说他的软铜册一直锁在抽屉里,分析妈妈的日记也应该放在一个稳妥的地方。石伯伯还说我爸爸过世早,这些东西不会在他那里。

唐阿姨也有一本软铜册?石洪祥几乎要惊叫起来,若是真有,那将是万分珍贵的资料,上面肯定记着一些不该遗忘的人或事。他急不可待地说:你回家好好找找,是不是放在一个不为人知的地方。

妈妈的房间一直保持原状,我告诉家人不要动,作为爸爸妈妈的一个纪念室要长期保留,如果有日记也一定在那里。令狐可说:妈妈从来没有提起过日记的事,我也从没见她记过日记,不像石伯伯记日记是公开的秘密。

令狐可回去找了,妈妈留下来的大都是自己的软绣作品,比较私密的是一枚精铜发簪和一只工艺铜盘,再就是一皮箱各种规格、材质的纪念章——这是爸爸的遗物,妈妈一直保存着,曾有收藏者出大价钱购买,被妈妈拒绝了。爸爸所有的遗物都被妈妈精心收拾好,分门别类地存放起来。令狐可没有找到日记,却在一本《号谱大全》中找到了一张夹在书中的照片,照片已经发黄,是她和石洪祥的合影,照片背面有"娃娃亲"三个蓝色钢笔字。照片是在沈阳火车站拍摄的,站前广场纪念碑上那辆黑乎乎的坦克还在,成了照片独特的背景。照片中石洪祥剃平头,她则梳着板凳头,刘海儿齐刷刷的,怯怯地望着镜头。她不记得小时候有过这样一张照片,怎么会跑到沈阳站去照、谁带去的一概不知,妈妈也没提起过。

令狐可将这张合影拿给石洪祥看,问他是否有印象。石洪祥看过后也说不知道,说这要去问问父亲,父亲应该知道这张照片是怎么回事。

令狐可收好照片,歪着头对石洪祥说:娃娃亲是什么意思?难道是定亲照?

什么呀,应该是指两个娃娃可爱、可亲。石洪祥解释道。

答案肯定在山竹壳里。令狐可开了个玩笑道:你小时候比现在可爱,剃平头的孩子都是小闯将,怎么长大后就变了呢?我还记得上小学时你替我出气,我们班有个招风耳欺负我,你在校门口警告他,让他离我远点,说敢再欺负我,就揪着他的耳朵去见老师。

我忘记有过这么一回事,石洪祥说。小学时的事确实记不得了,招风耳叫什么也不知道,自己比令狐可高一级,护着同在一校的令狐可是父母交代过的,令狐可长得娇小,容易被同学欺负。

这个欺负我的熊孩子后来出息了,当了区长,他女儿在我们团工作。后来他到团里拜访我,谈起小学往事他还问,当年替我打架的那个小平头是谁,现在干什么。我没有告诉他,我说这个人好像考上大学就离开了沈阳,我忘记他叫什么名字了。这个区长的一双招风耳越来越明显,据说耳朵是人唯一总是在生长的器官。区长说:真要打起来小平头未必能打过我,但小平头懂心理战,说要薅我耳朵我就害怕了。妈妈告诉我耳朵不能薅,越薅越大,会成为猪八戒,小孩子嘛就当真了,为了保护我的耳朵我只能躲着小平头。

石洪祥笑了,还有这么在乎耳朵的人。

浮雕中立体铜像需要浇铸,平面铜像则是锻制,助手们在化铜浇铸九佬铜像,白汽、青烟从砂模烟道中哧哧冒出,车间里烟雾缭绕。令狐可将石洪祥拉到一边说:走,到你工作室去,我有话和你说。

两人来到二楼工作室,令狐可没有坐,很认真地说:我觉得浮雕上应该再加上一人。

石洪祥误会了,以为令狐可还在想着令狐平,就摇摇头道:那你亲自去求父亲吧,我说不服他老人家。

加的人不是我父亲,令狐可推了他前胸一把,你想到哪里去了?

那么,加谁?

石伯伯,他是这件作品的主线,软铜册作者本人不能少。

石洪祥恍然大悟,是啊,怎么忘了父亲本人呢?父亲梳理的九十八个人当然不会包括自己。他捶了脑袋一下,真够笨的,竟然没想到这一层,加上父亲,不正是九九归一吗?

就听你的,石洪祥兴奋地说,将父亲加上去不用征求他老人家意见,我索性就做一回主,免得你老说我懦弱。他走到办公桌前,翻开设计图纸,用铅笔将人物一个个划过,自言自语道:将老爷子放在什么位置好呢?划过全图,他拿不定主意,抬头看了看令狐可。

令狐可没过来看图,兀自在沙发上坐下,低头看自己掌心,一缕头发垂下,遮住了半边脸,一句话不说。

你倒是说话呀,石洪祥急切地问,看什么手掌呢?他已经习惯了令狐可帮他拿主意。

我这个动作就是在提示你呀,你的想象力哪去了?令狐可保持不动的姿势说:想象力是艺术的生命,任何艺术创作都离不开丰富的想象。石洪祥愣了一下,猛然间明白,令狐可这是在本色出演唐阿姨,分明是告诉他将父亲放在唐阿姨那个组团里。这是一个大胆的设计,也是一个心里会隐隐作痛的设计,他忽然觉得令狐可真是一个大气的人,与唐阿姨组团的本来应该是令狐平啊!

石洪祥走过来,向令狐可深深鞠了一躬。令狐可抬头,透过镜片可以看见她眼里含着泪花。

谢谢你,石洪祥说,你和唐阿姨一样好。

令狐可苦笑了一下道:你又欠了我一笔债,我虽然没有软铜册,但每一笔都记在心头,我是一个情感上的葛朗台,你要小心才是。令狐可说完,眼泪滚落下来,她摘下眼镜,喃喃地说:我对不起爸爸,可是浮雕只能这么设计,除了妈妈旁边,你把石伯伯放在哪个位置他都不会满意。

浮雕墙的方案就这样尘埃落定。为了抢进度,石洪祥干脆吃住在公司,每天穿着工装在车间忙碌,他决心打造一件精品,让父亲眼睛一亮,让同行也都竖大拇指,也等于圆自己的一个梦。父亲本身是铜雕专家,浮雕上有任何瑕疵都会像馒头上落下苍蝇一般不能忍受,所以他必须亲自处理每个人物的面部,哪怕是眼角的一道皱纹、一缕飘起的头发。令狐可每天来时会给他带些时令水果，买得最多的是牛油果，开始石洪祥不习惯吃，吃了几次却喜欢上了，说牛油果能吃出铜粉的味道来。

浮雕制作顺风顺水，作为艺术指导的令狐可又想到了一个新问题：应该有一个浮雕前言或后记，若起草前言或后记，就要对铜行里十二家铜器店的后人做个调查，逐一做些了解，这样浮雕便有了历史和现实双重意义。令狐可说后记她可以执笔。

应该说令狐可的每一次建议都能让石洪祥脑洞大开，浮雕墙确实需要一篇后记或前言，否则参观者会一头雾水。此外，石洪祥还有一个设想，将来做做有关部门的工作，在四平街一带把铜行里恢复起来。他是政协委员，在两会期间提交了一份提案，领导很重视，已经有政府工作人员打来电话问情况。其中上级政协一位负责文化旅游工作的领导说，这件事关键问题是规划和资金，规划问题政府可以调整，资金问题需要多方筹集。他当时就想，找找十二家铜器店的后人，大家共同出资把铜行里恢复起来。要知道，当年四贝勒也只是划了一块地皮，朝廷没出一两银子，各家店铺都是铜匠自己花钱建的。

人物定型后的施工由助手们操作，石洪祥决定和令狐可一同去寻访铜行里老街坊的后人。他对令狐可说：我们既是寻访老街坊后人，也算一次重建铜行里招商。

铜器厂职工档案都保存在档案局。两人来到市档案馆，令狐可是名人，办理查阅手续一路绿灯，石洪祥像秘书一样拎着包跟在后面。铜器厂原始人事档案保存十分完整，当年公私合营时期的人事资料也找到了，但因为近七十年的城市改造，想找到这些职工后人的住址并非易事。石洪祥说：我俩在大沈阳的犄角旮旯里一个个找吧。

在一座拥有八百万人口的城市里寻找铜行里后人无异于沙里淘金,好在令狐可熟人多,走到哪里都有热心人相助,一个月下来,在助手们将浮雕全部焊接上墙那天,寻访工作也告一段落。

铜行里十二家铜器店,每家都能写一部传奇小说。

令狐家的永昌号、石家的富发诚和唐家的永和兴不必再说,永昌号和永和兴的主人在浮雕中已经得到表现,尽管商号早已不在,但商号后人颇有建树。富发诚因为石国卿的远见得以最早恢复,成为铜行里真正意义上的嫡传。

比较乐观的还有富顺昌。陶金在自己的企业有了实力后将老堂号牌匾悬挂在陈列室里,牌匾用老船木制成,正楷阳刻金字,古朴大气。陶金说,他早就想在四平街一带找块商业用地,把富顺昌像树一样栽下去,然后生根发芽开花结果,之所以没有办成,是那个商圈有严格的规划,铜匠作坊类的企业不许入列。令狐可道:现在上下都重视文化,如果从文化产业角度去研究,说不定会有戏。石洪祥表态:如果陶金愿意,富顺昌、富发诚可以两富联手,再联合其他店铺的后人,合力在铜行里旧址上新建一条文化街,专门加工、销售铜器和铜质工艺品,成为游客网红打卡地。两人达成了口头协议,计划下半年推进购地一事。

德义诚随着苏掌柜的去世渐渐走进了历史。苏掌柜的儿子苏和平去了西南后,其他后人均在党政机关和事业单位工作,苏掌柜的长孙在一个区发改委任领导。苏和平下西南支援三线,他的儿子大学毕业后回到了沈阳工作。苏领导白白净净,高高的个子,笔挺的西装,会讲流利的日语,一问才知苏领导在大阪留学过三年,取得了经济管理学博士学位。交谈中得知苏领导对铜行里历史了解很少,只知道爷爷参加过抗联,父亲响应号召去支援三线直至去世。苏领导对铜行里没有任何印象,因为他出生时铜行里已经被扒掉了,对自己爷爷策划的十八匠一事也不知情。当令狐可问他作为铜匠传人,对铜行里有什么感受时,苏领导否认自己是铜匠传人,他更愿意把爷爷定位为抗联干部。石洪祥有点失望,问将来若恢复铜行里他是否有意参与,苏领导没有丝毫犹豫就拒绝道:不行!我是公务员,公务员经商违规。石洪祥就问他家是否有兄弟姐妹可以做。苏领导说:我们苏家受祖父影响,都在党政机关、事业单位工作,按规定都不能经商。不过苏领导表示:如果有人愿意购买德义诚这个商标,他可以考虑转让。令狐可问:您在工商局注册了?苏领导说这不要紧,他马上就上网注册。

　　双义长的周掌柜后人比较多,子子孙孙不下三十人,开了几家公司,大都从事进出口贸易。其中,周掌柜的次孙周铁林事业做得最好,主要将国内稻草打包,然后出口到日本做饲料。这位周总在自己阔气的贵宾室接见了石洪祥和令狐可。一见面周老板就说他认识令狐可,说令狐可当年在歌舞团名气最大,是他父母最喜爱的舞蹈演员。令狐可的独舞拿过国家级大奖,这一点很多人知道,她能成为名人,舞蹈的因素要大于职务的因素。石洪祥问:周氏家族产业这么大,有没有恢复双义长这个堂号的想法?如果有的话可以加入铜行里重建中来。周总略加思考就摇了摇头:那是文化产业,成不了大气候,文化产业归根结底是靠政策赚点微薄小利,这种项目我不感兴趣。令狐可不愿意听这番话,就问他文化产业怎么就成不了大气候,世界五百强企业中不乏文化产业。周总道:那是在国外,我们都知道文化是养出来的,先有钱才能有文化消费,仓廪实而知礼节嘛。八大山人出名,靠的是盐商买画;你剧院的戏再好,没人买票看戏也不成啊!令狐可没有再回话,周总的话没大错,商人逐利而行,对看不到利润的项目当然不感兴趣。石洪祥很失望,双义长这么多后人,哪怕一两个有铜缘,双义长就死不了,可惜了,一个百年老字号复活之路被堵死。

永聚兴的后人在开大酒店,经营正宗辽菜。石洪祥和令狐可找到这里正是饭时,便在大厅里找了个座位坐下来想吃点便饭。两人点了酥白肉、熘肝尖、地三鲜和拉皮,石洪祥道:祖上开铜器店,后人开饭店,这算转型发展吧。令狐可道:永聚兴这个堂号适合开饭店,可惜他们没有挂。石洪祥让服务员将老板请来,老板应该是孟大烟袋孙子辈一代。石洪祥问:孟老板祖上是不是在铜行里开过永聚兴铜器店?孟老板说:对呀,我爷爷叫孟大烟袋,和令狐平还是街坊。令狐平您知道吧?那是部级大干部。石洪祥说:知道,永聚兴很有名,你这家饭店为啥不用这个招牌?孟老板说那是铜器店的招牌,风水先生说用在饭店上会让客人崩了牙。令狐可心想,这是哪门子理论?一个招牌会崩了客人的牙?石洪祥就问,孟家后人想没想过恢复这个铜器店老字号?据说当年永聚兴的白铜制品很畅销。孟老板说,铜匠那行当是慢工细活,一锤一錾地锻制,哪有掂大勺来钱快?石洪祥说了铜行里的事,孟老板说:可以呀,但我不能开铜器店,我可以在里面开个辽菜馆,生意肯定不错。石洪祥和令狐可相顾无语,只能埋头吃饭。吃过饭,两人快步离开了这家辽菜馆。

双兴和的后人搬到湘西的浦市镇加工铜器。据双兴和葛掌柜的外孙韩玉说,在湘西,双兴和的牌匾没有挂,而是起了一个葛记铜器店的名字。石洪祥问为什么要改,韩玉说他不知道,应该是父辈希望把姓氏用到店名里。韩玉说大舅一脉下西南去了,二舅一脉去了湘西,双兴和在沈阳等于断了香火,十多年前他去看过舅舅一家,在那里的一个寺庙里看了一场傩戏。那个地方流行铜器,民间传说铜器辟邪,所以舅舅家的生意还不错。石洪祥问葛记主要加工什么铜器。韩玉说主要制作各种铜壶、铜锅。石洪祥问令狐可傩戏是怎一回事,令狐可道:就是驱鬼、赶鬼的地方戏,当地居民有这种民俗,现在已经开发成了旅游项目。石洪祥委托韩玉和舅舅的后人联系一下,沈阳准备重建铜行里,希望他回来把双兴和的招牌树起来。韩玉说他会联系,但舅舅后人回来的可能性不大,上回去见舅舅,舅舅说他住惯了浦市这种山清水秀的小地方,在大城市有种无所依靠的恐惧感。

阮家的恒发永联系起来不费力,因为阮大鹏和陶金在一起。阮大鹏表态,如果有能力,他当然想把恒发永恢复起来,他家里至今还保存着当年恒发永的账本,每次翻开账本都感到很骄傲,恒发永的铜器当时已经卖到了朝鲜。朝鲜人喜爱铜器,当时出口也没那么多手续,朝鲜商人直接到店里进货,然后雇车拉走。阮大鹏说自己虽然手废了,但一颗铜心还在,这些年陶金的所作所为深深影响了他,他也想像陶金、王一岚一样干点事业,当然,前提是先干好陶金给他的这份差事,人不能这山望着那山高。石洪祥和令狐可都清楚,阮大鹏属于有心无力的恒发永后人,重建恒发永根本拿不出资金来。令狐可悄悄问陶金,在复建富顺昌时能不能捎带恒发永,帮阮大鹏把店铺土建给做了。陶金说这件事可以考虑,他负责建店,然后由阮大鹏承租,要让阮大鹏经营起来有压力,人没有压力就会懈怠。

寻访中,石洪祥和令狐可都认为利盛永的胡掌柜对子女可谓教导有方。胡掌柜的孙子胡友方是街道退休干部,头发花白,双目有神,他领导着一支暴走队伍,每天傍晚和清晨都在北陵公园播放着音乐暴走。胡友方是个有许多爱好的人,他保留着一本纸张已经发黄变脆的家谱,家谱扉页上写着"具铜心、辨铜气、结铜缘"九字家训,很显然是借用了富发诚的店训,这也足可说明当年富发诚在铜行里的影响力。胡友方说他的爷爷、父亲、伯父在去世前都留有遗言,希望能把利盛永的招牌重新挂起来。他尤其提到了父亲说过的话,父亲说:石家的富发诚能办,陶家的富顺昌能办,咱们老胡家的利盛永怎么就不能办?胡友方说他也想办,但对铜匠行当一无所知,这店没法办哪。石洪祥说:这事其实不复杂,你当老板不一定要亲自动手,请几个成手铜匠就行。胡友方说他几次到四平街看光景,觉得中心庙一带就应该开铜器店,且不说城市要有铜心铁胆,就凭那里游客多、生意好做这一点,也该重建铜行里。胡友方说他儿子在艺术学院学装潢设计,将来毕业后可以在重建的铜行里开个工作室。石洪祥很高兴,说:我给你先挂上号,一旦上面决定恢复铜行里就联系你,利盛永的牌子挂起来应该不成问题。

让两人颇有些伤感的是永泰诚,这个曾经享誉奉天城的铜器店真的被历史尘埃封存了,当年一袭旗袍的才女赵仪纭没有后人,她的铜艺绝活虽然传授了几个弟子,但都没有成气候,最有名气的就是王一岚。石洪祥给王一岚打电话,商量永泰诚的事。王一岚说她师父石梦是赵仪纭的亲传弟子,是掐丝景泰蓝工艺大师,若是重建铜行里,她可以在里面开个店铺。石洪祥说这样当然好,可以先把商标注册下来。王一岚说这个没问题,她马上就能做。令狐可说,王一岚虽不是铜行里出来的,却铜缘极深,难怪能把阀门厂办得那么好。石洪祥也说,铜行里的后人多几个王一岚就好了,再好的东西,也需要有人往下传。令狐可说,庆幸的是王一岚嫁给了铜行里后人。石洪祥心想,在父亲的软铜册里,赵仪纭的气节最令人敬佩,舍生取义,这是多大的勇气!

寻访的最后一家是德成顺,这个当年因小和尚而出名的铜器店烟火尚存,后人徐广陆几经周折,在姚千户屯开了一家铸铜厂,规模不大,专门定制铜钟和佛像。徐老板一副和尚打扮,一招一式都近似出家人。石洪祥问他是不是出家受戒了,徐老板说他是居士,初一、十五吃素,其他时间不讲究。石洪祥就问为啥要穿出家人衣服。徐老板说来定制铜器的大都是出家人,这样穿能和人家拉近距离,再说行头对人也是个约束,省得去那些娱乐场所,你想想,谁会把一个出家人拉到歌厅、酒吧里去?石洪祥和令狐可都笑了,没想到出家人的行头竟然可以当世俗的铠甲。徐老板说:你们别笑,我讲个真实的故事你们就明白了。外地有个旅游区想在游客休息的广场上悬挂一个铜钟,他们取名幸运钟,游客可以付费敲钟。他们来了三个人找我,其中管事的那个秃顶中年人在办公室喝完茶后说:这个铜钟价值不菲,我们也不和你讨价还价了,我们大老远来挺累的,晚上想去放松放松,你给安排一下吧。我挺为难,这种事在我这里不行,德成顺曾经有个和尚铜匠,他给店里立下了一个规矩,德成顺不沾五毒,也就是吃喝嫖赌抽,谁要是沾了就等于辱没师门,要遭天谴。有了这个规矩在上面横着,我哪里敢造次?我就解释说:你们看,我这身衣裳能允许我安排那种活动吗?好在三个人还算通情达理,没有难为我,也没有撕毁合同。我知道是这身衣裳救了我,此后我就干脆穿着不换了。徐老板答应参与铜行里重建,但他对此事能否办成表示怀疑,因为多年前他曾有过这种打算,问了有关部门,说这种前店后厂的落后商号模式根本批不下来。

最后一次寻访归来,石洪祥一边驾车一边问坐在副驾驶上的令狐可:你怎么看我们这九次寻访?

令狐可思考了一会儿,目视着大街前方熙熙攘攘的车流道:我明白富掌柜为什么把"具铜心"列为三条规矩之首了,对于一个铜匠来说,有铜心易,守铜心难,行百里者半九十。

农历五月十八日,浮雕墙完工,六十多米长的宽幅红布遮住了整面墙,远远望去,这披了红衣的墙有了老故宫的味道。青冢草绿,开满不知名的白色小花;梓树葱郁,挂满豇豆般的长穗;井台上的辘轳被重新加固,木制辘轳包了紫铜皮,井绳换成了带有古意的棕绳,绳端系着旧木桶,这一切都是装饰,让人看后生出不尽的怀旧情丝。石洪祥在井台上安装了一个胡桃木讲桌,桌上安着电控开关,只要按一下,墙上端的滑道就会将红布徐徐拉来,将壮观的浮雕墙呈现出来。算上浮雕压轴的辽宁号航母造型花车,四个组团上面共安放了一百盏射灯,灯光闪耀,整面浮雕墙上九十九个人物顿时有了动感。令狐平的浮雕铜像也锻制好,暂放在工作室里,石洪祥猜想,父亲看过浮雕后也许不会那么固执,只要父亲改变主意,一个小时就可以把令狐平的浮雕铜像焊上去。

整个工程比计划提前了四天,石洪祥和令狐可站在井台上望着浮雕墙,心中感慨颇多。

父亲会高兴吗？石洪祥心里有点忐忑,在浮雕墙完工前,他一直充满自信,这时却有些担心起来。

我的感觉是这面墙活了,由一堵青灰色死墙变成了有生命的金色活墙,这应该是石伯伯所期待的样子。令狐可对这幅作品十分满意,她从坤包里拿出打印好的《铜匠百年记》递给石洪祥道:交作业,别忘了付稿酬。

石洪祥接过稿纸,禁不住惊喜地读出声来:

铜匠百年记

物以赋显,事以颂宣。铜行胡同乃百工奉业之典范,盛京铜匠为工匠精神之滥觞。溯源铜心、铜气、铜缘,十二家店铺各有千秋;锻造奉锣、号角、梵钟,铜行里商号不求他乡。富发诚、富顺昌国与民两富;双兴和、双义长德与艺相长;永聚兴、永泰诚寓意传绵久;德义诚、德成顺端木做榜样;恒发永、利盛永见利不忘义;永和兴、永昌号泽被万柳塘。无三不成文,浮雕分三章:铜心乃肇始,生炉沈之阳;铜气贯长虹,铜匠有担当;铜缘是纽带,维系如宗潢。有册有典,人事万古不废;有始有终,精艺方可弘扬。百年献厚礼,百面活一墙,生生不息软铜册,巨舰前行破风浪。

令狐可敬撰
辛丑年仲夏

好文章,好文章!石洪祥读后赞叹不已,想不到令狐可还有这般文采。

我是带着感情写的,限于文字,不敢长篇大论,只能点到为止,但愿石伯伯生日那天读后能满意。

这时,石洪祥的手机响了,是博物馆打来的电话,说馆里正举办纪念建党百年成就展,去年石国卿先生答应过要前来观展,他们馆长还记得这件事,特邀老先生前来参观,想问哪天能来。石洪祥说要问问父亲,父亲答应的事不会有问题。

尾　　声

　　石洪祥掐指计算的日子终于来了,辛丑年农历五月二十二日,父亲石国卿百岁华诞。

　　邀请的客人不多。他太了解父亲的脾气了,事先征求父亲意见,说生日那天想请几个亲友到公司见证自己的新作品,然后一起在公司食堂聚聚。父亲语音不清地说了六个字:少张扬,不摆席。

　　这六个字的含义石洪祥再清楚不过,符合父亲一辈子低调处事的习惯,这种习惯坚持到百岁大寿,说明父亲为人处事能一以贯之。来宾主要是家人、挚友、制作大政殿的六个同事,还有陶金、王一岚、阮大鹏,韩志武的儿子韩超回沈阳探亲,赶巧也来参加。

　　不摆席的要求难住了石洪祥,他请教令狐可该怎么办。令狐可说不摆席不等于不吃饭,只要不是大吃大喝就行,可在井台边安排个冷餐会,如同会议中安排的茶歇,把蛋糕、冷盘、水果、饮品等都备好,来宾各取所需,问题就解决了。石洪祥觉得这个想法好,时尚又低调,许多年轻人的草坪婚礼就是这样办的。令狐可说,这叫低调的奢华。

　　天公似乎也格外眷顾百岁老人,因为头天下了一场透雨,农历五月二十二日,蓝天大地像洗过了一样明亮。生日遇到好天气,是求之不得的吉祥之事。三天前,石洪祥在夜深人静之时,独自来到铜行里旧址的中心庙,给关老爷点了三炷香插在香炉里,祈祷关老爷保佑父亲生日那天有个好天气。他在手机上查阅未来一周天气,二十二日这天显示阴有小雨。他暗暗对关老爷说,五月二十二日年年有,可父亲百岁生日只有这一天,请关老爷施展神通,拨云见日,赐福一位百岁老人。石洪祥并不迷信,但祈祷总该有个地方,铜行里后人习惯来中心庙倾诉心事,除此之外别无选择。不知是自己祈祷起了作用还是巧合,二十二日清早拉开窗帘一看,果然是个大晴天。

石洪祥早早驱车来公司到现场察看,发现通往井台的石板路上布满大大小小褐色的蜗牛,大的如纽扣,小的像薏米,在地上缓慢地爬行。在此之前石洪祥从没见过院子里有这么多蜗牛,他弯腰捡起一只,小东西带着两只天线般的触角,树懒一样笨拙地蠕动着,它的壳很好看,带有螺旋纹,像奉锣的纹理,又像圆号的号身。蜗牛应该来自青冢和墙边的草地,石洪祥不知道它们要爬到哪里去,便蹲下身想看个究竟,但蜗牛速度实在太慢了,没法观察它们的去向。保洁大叔提着扫帚走过来,石洪祥起身问这些蜗牛要爬到哪里去。大叔说一到雨后它们就会从草地爬出来,爬到那棵梓树上去,但一百只蜗牛也就那么几只能爬过去,大部分会干死、被人踩死或被乌鸦吃掉。石洪祥问:它们爬到树上干什么呢?大叔道:梓树在高处嘛,蜗牛上了树就不会下来,粘在树上干死也不会下来。石洪祥说:你把它们捡捡放到树下吧,一会儿人来多了会踩到的。大叔笑了,道:老板对蜗牛都这么好,难得。

现场的一切都由令狐可主持布置:两排白色的塑料椅整齐地摆在井台东侧,井台上立着一张胡桃木讲桌;井台西侧是一排铺着白色桌布的长案,案上有一个大号多层塔形蛋糕,这是锻制大政殿的六人集体定制的;两侧摆着各种水果、冷盘、点心,案旁单设了一个酒水台,有各种饮品。现场没设背景板,没有气球标语,只有亲友送来的许多花篮。

背景音乐是《今天是你的生日》民乐合奏,旋律舒缓,音色纯正,因为人人会唱,来到现场的人禁不住会跟着哼哼起来。亲友们陆续来到现场,大家对那面红布遮挡的院墙甚感惊奇,相互询问那是什么,因为拉了一道隔离绳,大家不便过去看究竟。来宾坐定后,公司里参与制作的九个助手也来到现场,站在来宾身后,他们摆弄着手机,想直播这个难得的场面。

  父亲乘坐的面包车缓缓驶进厂区来到梓树下,石洪祥上前打开车门扶着父亲下车。父亲穿了件紫铜色唐装,黑裤子白球鞋,戴一顶白色棒球帽,这是令狐可置办的生日服装,让父亲看上去至少年轻十岁。父亲的那条金毛也跟来了,在石板地上嗅来嗅去。石洪祥很感谢令狐可,自己说要为父亲买衣服被父亲拒绝了,父亲说都一百岁了,能穿几回?不要乱花钱。可是令狐可去买了衣服鞋帽,父亲却乐呵呵地穿上了,还说这衣裳穿着舒适。

  父亲下车后先是牵紧了狗绳,然后看了看金毛所嗅的地面,接着将目光移到梓树和青冢上,当他将目光转向井台时,被眼前的情景吓了一愣,问:这是搞啥名堂?

  石洪祥扶着父亲一边慢慢前行,一边贴近父亲的耳朵说:大家是来看公司新作品发布的,同时也是为您庆贺一下百岁生日。

  父亲没有责怪石洪祥,将牵金毛的绳子交给身后的保姆,走过去与每个人握手。父亲握手是同时伸出两只手,握得实实在在,握手中嘴里一直说着谢谢。

  父亲落座后,背景音乐停止,石洪祥健步上到井台,客套了几句后,指了指红布遮挡的院墙道:请各位亲友来这里,是见证一件耗时六个月的新作品,这面由九十九个人物组成的百年铜匠浮雕墙!此话一出,大家的情绪立马被点燃,有人从座位上站起来,将目光都投向那面红墙。石洪祥伸出两手做了个下按的动作,大家坐下来,接着,石洪祥向大家讲述了创作浮雕墙的由头、构思和寓意。他说浮雕墙的问世,首先要感谢父亲,是父亲的软铜册对百年铜匠的记录成就了这面浮雕墙,感谢铜行里先辈为这座城市留下的家国情怀和人文印迹,感谢这座城市的一代又一代铜匠在工艺上的不断探求和出新,当然还要感谢令狐可团长对这件作品精心无私的艺术指导。如果说这面浮雕墙算得上一幅成品的话,它的作者是所有具铜心、辨铜气、结铜缘的先人,是在座的各位,是为它付出汗水的所有铜匠。

现场鸦雀无声,大家从来没有见过石洪祥如此慷慨激昂。令狐可用惊喜而又欣赏的目光看着讲演的石洪祥,此刻,她觉得这个熟悉的男人变得陌生起来,因为她从没有在石洪祥的神情中见到这种自信,而这种自信恰恰弥补了以往她和母亲认为石洪祥身上缺少的东西。石洪祥最后说:我要格外说明的是,浮雕墙是我作为儿子献给父亲的生日礼物,父亲的百年岁月告诉我,好铜匠,铸造的不仅是铜器,还有长寿的福报!下面,就掌声有请我的父亲上台为铜匠百年浮雕墙揭幕!

掌声响起,如鞭炮齐鸣般热烈。公司职工也都围过来跟着鼓掌,井台周围沸腾起来,墙外一群觅食的鸽子被惊起,在红墙后方的天空中飞旋,成了一道活的背景板。

石洪祥过来搀扶着父亲缓步走上井台,来到那张小巧的讲桌前。

父亲没有马上按动电钮,显然是有话想说,他微微低下头靠近麦克风说:这是一个惊喜,真的,我没想到会是这样一件作品,我想,这份生日礼物我不敢独享,软铜册上的人应该人人有份。

父亲这次表达又像讲述软铜册时那般清晰,石洪祥觉得奇怪,父亲的表达好像会进行频道转换,有时再清晰不过,有时又语焉不详。

父亲在石洪祥的指点下按动了电钮,红布缓缓滑向两端,一面金光闪闪的浮雕墙在众人的惊呼中展现真面目。几乎每个人都在擎着手机录制或拍照,现场成了火热的新闻发布会。石洪祥扶着父亲走过去,从西往东,对一个个人物进行讲解。父亲能清楚地叫出每个人物的名字,对有的人物还会伸手摸一摸。走到唐婉秋那组时,父亲停住了脚步,很显然父亲发现了自己在上面,嘴唇嗫嚅了一会儿,目光在留白处停留了很久,然后指了指铜板的凹处道:这里还可以有一个。父亲的话令狐可听了个真切,她在石洪祥身后悄悄捅了一下,石洪祥明白她的意思,背着的手竖起一根大拇指。每个人物都仔细看过,父亲在辽宁舰航母造型的花车雕塑前停下了脚步,他看了许久,谁也没有料到,老人家竟然向这个雕塑敬了个军礼。石洪祥第一次见父亲敬军礼,父亲虽然有过军旅生活,但身上军人痕迹并不重,这个军礼让他看到了父亲不为人知的另一面。最后,父亲一字一句开始读后记,声音清晰,句读准确,身后的石洪祥和令狐可听得很真切。读完后父亲转过身来说说:这面墙活了。

石洪祥激动得泪花闪烁,如果不是人多,他真想回身拥抱一下一旁的令狐可。

看完浮雕,父亲来到井台边坐下,人们纷纷上前合影。韩超走过来,双手握着父亲的手说:没想到浮雕里能有我爷爷和我父亲,我替他们谢谢您!

石洪祥来到浮雕墙前向来宾一一介绍浮雕中的人物,电话响了,是博物馆那位王姓女同志打来的,问老人家下午能不能来博物馆参观建党百年展,电视台的记者刚好在,希望能现场采访老人家。石洪祥拿着电话过来请示父亲,父亲说那就下午去吧,答应人家的事,不能变卦。

下午,石洪祥和令狐可陪父亲去博物馆,一年前的约定,博物馆方面和父亲都没有忘。在建党百年成就展的大厅里,父亲接受电视台记者采访,参访中,父亲又变得表达流畅起来。记者问他作为一个亲历过国家百年建设历程的老人观展有什么感受,父亲好像早就打好腹稿一样说:国家是一棵大树,我是这棵树枝上一只小小的蜗牛,树在我就在,哪怕干巴了,也要锢在上面。

石洪祥一时呆住了,早晨他才看到蜗牛,父亲下午怎么会这样打比方?难道是巧合?

采访结束后石洪祥悄悄问父亲,刚才怎么想到了树和蜗牛。

父亲道:上午下车时,我看到青冢旁的梓树上有大大小小许多蜗牛,就打了这个比方。

感到意外的是,在展厅里他们看到了令狐平的照片,照片中令狐平穿黑色中山装,梳三七分头,正在给劳动模范石国卿颁奖,虽是黑白照,但十分清晰,令狐平上衣兜里插的钢笔十分醒目,让石洪祥动情的是照片上两个人都面带微笑,这微笑是多么难得啊!令狐可眼里泛出泪花,真是意外的惊喜,爸爸没有上浮雕墙,却在市里的百年成就展中出现了。看到令狐平的照片后,父亲先是凝视良久,接着慢慢地抬手摘下帽子,向照片很认真地鞠了一躬,然后回身说:你令狐伯伯是铜行里走出的最大干部。

担心父亲身体吃不消,两人没有让父亲看完所有展区,展览周期很长,下次可以再来,谢过工作人员后两人扶着父亲上车回家。路上,父亲一句话不说,仰在后排假寐。到了家门口,他说:你俩都上来,我要说件事。

回到家里,父亲明显带有疲惫,一进屋就坐进沙发,示意他俩也坐下。保姆泡了一壶绿茶送过来,又返回厨房忙碌,今天是老爷子的生日,晚上家人都要回来吃火锅,涮酸菜五花肉自然不能少。

父亲说:我知道你俩一直恨我,可能会把我当成《梁山伯与祝英台》里的祝员外。

石洪祥和令狐可相顾一眼,同时摇摇头,却没有说话,知道父亲还有下文。

我不得不这样做。

为什么呀?石洪祥和令狐可几乎同时发问。

父亲的表情有些痛苦,停顿了好一会儿才说:当年你唐阿姨和洪祥妈到辽河口搞社教,在那里你唐阿姨生下了可可,你唐阿姨和洪祥妈亲如姐妹,就私下约定将来如果有可能,两家可以结成亲家。社教结束时,可可一岁半,洪祥两岁多,两人带着孩子回沈阳,在火车站前给你们两个孩子拍了一张照片,其中你唐阿姨那张背面写了三个字:娃娃亲。说完,父亲起身打开抽屉,拿出软铜册,从中拿出一帧照片递给令狐可:就是这张照片,这一张后面没写字,你妈妈那张被她顺手写了三个字,就是三个字让你爸爸发了火,火好大,据你妈妈说这是她见到你爸爸头一回发这么大的火。

为什么呀?令狐可有些不解。

因为你妈妈将照片给你爸爸看时开了一句玩笑:这可是两个孩子娃娃亲的定亲照。你爸爸听后严肃起来,说:历史的教训还不够深刻吗?你们搞这种东西不仅封建,更是瞎胡闹!他断然表态:无论未来怎样发展,两个孩子只能做兄妹,不能成夫妻,我不允许任何人以任何理由来促成两个孩子的婚姻!

令狐可捂住了嘴,根子原来在她敬爱的父亲身上。

父亲说:没办法,我们不能违背你爸爸的决定,尽管他做出的这一决定令人匪夷所思,但他毕竟是令狐平,是个一言九鼎的人。

一切都有答案了,令狐可说,这是一块"冷年糕",我要慢慢消化。

一切都是长辈的错,我不想把这件事带到青冢里去,丫头要怨就怨我吧,我总是屈服于你爸爸,尽管心里有些不甘。

令狐可忍住泪道:我怎么会怨您? 您一直拿我当女儿待呀。说完,令狐可站起身说:伯伯放心,我会接受这个事实,我现在脑子有点乱,想出去梳理一下,祝您生日快乐!

石洪祥起身送令狐可,突然发生的变故让他手足无措,脑子也乱作一团麻。走出楼道,令狐可说:陪我到中心庙去一趟吧,我想到那儿走走。

两人没有开车,打车来到中心庙,令狐可面朝小庙里的关公,两手捂着脸,顿时放声大哭。石洪祥上扶住她,她转过身攥紧双拳像摇鼓一样敲在石洪祥的胸膛上。中心庙周围很静,一对老年夫妇携手从北面胡同里走过来,步履缓慢,一副很悠闲的样子。令狐可静下来,从包里拿出纸巾擦干了眼泪,粲然一笑道:好了,你欠我的所有债,一笔勾销。

晚上我们回去陪父亲吃火锅好吗? 今天是他老人家的生日,石洪祥说。

令狐可点点头,忍着泪说:那当然,石伯伯是四个老人中唯一健在的,我有什么理由不去呢?

家中的生日火锅宴温馨而安静,席中话题自然集中在白天揭幕的浮雕墙上。大家吃饭中,省电视台地方新闻播出了白天记者采访父亲的新闻,戴着棒球帽的父亲很上镜,镜头前仍然保持着谦虚低调。父亲在讲到自己是树上的蜗牛时,还伸出小指做了个动作。

石洪祥给父亲碗里捞了一块冻豆腐,道:没想到您老的百岁生日还能上电视,真是太巧了。

父亲表情轻松地说:巧,就是缘。

吃完火锅,父亲休息前将石洪祥和令狐可叫到跟前,表情依然如吃饭时那么轻松,目光看着墙上的那张合影说:我知道浮雕墙上那处留白的用意,我也猜到你们一定锻制了你令狐伯伯的铜像,明天把他镶上去吧,趁我还能看见。

令狐可眼里立马盈满了泪水。

父亲喃喃地说:一百岁了,有些事还是翻篇儿吧。